KB002096

中國明淸寓言

明文堂

차례

청대(清代) 우언

《공정암전집(龔定盦全集)》 우언

《오애자(寤崖子)》 우언

《일소(一笑)》 우언

《용암필기(庸盦筆記)》 우언

《소림광기(笑林廣記)》 우언

《소소록(笑笑錄)》 우언

《희담록(嘻談錄)》 우언

《초피화(俏皮話)》 우언

[부록]

《춘추당전집 春酒堂全集》 우언

주용(周容 : 1619-1679)은 자가 무삼(茂三) 또는 무삼(鄮三), 호는 벽옹(躄翁) 또는 벽당(躄堂)이며, 서재 이름을 춘주당(春酒堂)이라 했다. 절강(浙江) 은현(鄞縣) 사람으로 명말(明末)의 제생(諸生)이었으나, 명(明)이 망하고 청조(淸朝)가 들어서자 재생을 포기하고 승려가 되어 전국을 유랑했다. 만년에 경사(京師)에 들어와 조정의 신하들이 박학굉사과(博學宏辭科)에 응시하도록 추천했으나 고사하며 응하지 않았다. 그는 문장과 시에 능하여 저서로 《춘주당문존(春酒堂文存)》《춘주당시존(春酒堂詩存)》《춘주당시화(春酒堂詩話)》 등이 있다.

105 우노인전(芋老人傳)

《春酒堂文存 · 傳 · 芋老人傳》

원문 및 주석

芋老人傳[1]

芋老人者, 慈水祝渡人也。子傭出, 獨與嫗居渡口。[2] 一日, 有書生避雨檐下, 衣濕袖單, 影乃爲瘦。老人延入坐, 知從郡城就童子試歸。[3] 老人略知書, 與語久, 命嫗煮芋以進。盡一器, 再進, 腹爲之

1 芋老人傳 → 우노인(芋老人) 이야기
【芋(우)】: 토란.

2 芋老人者, 慈水祝渡人也。子傭出, 獨與嫗居渡口。→ 우노인(芋老人)은 자계강(慈溪江)의 축도(祝渡) 사람이다. 그는 아들이 밖에 나가 고용살이를 하여, 홀로 늙은 아내와 함께 나루터에 살고 있었다.
【慈水(자수)】: [강 이름] 자계강(慈溪江). 지금의 절강성 자계현(慈溪縣) 남쪽에 있는 강.
【祝渡(축도)】: [지명] 나루터 이름.
【傭出(용출)】: 밖에서 고용살이를 하다. 〖傭〗: 품팔이하다, 고용되다.
【嫗(구)】: 할미. 여기서는 「늙은 아내」를 가리킨다.
【渡口(도구)】: 나루터.

3 一日, 有書生避雨檐下, 衣濕袖單, 影乃爲瘦。老人延入坐, 知從郡城就童子試歸。→ 어느 날, 한 서생이 처마 밑에서 비를 피하고 있는데, 옷이 흠씬 젖은 데다 소매가 홑겹으로 얇아서, 형상이 매우 수척해 보였다. 노인은 그를 들어오도록 청해 자리에 앉고 나서, 그 서생이 군성(郡城)에서 동자시(童子試)에 응시하고 돌아온다는 것을 알았다.
【一日(일일)】: 어느 날.
【檐(첨)】: 처마. ※ 판본에 따라서는 「檐」을 「簷(첨)」이라 했다.
【衣濕袖單(의습수단)】: 옷이 젖은 데다 소매가 홑겹으로 얇다. 〖濕〗: 젖다. 〖袖單〗: 소매가

飽。[4] 笑曰：「他日不忘老人芋也。」 雨止, 別去。後十餘年, 書生用甲第爲相國。[5] 偶命廚者進芋, 輟箸歎曰：「何向者祝渡老人之芋之香而甘也?」[6] 使人訪其夫婦, 載以來。丞、尉聞之, 謂老人與相國有舊,

---

홑겹으로 얇다.
【延入(연입)】: 들어오도록 청하다.
【從(종)】: …에서, …로부터.
【就童子試(취동자시)】: 수재(秀才) 시험에 응시하다. 〖就〗: (시험에) 참가하다, 응시하다. 〖童子試〗: 수재(秀才) 자격 취득 시험. ※ 명청(明淸)시대에 부학(府學)이나 현학(縣學)에 들어가 공부하기 위해서는 수재(秀才) 시험에 합격하여 자격을 취득해야 하며, 시험에 참가하는 사람은 나이를 불문하고 모두 동자(童子)로 호칭했다.

4 老人略知書, 與語久, 命嫗煮芋以進。盡一器, 再進, 腹爲之飽。→ 노인도 어느 정도 책을 알아, 서생과 오랫동안 이야기를 나누면서, 아내에게 토란을 삶아 오도록 부탁하여 대접했다. (서생은) 한 그릇을 다 먹고, 다시 한 그릇을 더 먹었다. 그리하여 배가 많이 불렀다.
【略(략)】: 대략, 어느 정도.
【與(여)】: …와(과), …와 더불어.
【命(명)】: 명령하다. 여기서는 「부탁하다, 당부하다」의 뜻.
【煮(자)】: 삶다.
【進(진)】: 바치다, 드리다, 올리다. 여기서는 「대접하다」의 뜻.
【爲之(위지)】: 그로 인해, 그 때문에, 그리하여.
【飽(포)】: 배부르다.

5 笑曰：「他日不忘老人芋也。」 雨止, 別去。後十餘年, 書生用甲第爲相國。→ 서생이 웃으며 말했다：「장차 노인장의 토란을 잊지 않을 것입니다.」 비가 그치자, 서생은 이별을 고하고 떠났다. 십여 년이 지나, 서생은 과거 시험에 수석으로 합격하여 (승진을 거듭한 후 마침내) 나라의 재상(宰相)이 되었다.
【他日(타일)】: 장차, 이후.
【用(용)】: …로 인해, …한 까닭에.
【甲第(갑제)】: 과거시험의 수석 합격.
【爲相國(위상국)】: 재상이 되다. 〖爲〗: …이 되다. 〖相國〗: 재상(宰相).

6 偶命廚者進芋, 輟箸歎曰：「何向者祝渡老人之芋之香而甘也?」 → (재상이) 어느 날 우연히 요리사에게 명해 토란을 삶아 오도록 하여 먹어 보더니, 젓가락을 놓고 탄식하며 말했다：「어째서 이전에 축도 노인의 토란은 맛이 향긋하고 달았는가?」
【偶(우)】: 우연히.
【廚者(주자)】: 요리사.
【輟箸(철저)】: 젓가락질을 멈추다. 즉 「젓가락을 놓다」의 뜻. 〖輟〗: 멈추다, 그치다. 〖箸〗: 젓가락. 여기서는 「젓가락질」의 뜻.
【何(하)】: 어째서, 왜.

邀見講鈞禮, 子不傭矣。[7] 至京, 相國慰勞曰 :「不忘老人芋, 今乃煩爾嫗一煮芋也。」[8] 已而嫗煮芋進, 相國亦輟箸曰 :「何向者之香且甘也?」[9]

老人曰 :「猶是芋也, 而向之香且甘者, 非調和之有異, 時、位之移人也。[10] 相公昔自郡城走數十里, 困于雨, 不擇食矣。[11] 今者堂有

【向者(향자)】: 이전, 종전.

7 使人訪其夫婦, 載以來。丞、尉聞之, 謂老人與相國有舊, 邀見講鈞禮, 子不傭矣。→ (이에) 사람을 파견하여 그 노인 부부를 찾아가, 수레로 모셔 오도록 했다. 현승(縣丞)과 현위(縣尉)는 이 말을 듣고, 노인과 재상을 오랜 친구 사이라 여겨, 초청하러 가서 노인을 만나 재상과 동등한 예절로 대했고, 노인의 아들도 고용살이를 그만두었다.
【使(사)】: 보내다, 파견하다.
【訪(방)】: 방문하다, 찾아가다.
【載以來(재이래)】: 수레로 모셔오다. 〖載〗: 싣다, 태우다.
【丞(승)】: 현승(縣丞).
【尉(위)】: 현위(縣尉).
【謂(위)】: …라고 여기다, …라고 생각하다.
【有舊(유구)】: 오랜 친구 사이, 옛 친구.
【邀見(요견)】: 초청하러 가서 만나다.
【講鈞禮(강균례)】: 손님과 주인을 평등하게 예우하다. 여기서는 「노인을 재상과 동등하게 예우하다」의 뜻. 〖鈞禮〗: 손님과 주인의 동등한 예우.
【不傭(불용)】: 고용살이를 하지 않다. 즉 「고용살이를 그만두다」의 뜻.

8 至京, 相國慰勞曰 :「不忘老人芋, 今乃煩爾嫗一煮芋也。」→ (노인이) 경성(京城)에 도착하자, 재상이 그를 위로하며 말했다 :「노인장의 토란을 잊지 않고자, 지금 곧 노부인께 토란을 한 번 삶아 달라고 부탁드리려고 합니다.」
【乃(내)】: 곧, 바로, 즉시.
【煩(번)】: 수고를 끼치다, 폐를 끼치다, 부탁을 드리다.
【爾(이)】: 너, 당신.

9 已而嫗煮芋進, 相國亦輟箸曰 :「何向者之香且甘也?」→ 잠시 후 노부인이 토란을 삶아 올리자, 재상이 또 젓가락을 놓고 말했다 :「어째서 이전의 토란은 향긋하고도 달았을까?」
【已而(이이)】: 잠시 후.
【進(진)】: 올리다, 진상하다.
【且(차)】: …도 하고 …하다.

10 老人曰 :「猶是芋也, 而向之香且甘者, 非調和之有異, 時、位之移人也。→ 노인이 말했다 :「(토란은) 여전히 같은 토란입니다. 그러나 이전에 향긋하고도 달았던 것은, 조리 방법에

煉珍, 朝分尙食, 張筵列鼎, 尙何芋是甘乎?[12] 老人猶喜相國之止於芋也。老人老矣, 所聞實多。[13] 村南有夫婦守貧者, 織紡井臼, 佐讀勤苦, 幸獲名成, 遂寵妾媵, 棄其婦, 致鬱鬱死, 是芋視乃婦也。[14] 城

……………

차이가 있는 것이 아니라, 시간과 지위가 사람을 변하게 한 것입니다.
【猶(유)】: 여전히.
【調和(조화)】: 조리 방법.
【移人(이인)】: 사람을 변화시키다. 〖移〗: 변화시키다, 변하게 하다.

11 相公昔自郡城走數十里, 困于雨, 不擇食矣。→ 상공(上公)께서는 예전에 군성(郡城)으로부터 수십 리를 걸어온 데다, 비에 시달려, 찬밥 더운밥 가릴 여유가 없었습니다.
【困于(곤어)…】: …에 시달리다, …에 곤혹을 치르다. 〖于〗: [개사] …에.
【不擇食(불택식)】: 음식을 가리지 않다. 즉 「(배가 고파) 찬밥 더운밥 가릴 여유가 없다」.

12 今者堂有煉珍, 朝分尙食, 張筵列鼎, 尙何芋是甘乎? → 그러나 지금은 집에 진귀하고 맛있는 음식이 있고, 조정에 나가면 임금의 어식(御食)을 나누어 받으며, 항상 연회를 베풀어 진수성찬이 넘쳐나는데, 어찌 아직도 토란의 맛이 달겠습니까?
【堂(당)】: 집.
【煉珍(연진)】: 진귀하고 맛있는 음식.
【朝分(조분)】: 조정에서 나누어주다.
【尙食(상식)】: 어식(御食), 임금이 하사하는 음식.
【張筵(장연)】: 연회를 베풀다.
【列鼎(열정)】: 진수성찬을 담은 그릇을 벌려놓다. ※ 옛날 귀족들은 작위에 따라 정(鼎)의 수가 달랐다.
【尙何(상하)】: 아직도 어찌.

13 老人猶喜相國之止於芋也。老人老矣, 所聞實多。→ 저는 그래도 재상께서 다만 토란에서 멈춘 것을 기쁘게 생각합니다. 저는 늙어서, 들은 것이 실로 많습니다.
【老人(노인)】: 노인이 「나, 저」라는 의미로 사용한 말.
【猶(유)】: 아직, 여전히, 그래도.
【止於(지어)…】: …에서 멈추다, …에서 그치다. 〖於〗: [개사] …에서.

14 村南有夫婦守貧者, 織紡井臼, 佐讀勤苦, 幸獲名成, 遂寵妾媵, 棄其婦, 致鬱鬱死, 是芋視乃婦也。→ 우리 마을 남쪽에 가난하게 사는 부부가 있는데, 아내는 길쌈을 하고 물을 깃고 절구질을 하는 등, 남편이 독서에 분발하도록 도우며 고생을 했습니다. 다행히 남편이 성공을 거두었지만, 남편은 곧 첩을 얻어 총애하며, 자기 아내를 버렸습니다. 그래서 아내는 우울증에 걸려 죽었습니다. 이는 자기의 아내를 마치 토란처럼 간주한 것입니다.
【守貧(수빈)】: 가난하게 살다.
【織紡(직방)】: 길쌈을 하다.
【井臼(정구)】: 우물과 절구. 즉 「집안 일」.

東有甲乙同學者, 一硯一燈, 一窗一榻, 晨起不辨衣履。[15] 乙先得擧, 登仕路, 聞甲落魄, 笑不顧, 交以絶, 是芋視乃友也。[16] 更聞誰氏子讀書時, 願他日得志, 廉幹如古人某, 忠孝如古人某,[17] 及爲吏, 以

……………

【佐讀勤苦(좌독근고)】: 독서에 분발하도록 돕다.
【邃(수)】: 곧, 바로.
【寵(총)】: 총애하다.
【妾媵(첩잉)】: 첩.
【是(시)】: 此(차), 이, 이것.
【芋視(우시)】: 토란처럼 간주하다, 토란처럼 보다.
【乃(내)】: [대명사] 其(기), 그, 그의, 자기의.

15 城東有甲乙同學者, 一硯一燈, 一窗一榻, 晨起不辨衣履。→ 또 성(城) 동쪽에 갑(甲)과 을(乙)이라는 두 학우(學友)가 있어, 벼루 하나와 등불 하나, 창문 하나와 침대 하나를 함께 쓰면서, 아침에 일어나면 서로 옷과 신발을 누구의 것이라 구분하지 않았습니다.
【硯(연)】: 벼루.
【榻(탑)】: 좁은 침대.
【辨(변)】: 구분하다, 구별하다.
【履(이)】: 신발.

16 乙先得擧, 登仕路, 聞甲落魄, 笑不顧, 交以絶, 是芋視乃友也。→ 을이 먼저 과거에 급제하여, 벼슬길에 오르더니, 갑이 실의에 빠져 있다는 말을 듣고, 비웃으며 거들떠보지 않았습니다. 이로 인해 둘 사이의 교류가 끊어졌습니다. 이는 자기의 친구를 마치 토란처럼 간주한 것입니다.
【得擧(득거)】: 과거에 급제하다.
【仕路(사로)】: 벼슬길.
【落魄(낙백)】: 실의에 빠지다.
【笑不顧(소불고)】: 비웃으며 거들떠보지 않다.
【交以絶(교이절)】: 교류가 이로 인해 끊어지다. 〖以〗: 因(인), 이로 인해.

17 更聞誰氏子讀書時, 願他日得志, 廉幹如古人某, 忠孝如古人某, → 또 듣건대, 어느 집 자제는 독서를 할 때, 훗날 뜻을 이루게 되면, 옛날 누구처럼 청렴결백하고, 옛날 누구처럼 임금과 부모에게 충효를 다하겠다고 했지만,
【更(갱)】: 또.
【誰氏子(수씨자)】: 어느 집 아들.
【願(원)】: …하고자 하다.
【他日(타일)】: 이후, 훗날.
【得志(득지)】: 뜻을 이루다.
【廉幹(염간)】: 청렴결백하다.
【如古人某(여고인모)】: 옛날 누구처럼. 〖如〗: …와 같이, …처럼.

汙賄不飭罷, 是芋視乃學也。是猶可言也。[18] 老人鄰有西塾, 聞其師爲弟子說前代事, 有將相, 有卿尹, 有剌史守令, 或綰黃紆紫, 或攬轡褰帷,[19] 一旦事變中起, 釁孽外乘, 輒屈膝叩首迎款, 惟恐或後, 竟以宗廟、社稷、身名、君寵, 無不同於芋焉。[20] 然則世之以今日而

....

18 及爲吏, 以汙賄不飭罷, 是芋視乃學也。是猶可言也。→ 관리가 되자, 수뢰를 거듭하며 뇌물을 사양하지 않았습니다. 이는 자기의 학업을 마치 토란처럼 간주한 것입니다. 이런 일들은 그래도 나은 편입니다.

【及爲吏(급위리)】: 관리가 되기에 이르다. 즉 「관리가 되다」의 뜻. 〖及〗: …에 이르다.

【以(이)】: 因(인), …로 인해.

【汙賄不飭(오회불칙)】: 뇌물을 삼가지 않다.

【罷(파)】: 면직되다, 파면되다.

【猶可言(유가언)】: 그래도 말을 할 만하다. 즉 「그래도 나은 편이다」의 뜻. 〖猶〗: 아직, 그래도.

19 老人鄰有西塾, 聞其師爲弟子說前代事, 有將相, 有卿尹, 有剌史守令, 或綰黃紆紫, 或攬轡褰帷, → (더욱 심한 것은) 저의 이웃에 서당(書堂)이 있어, 스승이 제자들에게 전대(前代)의 일에 관해 이야기하는 것을 들어보니, 장상(將相)도 있고, 경윤(卿尹)도 있고, 자사(剌史)와 수령(守令)도 있었는데, 어떤 사람은 자주색 인끈으로 맨 황금 도장을 차고, 또 어떤 사람은 말고삐를 잡고 수레의 휘장을 걷어 올려 위풍을 과시했습니다.

【西塾(서숙)】: 서당, 글방. ※ 자기 집의 서쪽에 있기 때문에 서숙(西塾)이라 했다.

【爲(위)】: …에게.

【將相(장상)】: 장수와 재상.

【卿尹(경윤)】: 경(卿)과 윤(尹). 〖卿〗: 옛날 고위 관직으로 대부 위의 서열. 〖尹〗: 경조윤(京兆尹)·부윤(府尹) 등 광역 지방 행정 단위의 장관.

【剌史守令(자사수령)】: 자사(剌史)와 수령(守令). 〖剌史〗: 주(州)의 장관. 〖守令〗: 옛날 군수와 현령 등의 벼슬.

【或(혹)…或(혹)…】: 혹은 …도 하고 혹은 …도 하다, …하거나 …하다.

【綰黃紆紫(관황우자)】: 자주색 인끈으로 맨 황금 도장을 차다. 〖綰〗: 매다, 묶다. 〖黃〗: 황금 도장. 〖紆〗: 매다, 묶다. 〖紫〗: 자주색 인끈.

【攬轡褰帷(남비건유)】: 말고삐를 잡고 수레의 휘장을 걷어 올리다. 〖攬〗: 잡아당기다. 〖轡〗: 말고삐. 〖褰〗: 걷어 올리다. 〖帷〗: 수레의 휘장.

20 一旦事變中起, 釁孽外乘, 輒屈膝叩首迎款, 惟恐或後, 竟以宗廟、社稷、身名、君寵, 無不同於芋焉。→ 그런데 일단 안에서 변란이 일어나고, 밖에서 외적이 기회를 틈타 침입하자, 즉시 무릎을 꿇고 머리를 조아리며 맞이하여 돈을 바치고, 오직 남에게 뒤질세라 두려워하며, 끝내 종묘·사직과 자신의 명성·임금의 총애를, 모두 토란처럼 간주했습니다.

【事變中起(사변중기)】: 변란이 안에서 일어나다. 〖中〗: 안, 내부.

忘其昔日者, 豈獨一箸間哉!」[21]

老人語未畢, 相國遽驚謝曰 :「老人知道者。」厚資而遣之。於是芋老人之名大著。[22]

번역문

우노인(芋老人) 이야기

우노인(芋老人)은 자계강(慈溪江)의 축도(祝渡) 사람이다. 그는 아들이 밖

【釁孽外乘(흔얼외승)】: 재앙이 밖에서 틈을 타다. 여기서는 「외적이 밖에서 기회를 틈타 침입하다」의 뜻. 〖釁孽〗: 재난, 재앙. 여기서는 「외적」을 가리킨다. 〖乘〗: (틈을) 타다, (기회를) 이용하다.

【輒(첩)】: 곧, 즉시.

【屈膝(굴슬)】: 무릎을 꿇다.

【叩首(고수)】: 머리를 조아려 절하다.

【迎款(영관)】: 맞이하여 돈을 바치다.

【惟恐或後(유공혹후)】: 오직 남에게 뒤질세라 두려워하다.

【竟(경)】: 마침내, 끝내, 드디어.

【君寵(군총)】: 임금의 총애. ※ 판본에 따라서는 「君寵」을 「大節(대절)」이라 했다.

【無不(무불)…】: …하지 않음이 없다.

21 然則世之以今日而忘其昔日者, 豈獨一箸間哉!」→ 그렇다면 세상 사람들이 오늘로 인해 과거를 잊는 일이, 어찌 다만 한 쌍의 젓가락 사이에만 있겠습니까!」

【然則(연즉)】: 그렇다면, 그런즉.

【以(이)】: 因(인), …로 인해.

【獨(독)】: 다만. ※ 판본에 따라서는 「獨」을 「徒(도)」라 했다.

22 老人語未畢, 相國遽驚謝曰 :「老人知道者。」厚資而遣之。於是芋老人之名大著。→ 노인의 말이 아직 끝나기도 전에, 재상이 문득 놀란 듯이 사의(謝意)를 표하고 말했다 :「노인장은 진정 도리를 아시는 분입니다.」 그리고 노인에게 많은 돈을 주어 보냈다. 그리하여 우노인의 명성이 세상에 널리 알려졌다.

【畢(필)】: 끝내다, 마치다.

【遽(거)】: 갑자기, 문득.

【厚資(후자)】: 많은 돈.

【遣(견)】: 보내다.

【於是(어시)】: 그리하여.

【大著(대저)】: 널리 알려지다.

에 나가 고용살이를 하여 홀로 늙은 아내와 함께 나루터에 살고 있었다. 어느 날, 한 서생이 처마 밑에서 비를 피하고 있는데, 옷이 흠씬 젖은 데다 소매가 홑겹으로 얇아서 형상이 매우 수척해 보였다. 노인은 그를 들어오도록 청해 자리에 앉고 나서, 그 서생이 군성(郡城)에서 동자시(童子試)에 응시하고 돌아온다는 것을 알았다. 노인도 어느 정도 책을 알아 서생과 오랫동안 이야기를 나누면서 아내에게 토란을 삶아 오도록 부탁하여 대접했다. (서생은) 한 그릇을 다 먹고 다시 한 그릇을 더 먹었다. 그리하여 배가 많이 불렀다.

서생이 웃으며 말했다.

「장차 노인장의 토란을 잊지 않을 것입니다.」

비가 그치자 서생은 이별을 고하고 떠났다. 십여 년이 지나 서생은 과거 시험에 수석으로 합격하여 (승진을 거듭한 후 마침내) 나라의 재상(宰相)이 되었다. (재상이) 어느 날 우연히 요리사에게 명해 토란을 삶아 오도록 하여 먹어 보더니, 젓가락을 놓고 탄식하며 말했다.

「어째서 이전에 축도 노인의 토란은 맛이 향긋하고 달았는가?」

(이에) 사람을 파견하여 그 노인 부부를 찾아가 수레로 모셔 오도록 했다. 현승(縣丞)과 현위(縣尉)는 이 말을 듣고 노인과 재상을 오랜 친구 사이라 여겨, 초청하러 가서 노인을 만나 재상과 동등한 예절로 대했고, 노인의 아들도 고용살이를 그만두었다. (노인이) 경성(京城)에 도착하자 재상이 그를 위로하며 말했다.

「노인장의 토란을 잊지 않고자, 지금 곧 노부인께 토란을 한 번 삶아 달라고 부탁드리려고 합니다.」

잠시 후 노부인이 토란을 삶아 올리자 재상이 또 젓가락을 놓고 말했다.

「어째서 이전의 토란은 향긋하고도 달았을까?」

노인이 말했다.

「(토란은) 여전히 같은 토란입니다. 그러나 이전에 향긋하고도 달았던 것은 조리 방법에 차이가 있는 것이 아니라 시간과 지위가 사람을 변하게 한 것입니다. 상공(上公)께서는 예전에 군성(郡城)으로부터 수십 리를 걸어온 데다, 비에 시달려 찬밥 더운밥 가릴 여유가 없었습니다. 그러나 지금은 집에 진귀하고 맛있는 음식이 있고, 조정에 나가면 임금의 어식(御食)을 나누어 받으며, 항상 연회를 베풀어 진수성찬이 넘쳐나는데 어찌 아직도 토란의 맛이 달겠습니까? 저는 그래도 재상께서 다만 토란에서 멈춘 것을 기쁘게 생각합니다.

저는 늙어서 들은 것이 실로 많습니다. 우리 마을 남쪽에 가난하게 사는 부부가 있는데, 아내는 길쌈을 하고 물을 긷고 절구질을 하는 등, 남편이 독서에 분발하도록 도우며 고생을 했습니다. 다행히 남편이 성공을 거두었지만 남편은 곧 첩을 얻어 총애하며 자기 아내를 버렸습니다. 그래서 아내는 우울증에 걸려 죽었습니다. 이는 자기의 아내를 마치 토란처럼 간주한 것입니다.

또 성(城) 동쪽에 갑(甲)과 을(乙)이라는 두 학우(學友)가 있어, 벼루 하나와 등불 하나, 창문 하나와 침대 하나를 함께 쓰면서 아침에 일어나면 서로 옷과 신발을 누구의 것이라 구분하지 않았습니다. 을이 먼저 과거에 급제하여 벼슬길에 오르더니, 갑이 실의에 빠져 있다는 말을 듣고 비웃으며 거들떠보지 않았습니다. 이로 인해 둘 사이의 교류가 끊어졌습니다. 이는 자기의 친구를 마치 토란처럼 간주한 것입니다.

또 듣건대, 어느 집 자제는 독서를 할 때, 훗날 뜻을 이루게 되면 옛날 누구처럼 청렴결백하고 옛날 누구처럼 임금과 부모에게 충효를 다하겠다고 했지만, 관리가 되자 수뢰를 거듭하며 뇌물을 사양하지 않았습니다. 이는 자기의 학업을 마치 토란처럼 간주한 것입니다.

이런 일들은 그래도 나은 편입니다. (더욱 심한 것은) 저의 이웃에 서당(書堂)이 있어, 스승이 제자들에게 전대(前代)의 일에 관해 이야기하는 것을 들어보니, 장상(將相)도 있고 경윤(卿尹)도 있고 자사(刺史) 수령(守令)도 있었는데, 어떤 사람은 자주색 인끈으로 맨 황금 도장을 차고, 또 어떤 사람은 말고삐를 잡고 수레의 휘장을 걷어 올려 위풍을 과시했습니다. 그런데 일단 안에서 변란이 일어나고 밖에서 외적이 기회를 틈타 침입하자, 즉시 무릎을 꿇고 머리를 조아리며 맞이하여 돈을 바치고, 오직 남에게 뒤질세라 두려워하며 끝내 종묘 · 사직과 자신의 명성 · 임금의 총애를 모두 토란처럼 간주했습니다. 그렇다면 세상 사람들이 오늘로 인해 과거를 잊는 일이, 어찌 다만 한 쌍의 젓가락 사이에만 있겠습니까!」

노인의 말이 아직 끝나기도 전에 재상이 문득 놀란 듯이 사의(謝意)를 표하고 말했다.

「노인장은 진정 도리를 아시는 분입니다.」

그리고 노인에게 많은 돈을 주어 보냈다. 그리하여 우노인의 명성이 세상에 널리 알려졌다.

해설

우노인(芋老人)은 어느 서생이 자기 집 처마 밑에서 비를 피하며 추위에 떨고 있는 것을 발견하고 그를 안으로 들어오게 한 후, 이야기를 나누면서 아내에게 부탁하여 토란을 삶아 대접했다. 서생은 그 토란이 너무 맛이 있어 배불리 먹었다.

훗날 서생은 재상이 된 후, 우연히 지난 날 토란을 맛있게 먹었던 생각이 떠올라, 요리사에게 토란을 삶아오도록 하여 먹어보니 전혀 맛이 없었다. 이에 재상은 우노인 부부를 초청하여 노부인에게 지난날처럼 토란을 삶아달라고 부탁했다. 그러나 노부인이 삶은 토란 역시 맛이 없었다.

재상은 이를 매우 이상히 여겼다. 이에 우노인은 재상에게 「토란 자체는 전과 다름이 없으나, 다만 시간과 지위의 변화로 인해 당신의 입맛이 달라졌을 뿐」이라는 도리를 설명하는 동시에, 당시 사회에 횡행했던 여러 유사한 사례들을 하나하나 열거하며 재상으로 하여금 그러한 이치를 깨닫도록 계도(啓導)했다.

이 우언은 서생 시절에 먹은 토란의 맛과 재상이 되어 먹은 토란의 맛이 다르게 느껴진 사례를 통해, 일부 지식인들이 지위가 변하고 여건이 개선되자, 과거의 올곧은 사고(思考)를 버리고 사리사욕에 빠지는 비열한 행위를 비난하는 동시에, 출세한 후 자신을 철저히 단속하여 부정적인 방향으로 역행하지 않도록 경계한 것이다.

《오환방언吳鰥放言》 우언

오장(吳莊 : 1624 -?)은 명말청초(明末淸初) 사람으로 자호를 육일노인(六一老人)이라 했다. 그는 아내가 죽자 자신을 오환(吳鰥 : 오 지방의 홀아비)이라 칭하고, 우언을 빌려 인생에 대한 자기의 감정을 표현했다. 저서로 《무죄초(無罪草)》와 《오환방언(吳鰥放言)》이 있다.

106 송매불청참언(松梅不聽讒言)

《吳鰈放言》

원문 및 주석

松梅不聽讒言[1]

松、竹、梅向稱「三友」。或譖竹於松、梅曰:「此中空空, 安能與君友?」[2] 松、梅怒曰:「惟空空, 故能爲我友。所謂『此中空洞常無物, 何止容卿數百人也!』」[3] 嗚呼! 爲君子者能如松、梅之無信讒言,

....

1 松梅不聽讒言 → 소나무와 매화나무가 참언(讒言)을 듣지 않다
【讒言(참언)】: 거짓으로 남을 헐뜯어 윗사람에게 고자질하는 말.

2 松、竹、梅向稱「三友」。或譖竹於松、梅曰:「此中空空, 安能與君友?」 → 소나무·대나무·매화나무는 줄곧 「삼우(三友)」라고 일컬었다. 어떤 사람이 소나무·매화나무에게 대나무를 헐뜯어 말했다:「대나무는 속이 텅 비었는데, 어찌 당신들과 친구가 될 수 있는가?」
【向(향)】: 줄곧, 종래로.
【或(혹)】: 어떤 사람.
【譖(참)】: 헐뜯다.
【此(차)】: 이, 이것, 즉 「대나무」.
【中空空(중공공)】: 속이 텅 비다. 〖中〗: 속. 〖空空〗: 비다, 텅 비다.
【安能(안능)】: 어찌 …할 수 있는가?
【與君友(여군우)】: 당신과 친구가 되다. 〖與〗: …와(과). 〖君〗: 당신, 귀하. 〖友〗: [동사 용법] 친구가 되다.

3 松、梅怒曰:「惟空空, 故能爲我友。所謂『此中空洞常無物, 何止容卿數百人也!』」 → 소나무·매화나무가 화를 내며 말했다:「바로 속이 비어있기 때문에, 그래서 우리의 친구가 될 수 있는 것입니다. 이른바 『속이 텅 비어 항상 아무것도 없으니, 어찌 다만 당신들 수백 사람만 받아들이겠는가!』라는 것입니다.」

而爲小人者自知其讒言之無益, 而不入於君子之耳, 則交道庶乎其有終矣![4]

번역문

소나무와 매화나무가 참언(讒言)을 듣지 않다

소나무 · 대나무 · 매화나무는 줄곧 「삼우(三友)」라고 일컬었다. 어떤 사람이 소나무 · 매화나무에게 대나무를 헐뜯어 말했다.

「대나무는 속이 텅 비었는데, 어찌 당신들과 친구가 될 수 있는가?」

소나무 · 매화나무가 화를 내며 말했다.

「바로 속이 비어있기 때문에, 그래서 우리의 친구가 될 수 있는 것입니다. 이른바 『속이 텅 비어 항상 아무것도 없으니, 어찌 다만 당신들 수백

....

【惟(유)】: 바로 … 때문에, …로 말미암아.
【爲我友(위아우)】: 나의 친구가 되다. 〖爲〗: …가 되다.
【所謂(소위)】: 이른 바.
【此中空洞常無物, 何止容卿數百人也(차중공동상무물, 하지용경수백인야)】: 속이 텅 비어 항상 아무것도 없으니, 어찌 다만 당신들 수백 사람만 받아들이겠는가! 〖此中〗: 마음, 마음속. 〖何〗: 어찌. 〖止〗: 다만. 〖容〗: 수용하다, 포용하다, 받아들이다. 〖卿〗: [상대방에 대한 존칭] 당신.
※ 이 말은 남회근(南懷瑾)이 《논어별재(論語別裁) · 학이제일(學而第一)》에서 명(明) 진미공(陳眉公)이 「如何是衆樂樂。曰 : 此中空洞原無物, 何止容卿數百人。」라고 한 말을 인용한 것이다.

4 嗚呼! 爲君子者能如松、梅之無信讒言, 而爲小人者自知其讒言之無益, 而不入於君子之耳, 則交道庶乎其有終矣! → 아! 군자가 소나무 · 매화나무처럼 참언을 믿지 않고, 소인배 스스로 참언이 백해무익(百害無益)하여 군자의 귀에 들어가지 않는다는 것을 알 수 있다면, 교우지도(交友之道)는 아마도 시종여일(始終如一) 할 수 있을 것이다.
【嗚呼(오호)】: [감탄사] 아!
【交道(교도)】: 교우지도(交友之道), 친구를 사귀는 도리.
【庶乎(서호)】: 거의, 대체로, 아마도.
【其有終(기유종)】: 시종여일(始終如一)하다.

사람만 받아들이겠는가!』라는 것입니다.」

아! 군자가 소나무 · 매화나무처럼 참언을 믿지 않고, 소인배 스스로 참언이 백해무익(百害無益)하여 군자의 귀에 들어가지 않는다는 것을 알 수 있다면, 교우지도(交友之道)는 아마도 시종여일(始終如一) 할 수 있을 것이다.

해설

어떤 사람이 소나무와 매화나무에게 대나무를 헐뜯으며 이간질을 하자, 소나무와 매화나무가 단호하게 반론을 펴며 참언한 사람의 말문을 막아버렸다.

송죽매(松竹梅)가 「세한삼우(歲寒三友)」라 불리는 것은 본래 엄동설한(嚴冬雪寒)의 추위를 무릅쓰고 절조를 지키는 고상한 미덕을 지니고 있기 때문인데, 이 고사에서는 또 의인화(擬人化)의 기법으로 서로의 진정한 우의(友誼)를 믿으며, 이간질하려는 남의 참언을 듣지 않는 그들의 미덕을 찬양했다.

이 우언은 작자가 고사의 말미에서 언급했듯이, 송죽매의 관계를 끌어다가 군자의 교우에 비유하여 「군자의 교우는 군자가 소나무와 매화나무처럼 참언을 믿지 말아야, 소인배들의 참언이 근절되어 돈독한 교우 관계가 시종여일(始終如一)하게 유지될 수 있다.」라는 교우지도(交友之道)의 중요성을 강조한 것이다.

《잠서潛書》 우언

당견(唐甄 : 1630 - 1704)은 사천(四川) 달주(達州) 사람으로 본명이 대도(大陶), 자가 주만(鑄萬)이었으나, 후에 이름을 견(甄)이라 고치고 별호를 포정(圃亭)이라 했다. 그는 명말청초(明末淸初)에 왕부지(王夫之) · 황종희(黃宗羲) · 고염무(顧炎武) · 안원(顏元) 등과 더불어 저명한 사상가로 불리었다. 그 후 청(淸) 세조(世祖) 순치(順治) 연간에 향시(鄕試)에 급제하여 산서(山西) 장자현(長子縣)의 현령을 지내다가 사직하고 돌아와 강소(江蘇) 오중(吳中)에서 객거(客居) 생활을 했다.

저서로 《포정집(圃亭集)》《춘추술전(春秋述傳)》《모시전전합의(毛詩傳箋合義)》《잠서(潛書)》 등이 있는데, 《잠서》는 그의 일생에서 가장 중요한 저술로, 내용 중에는 군주제도(君主制度)를 대담하게 규탄하며 여러 가지 개혁 주장을 제기했다.

107 장리선인(蔣里善人)

《潛書 · 辨儒》

원문 및 주석

蔣里善人[1]

昔者蜀之蔣里有善人焉, 善善而惡惡, 誠信而不欺人, 鄉人皆服之。[2] 有富者不取券而與之千金, 賈於陝洛, 以其處鄉里者處人, 人皆不悅。[3] 三年, 盡亡其貲而反。[4]

....

1 蔣里善人 → 장리(蔣里) 마을의 선인(善人)
【蔣里(장리)】: [지명] 지금의 사천성 경내.

2 昔者蜀之蔣里有善人焉, 善善而惡惡, 誠信而不欺人, 鄉人皆服之。→ 옛날 촉(蜀) 지방의 장리(蔣里)라는 마을에 선량한 사람이 있었다. 선(善)을 좋아하고 악(惡)을 싫어하며, 성실하고 사람을 속이지 않아, 마을 사람들이 모두 그를 믿고 복종했다.
【蜀(촉)】: [지명] 지금의 사천성 일대.
【善善(선선)】: 선(善)을 좋아하다. ※ 앞의 〖善〗: [동사] 좋아하다. 뒤의 〖善〗: 선(善), 선행(善行).
【惡惡(오악)】: 악(惡)을 싫어하다. 〖惡(오)〗: 미워하다, 싫어하다, 증오하다.
【誠信(성신)】: 성실하다, 진실하다.
【欺(기)】: 속이다, 기만하다.
【服之(복지)】: 그를 믿고 복종하다. 〖之〗: [대명사] 그, 즉 「선량한 사람」.

3 有富者不取券而與之千金, 賈於陝洛, 以其處鄉里者處人, 人皆不悅。→ 어느 부자(富者)가 그에게 차용증을 받지 않고 천금(千金)을 빌려주었다. 그는 (그 돈을 가지고) 섬서(陝西) · 낙양(洛陽) 일대에 가서 장사를 했는데, 자기 동향(同鄉) 사람들에게 베푸는 (너그러운) 태도로 일반 고객들에게 베풀어, 다른 장사꾼들이 모두 그를 좋아하지 않았다.
【有富者(유부자)】: 어느 부자. ※ 판본에 따라서는 「有富者」를 「有富」라 했다.

번역문

장리(蔣里) 마을의 선인(善人)

옛날 촉(蜀) 지방의 장리(蔣里)라는 마을에 선량한 사람이 있었다. 선(善)을 좋아하고 악(惡)을 싫어하며 성실하고 사람을 속이지 않아, 마을 사람들이 모두 그를 믿고 복종했다. 어느 부자(富者)가 그에게 차용증을 받지 않고 천금(千金)을 빌려주었다. 그는 (그 돈을 가지고) 섬서(陝西)·낙양(洛陽) 일대에 가서 장사를 했는데, 자기 동향(同鄕) 사람들에게 베푸는(너그러운) 태도로 일반 고객들에게 베풀어, 다른 장사꾼들이 모두 그를 좋아하지 않았다. 삼 년 후, 그는 자본을 모두 잃고 집으로 돌아왔다.

해설

장리(蔣里) 마을의 선량한 사람은 부자가 차용증도 받지 않고 빌려준 천금(千金)의 돈을 가지고 섬서(陝西) 낙양(洛陽) 일대에 가서 장사를 하면서,

···············

【不取券(불취권)】: 계약서를 받지 않다. 〖卷〗: 계약서, 차용증.
【與(여)】: 주다.
【之(지)】: [대명사] 그, 즉 「선량한 사람」.
【賈於(고어)…】: …에서 장사를 하다. 〖賈〗: 장사하다. 〖於〗: [개사] …에서.
【陝(섬)】: [지명] 섬서(陝西). 지금의 섬서성 일대.
【洛(낙)】: [지명] 낙양(洛陽). 지금의 하남성 낙양시(洛陽市).
【以(이)】: …로, …로써.
【處鄕里者處人(처향리자처인)】: 동향(同鄕) 사람을 대하는 태도로 고객들을 대하다. 〖處〗: 대하다, 대우하다. 여기서는 「베풀다」의 뜻.
【悅(불열)】: 좋아하다.

4 三年, 盡亡其貲而反。→ 삼 년 후, 그는 자본을 모두 잃고 집으로 돌아왔다.
【盡(진)】: 모두.
【亡(망)】: 잃다.
【貲(자)】: 재물. 여기서는 「자본, 본전」을 가리킨다.
【反(반)】: 返(반), 돌아오다.

시장의 고객들에 대해 마치 자기 마을 사람들을 대하듯 선행을 베풀다가 자본을 몽땅 까먹고 집으로 돌아왔다. 농촌 마을의 도덕 · 풍조와 시장의 그것이 전혀 다르다는 것을 인식하지 못했기 때문이다.

이 우언은 서로 다른 환경에서 일을 처리할 경우, 마땅히 시간과 장소와 대상에 따라 알맞게 대처해야 하며, 낡은 틀에 얽매여 변통할 줄 모르는 사람은 반드시 실패한다는 이치를 설명한 것이다.

108 초인환생(楚人患眚)

《潛書 · 自明》

원문 및 주석

楚人患眚[1]

楚人有患眚者, 一日謂其妻曰 :「吾目幸矣, 吾見鄰屋之上大樹焉。」[2] 其妻曰 :「鄰屋之上無樹也。」[3] 禱於湘山, 又謂其僕曰 :「吾目幸矣, 吾見大衢焉。紛如其間者, 非車馬徒旅乎?」[4] 其僕曰 :「所望

....

1 楚人患眚 → 초(楚)나라 사람이 백내장(白內障)을 앓다
【楚(초)】: [국명] 지금의 호남성 · 호북성과 강서성 · 절강성 및 하남성 남부에 걸쳐 있던 주대(周代)의 제후국.
【患(환)】: (병을) 앓다.
【眚(생)】: 백내장(白內障).

2 楚人有患眚者, 一日謂其妻曰 :「吾目幸矣, 吾見鄰屋之上大樹焉。」→ 백내장(白內障)을 앓는 초(楚)나라 사람이, 어느 날 자기 아내에게 말했다 :「내 눈이 나아서, 나는 이웃집 지붕 위의 큰 나무를 볼 수 있소.」
【一日(일일)】: 어느 날.
【幸(행)】: (병이) 낫다, 좋아지다, 호전되다.

3 其妻曰 :「鄰屋之上無樹也。」→ 그의 아내가 말했다 :「이웃집 지붕 위에는 나무가 없어요.」

4 禱於湘山, 又謂其僕曰 :「吾目幸矣, 吾見大衢焉。紛如其間者, 非車馬徒旅乎?」→ 또 상산(湘山)에 축복을 빌러 가서, 하인에게 말했다 :「내 눈이 나아서, 나는 큰 도로를 볼 수 있다. 그곳에서 와자지껄 떠들썩한 것은, 거마(車馬)와 여행객들이 아니냐?」
【禱於湘山(도어상산)】: 상산(湘山)에 축복을 빌러 가다. 〖禱〗: 기도하다, 축복을 빌다. 〖於〗: [개사] …에, …에서. 〖湘山〗: [산 이름] 동정호(洞庭湖)에 있는 산.
【僕(복)】: 종, 하인.

皆江山也, 安有大衢?」[5] 夫無樹而有樹, 無衢而有衢, 豈目之明哉? 目之病也。[6] 不達而以爲達, 不貫而以爲貫, 豈心之明哉? 心之病也。[7]

번역문

초(楚)나라 사람이 백내장(白內障)을 앓다

백내장(白內障)을 앓는 초(楚)나라 사람이 어느 날 자기 아내에게 말했다.

「내 눈이 나아서, 나는 이웃집 지붕 위의 큰 나무를 볼 수 있소.」

……………

【大衢(대구)】: 큰 도로, 큰 길.
【紛如其間者(분여기간자)】: 그곳에서 왁자지껄 떠들썩한 것. 〖其間〗: 그곳, 즉 「도로」.
【非(비)…乎(호)?】: …이 아닌가?
【徒旅(도려)】: 여행하는 사람, 여행객(旅行客).

5 其僕曰 : 「所望皆江山也, 安有大衢?」 → 하인이 말했다 : 「보이는 것은 모두 강과 산뿐인데, 어디에 큰 도로가 있어요?」
【所望(소망)】: 보는 바, 보는 것.
【皆(개)】: 모두, 다.
【安(안)】: 어디, 어느 곳.

6 夫無樹而有樹, 無衢而有衢, 豈目之明哉? 目之病也。 → 대저 나무가 없는 것을 있다 하고, 길이 없는 것을 있다고 하면, 어찌 눈이 밝은 것이겠는가? 이는 눈에 탈이 난 것이다.
【夫(부)】: [발어사] 대저, 무릇.
【無樹而有樹(무수이유수)】: 나무가 없는데 나무가 있다고 하다. 즉 「없는 나무를 있다고 하다」의 뜻.
【豈(기)】: 어찌.
【病(병)】: [동사] 병나다, 탈나다.

7 不達而以爲達, 不貫而以爲貫, 豈心之明哉? 心之病也。 → 통달하지 못했는데 스스로 통달했다 여기고, 꿰뚫지 못했는데 스스로 꿰뚫었다고 여기면, 어찌 마음이 밝은 것이겠는가? 이는 마음에 탈이 난 것이다.
【不達而以爲達(부달이이위달)】: 사리에 통달하지 못했는데 통달했다고 여기다.
【不貫而以爲貫(불관이이위관)】: 지식에 관통하지 못했는데 관통했다고 여기다.

그의 아내가 말했다.

「이웃집 지붕 위에는 나무가 없어요.」

또 상산(湘山)에 축복을 빌러 가서 하인에게 말했다.

「내 눈이 나아서, 나는 큰 길을 볼 수 있다. 그곳에서 왁자지껄 떠들썩한 것은 거마(車馬)와 여행객들이 아니냐?」

하인이 말했다.

「보이는 것은 모두 강과 산뿐인데, 어디에 큰 도로가 있어요?」

대저 나무가 없는 것을 있다 하고, 길이 없는 것을 있다 하면, 어찌 눈이 밝은 것이겠는가? 이는 눈에 탈이 난 것이다. 통달하지 못했는데 스스로 통달했다 여기고, 꿰뚫지 못했는데 스스로 꿰뚫었다고 여기면, 어찌 마음이 밝은 것이겠는가? 이는 마음에 탈이 난 것이다.

해설

눈이 백태(白苔)에 가려지면 잘 보이지 않는다. 그러나 가장 두려운 것은 눈에 백태가 생기는 것이 아니라 마음에 백태가 생기는 것이다. 모르면서 아는 척하고 지나치게 독단적이며, 통달하지 못하고도 스스로 통달한 것처럼 여기는 것이 바로 마음에 백태가 생긴 것이다.

이 우언은 눈에 백태가 생기면 잘 보이지 않듯이, 마음에 백태가 생겨 가려지면 모든 일에 통달할 수 없기 때문에, 이러한 마음의 백태를 제거하기 위해서는, 설사 자기와 다른 의견이라도 겸허히 수렴하고, 연후에 스스로 조사와 연구를 통해 비교 분석한 다음, 이를 근거로 합당한 판단을 해야 한다는 도리를 강조한 것이다.

109 탁빙지기(琢冰之技)

《潛書 · 非文》

원문 및 주석

琢冰之技[1]

昔京師有琢冰爲人物之形者, 被以衣裳, 綴以丹碧, 神色如生, 形制如眞。[2] 京師天寒, 置之堂背, 逾日不變, 變則修飾之。往觀者日數百人, 皆歎其巧, 驚其神。[3] 一日, 語衆曰 : 「孰能與我三斗粟?

1 琢冰之技 → 얼음을 조각하는 기예(技藝)
【琢(탁)】: 쪼다, 조각하다.

2 昔京師有琢冰爲人物之形者, 被以衣裳, 綴以丹碧, 神色如生, 形制如眞。→ 옛날 경성(京城)에 얼음을 조각하여 사람 모양을 만드는 예인(藝人)이 있었는데, (조각한 얼음에) 옷을 입히고, 붉고 푸른 색깔을 입히면, 표정이 마치 살아있는 듯하고, 형체가 마치 진짜 사람과 같다.
【京師(경사)】: 경성(京城), 도읍.
【爲人物之形(위인물지형)】: 인물의 형상을 만들다. 〖爲〗: 만들다.
【被以衣裳(피이의상)】: 옷을 입히다. 〖被〗: [사동 용법] 입히다.
【綴(철)】: 장식하다. 여기서는 「색깔을 입히다」의 뜻.
【丹碧(단벽)】: 붉은색과 푸른색. 〖丹〗: 붉은색. 〖碧〗: 푸른색.
【神色如生(신색여생)】: 표정이 마치 살아 있는 듯하다. 〖神色〗: 안색, 기색, 표정. 〖如〗: 마치 …같다.
【形制如眞(형제여진)】: 형체가 마치 진짜 사람 같다. 〖形制〗: 형상, 형체, 신체.

3 京師天寒, 置之堂背, 逾日不變, 變則修飾之。往觀者日數百人, 皆歎其巧, 驚其神。→ 경성은 날씨가 추워서, 그것을 집 뒤에 놓아두면, 날을 넘겨도 변하지 않고, 변하면 곧 그것을 손질하여 고친다. 구경하러 가는 사람이 하루에 수백 명에 달하는데, 모두 그 기교에 감탄하고, 그 신기함에 놀란다.

吾授之以吾技。」人無應者。[4] 乃問之曰：「吾之技亦巧矣, 吾欲鬻技, 得三斗粟, 而人無應者, 其故何也?」[5] 有笑之者曰：「子之技誠巧矣! 子何不範金琢玉, 爲夏、殷、周、漢之器, 可以寶而不壞。[6] 今乃

【置(치)】: 놓다, 두다.
【之(지)】: [대명사] 그것, 즉 「조각한 얼음 작품」.
【逾日(유일)】: 날을 넘기다.
【修飾(수식)】: 손질을 하다, 보수하다, 손보아 고치다.
【往觀者(왕관자)】: 구경하러 가는 사람.
【歎其巧(탄기교)】: 그 기교에 감탄하다. 〖歎〗: 감탄하다. 〖巧〗: 기교.
【驚其神(경기신)】: 그 신기함에 놀라다. 〖神〗: 신기하다, 신비롭다.

4 一日, 語衆曰：「孰能與我三斗粟? 吾授之以吾技。」人無應者。→ 어느 날, 그가 구경하는 사람들에게 말했다 : 「누가 나에게 곡식 서 말을 줄 수 있습니까? 그러면 내가 그에게 나의 기예를 전수해 주겠습니다.」 호응하는 사람이 아무도 없었다.
【語(어)】: [동사] 말하다.
【衆(중)】: 관중, 구경하는 사람들.
【孰(숙)】: 누구.
【與(여)】: 주다.
【三斗粟(삼두속)】: 곡식 세 말. 〖粟〗: 곡식, 곡물.
【授之以吾技(수지이오기)】: 그에게 나의 기예를 전수해 주다.

5 乃問之曰：「吾之技亦巧矣, 吾欲鬻技, 得三斗粟, 而人無應者, 其故何也?」→ 그리하여 그가 구경하는 사람들에게 물었다 : 「나의 기예도 교묘하여, 내가 기예를 팔아, 곡식 서 말을 얻으려 하는데, 호응하는 사람이 아무도 없습니다. 그 까닭이 무엇입니까?」
【乃(내)】: 이에, 그리하여.
【欲(욕)】: …하고자 하다, …하려고 하다.
【鬻(육)】: 賣(매), 팔다.
【故(고)】: 까닭, 이유.

6 有笑之者曰：「子之技誠巧矣! 子何不範金琢玉, 爲夏、殷、周、漢之器, 可以寶而不壞。→ 어떤 사람이 그를 비웃으며 말했다 : 「당신의 기예는 정말 교묘합니다! 그런데 당신은 어째서 쇠붙이를 주조(鑄造)하고 옥을 쪼아, 하(夏) · 은(殷) · 주(周) · 한(漢) 시대와 같은 그런 기물을 만들지 않습니까? 그러면 보물로 삼아 소중히 보존하여 망가지지 않을 수 있습니다.
【子(자)】: 너, 그대, 당신.
【誠(성)】: 실로, 정말.
【範金(범금)】: 쇠붙이를 주조(鑄造)하다.
【琢玉(탁옥)】: 옥을 쪼다, 옥을 갈다, 옥을 다듬다.
【爲(위)】: 만들다.
【夏、殷、周、漢(하、은、주、한)】: [국명] 중국의 고대 국가 이름.

琢冰爲玩物, 其形雖肖有, 不日而化矣。[7] 吾甚惜子之技巧而非眞, 心勞而無用, 可以娛目前而不可以傳久遠也。」[8]

번역문

얼음을 조각하는 기예(技藝)

옛날 경성(京城)에 얼음을 조각하여 사람 모양을 만드는 예인(藝人)이 있었는데, (조각한 얼음에) 옷을 입히고 붉고 푸른 색깔을 입히면, 표정이 마치 살아있는 듯하고, 형체가 마치 진짜 사람과 같다. 경성은 날씨가 추워서 그것을 집 뒤에 놓아두면 날을 넘겨도 변하지 않고, 변하면 곧 그것을 손질하여 고친다. 구경하러 가는 사람이 하루에 수백 명에 달하는데, 모두 그 기교에 감탄하고 그 신기함에 놀란다. 어느 날, 그가 구경하는 사람들에게 말했다.

....

【可以(가이)】: …할 수 있다.
【寶(보)】: [동사] 보물로 삼아 소중히 보존하다.
【壞(괴)】: 망가지다, 부서지다.

7 今乃琢冰爲玩物, 其形雖肖有, 不日而化矣。→ 지금 당신은 오히려 얼음을 조각하여 장난감을 만드는데, 그 모양은 비록 핍진(逼眞)하나, 며칠 되지 않아 곧 녹아버립니다.
【乃(내)】: 오히려.
【玩物(완물)】: 장난감, 완구.
【雖(수)】: 비록.
【肖有(초유)】: 매우 닮다, 핍진하다.
【不日而化(불일이화)】: 며칠 되지 않아 곧 녹아버리다. 〖化〗: 녹아버리다.

8 吾甚惜子之技巧而非眞, 心勞而無用, 可以娛目前而不可以傳久遠也。」→ 나는 당신의 기예가 교묘하지만 진실하지 못하고, 심신(心身)은 고달프지만 실용성이 없으며, 잠시 즐길 수는 있어도 오래 전할 수 없는 것을 매우 안타깝게 생각합니다.」
【甚惜(심석)】: 매우 애석하게 여기다.
【非眞(비진)】: 진실하지 못하다.
【娛目前(오목전)】: 잠시 동안 즐기다.
【傳久遠(전구원)】: 오래도록 전하다.

「누가 나에게 곡식 서 말을 줄 수 있습니까? 그러면 내가 그에게 나의 기예를 전수해 주겠습니다.」

호응하는 사람이 아무도 없었다. 그리하여 그가 구경하는 사람들에게 물었다.

「나의 기예도 교묘하여 내가 기예를 팔아 곡식 서 말을 얻으려 하는데, 호응하는 사람이 아무도 없습니다. 그 까닭이 무엇입니까?」

어떤 사람이 그를 비웃으며 말했다.

「당신의 기예는 정말 교묘합니다! 그런데 당신은 어째서 쇠붙이를 주조(鑄造)하고 옥을 쪼아 하(夏)·은(殷)·주(周)·한(漢) 시대와 같은 그런 기물을 만들지 않습니까? 그러면 보물로 삼아 소중히 보존하여 망가지지 않을 수 있습니다. 지금 당신은 오히려 얼음을 조각하여 장난감을 만드는데, 그 모양은 비록 핍진(逼眞)하나 며칠 되지 않아 곧 녹아버립니다. 나는 당신의 기예가 교묘하지만 진실하지 못하고, 심신(心身)은 고달프지만 실용성이 없으며, 잠시 즐길 수는 있어도 오래 전할 수 없는 것을 매우 안타깝게 생각합니다.」

해설

얼음을 조각하는 고도의 기술을 지닌 예인(藝人)이 곡식 서 말을 받고 자기의 기술을 전수해 주고자 해도 이에 응하는 사람이 아무도 없었다. 예인이 구경하는 사람들에게 그 까닭을 묻자, 어떤 사람이 그를 비웃으며 말하길 : 어째서 그 뛰어난 기술로 쇠붙이를 녹이고 옥을 쪼아 하(夏)·은(殷)·주(周)·한(漢) 시대와 같은 그런 기물을 만들어 보물로서 오래 보존할 수 있도록 하지 않고, 실속 없이 그저 잠시 눈요기에 불과한 얼음을 조각하는 일에 힘쓰느냐고 힐난했다.

이 우언은 작자가 얼음을 조각하는 예인을, 내용을 중시하지 않고 화려한 문사(文辭)에만 매달리는 당시의 문인들에 비유하여, 본말(本末)이 전도(顚倒)된 당시 사회의 그릇된 문학 풍조를 비난한 것이다.

110 오중명의(吳中名醫)

《潛書 · 知言》

원문 및 주석

吳中名醫[1]

昔吳中有名醫, 華輿美裘, 顏如渥丹, 舌如轉軸。疾病之家, 非其藥不飮也。[2] 有病愈者, 則曰：「果醫之良」; 有死者, 則曰：「良醫不能生死人。」[3] 是醫也, 不任殺人之罪而獲顯名厚利者, 疾病之家任

1 吳中名醫 → 오중(吳中)의 명의(名醫)
【吳中(오중)】: [지명] 지금의 강소성 오현(吳縣) 일대.

2 昔吳中有名醫, 華輿美裘, 顏如渥丹, 舌如轉軸。疾病之家, 非其藥不飮也。→ 옛날 오중(吳中)에 유명한 의사가 있었는데, 화려하게 장식한 수레를 타고 아름다운 가죽 옷을 입고, 얼굴은 주사처럼 불그스레하게 윤기를 띠고, 말은 마치 청산유수(青山流水)와 같았다. 병을 앓는 사람들은, 그 의사의 약이 아니면 복용하지 않았다.
【華輿(화여)】: 화려한 수레. 여기서는 동사 용법으로 「화려하게 장식한 수레를 타다」의 뜻.
【美裘(미구)】: 아름다운 가죽 옷. 여기서는 동사 용법으로 「아름다운 가죽 옷을 입다」의 뜻.
【顏如渥丹(안여악단)】: 안색이 마치 윤기가 흐르는 주사(朱砂)와 같다. 즉 「안색이 주사처럼 불그스레하게 윤기가 흐르다」의 뜻. 〖顏〗: 얼굴, 안색. 〖如〗: 마치 …같다. 〖渥丹〗: 윤기가 흐르는 주사.
【舌如轉軸(설여전축)】: 혀가 마치 돌아가는 수레바퀴의 축과 같다. 즉 「말이 마치 청산유수(青山流水)와 같다」의 뜻. 〖軸〗: 수레바퀴의 축.
【疾病之家(질병지가)】: 병을 앓는 사람, 병이 난 사람.
【非(비)…不(불)…】: …가 아니면 …하지 않다.

3 有病愈者, 則曰：「果醫之良」; 有死者, 則曰：「良醫不能生死人。」→ (그의 약을 복용하고) 병이 나은 사람들은, 말하길：「과연 의술이 뛰어나다.」라 했고; 죽은 사람들의 가족은, 말하

耳目之過也。[4]

번역문

오중(吳中)의 명의(名醫)

옛날 오중(吳中)에 유명한 의사가 있었는데, 화려하게 장식한 수레를 타고 아름다운 가죽 옷을 입고, 얼굴은 주사처럼 불그스레하게 윤기를 띠고, 말은 마치 청산유수(青山流水)와 같았다. 병을 앓는 사람들은 그 의사의 약이 아니면 복용하지 않았다. (그의 약을 복용하고) 병이 나은 사람들은 말하길 「과연 의술이 뛰어나다.」라 했고, 죽은 사람들의 가족은 말하길 「좋은 의사라 해도 죽은 사람을 살려낼 수는 없다.」라고 했다.

이 의사가 살인죄를 떠맡지 않고 (오히려) 찬란한 명성과 후한 이익을 얻은 것은, 바로 병을 앓는 사람들이 잘못 보고 잘못 듣는 과오를 스스로

길 : 「좋은 의사라 해도 죽은 사람을 살려낼 수는 없다.」라고 했다.
【病愈(병유)】: 병이 낫다, 병이 치유되다.
【果(과)】: 과연, 정말.
【醫之良(의지량)】: 의술이 뛰어나다.
【生(생)】: [사동 용법] 살려내다.

4 是醫也, 不任殺人之罪而獲顯名厚利者, 疾病之家任耳目之過也。→ 이 의사가, 살인죄를 떠맡지 않고 (오히려) 찬란한 명성과 후한 이익을 얻은 것은, 바로 병을 앓는 사람들이 잘못 보고 잘못 듣는 과오를 스스로 떠맡았기 때문이다.
【是(시)】: 此(차), 이.
【任(임)】: 떠맡다, 책임지다.
【獲(획)】: 얻다, 획득하다.
【顯名(현명)】: 찬란한 명성.
【厚利(후리)】: 후한 이익.
【…者(자)】: …것.
【耳目之過(이목지과)】: 귀와 눈의 잘못. 즉 「잘못 보고 잘못 들음」을 가리킨다. 【過】: 잘못, 과오.

떠맡았기 때문이다.

해설

오중(吳中)의 의사가 명성을 얻은 까닭은 의술이 뛰어나서가 아니라 남을 속이는 말재주가 뛰어났기 때문이다. 그래서 병을 앓는 사람들이 그의 약을 복용한 후 병이 나으면 「과연 의술이 뛰어나다.」라 하고, 죽으면 「좋은 의사라 해도 죽은 사람을 살려낼 수는 없다.」라며 의사에게 면죄부(免罪符)를 준다. 당시 사회에서 환자를 속이는 의사들의 부도덕한 사례를 반영한 것이다.

이 우언은 현란한 말재주로 환자를 속이는 의사와 의사의 말에 현혹된 환자의 관계를 통해, 매사를 신중하게 대처하지 않고 상대방의 감언이설(甘言利說)에 속아 피해를 당하는 어리석은 행위를 질책하는 동시에, 남의 사기 행각에 속지 않기 위해서는 상대방을 지나치게 믿거나 남이 하는 대로 무작정 따라하지 말고, 자신이 체험한 효과 유무를 근거로 진위(眞僞)를 검증해야 실패를 최대한 방지할 수 있다는 교훈을 제시한 것이다.

111 천우묘청(天雨苗青)

《潛書 · 恤孤》

원문 및 주석

天雨苗青[1]

吾嘗觀於田矣, 天久不雨, 諸苗將槁。[2] 吳中之人, 農衆而力勤, 車汲之聲達於四境, 然灌東畝而西畝涸, 灌南畝而北畝涸, 人力雖多, 無如之何。[3] 迨夫陽極陰起, 蒸爲雲霧, 不崇朝而遍於天下, 沛然下

1 天雨苗青 → 하늘이 비를 내려 싹이 푸르다
【雨(우)】: [동사] 비를 내리다.
【苗(묘)】: 싹, 새싹.

2 吾嘗觀於田矣, 天久不雨, 諸苗將槁。→ 내가 일찍이 밭에 나가 살펴보니, 하늘이 오래도록 비를 내리지 않아, 모든 싹이 곧 말라죽으려 했다.
【嘗(상)】: 일찍이.
【觀於(관어)…】: …을 관찰하다.
【雨(우)】: [동사] 비를 내리다.
【將(장)】: 곧 …하려 하다.
【槁(고)】: 마르다, 말라죽다.

3 吳中之人, 農衆而力勤, 車汲之聲達於四境, 然灌東畝而西畝涸, 灌南畝而北畝涸, 人力雖多, 無如之何。→ 오중(吳中) 사람은, 농민이 많고 또 부지런하여, 수레로 물 긷는 소리가 사방에 울려 퍼진다. 그러나 동쪽 밭에 물을 대고 나면 서쪽 밭이 마르고, 남쪽 밭에 물을 대고 나면 북쪽 밭이 말라, 비록 인력이 많아도, 어찌할 도리가 없다.
【吳中(오중)】: [지명] 춘추시대 오(吳)나라의 땅. 지금의 강소성 오현(吳縣) 일대.
【農衆(농중)】: 농민이 많다.
【力勤(역근)】: 근면하다, 부지런하다.

雨, 濛濛不休。[4] 旦起視之, 苗皆興矣, 溝塍蔓生之草, 皆苗甲青青矣。[5] 人力之勤, 不如普天之澤也。以人譬苗, 以雨譬政。[6]

【汲(급)】: 물을 긷다.

【達於四境(달어사경)】: 사방에 전달되다, 사방에 울려 퍼지다. 【於】: [개사] …에. 【四境】: 사방.

【然(연)】: 그러나.

【灌東畝而西畝涸(관동무이서무학)】: 동쪽 밭이랑에 물을 대고 나면 서쪽 밭이랑이 마르다. 【灌】: 물을 대다, 물을 주다. 【畝】: (논이나 밭의) 이랑, 두렁. 【涸】: (물이) 마르다.

【雖(수)】: 비록.

【無如之何(무여지하)】: 어찌 할 방법이 없다, 어찌할 도리가 없다.

4 迨夫陽極陰起, 蒸爲雲霧, 不崇朝而遍於天下, 沛然下雨, 濛濛不休。→ (그러나) 양(陽)이 절정에 달해 음(陰)이 상승하기에 이르면, 증기(蒸氣)가 운무(雲霧)로 변해, 삽시간에 온 세상에 두루 퍼져, 한바탕 큰비가 내리고, 부슬부슬 계속 멈추지 않는다.

【迨(태)】: …에 이르다, …도달하다.

【夫(부)】: [어조사].

【陽極陰起(양극음기)】: 양(陽)이 절정에 달해 음(陰)이 상승하다. 【極】: 최고조, 절정.

【蒸爲雲霧(증위운무)】: 증기(蒸氣)가 운무(雲霧)로 변하다.

【不崇朝(불숭조)】: 아침이 되기도 전에. 즉 「삽시간, 순식간, 일순간」의 뜻.

【遍於(편어)…】: …에 두루 퍼지다.

【沛然(패연)】: 비가 세차게 오거나 물이 세차게 내려가는 모양.

【濛濛不休(몽몽불휴)】: 부슬부슬 내리며 그치지 않다.

5 旦起視之, 苗皆興矣, 溝塍蔓生之草, 皆苗甲青青矣。→ 다음날 아침에 일어나 밭을 보면, 싹들이 모두 다시 살아나고, 밭고랑과 밭두렁에 덩굴져 자라는 풀들도, 모두 싹의 겉껍질이 싱싱하게 푸르다.

【旦(단)】: 아침.

【興(흥)】: 일어나다, 흥성하다. 여기서는 「살아나다, 소생하다」의 뜻.

【溝(구)】: 고랑, 밭고랑.

【塍(승)】: 밭두렁, 밭두둑.

【蔓生(만생)】: 덩굴을 뻗어 자라다.

【苗甲(묘갑)】: 새싹의 겉껍질. 여기서는 「새싹」을 가리킨다.

【青青(청청)】: 싱싱하게 푸르다.

6 人力之勤, 不如普天之澤也。以人譬苗, 以雨譬政。→ 사람의 힘이 근면하다 해도, 결코 하늘이 주는 혜택만 못하다. 따라서 사람은 마치 새싹과 같고, 비는 마치 정치(政治)와 같다.

【不如(불여)…】: …만 못하다, …보다 못하다.

【普天之澤(보천지택)】: 하늘의 혜택.

【以人譬苗, 以雨譬政(이인비묘, 이우비정)】: 사람을 싹에 비유하고, 비를 정치에 비유하다. 즉 「사람은 마치 새싹과 같고, 비는 마치 정치와 같다.」의 뜻.

번역문

하늘이 비를 내려 싹이 푸르다

내가 일찍이 밭에 나가 살펴보니, 하늘이 오래도록 비를 내리지 않아 모든 싹이 곧 말라죽으려 했다.

오중(吳中) 사람은 농민이 많고 또 부지런하여, 수레로 물 긷는 소리가 사방에 울려 퍼진다. 그러나 동쪽 밭에 물을 대고 나면 서쪽 밭이 마르고, 남쪽 밭에 물을 대고 나면 북쪽 밭이 말라, 비록 인력이 많아도 어찌할 도리가 없다.

(그러나) 양(陽)이 절정에 달해 음(陰)이 상승하기에 이르면, 증기(蒸氣)가 운무(雲霧)로 변해 삽시간에 온 세상에 두루 퍼져 한바탕 큰비가 내리고 부슬부슬 계속 멈추지 않는다.

다음날 아침에 일어나 밭을 보면 싹들이 모두 다시 살아나고, 밭고랑과 밭두렁에 덩굴져 자라는 풀들도 모두 싹의 겉껍질이 싱싱하게 푸르다.

사람의 힘이 근면하다 해도 결코 하늘이 주는 혜택만 못하다. 따라서 사람은 마치 새싹과 같고 비는 마치 정치(政治)와 같다.

해설

오래 비가 내리지 않아 심한 가뭄이 들면 비록 백성들이 전력을 다해도 농작물을 살려내기엔 역부족이지만, 하늘이 한바탕 큰비를 내리면 말라죽으려던 묘목들이 모두 다시 생기발랄하게 소생한다.

이 우언은 백성을 싹에 비유하고 하늘이 내리는 비를 정치(政治)에 비유하여, 백성들이 자연재해로 인해 고난을 당하며 재난을 극복할 방법이 없을 경우, 오로지 직접 백성을 다스리는 지방의 장관들이 선심(善心)과 인덕

(仁德)을 베풀어야 비로소 백성의 고난을 해결할 수 있다는 작자의 정치에 대한 견해와 제민(濟民) 사상을 밝힌 것이다.

《향조필기(香祖筆記)》 우언

왕사정(王士楨 : 1634 - 1711)은 산동(山東) 신성(新城)[지금의 산동성 환태현(桓台縣)] 사람으로 자는 자진(子眞) 또는 이상(貽上), 호는 완정(阮亭), 별호는 어양산인(漁洋山人)이며 청대(淸代)의 저명한 시인이다. 그는 본명이 왕사진(王士禛) 이었으나 청(淸) 세종(世宗)의 이름 윤진(胤禛)을 피휘(避諱)하여 사후(死後)에 사정(士正)으로 고쳤다가, 후에 고종(高宗)의 어명으로 사정(士禎)이라 고쳤다. 세조(世祖) 순치(順治) 15년(1658) 진사에 급제한 후 양주추관(揚州推官)·예부주사(禮部主事)·소첨사(少詹事) 등을 거쳐 형부상서(刑部尙書)까지 올랐다가 얼마 후 사직하고 고향으로 돌아왔다. 성조(聖祖) 강희(康熙) 50년 78세의 나이로 세상을 떠나 시호를 문간(文簡)이라 했다. 왕사정은 강희 연간에 전겸익(錢謙益)의 뒤를 이어 시단(詩壇)의 맹주로 활약하며 신운설(神韻說)을 주장했는데, 저서로 《완정시초(阮亭詩抄)》《대경당집(帶經堂集)》《연파사(衍波詞)》《어양시화(漁洋詩話)》《지북우담(池北偶談)》《거이록(居易錄)》《향조필기(香祖筆記)》 등 많은 업적을 남겨 청대의 문단에 지대한 공헌을 했다.

112 마석망보(磨石亡寶)

《香祖筆記·卷七》

원문 및 주석

磨石亡寶[1]

江寧有西域賈胡, 見人家几上一石, 欲買之。[2] 凡數至, 主人故高其直, 未售也。一日, 重磨洗, 冀增其價。[3] 明日賈胡來, 驚歎曰 : 「此

1 磨石亡寶 → 돌을 갈아 보석의 가치를 상실하다
【磨(마)】: 갈다.
【亡(망)】: 잃다, 상실하다.

2 江寧有西域賈胡, 見人家几上一石, 欲買之。→ 강녕(江寧)에 서역(西域)에서 온 호족(胡族) 상인이 있었는데, 어느 집 탁자 위에 돌 하나가 놓여 있는 것을 보고, 그것을 사고자 했다.
【江寧(강녕)】: [지명] 지금의 강소성 강녕현(江寧縣).
【西域(서역)】: 옛날 중국의 서쪽 관문인 옥문관(玉門關) 서쪽 지역을 이르는 말. ※ 지금의 감숙성 안서주(安西州)에 그 유적이 남아있다.
【賈胡(고호)】: 호족(胡族) 상인. ※ 옛날에는 서북 지방의 소수민족을 호족(胡族)이라 불렀다.
【几(궤)】: 작은 탁자.
【欲(욕)】: …하고자 하다, …하려고 하다.
【之(지)】: [대명사] 그것, 즉 「돌」.

3 凡數至, 主人故高其直, 未售也。一日, 重磨洗, 冀增其價。→ 여러 번을 찾아갔으나, 주인은 일부러 그 값을 올리려고, 팔지 않았다. 어느 날, (주인은) 그것을 다시 갈고 세척하여, 그 값이 오르기를 기대했다.
【凡(범)】: [발어사].
【故高其直(고고기치)】: 일부러 그 값을 높이다. 〖故〗: 일부러, 고의로, 의도적으로. 〖高〗: 높이다. 여기서는 「올리다」. 〖直〗: 値(치), 값, 가격. ※ 판본에 따라서는 「直」를 「値(치)」라 했다.

至寶, 惜無所用矣![4] 石列十二孔, 按十二時辰, 每交一時, 輒有紅蟢子布網其上, 後網成, 前網卽消, 乃天然日晷也。[5] 今蟢子磨損, 何所用之!」 不顧而去。[6]

·················

【未售(미수)】: 팔지 않다. 〖售〗: 팔다.
【重(중)】: 다시, 새로.
【磨洗(마세)】: 갈고 세척하다.
【冀(기)】: 바라다, 기대하다.
【增(증)】: 늘다, 증가하다. 여기서는 「오르다」의 뜻.
【價(가)】: 값, 가격. ※ 판본에 따라서는 「價」를 「値(치)」라 했다.

4 明日賈胡來, 驚歎曰 : 「此至寶, 惜無所用矣! → 다음날 호족 상인이 찾아오더니, 몹시 놀라 탄식하며 말했다 : 「이 진귀한 보석은, 애석하게도 이제 쓸모가 없습니다!
【驚歎(경탄)】: 놀라 탄식하다.
【至寶(지보)】: 진귀한 보물.
【無所用(무소용)】: 쓸모가 없다.

5 石列十二孔, 按十二時辰, 每交一時, 輒有紅蟢子布網其上, 後網成, 前網卽消, 乃天然日晷也。→ 이 보석에는 본래 열두 개의 작은 구멍이 열두 시진(時辰)에 따라 배열되어 있어, 매 시진이 되면, 곧 붉은 갈거미가 작은 구멍 위에 그물을 치는데, 다음 그물이 완성되면, 이전 그물이 즉시 없어집니다. 이것은 바로 천연의 일귀(日晷)입니다.
【列(열)】: 배열되다.
【孔(공)】: 구멍.
【按(안)】: …에 따라서.
【時辰(시진)】: [시간 단위] 예전에는 하루를 자시(子時)·축시(丑時)·인시(寅時)·묘시(卯時)·진시(辰時)·사시(巳時)·오시(午時)·미시(未時)·신시(申時)·유시(酉時)·술시(戌時)·해시(亥時)의 12시진으로 나누었으며, 1시진은 오늘날의 2시간에 해당한다.
【交(교)】: (시간이) 되다.
【輒(첩)】: 곧, 바로.
【紅蟢子(홍희자)】: 붉은 갈거미.
【布網(포망)】: 그물을 치다.
【消(소)】: 사라지다, 소멸되다, 없어지다.
【乃(내)】: 바로 …이다.
【日晷(일귀)】: 일귀, 해시계.

6 今蟢子磨損, 何所用之!」 不顧而去。→ 이제 갈거미의 구멍이 마모(磨耗)되었으니, 그것을 무엇에 쓰겠습니까!」 (말을 마치자) 돌아보지도 않고 가버렸다.
【磨損(마손)】: 마손되다, 갈려 손상되다, 마모되다.
【何所用之(하소용지)】: 그것을 무엇에 쓰겠는가!
【不顧而去(불고이거)】: 돌아보지도 않고 가버리다. 〖顧〗: 돌아보다.

번역문

돌을 갈아 보석의 가치를 상실하다

강녕(江寧)에 서역(西域)에서 온 호족(胡族) 상인이 있었는데, 어느 집 탁자 위에 돌 하나가 놓여 있는 것을 보고 그것을 사고자 했다. 여러 번을 찾아갔으나 주인은 일부러 그 값을 올리려고 팔지 않았다. 어느 날, (주인은) 그것을 다시 갈고 세척하여 그 값이 오르기를 기대했다. 다음날 호족 상인이 찾아오더니 몹시 놀라 탄식하며 말했다.

「이 진귀한 보석은 애석하게도 이제 쓸모가 없습니다! 이 보석에는 본래 열두 개의 작은 구멍이 열두 시진(時辰)에 따라 배열되어 있어, 매 시진이 되면 곧 붉은 갈거미가 작은 구멍 위에 그물을 치는데, 다음 그물이 완성되면 이전 그물이 즉시 없어집니다. 이것은 바로 천연의 일귀(日晷)입니다. 이제 갈거미의 구멍이 마모(磨耗)되었으니, 그것을 무엇에 쓰겠습니까!」

(말을 마치자) 돌아보지도 않고 가버렸다.

해설

호족(胡族) 상인이 적극적으로 돌에 관심을 보이며 사겠다는 뜻을 표하자, 돌 주인은 돌에 숨겨진 내막을 알지 못하고, 다만 값을 올려 돈을 더 벌겠다는 욕심에 돌을 갈고 닦아 보기 좋게 만들었다. 그 결과 돌은 보석의 가치를 상실하고 쓸모없는 돌멩이로 변했다.

이 우언은 돌 주인의 사례를 통해, 자기 이익만을 생각하고 한없이 탐욕을 부리다가 오히려 이미 손에 넣은 이익마저 잃는 어리석은 행위를 풍자한 것이다.

《잡저십종(雜著十種)》 우언

왕탁(王晫 : 1636 - ?)은 절강(浙江) 인화(仁和) 사람으로 초명(初名)은 비(棐), 호는 목암(木庵) 또는 단록(丹麓)이며 자호를 송계자(松溪子)라 했다. 성격이 분방(奔放)하고 빈객을 좋아했으며 배우기를 좋아하여 많은 책을 읽고 시문(詩文)에도 능했다. 저서로 《수생집(遂生集)》《금세설(今世說)》《하거당집(霞擧堂集)》《잡저십종(雜著十種)》 등이 있다.

113 견(犬)

《雜著十種·寓言·羸犬》

원문 및 주석

犬[1]

城之東偏, 民家畜一犬, 甚羸。鄰火卒發, 延及民家。[2] 民正熟寢, 犬連吠不覺, 起曳其被, 寢猶如故。[3] 復踞床以口附民耳大嗥, 民始

1 犬 → 개

2 城之東偏, 民家畜一犬, 甚羸。鄰火卒發, 延及民家。→ 성(城) 동쪽에 있는 어느 평민의 집에 개 한 마리를 기르는데, 몹시 여위었다. (어느 날 밤) 이웃에서 갑자기 불이 나, 그의 집까지 번졌다.
【東偏(동편)】: 동쪽.
【畜(휵)】: 기르다.
【甚(심)】: 매우, 몹시.
【羸(리)】: 여위다.
【卒(졸)】: 갑자기, 별안간, 돌연히.
【延及(연급)】: …까지 번지다.

3 民正熟寢, 犬連吠不覺, 起曳其被, 寢猶如故。→ 그 집 사람들은 마침 깊이 잠이 들어, 개가 계속 짖어도 깨지 않고, 개가 달려가 (덮고 있는) 이불을 끌어당겨도, 여전히 잠에 취해 있었다.
【正(정)】: 마침.
【熟寢(숙침)】: 깊이 잠들다.
【連(연)】: 계속, 연거푸.
【吠(폐)】: 짖다.
【不覺(불각)】: 잠에서 깨어나지 않다.
【起曳(기예)】: 급히 달려가 끌어당기다. 〖起〗: 급히 달려가다. 〖曳〗: 끌다, 끌어당기다.

驚。視煙已滿室，急呼妻女出，室盡燼矣。[4] 民讓謂所親曰：「吾家貧，犬食恒不飽，不謂今日能免我四人於難也。[5] 彼日厚享其人之食，而不顧其患難者，其視犬爲何如耶?」[6]

……………

【被(피)】: 이불.
【猶(유)】: 여전히, 아직도.
【如故(여고)】: 여전하다, 전과 같다.

4 復踞床以口附民耳大嘷，民始驚。視煙已滿室，急呼妻女出，室盡燼矣。→ (개가) 다시 침상에 쭈그리고 앉아 입을 주인의 귀에 대고 크게 짖어대자, 비로소 놀라 잠을 깼다. 주인은 연기가 이미 집안에 가득한 것을 보고, 급히 아내와 딸을 불러 밖으로 뛰쳐나왔고, 집은 모두 타서 잿더미로 변했다.
【復(부)】: 또, 다시.
【踞(거)】: 쭈그리고 앉다.
【以口附民耳大嘷(이구부민이대호)】: 입을 그의 귀에 대고 크게 짖어대다. 〖附〗: 접근하다, 다가가다, 대다. 〖嘷〗: 짐승의 소리. 여기서는「짖다, 짖어대다」의 뜻.
【始(시)】: 비로소.
【滿室(만실)】: 집안에 가득하다.
【呼(호)】: 부르다.
【盡(진)】: 모두, 다.
【燼(신)】: 재. 여기서는 동사 용법으로「잿더미로 변하다, 다 타버리다」의 뜻.

5 民讓謂所親曰:「吾家貧，犬食恒不飽，不謂今日能免我四人於難也。→ 그가 식구들에게 말했다:「우리 집은 가난하여, 개가 항상 배불리 먹지도 못하는데, 의외로 오늘 우리 네 사람을 재난에서 벗어날 수 있게 해주었다.
【恒(항)】: 늘, 항상, 언제나.
【不謂(불위)】: 뜻밖에, 의외로.
【免於(면어)…】: …을 면하다, …에서 벗어나다. 〖於〗: [개사] …에서.

6 彼日厚享其人之食，而不顧其患難者，其視犬爲何如耶?」→ 날마다 남의 음식을 마음껏 누리면서도, 오히려 남의 우환을 거들떠보지 않는 그 자들을, 이 개와 비교하면 얼마나 차이가 많은가?」
【彼(피)】: 저, 그.
【日(일)】: 날마다.
【厚享(후향)】: 실컷 누리다, 마음껏 누리다.
【不顧(불고)】: 돌보지 않다.
【視(시)】: 견주다, 비교하다.
【爲何如(위하여)】: 어떠한가? 즉「얼마나 많은 차이가 있는가?」의 뜻.

번역문

개

성(城) 동쪽에 있는 어느 평민의 집에 개 한 마리를 기르는데 몹시 여위었다. (어느 날 밤) 이웃에서 갑자기 불이 나 그의 집까지 번졌다.

그 집 사람들은 마침 깊이 잠이 들어 개가 계속 짖어도 깨지 않고, 개가 달려가 (덮고 있는) 이불을 끌어당겨도 여전히 잠에 취해 있었다. (개가) 다시 침상에 쭈그리고 앉아 입을 주인의 귀에 대고 크게 짖어대자 비로소 놀라 잠을 깼다.

주인은 연기가 이미 집안에 가득한 것을 보고 급히 아내와 딸을 불러 밖으로 뛰쳐나왔고, 집은 모두 타서 잿더미로 변했다.

그가 식구들에게 말했다.

「우리 집은 가난하여 개가 항상 배불리 먹지도 못하는데, 의외로 오늘 우리 네 사람을 재난에서 벗어날 수 있게 해주었다. 날마다 남의 음식을 마음껏 누리면서도 오히려 남의 우환을 거들떠보지 않는 그 자들을, 이 개와 비교하면 얼마나 차이가 많은가?」

해설

세상에는 평소에 줄곧 남의 신세를 지던 사람이 막상 남이 어려운 상황에 처하면 전혀 무관심하게 수수방관(袖手傍觀)하며, 혹시 자기에게 연루될까 두려워 줄행랑을 치는 자가 있는가 하면, 더 심한 경우는 우물에 빠진 사람에게 오히려 돌을 던지며 원수를 대하듯 하는 사람도 있다.

이 우언은 위기에서 주인을 구출한 개의 충심을 통해, 위급할 때 구해줄 수 있는 진정한 친구의 도리를 밝히는 동시에, 아무 공로도 없이 녹(祿)

을 먹으면서 오히려 남의 우환을 거들떠보지 않는 당시 사회의 파렴치한 사람들을 비난하고 질책한 것이다.

114 조(蔦)

《雜著十種·寓言》

원문 및 주석

蔦[1]

蔦依樹蔓生，一名寄生，葉似當盧，其子赤黑色，味甘美。[2] 過者見，愛其葱鬱，若忘其在樹也。一日，工師入山伐樹，蔦與俱盡，雖有愛者，不能爲之計。[3] 因嘆蔦能自植，何不可永其天年！卽不然，憑

1 蔦 → 담쟁이덩굴

2 蔦依樹蔓生，一名寄生，葉似當盧，其子赤黑色，味甘美。→ 담쟁이덩굴은 나무에 의탁하여 생장하기 때문에, 일명 기생(寄生)이라고도 부른다. 잎은 말 머리의 장식을 닮고, 그 열매는 붉고 검은색을 띠고 있으며, 맛은 달콤하다.
【依(의)】: 의탁하다, 의지하다, 기대다.
【蔓生(만생)】: 덩굴로 생장하다.
【似(사)】: 닮다, 흡사하다, 비슷하다.
【當盧(당로)】: 당로(當顱), 말 머리의 장식물. ※ 판본에 따라서는 「當盧」를 「蘆(로)」라 했다.
【子(자)】: 열매.
【甘美(감미)】: 달콤하다, 감미롭다.

3 過者見，愛其葱鬱，若忘其在樹也。一日，工師入山伐樹，蔦與俱盡，雖有愛者，不能爲之計。→ 지나가는 사람들이 담쟁이덩굴을 보면, 그 짙푸르고 무성한 모습을 좋아하여, 그것이 나무에 기생한다는 것을 잊는 듯하다. 어느 날, 장인(匠人)이 산에 들어가 나무를 베었는데, 담쟁이덩굴도 나무와 함께 베어졌다. 비록 담쟁이덩굴을 좋아하는 사람이 있다 해도, 그것을 다시 살려낼 방법은 없다.
【過者(과자)】: 지나가는 사람, 왕래하는 사람.
【葱鬱(총울)】: 짙푸르게 무성하다.

於山崖石壁, 亦得以長享雨澤。[4] 乃委身樹木, 以致橫罹斧斤。然則天下亦何者可不愼所憑依耶?[5]

....

【若(약)】: 마치 …같다, 마치 …듯하다.

【工師(공사)】: 장인(匠人).

【俱盡(구진)】: 함께 다하다. 여기서는 「담쟁이덩굴과 나무를 함께 베어버리다」의 뜻. 〖俱〗: 함께.

【不能爲之計(불능위지계)】: 그것을 위해 계책을 낼 수 없다. 즉 「그것을 살려낼 방법이 없다」의 뜻.

4 因嘆蔦能自植, 何不可永其天年! 卽不然, 憑於山崖石壁, 亦得以長享雨澤。→ 그리하여 나는 담쟁이덩굴이 스스로 자립할 수 있다면, 어찌 영원히 자기의 타고난 수명을 누릴 수 없겠는가 하고 탄식했다. 설사 스스로 자립하지 못한다 해도, 낭떠러지나 석벽(石壁)에 의지하면, 또한 빗물을 오래도록 누릴 수 있다.

【因(인)】: 그리하여, 이로 인해.

【自植(자식)】: 스스로 자립하다.

【何(하)】: 어찌.

【永其天年(영기천년)】: 영원히 자기의 타고난 수명을 누리다. 〖永〗: 영원히 누리다. 〖天年〗: 타고난 수명.

【卽不然(즉불연)】: 설사 그렇지 않다 해도. 즉 「스스로 자립하지 못한다 해도」의 뜻. 〖卽〗: 설사 …라 해도. 〖不然〗: 그렇지 않다.

【憑於(빙어)…】: …에 의지하다, …에 의존하다. 〖於〗: [개사] …에.

【山崖(산애)】: 낭떠러지, 벼랑, 절벽.

【得以(득이)】: …할 수 있다.

【長享(장향)】: 오래 누리다.

【雨澤(우택)】: 비, 빗물.

5 乃委身樹木, 以致橫罹斧斤。然則天下亦何者可不愼所憑依耶? → 그런데 오히려 나무에 몸을 맡김으로써, 부당하게 도끼로 잘리는 재앙을 초래했다. 그런 즉, 세상에는 또한 어떤 사람을 자기가 의지할 대상으로 신중히 선택하지 않을 수 있겠는가?

【乃(내)】: 오히려.

【委身樹木(위신수목)】: 나무에 몸을 맡기다.

【致(치)】: 초래하다.

【橫罹(횡리)】: 부당하게 …을 당하다. ※ 판본에 따라서는 「橫罹」를 「橫遭(횡조)」라 했다.

【斧斤(부근)】: 도끼.

【然則(연즉)】: 그런 즉, 그렇다면.

【可不(가불)…】: …하지 않을 수 있는가?

【愼所憑依(신소빙의)】: 의지할 대상으로 삼기에 신중하다.

번역문

담쟁이덩굴

담쟁이덩굴은 나무에 의탁하여 생장하기 때문에 일명 기생(寄生)이라고도 부른다. 잎은 말 머리의 장식을 닮고 그 열매는 붉고 검은색을 띠고 있었으며 맛은 달콤하다. 지나가는 사람들이 담쟁이덩굴을 보면 그 짙푸르고 무성한 모습을 좋아하여, 그것이 나무에 기생한다는 것을 잊는 듯하다.

어느 날, 장인(匠人)이 산에 들어가 나무를 베었는데 담쟁이덩굴도 나무와 함께 베어졌다. 비록 담쟁이덩굴을 좋아하는 사람이 있다 해도 그것을 다시 살려낼 방법은 없다. 그리하여 나는 담쟁이덩굴이 스스로 자립할 수 있다면, 어찌 영원히 자기의 타고난 수명을 누릴 수 없겠는가 하고 탄식했다. 설사 스스로 자립하지 못한다 해도 낭떠러지나 석벽(石壁)에 의지하면, 또한 빗물을 오래도록 누릴 수 있다. 그런데 오히려 나무에 몸을 맡김으로써 부당하게 도끼로 잘리는 재앙을 초래했다.

그런 즉, 세상에는 또한 어떤 사람을 자기가 의지할 대상으로 신중히 선택하지 않을 수 있겠는가?

해설

담쟁이덩굴은 나무에 의탁하여 스스로 자립할 수 없음으로 인해 나무가 잘리자 이에 연루되어 재앙을 만났다.

이 우언은 일부 사람들이 사회생활을 하면서 스스로 독립을 추구하지 않고 항상 남에게 복종하길 좋아하며 남의 의지대로 좌지우지(左之右之) 되다가 마침내 담쟁이덩굴과 같은 운명을 초래하는 불행한 상황을 풍자한 것이다.

115 송(松)

《雜著十種·寓言·盆松》

원문 및 주석

松[1]

松之性直上, 雖數尺, 自亭亭也。[2] 有人移之盆盎, 置之華屋之內, 屈其枝, 縛其節, 灌之漑之, 蓬蓬如偃蓋焉。[3] 非不取悅于人, 然以視

1 松 → 소나무

2 松之性直上, 雖數尺, 自亭亭也。→ 소나무는 곧게 위로 올라가는 성질을 타고나, 크기는 비록 몇 자에 불과하지만, 모습은 꼿꼿하고 우뚝하다.
【直上(직상)】: 직선으로 곧게 올라가다.
【雖(수)】: 비록 …이지만.
【亭亭(정정)】: 꼿꼿하게 우뚝 솟은 모양.

3 有人移之盆盎, 置之華屋之內, 屈其枝, 縛其節, 灌之漑之, 蓬蓬如偃蓋焉。→ 어떤 사람이 그것을 화분에 옮겨 심어, 화려한 집안에 두고, 그 가지를 구부리고, 마디를 묶고, 물을 주어 가꾸자, 무성하게 자라 마치 수레의 차양과 같았다.
【移之盆盎(이지분앙)】: 그것을 화분에 옮겨 심다. 〖移〗: 옮기다, 옮겨 심다. 〖之〗: [대명사] 그것, 즉 「소나무」. 〖盆盎〗: 화분. 「盆」은 위가 넓고 아래가 좁은 원형의 그릇이고, 「盎」은 배가 부르고 입구가 작은 그릇이나, 여기서는 「화분」을 가리킨다.
【置(치)】: 두다, 놓다.
【華屋(화옥)】: 화려한 집.
【屈(굴)】: 굽히다, 구부리다.
【縛(박)】: 묶다.
【節(절)】: 마디.
【灌之漑之(관지개지)】: 계속 물을 주다.
【蓬蓬(봉봉)】: (초목이) 무성한 모양.

夫岫嶺之間, 干青雲, 凌碧霄, 矯矯鬱鬱于嚴霜積雪者, 相去何如耶?[4] 噫! 士君子之失身于人, 亦猶是爾。[5]

....

【如(여)】: 마치 …같다.

【偃蓋(언개)】: 수레의 차양. 〖偃〗: 쓰러지다, 자빠지다. 〖蓋〗: (수레의) 덮개, 차양.

4 非不取悅于人, 然以視夫岫嶺之間, 干青雲, 凌碧霄, 矯矯鬱鬱于嚴霜積雪者, 相去何如耶? → (그렇게 하면) 사람들에게 환심을 사지 못하는 것은 아니지만, 그러나 이를 산봉우리에서, 푸른 구름을 넘어, 하늘 위로 솟아, 된 서리와 쌓인 눈 속에서 높이 울창하게 자라는 소나무들과 비교하면, 얼마나 차이가 많은가?

【非不(비불)…】: …이 아닌 것은 아니다.

【取悅于(추열우)…】: …로부터 환심을 사다, …로부터 호감을 얻다.

【然(연)】: 그러나.

【以(이)】: 以之(이지), 이것을.

【視(시)】: 비교하다, 견주다.

【夫(부)】: 저, 그, 이.

【岫嶺(수령)】: 산봉우리.

【干青雲(간청운)】: 푸른 구름에 오르다. 〖干〗: 범하다, 건드리다. ※ 판본에 따라서는 「雲」을 「天(천)」이라 했다.

【凌碧霄(능벽소)】: 푸른 하늘로 솟아오르다. 〖凌〗: 오르다, 올라가다. 〖碧霄〗: 푸른 하늘.

【矯矯鬱鬱(교교울울)】: 높이 울창하게 자라다. 〖矯矯〗: 높이 오르는 모양. 〖鬱鬱〗: (초목이) 무성하다, 울창하다. ※ 판본에 따라서는 「鬱鬱」을 「郁郁(욱욱)」이라 했다.

【嚴霜積雪(엄상적설)】: 된 서리와 쌓인 눈.

【相去(상거)】: 거리, 차이.

【何如(하여)】: 어떠한가?

5 噫! 士君子之失身于人, 亦猶是爾。 → 아! 사군자(士君子)가 남에게 절조를 잃는 것도, 이와 똑같다.

【噫(희)】: [감탄사] 아! ※ 판본에 따라서는 「噫」를 「嘻(희)」라 했다.

【士君子(사군자)】: 덕행이 높고 학문이 뛰어난 사람.

【失身(실신)】: 절조를 잃다.

【猶(유)】: 마치 …와 같다.

【是(시)】: 이, 이것.

【爾(이)】: [어조사]. ※ 판본에 따라서는 「爾」를 「耳(이)」라 했다.

번역문

소나무

소나무는 곧게 위로 올라가는 성질을 타고나, 크기는 비록 몇 자에 불과하지만 모습은 꼿꼿하고 우뚝하다. 어떤 사람이 그것을 화분에 옮겨 심어 화려한 집안에 두고, 그 가지를 구부리고 마디를 묶고 물을 주어 가꾸자, 무성하게 자라 마치 수레의 차양과 같았다. (그렇게 하면) 사람들로부터 환심을 사지 못하는 것은 아니지만, 그러나 이를 산봉우리에서 푸른 구름을 넘어 하늘 위로 솟아 된 서리와 쌓인 눈 속에서 높이 울창하게 자라는 소나무들과 비교하면 얼마나 차이가 많은가?

아! 사군자(士君子)가 남에게 절조를 잃는 것도 이와 똑같다.

해설

소나무는 본래 곧장 위로 향하는 성질을 타고 났으나, 사람들이 그것을 화분에 옮겨 심어 가지를 구부리고 나무의 매듭을 묶어 외관을 아름답게 꾸미면, 비록 깜찍하고 정교한 자태로 사람들의 환심을 살 수도 있지만, 그러나 본성을 상실하여 지난날 산봉우리에서 구름 높이 하늘로 치솟아 엄동설한(嚴冬雪寒)에도 울창하던 본래의 웅장하고 아름다운 모습을 잃고 만다.

이 우언은 사람이 자기의 절조를 잃고 남에게 의탁하게 되면, 항상 남의 뜻에 따라 좌지우지(左之右之)되어 자아상실(自我喪失)을 초래할 수 있다는 이치를 설명한 것이다.

《요재지이聊齋志異》 우언

포송령(蒲松齡 : 1640 - 1715)은 산동(山東) 치천(淄川)[지금의 산동성 치박현(淄博縣)] 사람으로 자는 유선(留仙), 호는 유천거사(柳泉居士)이며 청대(淸代)의 유명한 소설가이다. 그의 서재 이름이 요재(聊齋)이기 때문에 세간에서는 그를 요재선생(聊齋先生)이라 불렀다.

그는 몰락한 지주 가문에서 태어나 생활고에 시달렸으나 천부적으로 총명하고 학문에 전념하여 19세 때 현(縣)·부(府)·도(道)의 동자시(童子試)에 응시해 세 번 모두 수석을 차지했다. 그러나 이후 성시(省試)에서는 여러 차례 응시했음에도 끝내 급제하지 못하고 나이 71세에 이르러 비로소 세공생(歲貢生)[1]에 선발되었다. 그는 세공생이 되기까지 약 50년 동안 생활고로 인해 보응현(寶應縣)에서 1년 동안 막료 생활을 한 것 외에는 줄곧 고향에서 서당의 훈장을 지냈다. 그는 20세 전후부터 글쓰기를 시작하여 대표작이라 할 수 있는 《요재지이(聊齋志異)》[2] 외에 《성신어록(省身語錄)》《회형편(懷刑篇)》《부고곡(婦姑曲)》《번염앙(翻魘殃)》《양투주(禳妒咒)》《장두기(墻頭記)》 등 많은 저서를 남겼다.

《요재지이》는 작자가 약 20년에 걸쳐 쓴 문언단편소설집(文言短篇小說集)으로 모두 491편의 고사를 수록하고 있는데, 제재(題材)의 대부분을 민간 고사에서 채취하여 작자의 풍부한 상상을 바탕으로 봉건사회의 추악한 면을 폭로하는 동시에, 작자 자신이 겪은 고통과 울분을 작품 속에 용해시킴으로서 높은 예술적 성취를 보여주고 있다. 현재 10여 종의 언어로 번역되어 세상에 소개되고 있다.

1 세공(歲貢)은 명청(明淸) 시대 부(府)·주(州)의 생원(生員) 가운데 해마다, 혹은 몇 해에 한 번씩 우수한 자를 선발하여 국자감(國子監)에 보내 공부시키던 제도이며, 이에 선발된 사람을 세공생(歲貢生)이라 했다.

2 「요재(聊齋)」는 작자 서재(書齋) 이름이고, 지이(志異)는 기이한 일들을 기록했다는 뜻이다.

116 희기자부(戱其子婦)

《聊齋志異 · 卷一 · 瞳人語》

원문 및 주석

戱其子婦[1]

鄕有士人, 偕二友於途, 遙見少婦控驢出其前, 戱而吟曰:「有美人兮!」[2] 顧二友曰:「驅之!」相與笑騁。俄追及, 乃其子婦。[3] 心赧氣

1 戱其子婦 → 자기 며느리를 희롱하다
【戱(희)】: 희롱하다.
【子婦(자부)】: 며느리.

2 鄕有士人, 偕二友於途, 遙見少婦控驢出其前, 戱而吟曰:「有美人兮!」→ 마을의 한 선비가, 친구 두 명과 함께 길에서 노닐다가, 멀리서 젊은 부인이 당나귀를 타고 앞에 나타난 것을 보자, 희롱하며 읊어댔다:「미인이로다!」
【士人(사인)】: 선비.
【偕(해)】: 함께.
【遙見(요견)】: 멀리서 바라보다.
【少婦(소부)】: 젊은 부인.
【控驢(공려)】: 당나귀를 타다, 당나귀를 몰다. 〖控〗: 몰다, 부리다, 통제하다. 〖驢〗: 당나귀.
【吟(음)】: 읊다, 읊조리다.

3 顧二友曰:「驅之!」相與笑騁。俄追及, 乃其子婦。→ 그리고 두 친구를 돌아보며 말했다:「저 여인을 좇아가보세!」서로 낄낄대고 웃으며 말을 몰아 달려갔다. 잠시 후 따라잡고 보니, 바로 자기의 며느리였다.
【顧(고)】: 돌아보다.
【驅(구)】: 좇다, 뒤좇다.
【之(지)】: [대명사] 그, 즉「젊은 부인」.
【相與(상여)】: 서로, 함께.
【騁(빙)】: 말을 달리다.

喪, 默不復語。友僞爲不知也者, 評騭殊褻。[4] 士人忸怩, 吃吃而言曰:「此長男婦也。」各隱笑而罷。輕薄者往往自侮, 良可笑也。[5]

번역문

자기 며느리를 희롱하다

마을의 한 선비가 친구 두 명과 함께 길에서 노닐다가, 멀리서 젊은 부

【俄(아)】: 곧, 금방, 잠시.
【追及(추급)】: 따라잡다.
【乃(내)】: 바로 …이다.

4 心赧氣喪, 默不復語。友僞爲不知也者, 評騭殊褻。→ 선비는 부끄러워 얼굴이 붉어지고 의기소침(意氣銷沈)하여, 아무 말을 하지 못했다. 친구들은 모르는 체하며, 이러쿵저러쿵 함부로 비평하고, 매우 방탕하게 행동했다.
【心赧氣喪(심난기상)】: 마음속으로 부끄러워 얼굴이 붉어지고 의기소침하다. 【赧】: 부끄러워 얼굴이 붉어지다. 【氣喪】: 의기소침하다, 풀이 죽다, 기가 죽다.
【默不復語(묵불부어)】: 묵묵히 더 이상 말을 하지 못하다, 아무 말을 하지 못하다. 【復】: 다시, 더 이상.
【僞爲不知(위위부지)】: 모르는 체하다.
【評騭(평즐)】: 평가하여 정하다. 즉「이러쿵저러쿵 함부로 비평하다.」
【殊褻(수설)】: 매우 방탕하게 행동하다. 【殊】: 매우, 극히, 특히. 【褻】: 음탕하다, 방탕하다, 추잡하다.

5 士人忸怩, 吃吃而言曰:「此長男婦也。」各隱笑而罷。輕薄者往往自侮, 良可笑也。→ 선비가 너무 부끄러워, 더듬거리며 말했다:「이 여인은 나의 맏며느리라네.」(친구들은) 각자 속으로 비웃으며 하던 행동을 멈추었다. 품행이 경박한 사람은 왕왕 스스로 자신을 모욕하니, 정말 가소롭다.
【忸怩(육니)】: 몹시 부끄러워하다.
【吃吃(흘흘)】: 말을 더듬는 모양.
【長男婦(장남부)】: 맏며느리.
【隱笑而罷(은소이파)】: 속으로 비웃으며 하던 행동을 멈추다. 【隱笑】: 속으로 비웃다. 【罷】: 그만두다, 중지하다, 멈추다.
【輕薄者(경박자)】: 품행이 경박한 사람.
【往往(왕왕)】: 자주, 흔히, 때때로, 이따금.
【自侮(자모)】: 스스로 자신을 모욕하다.
【良(양)】: 정말, 실로, 매우, 심히.

인이 당나귀를 타고 앞에 나타난 것을 보자 희롱하며 읊어댔다.

「미인이로다!」

그리고 두 친구를 돌아보며 말했다.

「저 여인을 쫓아가보세!」

서로 낄낄대고 웃으며 말을 몰아 달려갔다. 잠시 후 따라잡고 보니 바로 자기의 며느리였다. 선비는 부끄러워 얼굴이 붉어지고 의기소침(意氣銷沈)하여 아무 말을 하지 못했다. 친구들은 모르는 체하며 이러쿵저러쿵 함부로 비평하고 매우 방탕하게 행동했다. 선비가 너무 부끄러워 더듬거리며 말했다.

「이 여인은 나의 맏며느리라네.」

(친구들은) 각자 속으로 비웃으며 하던 행동을 멈추었다.

품행이 경박한 사람은 왕왕 스스로 자신을 모욕하니 정말 가소롭다.

해설

마을의 한 선비가 멀리서 어느 젊은 부인이 당나귀를 타고 오는 것을 보고 희롱하며 친구들을 사주하여 여인을 쫓아갔다가, 그가 바로 자기의 맏며느리라는 것을 알고 부끄러워 얼굴이 붉어지며 전전긍긍(戰戰兢兢)하는 모습을 보였다.

이 우언은 경박한 사람이 왕왕 부도덕한 행동으로 남을 해치려다 오히려 스스로 자신을 모욕하는 결과를 초래하는 어리석은 행위를 풍자한 것이다.

117 노산도사(勞山道士)

《聊齋志異·第一卷·勞山道士》

원문 및 주석

勞山道士[1]

邑有王生, 行七, 故家子。少慕道, 聞勞山多仙人, 負笈往游。登一頂, 有觀宇, 甚幽。[2] 一道士坐蒲團上, 素髮垂領, 而神觀爽邁。叩而與語, 理甚玄妙, 請師之。[3] 道士曰:「恐嬌惰不能作苦。」答言:

1 勞山道士 → 노산(勞山)의 도사(道士)
【勞山(노산)】: 일명 노산(嶗山)이라고도 한다. 지금의 산동성 청도(靑島) 동북쪽 바다에 인접해 있으며 관광 명승지로 이름이 알려져 있다.
【道士(도사)】: 도(道)를 갈고 닦는 사람. ※ 도교(道敎)에서 단약(丹藥)을 만들어 복용하고 도술(道術)을 연마하는 등 도(道)를 닦아 신선(神仙)이 되고자 하는 사람을 가리킨다.

2 邑有王生, 行七, 故家子。少慕道, 聞勞山多仙人, 負笈往游。登一頂, 有觀宇, 甚幽。→ 고을의 왕생(王生)이라는 사람은, 형제 중 일곱째이며, 대대로 벼슬한 집안의 자제이다. 그는 어려서부터 도술(道術)을 흠모하여, 노산(勞山)에 선인(仙人)이 많다는 말을 듣고, 책을 짊어지고 유학(遊學)을 떠났다. 산의 한 정상에 오르자, 도관(道觀)이 있고, 매우 그윽했다.
【行七(항칠)】: 형제 중의 일곱째. 〖行〗: 형제 사이의 항렬.
【故家子(고가자)】: 대대로 벼슬한 집안의 자제.
【少慕道(소모도)】: 어려서부터 도술을 흠모하다.
【負笈往游(부급왕유)】: 책을 짊어지고 유학을 떠나다. 〖負〗: 짊어지다, 매다. 〖笈〗: 책 상자. 〖往游〗: 유학(遊學)을 떠나다.
【觀宇(관우)】: 도관(道觀), 도사(道士)가 수도(修道)하는 곳.
【甚(심)】: 매우.
【幽(유)】: 그윽하다, 조용하다, 고요하다.

3 一道士坐蒲團上, 素髮垂領, 而神觀爽邁。叩而與語, 理甚玄妙, 請師之。→ 한 도사(道士)가

「能之。」[4] 其門人甚衆, 薄暮畢集, 王俱與稽首, 遂留觀中。[5] 淩晨, 道士呼王去, 授以斧, 使隨衆採樵。王謹受教。[6] 過月餘, 手足重繭, 不

....

부들방석에 앉아 있는데, 백발이 목까지 드리웠으나, 정신과 용태는 활달하고 고매했다. (앞으로 다가가) 절을 하고 더불어 이야기를 해보니, 도리가 매우 오묘했다. (그리하여) 왕생은 그를 스승으로 삼고자 청했다.

【蒲團(포단)】: (승려가 좌선할 때 깔고 앉는) 부들방석.

【素髮垂領(소발수령)】: 백발이 목까지 드리우다.

【神觀爽邁(신관상매)】: 정신과 용태가 활달하고 고매하다. 〖神觀〗: 정신과 용태. 〖爽邁〗: 활달하고 고매하다.

【叩而與語(고이여어)】: 절을 하고 더불어 이야기하다. 〖叩〗: 머리를 땅에 대고 절하다. 〖與語〗: 더불어 이야기하다, 함께 이야기하다.

【理甚玄妙(이심현묘)】: 도리가 매우 오묘하다. 〖理〗: 도리, 사리, 이치. 〖甚〗: 매우, 대단히. 〖玄妙〗: 오묘하다, 심오하다.

【請師之(청사지)】: 도사를 스승으로 삼고자 청하다. 〖師〗: [동사 용법] 스승으로 삼다. 〖之(지)〗: [대명사] 그, 즉 「도사」.

4 道士曰 : 「恐嬌惰不能作苦。」 答言 : 「能之。」 → 도사가 말했다 : 「자네는 응석받이로 자라서 아마도 고생을 견디어 낼 수 없을 것이네.」 왕생이 대답했다 : 「저는 고생을 견디어 낼 수 있습니다.」

【恐(공)】: 두려워하다, 걱정하다, 근심하다.

【嬌惰(교타)】: 응석받이로 자라다.

【作苦(작고)】: 고생을 하다, 고통을 견디어 내다.

5 其門人甚衆, 薄暮畢集, 王俱與稽首, 遂留觀中。 → 도사는 제자가 매우 많았는데, 저녁 무렵이 되자 모두 함께 모여들었다. 왕생은 그들에게 일일이 머리가 땅에 닿도록 절을 하고, 곧 도관에 머물렀다.

【門人(문인)】: 제자.

【衆(중)】: 많다.

【薄暮(박모)】: 저녁 무렵.

【畢集(필집)】: 모두 모이다. 〖畢〗: 모두, 전부.

【俱與稽首(구여계수)】: 그들에게 일일이 머리가 땅에 닿도록 몸을 굽혀 큰절을 하다. 〖稽首〗: 머리가 땅에 닿도록 몸을 굽혀 큰절을 하다.

【遂(수)】: 곧, 바로.

6 淩晨, 道士呼王去, 授以斧, 使隨衆採樵。 王謹受教。 → 다음날 이른 새벽에, 도사가 왕생을 불러서 갔더니, 도끼를 주고, 제자들을 따라가 나무를 해오라고 했다. 왕생은 공손히 가르침을 받아들였다.

【淩晨(능신)】: 이른 새벽, 동틀 무렵.

【呼(호)】: 부르다.

堪其苦，陰有歸志。[7] 一夕歸，見二人與師共酌。日已暮，尙無燈燭。師乃翦紙如鏡，粘壁間。[8] 俄頃，月明輝室，光鑑毫芒。諸門人環聽奔走。[9] 一客曰：「良宵勝樂，不可不同。」乃於案上取壺酒，分賚諸

……………

【授以斧(수이부)】: 도끼를 주다. 〖授〗: 주다. 〖以〗: …을. 〖斧〗: 도끼.

【使(사)】: …하게 하다, …하도록 시키다.

【隨衆採樵(수중채초)】: 여러 제자들을 따라가 나무를 하다. 〖隨〗: 따르다, 따라가다. 〖衆〗: 여러 사람. 여기서는 「여러 제자들」을 가리킨다. 〖採樵〗: 땔나무를 하다.

【謹(근)】: 삼가, 공손히.

【受敎(수교)】: 가르침을 받아들이다.

7 過月餘，手足重繭，不堪其苦，陰有歸志。→ 달포가 지나자, 손과 발에 굳은살이 박였다. 왕생은 그러한 고생을 견딜 수가 없어, 은근히 집에 돌아가고 싶은 생각이 났다.

【過(과)】: 지나다, 경과하다.

【重繭(중견)】: (손과 발의) 굳은살, 못.

【不堪(불감)】: 견딜 수 없다, 참을 수 없다.

【陰有歸志(음유귀지)】: 은근히 집에 돌아가고 싶은 생각이 나다. 〖陰〗: 슬며시, 은근히, 남몰래, 내심. 〖歸志〗: 집에 돌아가고 싶은 생각.

8 一夕歸，見二人與師共酌。日已暮，尙無燈燭。師乃翦紙如鏡，粘壁間。→ 그러던 어느 날 저녁 (일을 끝내고) 돌아와, 두 손님과 스승이 함께 술을 마시고 있는 것을 보았다. 날이 이미 저물었는데, 아직 등촉을 밝히지 않고 있었다. 스승이 곧 종이를 거울처럼 오려 가지고, 그것을 벽에다 붙였다.

【共酌(공작)】: 함께 술을 마시다. 〖共〗: 함께, 같이. 〖酌〗: 술을 따르다, 술을 따라 마시다.

【暮(모)】: (날이) 저물다.

【尙(상)】: 아직.

【燈燭(등촉)】: 등불.

【乃(내)】: 곧, 바로.

【翦紙如鏡(전지여경)】: 종이를 거울처럼 오리다. 〖翦〗: 오리다, 자르다. 〖如〗: …처럼, …와 같이.

【粘壁間(점벽간)】: 벽에 붙이다. 〖粘〗: (풀 따위로) 붙이다. 〖壁間〗: 벽.

9 俄頃，月明輝室，光鑑毫芒。諸門人環聽奔走。→ 순간, 달빛이 실내를 환히 비추는데, 그 빛이 섬세한 털끝까지도 뚜렷하게 비추었다. 제자들은 (스승의) 주위를 에워싸고 (스승의 부름을) 기다리며 바쁘게 뛰어다녔다.

【俄頃(아경)】: 순간, 잠깐 사이.

【月明輝室(월명휘실)】: 달빛이 실내를 환히 비추다. 〖輝〗: 밝게 비추다, 환히 비추다.

【光鑑毫芒(광감호망)】: 빛이 섬세한 털끝을 비추다. 즉 「섬세한 털끝까지 뚜렷하게 비추다」의 뜻. 〖鑑〗: 비추다. 〖毫芒〗: 섬세한 털끝.

【環聽奔走(환청분주)】: (스승의) 주위에서 (스승의 부름을) 기다리며 바쁘게 뛰어다니다.

徒, 且囑盡醉。[10] 王自思 : 七八人, 壺酒何能遍給?[11] 遂各覓盎盂, 競飲先釂, 惟恐樽盡; 而往復挹注, 竟不少減, 心奇之。[12] 俄一客曰 :

……………

〖環〗: 둘러싸다, 에워싸다.

10 一客曰 :「良宵勝樂, 不可不同。」乃於案上取壺酒, 分賚諸徒, 且囑盡醉。→ (그때) 한 손님이 말했다 :「이렇게 좋은 밤의 즐거움을, 우리 모두 함께 누리지 않을 수 없습니다.」그리하여 도사가 탁자 위에서 술 한 주전자를 들고 와, 모든 제자들에게 나누어 주고, 또한 모두 취하도록 당부했다.

【良宵(양소)】: 좋은 밤.

【勝樂(승락)】: 절묘한 즐거움.

【不可不同(불가부동)】: 함께 누리지 않을 수 없다.

【乃(내)】: 그리하여.

【於(어)】: [개사] …에서.

【案(안)】: 탁자.

【壺酒(호주)】: 술 한 주전자.

【分賚(분뢰)】: 나누어 주다.

【諸徒(제도)】: 모든 제자들.

【且(차)】: 또한.

【囑(촉)】: 분부하다, 당부하다.

【盡(진)】: 모두.

11 王自思 : 七八人, 壺酒何能遍給? → 왕생은 마음속으로 일고여덟 사람이 한 주전자의 술을 가지고 어떻게 두루 나누어 마실 수 있을까 생각했다.

【自思(자사)】: 혼자 생각하다, 마음속으로 생각하다.

【遍給(편급)】: 두루 나누어주다.

12 遂各覓盎盂, 競飲先釂, 惟恐樽盡; 而往復挹注, 竟不少減, 心奇之。→ 그리하여 (제자들은) 각기 술잔을 찾아, 다투어 술을 마시며, 다만 주전자의 술이 동이 날까 두려워했다. 그러나 술을 계속 따라도, 주전자의 술이 끝내 줄어들지 않아, (왕생은) 마음속으로 그것을 매우 이상하게 생각했다.

【遂(수)】: 그리하여.

【覓(멱)】: 찾다, 구하다.

【盎盂(앙우)】: 배가 부르고 입이 작은 그릇과 아가리가 큰 그릇. 여기서는「술잔」을 가리킨다. 〖盎〗: 배가 부르고 입이 작은 그릇. 〖盂〗: 아가리가 큰 그릇.

【競飲先釂(경음선조)】: 경쟁적으로 술을 마시다. 〖競〗: 다투다, 겨루다, 경쟁하다. 〖釂〗: 술을 마시다.

【惟(유)】: 오직, 다만, 오로지.

【恐(공)】: 두려워하다, 우려하다.

【樽盡(준진)】: 주전자의 술이 동나다, 주전자의 술이 다 떨어지다.

「蒙賜月明之照, 乃爾寂飮, 何不呼嫦娥來!」 乃以箸擲月中。[13] 見一美人自光中出, 初不盈尺, 至地, 遂與人等, 纖腰秀項, 翩翩作《霓裳舞》。[14] 已而歌曰 : 「仙仙乎, 而還乎, 而幽我於廣寒乎!」[15] 其聲淸

....

【往復挹注(왕복읍주)】: 주전자의 술을 사람들의 술잔에 계속 따르다. 〖往復〗: 되풀이하다. 〖挹注〗: 저 그릇의 액체를 이 그릇에 따라 붓다. 여기서는 「주전자의 술을 사람들의 술잔에 따르다」의 뜻.

【竟(경)】: 끝내.

13 俄一客曰 : 「蒙賜月明之照, 乃爾寂飮, 何不呼嫦娥來!」 乃以箸擲月中。→ 잠시 후 다른 한 손님이 말했다 : 「밝게 비추는 달빛을 하사(下賜)받고, 이처럼 적막하게 술을 마시며, 어찌 항아(嫦娥)를 불러오지 않습니까?」 그리하여 도사가 젓가락을 가지고 (벽면의) 달을 향해 던졌다.

【蒙賜(몽사)】: 하사(下賜)받다.

【乃爾(내이)】: 如此(여차), 이와 같이, 이처럼.

【寂飮(적음)】: 조용히 술을 마시다.

【何(하)】: 왜, 어째서.

【嫦娥(항아)】: 전설상의 선녀 이름. ※ 전설에 의하면, 하(夏)나라의 궁수(弓手)인 후예(后羿)의 아내로 후예가 서왕모(西王母)로부터 얻어 온 불사약(不死藥)을 훔쳐 먹고 달나라로 가서 신선이 되었다고 한다.

【乃(내)】: 그리하여.

【以箸擲月中(이저척월중)】: 젓가락을 가지고 (벽면의) 달을 향해 던지다. 〖箸〗: 젓가락. 〖擲〗: 던지다.

14 見一美人自光中出, 初不盈尺, 至地, 遂與人等, 纖腰秀項, 翩翩作《霓裳舞》。→ (그러자) 한 미녀가 달빛 속에서 걸어 나오는 것이 보였다. 처음에는 한 자가 채 되지 않았으나, 땅에 내려오자, 크기가 보통 사람과 같았는데, 가는 허리와 빼어난 목의 아름다운 몸매로, 사뿐사뿐 경쾌하게 《예상무(霓裳舞)》를 추었다.

【自(자)】: …에서, …로부터.

【不盈尺(불영척)】: 한 자가 못되다, 한 자가 채 되지 못하다. 〖盈尺〗: 한 자 정도.

【遂(수)】: 곧, 바로.

【與人等(여인등)】: 보통 사람과 같다.

【纖腰(섬요)】: 가느다란 허리.

【秀項(수항)】: 수려한 목.

【翩翩(편편)】: 사뿐사뿐 경쾌한 모양.

【霓裳舞(예상무)】: 《예상우의무(霓裳羽衣舞)》. ※ 당대(唐代) 궁정(宮廷)의 유명한 춤.

15 已而歌曰 : 「仙仙乎, 而還乎, 而幽我於廣寒乎!」 → 그리고 이어서 노래를 불렀다 : 「선인아, 선인아 돌아오라! 너는 왜 나를 광한궁(廣寒宮)에 가두려 하느냐?」

【已而(이이)】: 이어서, 그 뒤에.

越, 烈如簫管。歌畢, 盤旋而起, 躍登几上, 驚顧之間, 已復爲箸。三人大笑。[16] 又一客曰 :「今宵最樂, 然不勝酒力矣。其餞我於月宮可乎?」[17] 三人移席, 漸入月中。衆視三人, 坐月中飮, 鬚眉畢見, 如影之在鏡中。[18] 移時, 月漸暗, 門人然燭來, 則道士獨坐而客杳矣。[19] 几

....

【而(이)】: 너, 당신.
【幽(유)】: 가두다, 감금하다.
【於(어)】: [개사] …에.
【廣寒(광한)】: 광한궁(廣寒宮). ※ 전설에 의하면, 당명황(唐明皇)이 팔월 망일(望日)에 월궁(月宮)에서 노니는데 궁문 위에 「광한청허지부(廣寒淸虛之府)」라 쓰여 있었다. 그리하여 광한궁은 후에 월궁(月宮)을 가리키는 말이 되었다. ※ 당(唐) 유종원(柳宗元) 《용성록(龍城錄)·명황몽유광한궁(明皇夢遊廣寒宮)》 참조.

16 其聲淸越, 烈如簫管。歌畢, 盤旋而起, 躍登几上, 驚顧之間, 已復爲箸。三人大笑。→ 노랫소리가 맑고 가락이 높아, 또렷하고 낭랑하기가 마치 퉁소를 부는 소리와 같았다. 노래를 마치자, 빙빙 돌며 일어나, 탁자 위로 펄쩍 뛰어오르더니, (사람들이) 놀라 바라보는 사이에, 이미 다시 젓가락으로 변해버렸다. 세 사람은 큰 소리로 웃었다.
【淸越(청월)】: 소리가 맑고 가락이 높다.
【烈如簫管(열여소관)】: 또렷하고 낭랑하기가 마치 퉁소를 부는 소리와 같다. 【烈】: 강렬하다. 여기서는 「(소리가) 또렷하고 낭랑하다」의 뜻. 【如】: 마치 …같다. 【簫管】: 퉁소. 여기서는 「퉁소 소리」를 가리킨다.
【畢(필)】: 마치다, 끝내다.
【盤旋而起(반선이기)】: 빙빙 돌며 일어나다. 【盤旋】: 선회하다, 빙빙 돌다.
【躍登(약등)】: 펄쩍 뛰어오르다.
【几(궤)】: 탁자.
【驚顧(경고)】: 놀라서 바라보다.
【已復爲箸(이부위저)】: 이미 다시 젓가락으로 변하다. 【復】: 다시, 또, 도로.

17 又一客曰 :「今宵最樂, 然不勝酒力矣。其餞我於月宮可乎?」→ 또 한 손님이 말했다 :「오늘 밤 가장 즐거웠습니다. 그러나 주량(酒量)이 한계에 달했습니다. 월궁(月宮)에서 우리를 전송해 줄 수 있습니까?」
【今宵(금소)】: 오늘 밤.
【然(연)】: 그러나.
【不勝酒力(불승주력)】: 주력(酒力)을 견디지 못하다. 즉 「주량이 한계에 이르다」의 뜻. 【不勝】: 참을 수 없다, 견뎌내지 못하다. 【酒力】: 주량(酒量).
【餞(전)】: 전송(餞送)하다, 전별(餞別)하다.
【可乎(가호)】: …할 수 있는가?

18 三人移席, 漸入月中。衆視三人, 坐月中飮, 鬚眉畢見, 如影之在鏡中。→ 세 사람은 자리를

上肴核尚存; 壁上月, 紙圓如鏡而已。道士問衆:「飮足乎?」曰:「足矣。」[20]「足宜早寢, 勿誤樵蘇。」衆諾而退。王竊忻慕, 歸念遂息。[21]

⋯⋯⋯⋯⋯⋯

옮겨, 천천히 월궁으로 들어갔다. 제자들이 세 사람을 보니, 월궁에 앉아 술을 마시는데, 수염과 눈썹이 모두 다 보여, 마치 사람의 모습을 거울에 비추는 것과 같았다.

【移席(이석)】: 자리를 옮기다.

【漸(점)】: 점점, 점차. 여기서는 「천천히」의 뜻.

【鬚眉畢見(수미필견)】: 수염과 눈썹이 모두 보이다. 〖鬚〗: 수염. 〖畢〗: 모두, 전부.

【如影之在鏡(여영지재경)】: 마치 거울에 사람의 모습을 비추는 것과 같다. 〖如〗: 마치 ⋯ 같다, ⋯듯하다. 〖影〗: 영상(影像), 모습.

19 移時, 月漸暗, 門人然燭來, 則道士獨坐而客杳矣。→ 잠시 후, 달이 점점 어두워져, 제자들이 촛불을 켜가지고 와서 보니, 도사만 홀로 앉아 있고 손님은 행방이 묘연했다.

【移時(이시)】: 잠시 후.

【然燭(연촉)】: 촛불을 켜다, 촛불을 밝히다, 촛불을 붙이다. 〖然〗: 燃(연), 불을 붙이다, 점화하다.

【杳(묘)】: 행방이 묘연하다, 종적을 알 길이 없다.

20 几上肴核尚存; 壁上月, 紙圓如鏡而已。道士問衆:「飮足乎?」曰:「足矣。」→ 탁자 위의 안주는 아직 그대로 남아 있는데, 벽면의 달은, 다만 거울처럼 둥근 모양의 종이일 뿐이었다. 도사가 제제들에게 물었다:「흡족하게 마셨느냐?」 제자들이 대답했다:「예, 흡족하게 마셨습니다.」

【肴核(효핵)】: 술안주. 〖肴〗: 육류로 만든 요리. 〖核〗: 과일류.

【尚存(상존)】: 아직 그대로 남아 있다. ※ 판본에 따라서는 「存」을 「故(고)」라 했다. 〖尚〗: 아직.

【紙圓如鏡(지원여경)】: 거울처럼 둥근 모양의 종이. 〖如〗: ⋯와 같이, ⋯처럼.

【而已(이이)】: ⋯뿐이다.

【飮足(음족)】: 흡족하게 마시다, 만족스럽게 마시다.

21 「足宜早寢, 勿誤樵蘇。」衆諾而退。王竊忻慕, 歸念遂息。→ (도사가 말했다):「흡족했으면 마땅히 일찍 자고, 내일 나무하고 풀 베는 일을 그르치지 마라.」 왕생은 속으로 기쁘고 부러워서, 돌아가고 싶은 생각이 즉시 사라져버렸다.

【宜(의)】: 응당, 마땅히.

【早寢(조침)】: 일찍 잠을 자다.

【勿(물)】: ⋯하지 말라, ⋯해서는 안 된다.

【誤(오)】: (일을) 그르치다.

【樵蘇(초소)】: [동사 용법] 나무하고 풀을 베다. 〖樵〗: 나무하다. 〖蘇〗: 풀을 베다.

【諾(낙)】: 대답하다.

【竊(절)】: 몰래, 속으로.

又一月, 苦不可忍, 而道士並不傳教一術。[22] 心不能待, 辭曰 :「弟子數百里受業仙師, 縱不能得長生術, 或小有傳習, 亦可慰求教之心。[23] 今閱兩三月, 不過早樵而暮歸。弟子在家, 未諳此苦。」[24] 道士笑曰 :「我固謂不能作苦, 今果然。明早當遣汝行。」[25] 王曰 :「弟子

【忻慕(흔모)】: 기뻐하며 부러워하다.

【歸念遂息(귀념수식)】: 돌아가고 싶은 생각이 즉시 사라지다. 〖歸念〗: 돌아갈 생각, 돌아가고 싶은 생각. 〖遂〗: 곧, 바로, 즉시. 〖息〗: 멈추다, 그만두다, 단념하다.

22 又一月, 苦不可忍, 而道士並不傳教一術。→ 또 한 달이 지나자, 도저히 고생을 참을 수가 없었다. 그러나 도사는 결코 한 가지 도술도 가르쳐주지 않았다.

【不可忍(불가인)】: 참을 수가 없다.

【並(병)】: 결코.

【傳教(전교)】: 전수(傳授)하다, 가르쳐주다.

23 心不能待, 辭曰 :「弟子數百里受業仙師, 縱不能得長生術, 或小有傳習, 亦可慰求教之心。→ (왕생은) 마음속으로 더 이상 기다릴 수가 없어, 작별을 고하고 말했다 :「제자가 수백 리 멀리서 선사(仙師)께 수업을 받으러 와서, 설사 장생술(長生術)을 습득할 수는 없다 해도, 혹여 작은 술법(術法)이라도 전수(傳授)받아 익혔다면, 또한 가르침을 간청한 저의 마음을 위로할 수 있었을 것입니다.

【受業(수업)】: 기술이나 학업의 가르침을 받다.

【仙師(선사)】: [도사에 대한 존칭].

【縱(종)】: 설사 …일지라도.

【小有傳習(소유전습)】: 작은 것을 전습(傳習)하다. 즉「작은 술법(術法)을 전수(傳授)받아 익히다.」

【慰(위)】: 위로하다.

【求教之心(구교지심)】: 가르침을 간청하는 마음.

24 今閱兩三月, 不過早樵而暮歸。弟子在家, 未諳此苦。」→ 지금 석 달이 지났는데, 아침에 나무하러 가서 저녁에 돌아오는 것에 불과합니다. 저는 집에서도, 이러한 고생을 해보지 않았습니다.」

【閱(열)】: 지나다, 경과하다.

【不過(불과)】: …에 지나지 않다, …에 불과하다.

【諳(암)】: 익숙하다, 숙달하다.

25 道士笑曰 :「我固謂不能作苦, 今果然。明早當遣汝行。」→ 도사가 웃으며 말했다 :「내가 본래 고생을 견딜 수 없을 것이라고 말했었는데, 지금 과연 그렇구먼. 내일 아침에 당연히 너를 보내줄 것이다.」

【固(고)】: 본래, 원래.

【遣(견)】: 보내다.

操作多日, 師略授小技, 此來爲不負也。」[26] 道士問:「何術之求?」王曰:「每見師行處, 牆壁所不能隔, 但得此法足矣。」[27] 道士笑而允之。乃傳以訣, 令自咒畢, 呼曰:「入之!」王面牆不敢入。[28] 又曰:「試入之。」王果從容入, 及牆而阻。道士曰:「俯首驟入, 勿逡巡!」[29]

【汝(여)】: 너, 당신.

26 王曰:「弟子操作多日, 師略授小技, 此來爲不負也。」→ 왕생이 말했다:「제가 여기에서 오랫동안 일을 했으니, 스승님께서 저에게 작은 기술을 좀 가르쳐 주시면, 여기에 온 것이 결코 헛되지 않을 것입니다.」

【操作(조작)】: 일을 하다.

【略授(약수)】: 약간 전수(傳授)해주다, 좀 가르쳐주다.

【小技(소기)】: 작은 기교.

【負(부)】: 저버리다, 헛되게 하다.

27 道士問:「何術之求?」王曰:「每見師行處, 牆壁所不能隔, 但得此法足矣。」→ 도사가 물었다:「무슨 술법을 원하느냐?」왕생이 말했다:「항상 스승님이 가시는 곳을 보면, 담과 벽이 (스승님을) 가로막지 못하는데, 저는 다만 이 술법을 습득하면 족합니다.」

【每(매)】: 늘, 항상.

【行處(행처)】: 가는 곳.

【牆壁(장벽)】: 담과 벽.

【隔(격)】: 막다, 가로막다.

【但(단)】: 단지, 다만.

28 道士笑而允之。乃傳以訣, 令自咒畢, 呼曰:「入之!」王面牆不敢入。→ 도사가 웃으며 왕생의 요구를 허락했다. 그리하여 구결(口訣)을 전수하고, 왕생으로 하여금 스스로 주문(呪文)을 다 외우게 한 다음, 큰 소리로 외쳤다:「벽 속으로 들어가!」왕생은 벽을 마주하자 감히 들어가지 못했다.

【允(윤)】: 윤허하다, 승낙하다, 허락하다.

【之(지)】: [대명사] 그것, 즉「왕생의 요구」.

【乃(내)】: 이에, 그리하여.

【傳以訣(전이결)】: 구결(口訣)을 전수하다. 〖以〗: …을. 〖訣〗: 구결(口訣), 도가 법술의 주문(呪文).

【令(령)】: …에게 …하도록 시키다, …로 하여금 …하게 하다.

【咒畢(주필)】: 주문(呪文) 외우기를 끝내다, 주문을 다 외우다. 〖咒〗: 주문(呪文). 여기서는「주문을 외우다」의 뜻. 〖畢〗: 마치다, 끝내다, 완결하다.

【面牆(면장)】: 벽을 향하다, 벽을 대하다, 벽을 마주하다.

29 又曰:「試入之。」王果從容入, 及牆而阻。道士曰:「俯首驟入, 勿逡巡!」→ 도사가 또 말했다:「시험 삼아 들어가 보아라.」왕생은 과연 침착하게 들어갔으나, 벽에 이르자 또 가로

王果去牆數步, 奔而入; 及牆, 虛若無物, 回視, 果在牆外矣。大喜, 入謝。[30] 道士曰 :「歸宜潔持, 否則不驗。」遂助資斧, 遣之歸。[31] 抵家, 自詡遇仙, 堅壁所不能阻。妻不信。[32] 王效其作爲, 去牆數尺, 奔

……………

막혔다. 도사가 말했다 :「머리를 숙이고 달려 들어가되, 머뭇거리지 마라!」

【試(시)】: 시험 삼아 …해보다.

【果(과)】: 정말, 과연.

【從容(종용)】: 침착하게, 차분하게.

【及(급)】: …에 이르다.

【阻(조)】: [피동 용법] 막히다, 가로막히다.

【俯首(부수)】: 머리를 숙이다.

【驟入(취입)】: 달려 들어가다, 질주하여 들어가다.

【逡巡(준순)】: 머뭇거리다, 주저주저하다.

30 王果去牆數步, 奔而入; 及牆, 虛若無物, 回視, 果在牆外矣。大喜, 入謝。→ 왕생은 과연 벽에서 몇 걸음 뒤로 물러섰다가, 급히 달려 들어갔다. 벽에 이르자, 텅 비어 아무것도 없는 것처럼 느껴졌고, 뒤를 돌아보니, 과연 몸이 벽 밖에 있었다. 왕생은 매우 기뻐하며, 안으로 들어가 도사에게 사의를 표했다.

【去(거)】: 떨어지다. 여기서는「뒤로 물러서다」의 뜻.

【奔(분)】: 내달리다, 빨리 가다.

【虛若無物(허약무물)】: 텅 비어 마치 아무 물건이 없는 듯하다. 〖若〗: 如(여), 마치 …같다, 마치 …듯하다.

【回視(회시)】: 돌아보다, 뒤를 돌아보다.

31 道士曰 :「歸宜潔持, 否則不驗。」遂助資斧, 遣之歸。→ 도사가 말했다 :「집에 돌아가면 마땅히 순결하고 엄숙한 태도로 대해야 한다. 그렇지 않으면 영험하지 않을 것이다.」그리하여 (왕생에게) 노자(路資)를 도와주고, 집으로 돌려보냈다.

【宜(의)】: 응당, 마땅히.

【潔持(결지)】: (나쁜 일을 하거나 자기 자랑을 하지 않는 등) 순결하고 엄숙한 태도로 대하다.

【否則(부즉)】: 그렇지 않으면.

【不驗(불험)】: 영험하지 않다, 효과가 없다.

【遂(수)】: 그리하여.

【資斧(자부)】: 노자(路資), 여비(旅費).

32 抵家, 自詡遇仙, 堅壁所不能阻。妻不信。→ 왕생은 집에 도착하자, (아내에게) 자기가 신선을 만났는데, 견고한 벽도 그를 가로막지 못했다고 허풍을 떨었다. 그의 아내는 믿지 않았다.

【抵(저)】: 도착하다, 다다르다.

【詡(후)】: 허풍떨다.

而入, 頭觸硬壁, 驀然而踣。[33] 妻扶視之, 額上墳起, 如巨卵焉。妻揶揄之, 王慚忿, 罵老道士之無良而已。[34]

번역문

노산(勞山)의 도사(道士)

고을의 왕생(王生)이라는 사람은 형제 중 일곱째이며 대대로 벼슬한 집안의 자제이다. 그는 어려서부터 도술(道術)을 흠모하여, 노산(勞山)에 선인

【遇(우)】: 만나다.
【堅壁(견벽)】: 견고한 벽.

33 王效其作爲, 去牆數尺, 奔而入, 頭觸硬壁, 驀然而踣。→ 왕생은 도사로부터 배운 동작을 모방하여, 벽으로부터 몇 걸음 뒤로 물러섰다가, 급히 달려 들어갔다. 그러나 머리가 딱딱한 벽에 부딪치며, 갑자기 땅에 넘어졌다.
【效其作爲(효기작위)】: 그 동작을 모방하다. 즉 「도사로부터 배운 동작을 모방하다」의 뜻.
〖效〗: 모방하다, 본뜨다.
【作爲(작위)】: 행위, 동작.
【觸(촉)】: 부딪치다, 닿다.
【驀然(맥연)】: 갑자기, 문득, 돌연.
【踣(부)】: 쓰러지다, 넘어지다.

34 妻扶視之, 額上墳起, 如巨卵焉。妻揶揄之, 王慚忿, 罵老道士之無良而已。→ 아내가 그를 부축해 일으켜 세우고 보니, 이마에 혹이 볼록 튀어나와, 마치 큰 계란과 같았다. 아내가 그를 놀려대자, 왕생은 부끄럽기도 하고 화가 나서, 도사를 양심 없는 사람이라고 욕을 할 뿐이었다.
【扶(부)】: 부축하다.
【額(액)】: 이마.
【墳起(분기)】: 돌기하다, 볼록 튀어나오다.
【如(여)】: 마치 …와 같다.
【揶揄(야유)】: 야유하다, 놀리다, 빈정대다, 조소하다.
【慚(참)】: 부끄럽다.
【忿(분)】: 화가 나다, 분개하다.
【罵(매)】: 욕하다.
【無良(무량)】: 양심이 없다.
【而已(이이)】: …뿐이다.

(仙人)이 많다는 말을 듣고 책을 짊어지고 유학(遊學)을 떠났다. 산의 한 정상에 오르자 도관(道觀)이 있고 매우 그윽했다. 한 도사(道士)가 부들방석에 앉아 있는데, 백발이 목까지 드리웠으나 정신과 용태는 활달하고 고매했다. (앞으로 다가가) 절을 하고 더불어 이야기를 해보니 도리가 매우 오묘했다. (그리하여) 왕생은 그를 스승으로 삼고자 청했다.

도사가 말했다.

「자네는 응석받이로 자라서 아마도 고생을 견디어 낼 수 없을 것이네.」

왕생이 대답했다.

「저는 고생을 견디어 낼 수 있습니다.」

도사는 제자가 매우 많았는데, 저녁 무렵이 되자 모두 함께 모여들었다. 왕생은 그들에게 일일이 머리가 땅에 닿도록 절을 하고 곧 도관에 머물렀다. 다음날 이른 새벽에 도사가 왕생을 불러서 갔더니, 도끼를 주고 제자들을 따라가 나무를 해오라고 했다. 왕생은 공손히 가르침을 받아들였다. 달포가 지나자 손과 발에 굳은살이 박였다. 왕생은 그러한 고생을 견딜 수가 없어 은근히 집에 돌아가고 싶은 생각이 났다. 그러던 어느 날 저녁 (일을 끝내고) 돌아와, 두 손님과 스승이 함께 술을 마시고 있는 것을 보았다. 날이 이미 저물었는데 아직 등촉을 밝히지 않고 있었다. 스승이 곧 종이를 거울처럼 오려 가지고 그것을 벽에다 붙였다. 순간 달빛이 실내를 환히 비추는데 그 빛이 섬세한 털끝까지도 뚜렷하게 비추었다. 제자들은 (스승의) 주위를 에워싸고 (스승의 부름을) 기다리며 바쁘게 뛰어다녔다.

(그때) 한 손님이 말했다.

「이렇게 좋은 밤의 즐거움을 우리 모두 함께 누리지 않을 수 없습니다.」

그리하여 도사가 탁자 위에서 술 한 주전자를 들고 와 모든 제자들에게 나누어 주고, 또한 모두 취하도록 당부했다. 왕생은 마음속으로 일고여덟 사람이 한 주전자의 술을 가지고 어떻게 두루 나누어 마실 수 있을까 생각했다. 그리하여 (제자들은) 각기 술잔을 찾아 다투어 술을 마시며, 다만 주전자의 술이 동이 날까 두려워했다. 그러나 술을 계속 따라도 주전자의 술이 끝내 줄어들지 않아 (왕생은) 마음속으로 그것을 매우 이상하게 생각했다.

잠시 후 다른 한 손님이 말했다.

「밝게 비추는 달빛을 하사(下賜)받고 이처럼 적막하게 술을 마시며, 어찌 항아(嫦娥)를 불러오지 않습니까?」

그리하여 도사가 젓가락을 가지고 (벽면의) 달을 향해 던졌다. (그러자) 한 미녀가 달빛 속에서 걸어 나오는 것이 보였다. 처음에는 한 자가 채 되지 않았으나 땅에 내려오자 크기가 보통 사람과 같았는데, 가는 허리와 빼어난 목의 아름다운 몸매로 사뿐사뿐 경쾌하게 《예상무(霓裳舞)》를 추었다. 그리고 이어서 노래를 불렀다.

「선인(仙人)아, 선인아 돌아오라! 너는 왜 나를 광한궁(廣寒宮)에 가두려 하느냐?」

노랫소리가 맑고 가락이 높아, 또렷하고 낭랑하기가 마치 퉁소를 부는 소리와 같았다. 노래를 마치자 빙빙 돌며 일어나 탁자 위로 펄쩍 뛰어오르더니, (사람들이) 놀라 바라보는 사이에 이미 다시 젓가락으로 변해버렸다. 세 사람은 큰 소리로 웃었다.

또 한 손님이 말했다.

「오늘 밤 가장 즐거웠습니다. 그러나 주량(酒量)이 한계에 달했습니다. 월궁(月宮)에서 우리를 전송해 줄 수 있습니까?」

세 사람은 자리를 옮겨 천천히 월궁으로 들어갔다. 제자들이 세 사람을 보니 월궁에 앉아 술을 마시는데, 수염과 눈썹이 모두 다 보여 마치 사람의 모습을 거울에 비추는 것과 같았다. 잠시 후, 달이 점점 어두워져 제자들이 촛불을 켜가지고 와서 보니, 도사만 홀로 앉아 있고 손님은 행방이 묘연했다. 탁자 위의 안주는 아직 그대로 남아 있는데, 벽면의 달은 다만 거울처럼 둥근 모양의 종이일 뿐이었다.

도사가 제제들에게 물었다.

「흡족하게 마셨느냐?」

제자들이 대답했다.

「예, 흡족하게 마셨습니다.」

(도사가 말했다.)

「흡족했으면 마땅히 일찍 자고, 내일 나무하고 풀 베는 일을 그르치지 마라.」

왕생은 속으로 기쁘고 부러워서 돌아가고 싶은 생각이 즉시 사라져버렸다. 또 한 달이 지나자 도저히 고생을 참을 수가 없었다. 그러나 도사는 결코 한 가지 도술도 가르쳐주지 않았다. (왕생은) 마음속으로 더 이상 기다릴 수가 없어 작별을 고하고 말했다.

「제자가 수백 리 멀리서 선사(仙師)께 수업을 받으러 와서, 설사 장생술(長生術)을 습득할 수는 없다 해도, 혹여 작은 술법(術法)이라도 전수(傳授)받아 익혔다면, 또한 가르침을 간청한 저의 마음을 위로할 수 있었을 것입니다. 지금 석 달이 지났는데, 아침에 나무하러 가서 저녁에 돌아오는 것에 불과합니다. 저는 집에서도 이러한 고생을 해보지 않았습니다.」

도사가 웃으며 말했다.

「내가 본래 고생을 견딜 수 없을 것이라고 말했었는데, 지금 과연 그렇구먼. 내일 아침에 당연히 너를 보내줄 것이다.」

왕생이 말했다.

「제가 여기에서 오랫동안 일을 했으니, 스승님께서 저에게 작은 기술을 좀 가르쳐 주시면 여기에 온 것이 결코 헛되지 않을 것입니다.」

도사가 물었다.

「무슨 술법을 원하느냐?」

왕생이 말했다.

「항상 스승님이 가시는 곳을 보면, 담과 벽이 (스승님을) 가로막지 못하는데, 저는 다만 이 술법을 습득하면 족합니다.」

도사가 웃으며 왕생의 요구를 허락했다. 그리하여 구결(口訣)을 전수하고, 왕생으로 하여금 스스로 주문(呪文)을 다 외우게 한 다음 큰 소리로 외쳤다.

「벽 속으로 들어가!」

왕생은 벽을 마주하자 감히 들어가지 못했다.

도사가 또 말했다.

「시험 삼아 들어가 보아라.」

왕생은 과연 침착하게 들어갔으나 벽에 이르자 또 가로막혔다.

도사가 말했다.

「머리를 숙이고 달려 들어가되 머뭇거리지 마라!」

왕생은 과연 벽에서 몇 걸음 뒤로 물러섰다가 급히 달려 들어갔다. 벽에 이르자 텅 비어 아무것도 없는 것처럼 느껴졌고, 뒤를 돌아보니 과연 몸이 벽 밖에 있었다. 왕생은 매우 기뻐하며 안으로 들어가 도사에게 사의를 표했다.

도사가 말했다.

「집에 돌아가면 마땅히 순결하고 엄숙한 태도로 대해야 한다. 그렇지 않으면 영험하지 않을 것이다.」

그리하여 (왕생에게) 노자(路資)를 도와주고 집으로 돌려보냈다. 왕생은 집에 도착하자, (아내에게) 자기가 신선을 만났는데 견고한 벽도 그를 가로막지 못했다고 허풍을 떨었다. 그의 아내는 믿지 않았다. 왕생은 도사로부터 배운 동작을 모방하여, 벽으로부터 몇 걸음 뒤로 물러섰다가 급히 달려 들어갔다. 그러나 머리가 딱딱한 벽에 부딪치며 갑자기 땅에 넘어졌다. 아내가 그를 부축해 일으켜 세우고 보니, 이마에 혹이 볼록 튀어나와 마치 큰 계란과 같았다. 아내가 그를 놀려대자 왕생은 부끄럽기도 하고 화가 나서 도사를 양심 없는 사람이라고 욕을 할 뿐이었다.

해설

왕생은 도술(道術)을 흠모하여 노산(勞山)에 들어가 도사(道士)를 스승으로 삼고 석 달여를 보냈으나, 하루 종일 나무하는 고충을 견디지 못해 결국 돌아가기로 결심했다. 그리고 스승을 찾아가 작별인사를 하며, 그동안 일을 한 대가로 벽을 자유롭게 통과할 수 있는 도술을 전수해 달라고 청했다. 스승은 왕생의 청을 수락하고 도술을 전수해준 후, 그에게 당부하길 「집에 돌아가면 마땅히 순결하고 엄숙한 태도로 대해야지, 그렇지 않으면 영험하지 않을 것이다.」라고 일러 주었다.

왕생은 집에 도착하자마자 도사의 권고를 망각하고, 자기 아내에게 도술을 터득했다고 자랑하며 시범을 보이려다가 벽에 머리를 부딪쳐 이마에 계란만한 혹을 달고 쓰러졌다.

이 우언은 왕생처럼 뽐내기를 좋아하는 사람이 제대로 학습하지 않고 허세(虛勢)를 부리려다가 실패를 자초한 어리석은 행위를 통해, 학습은 거짓이 있을 수 없기 때문에 어렵고 힘든 노력의 대가를 치루지 않으면 절대로 진수(眞髓)를 얻을 수 없다는 교훈을 제시한 것이다.

118 용(龍)

《聊齋志異·卷二·龍》

원문 및 주석

龍[1]

北直界有墮龍入村。其行重拙, 入某紳家。其戶僅可容軀, 塞而入。[2] 家人盡奔。登樓嘩噪, 銃炮轟然。龍乃出。門外停貯潦水, 淺不盈尺。[3] 龍入, 轉側其中, 身盡泥塗; 極力騰躍, 尺餘輒墮。[4] 泥蟠三

1 龍 → 용(龍)

2 北直界有墮龍入村。其行重拙, 入某紳家。其戶僅可容軀, 塞而入。→ 북직례(北直隸) 지방에 용(龍)이 하늘에서 떨어져 촌락으로 들어왔다. 용은 행동이 매우 우둔했는데, 어느 향신(鄉紳)의 집으로 들어갔다. 그 집의 문은 겨우 용의 몸을 받아들일 수 있어, 억지로 비집고 들어갔다.

【北直(북직)】: 북직례(北直隸). 지금의 북경시(北京市)와 하남성. ※ 명대(明代) 초기에는 북경(北京)을 북직례, 남경(南京)을 남직례(南直隸)라 했고, 청대(清代)에는 북직례를 기반으로 직례성(直隸省)을 설립했다.

【墮龍(타룡)】: 하늘에서 떨어진 용. 〖墮〗: 떨어지다.

【重拙(중졸)】: 우둔하다, 굼뜨다.

【紳(신)】: 향신(鄉紳). 퇴직한 관리로서 학문과 덕망이 높은 그 지방의 유지(有志).

【戶(호)】: 문, 출입문.

【僅可容軀(근가용구)】: 겨우 몸을 용납할 수 있다.

【塞而入(색이입)】: 억지로 비집고 들어가다.

3 家人盡奔。登樓嘩噪, 銃炮轟然。龍乃出。門外停貯潦水, 淺不盈尺。→ 집안사람들은 (용을 보자) 모두 (놀라) 달아났다. 그들은 누대에 올라가 큰 소리로 떠들어댔고, 총포(銃炮) 소리가 쿵쿵 쾅쾅 요란하게 울려댔다. 용은 그제야 비로소 밖으로 나갔다. 문밖에는 아직 고인 빗물이 남아 있었지만, 깊이가 얕아 한 자가 되지 않았다.

日，蠅集鱗甲。忽大雨，乃霹靂拏空而去。[5]

번역문

용(龍)

북직례(北直隸) 지방에 용(龍)이 하늘에서 떨어져 촌락으로 들어왔다. 용

【盡(진)】: 모두.
【奔(분)】: 달아나다.
【嘩噪(화조)】: 왁자지껄하다, 시끄럽게 떠들다. ※ 판본에 따라서는 「嘩噪」를 「譁譟(화조)」라 했다.
【轟然(굉연)】: 쿵쿵 쾅쾅 요란하게 울리는 소리.
【乃(내)】: 비로소.
【停貯(정저)】: 없어지지 않고 남아 있다, 잔존하다.
【潦水(요수)】: 비가 온 뒤의 고인 물, 고인 빗물.
【淺(천)】: (깊이가) 얕다.
【盈尺(영척)】: 한 자 남짓.

4 龍入，轉側其中，身盡泥塗；極力騰躍，尺餘輒墮。→ 용은 물로 들어가, 그 안에서 몸을 이리저리 뒤척이며, 온몸이 진흙투성이가 되도록, 힘을 다해 도약했지만, 한 자 남짓 위로 올랐다가 곧 추락했다.
【轉側(전측)】: 몸을 이리 저리 뒤척거리다.
【泥塗(니도)】: 진흙을 바르다. 즉 「진흙투성이가 되다」의 뜻.
【騰躍(등약)】: (하늘을 향해) 도약하다, 뛰어 오르다.
【輒(첩)】: 곧, 바로, 즉시.

5 泥蟠三日，蠅集鱗甲。忽大雨，乃霹靂拏空而去。→ 진흙 속에서 사흘 동안 몸을 사리고 있으니, 파리들이 인갑(鱗甲)에 가득 모여들었다. (그러다가) 갑자기 큰 비가 내리자, 곧 벽력같은 소리를 내며 하늘로 올라갔다.
【蟠(반)】: 사리다, 몸을 똬리처럼 둥그렇게 감다.
【蠅(승)】: 파리.
【集(집)】: 모여들다.
【鱗甲(인갑)】: 비늘과 껍데기.
【忽(홀)】: 갑자기.
【乃(내)】: 곧, 바로.
【霹靂(벽력)】: 벼락, 뇌성.
【拏空(나공)】: 하늘로 올라가다.

은 행동이 매우 우둔했는데, 어느 향신(鄕紳)의 집으로 들어갔다. 그 집의 문은 겨우 용의 몸을 받아들일 수 있어 억지로 비집고 들어갔다. 집안사람들은 (용을 보자) 모두 (놀라) 달아났다. 그들은 누대에 올라가 큰 소리로 떠들어댔고, 총포(銃炮) 소리가 쿵쿵 쾅쾅 요란하게 울려댔다. 용은 그제야 비로소 밖으로 나갔다. 문밖에는 아직 고인 빗물이 남아 있었지만 깊이가 얕아 한 자가 되지 않았다. 용은 물로 들어가 그 안에서 몸을 이리 저리 뒤척이며 온몸이 진흙투성이가 되도록 힘을 다해 도약했지만, 한 자 남짓 위로 올랐다가 곧 추락했다. 진흙 속에서 사흘 동안 몸을 사리고 있으니 파리들이 인갑(鱗甲)에 가득 모여들었다. (그러다가) 갑자기 큰 비가 내리자 곧 벽력같은 소리를 내며 하늘로 올라갔다.

해설

중국의 속담에 「용이 얕은 물에서 놀면 새우의 희롱을 받고, 호랑이가 평지에 나가면 개가 업신여긴다.(龍游淺水遭蝦戲, 虎落平陽被犬欺。)」라고 하는 말이 있다. 아무리 재능이 있는 사람이라도 기회와 환경이 제공되지 않으면 다만 진흙 속에서 곤란을 겪는 용과 다를 바 없다. 따라서 사람이 성공을 거두려면 개인의 재능 외에 다른 요소도 매우 중요하여, 펼쳐 보일 재능이 없거나 재능이 있어도 펼칠 수 없다면 모두 인재가 될 수 없다.

이 우언은 영웅이 영웅 역할을 하기 위해서는 먼저 재능을 발휘할 수 있는 환경 조건이 구비되어야 한다는 이치를 설명한 것이다.

119 흑수(黑獸)

《聊齋志異 · 第三卷 · 黑獸》

원문 및 주석

黑獸[1]

某公在瀋陽, 宴集山顚。俯瞰山下, 有虎銜物來, 以爪穴地, 瘞之而去。[2] 使人探所瘞, 得死鹿。乃取鹿而虛掩其穴。少間, 虎導一黑獸至, 毛長數寸。[3] 虎前驅, 若邀尊客。旣至穴, 獸眈眈蹲伺。虎探穴

1 黑獸 → 검은 야수(野獸)
【獸(수)】: 짐승, 길짐승.

2 某公在瀋陽, 宴集山顚。俯瞰山下, 有虎銜物來, 以爪穴地, 瘞之而去。→ 모공(某公)이 심양(瀋陽)에 살 때, 산 정상에서 연회를 베풀어 손님을 초대했다. (이때) 산 아래를 내려다보니, 호랑이가 입에 어떤 물건을 물고 와, 발톱으로 땅에 구덩이를 파서, 그것을 묻고 갔다.
【瀋陽(심양)】: [지명] 지금의 요녕성 심양시(瀋陽市).
【宴集(연집)】: 연회를 베풀어 손님을 초대하다.
【山顚(산전)】: 산 정상, 산꼭대기.
【俯瞰(부감)】: (고개를 숙여) 아래를 내려다보다.
【銜(함)】: (입에) 물다. ※ 판본에 따라서는 「銜」을 「啣(함)」이라 했다.
【爪(조)】: 발톱.
【穴地(혈지)】: 땅에 구덩이를 파다. 〖穴〗: [동사 용법] 구덩이를 파다.
【瘞(예)】: (땅에) 묻다.
【之(지)】: [대명사] 그것, 즉 「입에 물고 온 물건」.

3 使人探所瘞, 得死鹿。乃取鹿而虛掩其穴。少間, 虎導一黑獸至, 毛長數寸。→ 모공이 사람을 보내 묻은 곳을 뒤져, 죽은 사슴 한 마리를 찾아냈다. 그리하여 사슴을 꺼내고 그 구덩이를 원래대로 덮어 놓았다. 잠시 후, 호랑이가 검은 야수(野獸)를 데리고 왔다. 야수의 몸에는

失鹿，戰伏不敢少動。[4] 獸怒其誑，以爪擊虎額，虎立斃。獸亦逕去。[5]

번역문

검은 야수(野獸)

모공(某公)이 심양(瀋陽)에 살 때 산 정상에서 연회를 베풀어 손님을 초

....

몇 치나 되는 긴 털이 나 있었다.
【使(사)】: 보내다, 파견하다.
【探(탐)】: 찾다, 뒤지다, 탐색하다.
【乃(내)】: 그리하여.
【虛掩(허엄)】: 문을 닫고 빗장을 걸어두지 않다. 여기서는「(물건을 꺼내고) 비어 있는 상태로 구덩이를 덮어 놓다」의 뜻.
【少間(소간)】: 잠시 후.
【導(도)】: 인도하다, 이끌다, 데리다.
【長(장)】: 나다, 자라다.

4 虎前驅，若邀尊客。旣至穴，獸眈眈蹲伺。虎探穴失鹿，戰伏不敢少動。→ 호랑이가 앞장서서 야수를 안내하는데, 마치 존귀한 손님을 초대하는 듯했다. 구덩이에 도착한 후, 야수는 (구덩이를) 주시하며 웅크리고 앉아서 기다렸다. 호랑이는 구덩이를 파헤쳐 노루가 없어진 것을 발견하고, 몸을 부들부들 떨며 엎드린 자세로 감히 꼼짝을 하지 못했다.
【前驅(전구)】: 선도(先導)하다, 앞장서서 안내하다.
【若(약)】: 마치 …같다.
【邀(요)】: 초대하다, 초청하다.
【旣(기)】: …한 이후, …하고 나서.
【眈眈(탐탐)】: 노려보다, 주시하다.
【蹲(준)】: 웅크리다.
【伺(사)】: 기다리다.
【戰伏(전복)】: 부들부들 떨며 엎드리다.
【不敢少動(불감소동)】: 감히 꼼짝을 하지 못하다.

5 獸怒其誑，以爪擊虎額，虎立斃。獸亦逕去。」→ 야수는 호랑이에게 속은 것이 화가 나서, 발톱으로 호랑이의 이마를 가격했다. 호랑이는 그 자리에서 즉사했고, 야수도 곧 떠나버렸다.
【誑(광)】: 속이다.
【額(액)】: 이마.
【立斃(입폐)】: 즉사하다.
【逕(경)】: 곧, 바로, 곧장.
【去(거)】: 떠나다.

대했다. (이때) 산 아래를 내려다보니 호랑이가 입에 어떤 물건을 물고 와 발톱으로 땅에 구덩이를 파서 그것을 묻고 갔다. 모공이 사람을 보내 묻은 곳을 뒤져 죽은 사슴 한 마리를 찾아냈다. 그리하여 사슴을 꺼내고 그 구덩이를 원래대로 덮어 놓았다.

잠시 후 호랑이가 검은 야수(野獸)를 데리고 왔다. 야수의 몸에는 몇 치나 되는 긴 털이 나 있었다. 호랑이가 앞장서서 야수를 안내하는데 마치 존귀한 손님을 초대하는 듯했다. 구덩이에 도착한 후, 야수는 (구덩이를) 주시하며 웅크리고 앉아서 기다렸다. 호랑이는 구덩이를 파헤쳐 노루가 없어진 것을 발견하고, 몸을 부들부들 떨며 엎드린 자세로 감히 꼼짝을 하지 못했다. 야수는 호랑이에게 속은 것이 화가 나서 발톱으로 호랑이의 이마를 가격했다. 호랑이는 그 자리에서 즉사했고, 야수도 곧 떠나버렸다.

해설

호랑이는 사슴 한 마리를 잡아 구덩이에 묻어 두고 검은 야수에게 바치려다가 뜻밖에 사람에게 도둑을 맞았다. 그러나 야수는 호랑이가 자기를 속였다고 여겨 발톱으로 일격을 가해 호랑이를 죽여버렸다.

이 우언은 검은 야수가 호랑이를 착취하는 상황을 빌려, 당시 사회의 탐관오리들이 백성을 착취하고 박해하는 악랄한 행위를 풍자한 것이다.

120 당랑포사(螳螂捕蛇)

《聊齋志異 · 第五卷 · 螳螂捕蛇》

원문 및 주석

螳螂捕蛇[1]

張姓者, 偶行溪谷, 聞崖上有聲甚厲。[2] 尋途登覘, 見巨蛇圍如碗, 擺撲叢樹中, 以尾擊柳, 柳枝崩折。[3] 反側傾跌之狀, 似有物捉制之。

1 螳螂捕蛇 → 사마귀가 뱀을 잡다
【螳螂(당랑)】: [곤충] 사마귀.
【捕(포)】: 잡다.

2 張姓者, 偶行溪谷, 聞崖上有聲甚厲。→ 성이 장씨(張氏)인 어떤 사람이, 우연히 계곡을 가는데, 절벽 위에서 매우 격렬한 소리가 들렸다.
【偶(우)】: 우연히.
【崖(애)】: 벼랑, 절벽.
【甚(심)】: 매우, 심히.
【厲(려)】: 맹렬하다, 격렬하다.

3 尋途登覘, 見巨蛇圍如碗, 擺撲叢樹中, 以尾擊柳, 柳枝崩折。→ 길을 따라 올라가 살펴보니, 굵기가 주발처럼 큰 뱀이, 우거진 나무숲에서 몸을 좌우로 흔들어대며, 꼬리로 버드나무를 쳐서, 버드나무 가지가 부러져 있었다.
【尋途登覘(심도등첨)】: 길을 따라 올라가 살펴보다. 〖尋〗: …을 따라. 〖途〗: 길. 〖覘〗: 엿보다, 관찰하다, 살펴보다.
【圍(위)】: 둘레. 즉 「굵기」를 가리킨다.
【如(여)】: 마치 … 같다.
【碗(완)】: 주발.
【擺撲(파박)】: 흔들며 치다.
【叢樹(총수)】: 우거진 나무숲.

然審視殊無所見, 大疑。[4] 漸近臨之, 則一螳螂據頂上, 以刺刀攫其首, 攧不可去。[5] 久之, 蛇竟死。視額上革肉, 已破裂云。[6]

....

【擊(격)】: 치다, 두드리다.
【崩折(붕절)】: 부러지다, 꺾어지다.

4 反側傾跌之狀, 似有物捉制之。然審視殊無所見, 大疑。→ (뱀이) 괴로워하며 몸부림치는 모양이, 마치 어떤 무엇이 뱀을 잡아 제어(制御)하고 있는 것 같았다. 그러나 자세히 살펴보아도 전혀 보이는 것이 없어, 매우 의아하게 생각했다.
【反側傾跌之狀(반측경질지상)】: 몸을 뒤척거리며 넘어지는 모양. 여기서는「괴로워하며 몸부림치는 모양」을 가리킨다. 【反側】: 뒤척거리다. 【傾跌】: 기울어 넘어지다. 【狀】: 꼴, 모양, 모습.
【似(사)】: 마치 …같다.
【捉(착)】: 잡다.
【制(제)】: 제어하다, 통제하다.
【之(지)】: [대명사] 그것, 즉「뱀」.
【然(연)】: 그러나.
【審視(심시)】: 자세히 살펴보다.
【殊(수)】: 전혀, 특별히.
【大疑(대의)】: 매우 의아하다.

5 漸近臨之, 則一螳螂據頂上, 以刺刀攫其首, 攧不可去。→ 점점 가까이 다가가서 보니, 사마귀 한 마리가 뱀의 머리 꼭대기를 점거하여, 자도(刺刀)와 같은 앞발로 뱀의 머리를 꽉 붙잡고 있어, 뱀이 도저히 사마귀를 떨구어 낼 수가 없었다.
【漸(점)】: 점점.
【近臨(근임)】: 가까이 다가가다.
【頂(정)】: 머리 꼭대기.
【刺刀(자도)】: 찔러 죽이는 데 쓰는 칼. 여기서는「자도(刺刀)와 같은 사마귀의 앞발」을 가리킨다.
【攫(확)】: 붙잡다.
【攧不可去(전불가거)】: 떼어놓지 못하다. 【攧】: 떼어 내다, 떼어버리다, 떨구어내다.

6 久之, 蛇竟死。視額上革肉, 已破裂云。→ 한참이 지나, 뱀이 마침내 죽어버렸다. 뱀 이마의 가죽과 살을 보니, 이미 갈라 터져있었다.
【久之(구지)】: 한참 지나다.
【竟(경)】: 마침내, 드디어.
【額(액)】: 이마.
【革肉(혁육)】: 가죽과 살.

번역문

사마귀가 뱀을 잡다

성이 장씨(張氏)인 어떤 사람이 우연히 계곡을 가는데 절벽 위에서 매우 격렬한 소리가 들렸다. 길을 따라 올라가 살펴보니 굵기가 주발처럼 큰 뱀이 우거진 나무숲에서 몸을 좌우로 흔들어대며 꼬리로 버드나무를 쳐서 버드나무 가지가 부러져 있었다. 뱀이 괴로워하며 몸부림치는 모양이 마치 어떤 무엇이 뱀을 잡아 제어(制御)하고 있는 것 같았다. 그러나 자세히 살펴보아도 전혀 보이는 것이 없어 매우 의아하게 생각했다.

점점 가까이 다가가서 보니 사마귀 한 마리가 뱀의 머리 꼭대기를 점거하여, 자도(刺刀)와 같은 앞발로 뱀의 머리를 꽉 붙잡고 있어 뱀이 도저히 사마귀를 떨구어 낼 수가 없었다.

한참이 지나 뱀이 마침내 죽어버렸다. 뱀 이마의 가죽과 살을 보니 이미 갈라 터져있었다.

해설

일반적인 상식으로 뱀과 사마귀가 대결할 경우, 사마귀는 결코 뱀의 적수가 될 수 없다. 그러나 작은 사마귀가 큰 뱀의 머리에 달라붙어 자도(刺刀)처럼 날카로운 앞발로 뱀을 공격하여 마침내 뱀을 죽음에 이르게 했다.

이 우언은 강자와 약자가 절대적으로 고정 불변하는 것이 아니며, 설사 약한 자라 해도 자기의 유리한 조건을 충분히 발휘하여 강한 자의 약점을 향해 공격해 들어갈 수 있는 용기와 지혜가 있다면 강적에 대해 승리를 거둘 수 있다는 이치를 설명한 것이다.

121 도부여랑(屠夫與狼)

《聊齋志異 · 第六卷 · 狼三則》

원문 및 주석

屠夫與狼[1]

有屠人貨肉歸, 日已暮。欻一狼來, 瞰擔中肉, 似甚涎垂; 步, 亦步, 尾行數里。[2] 屠懼, 示之以刃, 則稍卻; 既走, 又從之。屠無計, 默念狼所欲者肉, 不如姑懸諸樹, 而蚤取之。[3] 遂鉤肉, 翹足挂樹間, 示

1 屠夫與狼 → 백정과 이리
【屠夫(도부)】: 백정, 도축업자.
【狼(랑)】: 이리.

2 有屠人貨肉歸, 日已暮。欻一狼來, 瞰擔中肉, 似甚涎垂; 步, 亦步, 尾行數里。→ 어느 백정이 고기를 팔고 집으로 돌아오는데, 날이 이미 저물었다. 갑자기 이리 한 마리가 좇아오며, 멀리서 짐 속의 고기를 보고, 몹시 군침을 흘리는 것 같았다. 백정이 걸어가는 동안, 이리 역시 백정을 따라 걸으며, 몇 리를 미행했다.
【屠人(도인)】: 백정.
【貨(화)】: 賣(매), 팔다.
【暮(모)】: 저물다.
【欻(훌)】: 돌연, 갑자기, 문득.
【瞰(감)】: 멀리서 바라보다.
【擔(담)】: 짐.
【似(사)】: 마치 …같다.
【涎垂(연수)】: 군침이 흐르다.
【尾行(미행)】: 미행하다, 뒤를 따르다.

3 屠懼, 示之以刃, 則稍卻; 既走, 又從之。屠無計, 默念狼所欲者肉, 不如姑懸諸樹, 而蚤取之。

以空空, 狼乃止。屠卽逕歸。[4] 昧爽, 往取肉, 遙望樹上懸巨物, 似人縊死狀, 大駭, 逡巡近之, 則死狼也。[5] 仰首審視, 見口中含肉, 肉鉤

→ 백정이 두려워서, 이리에게 칼을 꺼내 보이자, (이리가) 약간 물러서더니, 백정이 걸음을 떼자, 다시 또 따라왔다. 백정은 어찌할 방법이 없어, 마음속으로 「이리가 원하는 것이 고기이니, 잠시 그것을 나무에 매달아 놓았다가, 내일 아침 일찍 가져가는 것이 낫다.」고 생각했다.

【懼(구)】: 두려워하다.
【示之以刃(시지이인)】: 이리에게 칼을 보여주다. 〖之〗: [대명사] 그, 즉 「이리」. 〖刃〗: 칼.
【稍(초)】: 약간, 다소.
【卻(각)】: 물러나다, 물러서다.
【從之(종지)】: 그를 따라오다. 〖從〗: 따르다, 따라오다. 〖之〗: [대명사] 그, 즉 「백정」.
【無計(무계)】: 계책이 없다, 어찌할 방법이 없다.
【默念(묵념)】: 마음속으로 생각하다.
【所欲者(소욕자)】: 요구하는 것, 원하는 것.
【不如(불여)…】: …하는 게 낫다.
【姑(고)】: 잠시, 잠깐.
【懸(현)】: 걸다, 매달다.
【諸(제)】: 之於(지어)의 합음. 〖之〗: [대명사] 그것, 즉 「고기」. 〖於〗: [개사] …에.
【蚤(조)】: 早(조), 아침.

4 遂鉤肉, 翹足挂樹間, 示以空空, 狼乃止。屠卽逕歸。→ 그리하여 고기를 갈고리에 꿰어 가지고, 발돋움을 하여 나무 사이에 걸어놓고, 텅 빈 짐 속을 (이리에게) 보여주자, 이리가 비로소 걸음을 멈추고 따라오지 않았다. 백정은 곧장 집으로 돌아왔다.

【遂(수)】: 그리하여.
【鉤(구)】: 갈고리로 꿰다.
【翹足(교족)】: 발돋움하다.
【挂(괘)】: 걸다.
【示以空空(시이공공)】: 빈 것을 보여주다. 즉 「텅 빈 짐 속을 보여주다」의 뜻.
【乃(내)】: 비로소.
【卽逕(즉경)】: 곧장, 바로, 즉시.

5 昧爽, 往取肉, 遙望樹上懸巨物, 似人縊死狀, 大駭, 逡巡近之, 則死狼也。→ 이튿날 이른 새벽, 고기를 가지러 가는 길에, 멀리서 바라보니 (고기를 매달아 놓은) 나무 위에 큰 물건이 걸려 있었다. 마치 사람이 목을 매달아 죽은 모습과 같았다. 너무 놀라, 머뭇거리며 가까이 다가가 보니, 바로 죽은 이리였다.

【昧爽(매상)】: 이른 새벽, 동틀 무렵.
【遙望(요망)】: 멀리서 바라보다.
【縊死(액사)】: 목매달아 죽다.
【狀(상)】: 모양, 모습.

刺狼腭, 如魚吞餌。[6] 時狼革價昂, 直十餘金, 屠小裕焉。[7]

번역문

백정과 이리

어느 백정이 고기를 팔고 집으로 돌아오는데 날이 이미 저물었다. 갑자기 이리 한 마리가 쫓아오며 멀리서 짐 속의 고기를 보고 몹시 군침을 흘리는 것 같았다. 백정이 걸어가는 동안 이리 역시 백정을 따라 걸으며 몇 리를 미행했다. 백정이 두려워서 이리에게 칼을 꺼내 보이자 (이리가) 약간 물러서더니, 백정이 걸음을 떼자 다시 또 따라왔다. 백정은 어찌할 방법이 없어 마음속으로 「이리가 원하는 것이 고기이니, 잠시 그것을 나무에 매달아 놓았다가 내일 아침 일찍 가져가는 것이 낫다.」고 생각했다. 그리하여

....

【大駭(대해)】: 매우 놀라다.
【逡巡(준순)】: 머뭇거리다, 머뭇머뭇하다, 주저주저하다.

6 仰首審視, 見口中含肉, 肉鉤刺狼腭, 如魚吞餌。→ 고개를 들고 자세히 살펴보니, 입에 고기를 물고 있는데, 고기를 꿰어 놓은 갈고리가 이리의 입천장을 찔러, 마치 물고기가 미끼를 삼킨 것 같았다.
【仰首(앙수)】: 머리를 들다, 고개를 들다.
【審視(심시)】: 자세히 살펴보다.
【肉鉤(육구)】: 고기를 꿰어 놓은 갈고리.
【刺(자)】: 찌르다.
【腭(악)】: 위턱, 상악(上顎), 입천장.
【如(여)】: 마치 …같다.
【吞(탄)】: 삼키다.
【餌(이)】: 미끼.

7 時狼革價昂, 直十餘金, 屠小裕焉。→ 그 당시 이리의 가죽은 값이 올라, 가치가 은(銀) 십여 냥에 상당하여, 백정은 주머니 사정이 다소 여유로워졌다.
【價昂(가앙)】: 값이 오르다.
【直(치)】: 値(치), 가치가 …에 상당하다.
【小裕(소유)】: 다소 여유로워지다.

고기를 갈고리에 꿰어 가지고 발돋움을 하여 나무 사이에 걸어놓고, 텅 빈 짐 속을 (이리에게) 보여주자 이리가 비로소 걸음을 멈추고 따라오지 않았다. 백정은 곧장 집으로 돌아왔다.

이튿날 이른 새벽, 고기를 가지러 가는 길에 멀리서 바라보니 (고기를 매달아 놓은) 나무 위에 큰 물건이 걸려 있었다. 마치 사람이 목을 매달아 죽은 모습과 같았다. 너무 놀라 머뭇거리며 가까이 다가가 보니 바로 죽은 이리였다. 고개를 들고 자세히 살펴보니 입에 고기를 물고 있는데, 고기를 꿰어 놓은 갈고리가 이리의 입천장을 찔러 마치 물고기가 미끼를 삼킨 것 같았다. 그 당시 이리의 가죽은 값이 올라 가치가 은(銀) 십여 냥에 상당하여, 백정은 주머니 사정이 다소 여유로워졌다.

해설

백정은 어둠 속에서 이리가 짐 속의 고기를 탐해 따라오는 것이 두려워, 고기를 갈고리에 꿰어 나무에 걸어 두는 방법으로 이리를 따돌리고 집에 돌아온 후, 이튿날 아침 고기를 찾으러 갔다가 뜻밖에도 갈고리에 입이 걸려 죽은 이리를 얻어 돈을 버는 행운을 만났다.

이 우언은 작자가 탐관오리(貪官汚吏)를 이리에 빗대어, 위험을 돌보지 않고 탐욕을 부리다가 스스로 올가미에 걸려든 탐관오리의 추악한 행태를 풍자한 것이다.

122 도우양랑(屠遇兩狼)

《聊齋志異 · 第六卷 · 狼三則》

원문 및 주석

屠遇兩狼[1]

一屠晚歸, 擔中肉盡, 止有剩骨。途中兩狼, 綴行甚遠。屠懼, 投以骨。[2] 一狼得骨止, 一狼仍從。復投之, 後狼止而前狼又至。骨已盡, 而兩狼之并驅如故。[3] 屠大窘, 恐前後受其敵。顧野有麥場, 場

---

1 屠遇兩狼 → 백정이 두 마리의 이리를 만나다
【屠(도)】: 백정, 도축업자.
【遇(우)】: 만나다.
【狼(랑)】: 이리.

2 一屠晚歸, 擔中肉盡, 止有剩骨。途中兩狼, 綴行甚遠。屠懼, 投以骨。→ 어느 백정이 저녁에 귀가(歸家)하는데, 짐 속에 살코기는 다 팔아 없고, 오직 뼈만 남아 있었다. 도중에 두 마리의 이리가, 바짝 뒤를 좇아 아주 멀리까지 따라왔다. 백정이 두려워서, 뼈를 던져주었다.
【擔(담)】: 짐.
【盡(진)】: 다하다, 즉 「다 팔고 없다」의 뜻.
【止(지)】: [부사] 只(지), 다만.
【剩(잉)】: 남다.
【綴行(철행)】: 바짝 뒤좇다.
【懼(구)】: 두려워하다, 무서워하다.
【投以骨(투이골)】: 뼈를 던져주다. 〖以〗: …을.

3 一狼得骨止, 一狼仍從。復投之, 後狼止而前狼又至。骨已盡, 而兩狼之并驅如故。→ 한 마리는 뼈를 얻고 멈추었으나, 한 마리는 여전히 뒤좇아 왔다. 다시 뼈를 이리에게 던져주자, 뒤의 이리가 멈추고 앞의 이리가 또다시 좇아왔다. 뼈가 이미 다 없어졌다. 그러나 두 마리의

主積薪其中，苫蔽成丘。[4] 屠乃奔倚其下，弛擔持刀。狼不敢前，眈眈相向。少時，一狼徑去，其一犬坐於前。[5] 久之，目似瞑，意暇甚。

....

이리는 여전히 함께 뒤를 쫓아왔다.
【仍(잉)】: 여전히.
【從(종)】: 따라오다, 쫓아오다.
【復(부)】: 또, 다시.
【之(지)】: [대명사] 그것, 즉 「이리」.
【而(이)】: [연사] 그러나.
【幷驅(병구)】: 함께 뒤쫓아 오다.
【如故(여고)】: 여전히, 종전대로.

4 屠大窘，恐前後受其敵。顧野有麥場，場主積薪其中，苫蔽成丘。→ 백정은 매우 난감해 하며, 앞뒤로 이리의 협공(挾攻)을 받을까봐 두려워했다. 이리저리 둘러보니 들판에 타맥장(打麥場)이 있는데, 타맥장 주인이 그곳에 땔감을 쌓아, 거적으로 덮어놓은 것이 마치 언덕과 같았다.
【大窘(대군)】: 매우 난감해 하다.
【恐(공)】: 두려워하다.
【前後受其敵(전후수기적)】: 앞뒤로 이리의 공격을 받다. 〖其〗: [대명사] 그, 즉 「이리」. 〖受敵〗: 적의 공격을 받다. 여기서는 「이리의 공격을 받다」의 뜻.
【顧(고)】: 둘러보다.
【麥場(맥장)】: 타맥장(打麥場), 보리타작 마당.
【場主(장주)】: 타맥장 주인.
【積薪(적신)】: 땔감을 쌓다. 〖薪〗: 땔감, 땔나무.
【苫蔽(점폐)】: 거적으로 덮다.
【成丘(성구)】: 언덕을 이루다. 즉 「언덕만 하다, 언덕만큼 크다」의 뜻.

5 屠乃奔倚其下，弛擔持刀。狼不敢前，眈眈相向。少時，一狼徑去，其一犬坐於前。→ 백정은 곧장 달려가 땔감 더미 아래에 비스듬히 기대어, 짐을 벗어놓고 손에 칼을 잡았다. 이리는 감히 앞으로 다가오지 못하고, 백정을 향해 노려보고 있었다. 잠시 후, 한 마리가 후다닥 달아나고, 다른 한 마리가 (백정 앞에) 개처럼 쪼그리고 앉았다.
【乃(내)】: 곧, 바로, 곧장.
【奔(분)】: 달려가다.
【倚(의)】: 비스듬히 기대다.
【其(기)】: [대명사] 그것, 즉 「쌓아 놓은 땔감 더미」.
【弛(이)】: 벗어놓다, 풀어놓다.
【持(지)】: 잡다, 쥐다.
【前(전)】: [동사] 앞으로 다가오다.
【眈眈(탐탐)】: 주시하다, 노려보다.
【相向(상향)】: 서로 마주하다, 서로 향하다.

屠暴起, 以刀劈狼首, 又數刀斃之。[6] 方欲行, 轉視積薪後, 一狼洞其中, 意將隧入以攻其後也。[7] 身已半入, 止露尻尾。屠自後斷其股, 亦斃之。乃悟前狼假寐, 蓋以誘敵。[8] 狼亦黠矣, 而頃刻兩斃, 禽獸

················

【少時(소시)】: 잠시, 잠깐 동안.
【徑去(경거)】: 곧장 달아나다, 후다닥 달아나다.
【犬坐(견좌)】: 개처럼 쪼그리고 앉다. ※「犬」은 본래 명사이나, 여기서는「개처럼」이란 상황어로 사용하였다.

6 久之, 目似瞑, 意暇甚。屠暴起, 以刀劈狼首, 又數刀斃之。→ 한참 동안, 눈은 마치 감은 듯하고, 표정이 매우 한가롭고 편안한 듯했다. (이때) 백정이 벌떡 일어나, 칼로 이리의 머리를 찍고, 또 몇 번을 더 찔러 이리를 죽여버렸다.
【久之(구지)】: 한참동안. ※「之」는 음절(音節)을 조절하는 역할만 하며 뜻이 없다.
【瞑(명)】: 눈을 감다.
【意(의)】: 표정, 태도, 자태.
【暇(가)】: 한가하다, 한가롭다.
【暴起(폭기)】: 벌떡 일어서다.
【劈(벽)】: 내리찍다.
【數刀(수도)】: 몇 번을 찌르다.
【斃(폐)】: 죽이다. ※ 본래「죽다」의 뜻이나, 여기서는「죽이다」라는 사역형 동사로 쓰였다.
【之(지)】: [대명사] 그것, 즉「이리」.

7 方欲行, 轉視積薪後, 一狼洞其中, 意將隧入以攻其後也。→ (백정이) 막 떠나려다가, 눈을 돌려 쌓아 놓은 땔감 더미의 뒤를 바라보니, (먼저 달아났던) 이리 한 마리가 그 속에 굴을 뚫고 있었다. 굴로 잠입해 들어가 백정의 뒤를 공격하려고 의도한 것이다.
【方(방)】: 막, 마침.
【欲(욕)】: …하고자 하다, …하려고 하다.
【轉視(전시)】: 눈을 돌려보다.
【洞其中(동기중)】: 그 땔감 더미 속에 구멍을 뚫다. 〖洞〗: [동사 용법] 구멍을 뚫다. 〖其中〗: 그 속, 즉「땔감 더미 속」.
【意將(의장)】: …하려고 의도하다.
【隧入(수입)】: 굴로 잠입해 들어가다.

8 身已半入, 止露尻尾。屠自後斷其股, 亦斃之。乃悟前狼假寐, 蓋以誘敵。→ 몸은 이미 반쯤 들어가고, 다만 엉덩이와 꼬리가 밖으로 드러나 있었다. 백정이 뒤에서 그 넓적다리를 잘라버려, 역시 그 이리도 죽여버렸다. 백정은 이때 비로소 앞의 이리가 거짓으로 잠자는 척한 것이, 본래 이러한 방법으로 적을 유인하려 한 것이었음을 깨달았다.
【止(지)】: 다만.
【露(로)】: 노출하다, 드러나다.
【尻(고)】: 엉덩이.

之變詐幾何哉? 止增笑耳。[9]

번역문

백정이 두 마리의 이리를 만나다

어느 백정이 저녁에 귀가(歸家)하는데 짐 속에 살코기는 다 팔아 없고 오직 뼈만 남아 있었다. 도중에 두 마리의 이리가 바짝 뒤를 좇아 아주 멀리까지 따라왔다. 백정이 두려워서 뼈를 던져주었다. 한 마리는 뼈를 얻고 멈추었으나 한 마리는 여전히 뒤쫓아 왔다. 다시 뼈를 이리에게 던져주자 뒤의 이리가 멈추고 앞의 이리가 또다시 쫓아왔다. 뼈가 이미 다 없어졌다. 그러나 두 마리의 이리는 여전히 함께 뒤를 좇아왔다. 백정은 매우 난감해 하며 앞뒤로 이리의 협공(挾攻)을 받을까봐 두려워했다.

....

【自(자)】: [개사] …로부터, …에서.
【股(고)】: 대퇴(大腿), 넓적다리.
【乃(내)】: 비로소.
【悟(오)】: 분명히 알다, 깨닫다.
【假寐(가매)】: 거짓으로 잠자다.
【蓋(개)】: 본래, 원래.
【以(이)】: 以之(이지), 이로써, 이러한 방법으로.
【誘(유)】: 유인하다, 유혹하다.

9 狼亦黠矣, 而頃刻兩斃, 禽獸之變詐幾何哉? 止增笑耳。→ 이리도 확실히 교활하다. 그러나 잠깐 사이에 두 마리가 도살되었으니, 짐승의 속임수가 그래 봐야 얼마나 대수겠는가? 다만 웃음거리만 더할 뿐이다.
【黠(힐)】: 약다, 교활하다, 간사하고 꾀가 많다.
【而(이)】: [연사] 그러나.
【頃刻(경각)】: 순식간, 잠깐 사이.
【變詐(변사)】: 속임수, 속임수를 쓰다.
【幾何(기하)】: 얼마, 얼마나.
【止(지)】: 다만.
【笑(소)】: [명사] 웃음거리.
【耳(이)】: …뿐이다.

이리저리 둘러보니 들판에 타맥장(打麥場)이 있는데, 타맥장 주인이 그곳에 땔감을 쌓아 거적으로 덮어놓은 것이 마치 언덕과 같았다. 백정은 곧장 달려가 땔감 더미 아래에 비스듬히 기대어 짐을 벗어놓고 손에 칼을 잡았다. 이리는 감히 앞으로 다가오지 못하고 백정을 향해 노려보고 있었다. 잠시 후 한 마리가 후다닥 달아나고 다른 한 마리가 (백정 앞에) 개처럼 쪼그리고 앉았다. 한참 동안 눈은 마치 감은 듯하고, 표정이 매우 한가롭고 편안한 듯했다. (이때) 백정이 벌떡 일어나 칼로 이리의 머리를 찍고 또 몇 번을 더 찔러 이리를 죽여버렸다.

(백정이) 막 떠나려다가 눈을 돌려 쌓아 놓은 땔감 더미의 뒤를 바라보니 (먼저 달아났던) 이리 한 마리가 그 속에 굴을 뚫고 있었다. 굴로 잠입해 들어가 백정의 뒤를 공격하려고 의도한 것이다. 몸은 이미 반쯤 들어가고 다만 엉덩이와 꼬리가 밖으로 드러나 있었다. 백정이 뒤에서 그 넓적다리를 잘라버려 역시 그 이리도 죽여버렸다. 백정은 이때 비로소 앞의 이리가 거짓으로 잠자는 척한 것이, 본래 이러한 방법으로 적을 유인하려 한 것이었음을 깨달았다.

이리도 확실히 교활하다. 그러나 잠깐 사이에 두 마리가 도살되었으니, 짐승의 속임수가 그래 봐야 얼마나 대수겠는가? 다만 웃음거리만 더할 뿐이다.

해설

백정은 처음에 이리에게 뼈다귀를 던져주면 이리가 자기를 해치지 않을 것이라 생각했으나, 그것은 자신의 안전에 아무런 도움이 되지 못했다. 그리하여 백정은 생각을 바꾸어 이리와 사생결단(死生決斷)할 결심을 하고 기지를 발휘하여 냉정하고 침착하게 대처함으로써 마침내 두 마리의 이리를 모두 처치해 버렸다.

이리에 대해서는 너그럽게 자비를 베풀거나 요행 심리를 가져서는 안 된다. 이리는 사람을 해치는 흉악한 야수로 교활하고 간사한 동물이기 때문에 까딱 잘못하면 사람이 잡혀 먹히고 만다.

이 우언은 백정이 이리를 처치한 고사를 빌려, 탐욕스럽고 교활한 자들에 대해서는 반드시 그들의 음모와 계략을 간파하여, 추호도 타협할 여지 없이 끝까지 맞서 싸워 이겨야지 절대로 우유부단(優柔不斷)해서는 안 된다는 교훈을 제시한 것이다.

123 향인장슬(鄕人藏蝨)

《聊齋志異·第八卷·藏蝨》

원문 및 주석

鄕人藏蝨[1]

鄕人某者, 偶坐樹下, 捫得一蝨, 片紙裹之, 塞樹孔中而去。[2] 後二三年, 復經其處, 忽憶之, 視孔中紙裹宛然。發而驗之, 蝨薄如麩。[3]

....

1 鄕人藏蝨 → 시골 사람이 이를 잡아 숨겨두다
【藏(장)】: 숨겨두다, 감추어두다.
【蝨(슬)】: [흡혈 곤충] 이.

2 鄕人某者, 偶坐樹下, 捫得一蝨, 片紙裹之, 塞樹孔中而去。→ 시골 사람 아무개가, 우연히 나무 밑에 앉아, (몸에서) 이 한 마리를 잡아가지고, 그것을 휴지 조각으로 싸서, 나무 구멍 속에 집어넣고 갔다.
【某者(모자)】: 아무개.
【偶(우)】: 우연히.
【捫(문)】: 잡다.
【片紙(편지)】: 휴지 조각.
【裹(과)】: (종이나 천 따위로) 싸다, 묶어 싸다, 싸매다.
【之(지)】: [대명사] 그것, 즉 「이」.
【塞(새)】: 쑤셔 넣다, 집어넣다.
【樹孔(수공)】: 나무 구멍.

3 後二三年, 復經其處, 忽憶之, 視孔中紙裹宛然。發而驗之, 蝨薄如麩。→ 이삼 년 뒤에, 다시 그곳을 지나다가, 갑자기 그것을 기억하고, 구멍 속을 살펴보니 종이로 싸놓은 것이 완연(宛然)하게 그대로 있었다. 그것을 열어보니, 이가 (바싹 야위어서) 얇기가 마치 밀기울과 같았다.
【復(부)】: 다시.

置掌中審視之。少頃，掌中奇癢，而蝨腹漸盈矣。[4] 置之而歸。癢處核起，腫數日，死焉。[5]

번역문

시골 사람이 이를 잡아 숨겨두다

시골 사람 아무개가 우연히 나무 밑에 앉아 (몸에서) 이 한 마리를 잡아 가지고, 그것을 휴지 조각으로 싸서 나무 구멍 속에 집어넣고 갔다. 이삼

【經(경)】: 지나가다, 경유하다.
【忽(홀)】: 문득, 갑자기.
【憶之(억지)】: 그것을 기억하다. 〖憶〗: 기억하다, 생각하다. 〖之〗: [대명사] 그것, 즉「잡은 이를 휴지 조각에 싸서 나무 구멍에 넣어 두었던 일」.
【宛然(완연)】: 완연하다, 원래의 모양과 같다.
【發而驗之(발이험지)】: 그것을 열어서 살펴보다. 〖發〗: 열다, 열어젖히다. 〖驗〗: 조사하다, 검사하다, 살펴보다. 〖之〗: [대명사] 그것, 즉「종이로 쌓은 것」.
【薄如麩(박여부)】: (바싹 야위어서) 얇기가 마치 밀기울과 같다. 〖薄〗: 얇다. 〖如〗: 마치 … 같다. 〖麩〗: 밀기울.

4 置掌中審視之。少頃，掌中奇癢，而蝨腹漸盈矣。→ 그것을 손바닥에 올려놓고 자세히 살펴보았다. 잠시 후, 손바닥이 이상하게 가렵고, 이의 배가 점점 불러졌다.
【置(치)】: 놓다, 두다.
【掌(장)】: 손바닥.
【審視(심시)】: 자세히 살펴보다.
【之(지)】: [대명사] 그것, 즉「이」.
【少頃(소경)】: 잠시 후, 조금 있다가.
【奇癢(기양)】: 이상하게 가렵다. 〖奇〗: 이상하게, 특이하게. 〖癢〗: 가렵다.
【腹(복)】: 배, 복부(腹部).
【漸盈(점영)】: 점점 불러지다. 〖盈〗: 부풀다, 볼록해지다, 불러지다, 풍만해지다.

5 置之而歸。癢處核起，腫數日，死焉。→ 그는 얼른 이를 놓아주고 집으로 돌아왔다. 가려운 곳이 과일 씨처럼 돌기하여, 며칠 동안 부어오르더니, 그가 곧 죽어버렸다.
【之(지)】: [대명사] 그것, 즉「이」.
【核起(핵기)】: 과일 씨처럼 돌기하다.
【腫(종)】: 붓다, 부어오르다.

년 뒤에 다시 그곳을 지나다가 갑자기 그것을 기억하고 구멍 속을 살펴보니 종이로 싸놓은 것이 완연(宛然)하게 그대로 있었다. 그것을 열어보니 이가 (바싹 야위어서) 얇기가 마치 밀기울과 같았다. 그것을 손바닥에 올려놓고 자세히 살펴보았다. 잠시 후 손바닥이 이상하게 가렵고 이의 배가 점점 불러졌다. 그는 얼른 이를 놓아주고 집으로 돌아왔다. 가려운 곳이 과일 씨처럼 돌기하여 며칠 동안 부어오르더니 그가 곧 죽어버렸다.

해설

시골 사람은 이를 잡아 바로 죽이지 않고, 그것을 나무 구멍에 넣어 오래 살려 두는 바람에 이가 크게 자라 강력한 독충으로 변했을 뿐만 아니라, 또한 공연히 그것을 손바닥에 올려놓고 살펴보다가 물려 죽어, 마치 스스로 긁어 부스럼을 낸 꼴이 되고 말았다.

이 우언은 잡은 이를 죽이지 않고 공연히 살려두었다가 오히려 이에게 물려 목숨을 잃은 사례를 통해, 악한 사람에 대해서는 절대로 관용을 베풀거나 우유부단(優柔不斷)하게 대하지 말고, 반드시 단호하게 대응하여 애초에 화근을 만들지 말아야 한다는 교훈을 제시한 것이다.

124 대서여사묘(大鼠與獅猫)

《聊齋志異 · 第九卷 · 大鼠》

원문 및 주석

大鼠與獅猫[1]

萬曆間, 宮中有鼠, 大與貓等, 爲害甚劇。遍求民間佳貓捕制之, 輒被啖食。[2] 適異國來貢獅貓, 毛白如雪。抱投鼠屋, 闔其扉, 潛窺之。[3] 貓蹲良久, 鼠逡巡自穴中出, 見貓, 怒奔之。貓避登几上, 鼠亦

1 大鼠與獅猫 → 큰 쥐와 사자고양이
【獅猫(사묘)】: 사자고양이.

2 萬曆間, 宮中有鼠, 大與貓等, 爲害甚劇。遍求民間佳貓捕制之, 輒被啖食。→ 명(明) 신종(神宗) 만력(萬曆) 연간에, 궁중에 쥐가 있었는데, 크기가 고양이와 같고, 피해가 매우 심했다. (그리하여) 널리 민간에서 좋은 고양이를 구해 쥐를 잡으려 했으나, 오히려 고양이가 번번이 쥐에게 잡혀먹었다.
【萬曆(만력)】: 명(明) 신종(神宗)의 연호.
【等(등)】: 같다, 대등하다.
【爲害(위해)】: 피해, 해를 끼치다.
【甚劇(심극)】: 극렬하다, 심하다, 대단하다, 지독하다.
【遍求(편구)】: 두루 찾다, 널리 구하다. 〖遍〗: 두루, 널리.
【佳貓(가묘)】: 좋은 고양이.
【捕制(포제)】: 제압하다, 굴복시키다.
【之(지)】: [대명사] 그것, 즉 「쥐」.
【輒(첩)】: 늘, 항상, 언제나, 번번이.
【被(피)】: [피동형] …에게 …당하다.
【啖食(담식)】: 먹다. ※ 판본에 따라서는 「啖」을 「噉(담)」이라 했다.

3 適異國來貢獅貓, 毛白如雪。抱投鼠屋, 闔其扉, 潛窺之。→ 그때 마침 외국에서 사자고양이

登，貓則躍下。[4] 如此往復，不啻百次。衆咸謂貓怯，以爲是無能爲者。[5] 既而鼠跳擲漸遲，碩腹似喘，蹲地上少休。[6] 貓卽疾下，爪掬頂

....

한 마리를 공물(貢物)로 보내왔는데, 털 색깔이 마치 눈처럼 하얗다. 사람들이 그 고양이를 안아다가 쥐 집에 집어넣고, 문을 닿은 다음, 몰래 그것을 엿보았다.

【適(적)】: 마침.

【異國(이국)】: 다른 나라, 외국.

【來貢(내공)】: 공물(貢物)을 보내오다.

【如(여)】: 마치 …같다.

【抱投(포투)…】: 안아다가 …에 집어넣다.

【闔(합)】: (문을) 닿다.

【扉(비)】: 문, 문짝.

【潛窺(잠규)】: 숨어서 엿보다, 몰래 엿보다. 〖潛〗: 몰래, 살그머니, 숨어서. 〖窺〗: 엿보다.

【之(지)】: [대명사] 그것, 즉「고양이」.

4 貓蹲良久，鼠逡巡自穴中出，見貓，怒奔之。貓避登几上，鼠亦登，貓則躍下。→ 고양이가 한참 동안 쪼그리고 앉아 있는데, 쥐가 머뭇거리며 구멍에서 나와, 고양이를 보더니, 화를 내며 고양이에게 달려들었다. 고양이가 피해서 탁자 위로 올라가자, 쥐도 따라 올라와, 고양이가 곧 아래로 뛰어내렸다.

【蹲(준)】: 웅크리고 앉다, 쪼그리고 앉다.

【良久(양구)】: 한참, 오랫동안.

【逡巡(준순)】: 머뭇거리다, 주저주저하다.

【怒奔(노분)】: 화를 내며 달려들다.

【之(지)】: [대명사] 그것, 즉「고양이」.

【几(궤)】: 탁자.

【躍下(약하)】: 뛰어내리다.

5 如此往復，不啻百次。衆咸謂貓怯，以爲是無能爲者。→ 이와 같이 왕복하기를, 백 번 이상 계속했다. 여러 사람들이 모두 고양이가 무서워한다고 말하며, 특이한 능력이 없는 동물이라고 여겼다.

【不啻(불시)】: 다만 …뿐만이 아니다. 즉「…이상이다, …을 상회하다」의 뜻.

【衆(중)】: 여러 사람.

【咸(함)】: 모두, 다.

【怯(겁)】: 겁내다, 무서워하다.

【以爲(이위)】: …라고 여기다, …라고 생각하다.

【是(시)】: [대명사] 이것, 즉「사자고양이」

【無能爲(무능위)】: 특이한 능력이 없다, 뛰어난 기량이 없다.

6 既而鼠跳擲漸遲，碩腹似喘，蹲地上少休。→ 얼마 후 쥐가 뛰어 오르내리는 동작이 점점 느려지고, 큰 배가 마치 숨을 헐떡거리는 듯하더니, 땅에 쪼그리고 앉자 잠시 쉬고 있었다.

毛, 口齕首領, 輾轉爭持, 貓聲嗚嗚, 鼠聲啾啾。[7] 啓扉急視, 則鼠首已嚼碎矣。然後知貓之避, 非怯也, 待其惰也。[8]「彼出則歸, 彼歸則復」, 用此智耳。噫! 匹夫按劍, 何異鼠乎![9]

【旣而(기이)】: 잠시 후, 얼마 후, 이윽고.
【跳擲(도척)】: 뛰어 오르내리다.
【遲(지)】: 더디다, 느리다.
【碩腹(석복)】: 큰 배. 【碩】: 크다.
【似(사)】: 마치 …한 듯하다.
【喘(천)】: 숨을 헐떡거리다.
【少休(소휴)】: 잠시 쉬다.

7 貓卽疾下, 爪掬頂毛, 口齕首領, 輾轉爭持, 貓聲嗚嗚, 鼠聲啾啾。→ (이때) 고양이는 즉시 쏜살같이 내려와, 발톱으로 쥐의 머리털을 움켜잡고, 입으로 쥐의 머리와 목을 물며, 엎치락뒤치락 싸움을 벌였다. 고양이는 으르렁으르렁 소리를 내고, 쥐는 찍찍 소리를 냈다.
【疾下(질하)】: 재빨리 내려오다, 쏜살같이 내려오다.
【爪掬頂毛(조국정모)】: 발톱으로 머리털을 움켜쥐다. 【爪】: 발톱. 【掬】: 움켜잡다. 【頂毛】: 정수리의 털. 즉「머리털」을 말한다.
【口齕首領(구흘수령)】: 입으로 머리와 목을 물다. 【齕】: 깨물다, 씹다. 【首】: 머리. 【領】: 목.
【輾轉爭持(전전쟁지)】: 엎치락뒤치락하며 싸우다. 【輾轉】: 엎치락뒤치락하다. 【爭持】: 다투다, 싸우다.
【嗚嗚(오오)】: [의성어] 으르렁으르렁, 으르렁대다.
【啾啾(추추)】: [의성어] 찍찍, 찍찍거리다.

8 啓扉急視, 則鼠首已嚼碎矣。然後知貓之避, 非怯也, 待其惰也。→ 사람들이 문을 열고 급히 가보니, 쥐의 머리는 이미 고양이에게 씹혀 문드러져 있었다. 그런 뒤에 사람들은 비로소 고양이가 쥐를 피했던 것이, 결코 겁이 나서가 아니라, 쥐가 지치셔 나태해질 때까지 기다렸다는 것을 알았다.
【啓(계)】: 열다.
【嚼碎(작쇄)】: 씹혀서 문드러지다.
【待(대)】: 기다리다.
【其(기)】: 그것, 즉「쥐」.
【惰(타)】: 지쳐서 나태해지다.

9「彼出則歸, 彼歸則復」, 用此智耳。噫! 匹夫按劍, 何異鼠乎! →「적이 출격하면 (내가) 물러서고, 적이 물러서면 (내가) 다시 출격한다.」라고 하는 말이 있는데, (고양이는) 바로 이러한 지략을 쓴 것이다. 아! 필부가 지모(智謀)도 없이 오직 검(劍)에 의존한다면, 이 쥐와 무엇이 다르겠는가!
【彼出則歸, 彼歸則復(피출칙귀, 피귀칙부)】: 적이 출격하면 (내가) 물러서고, 적이 물러서면 (내가) 또 출격한다. ※《좌전(左傳)・소공삼십년(昭公三十年)》:「적이 출격하면 (내가) 물

번역문

큰 쥐와 사자고양이

명(明) 신종(神宗) 만력(萬曆) 연간에 궁중에 쥐가 있었는데, 크기가 고양이와 같고 피해가 매우 심했다. (그리하여) 널리 민간에서 좋은 고양이를 구해 쥐를 잡으려 했으나, 오히려 고양이가 번번이 쥐에게 잡혀먹었다. 그때 마침 외국에서 사자고양이 한 마리를 공물(貢物)로 보내왔는데, 털 색깔이 마치 눈처럼 하얗다. 사람들이 그 고양이를 안아다가 쥐 집에 집어넣고 문을 닿은 다음 몰래 그것을 엿보았다. 고양이가 한참 동안 쪼그리고 앉아 있는데, 쥐가 머뭇거리며 구멍에서 나와 고양이를 보더니 화를 내며 고양이에게 달려들었다. 고양이가 피해서 탁자 위로 올라가자 쥐도 따라 올라와, 고양이가 곧 아래로 뛰어내렸다. 이와 같이 왕복하기를 백 번 이상 계속했다. 여러 사람들이 모두 고양이가 무서워한다고 말하며 특이한 능력이 없는 동물이라고 여겼다. 얼마 후 쥐가 뛰어 오르내리는 동작이 점점 느려지고, 큰 배가 마치 숨을 헐떡거리는 듯하더니, 땅에 쪼그리고 앉자 잠시 쉬고 있었다. (이때) 고양이는 즉시 쏜살같이 내려와 발톱으로 쥐의 머리털을 움켜잡고, 입으로 쥐의 머리와 목을 물며 엎치락뒤치락 싸움을 벌였다. 고양이는 으르렁으르렁 소리를 내고 쥐는 찍찍 소리를 냈다. 사람들이 문을 열고 급히 가보니, 쥐의 머리는 이미 고양이에게 씹혀 문드러져 있었다. 그런 뒤에 사람들은 비로소 고양이가 쥐를 피했던 것이 결코 겁이

…………………

러서고, 적이 물러서면 (내가) 출격한다.(彼出則歸, 彼歸則出。)」

【噫(희)】: [감탄사] 아!

【匹夫按劍(필부안검)】: 필부(匹夫)가 칼을 어루만지다. 즉, 필부가 지모(智謀)도 없이 오직 개인의 혈기에 의존하여 사생결단(死生決斷)하는 것을 비유하는 말. 〖匹夫〗: 학식과 지혜가 없는 사람, 평범한 사람. 〖按劍〗: (공격하려는 자세를 보이며) 손으로 칼을 어루만지다.

【何異鼠乎(하이서호)】: 쥐와 무엇이 다른가!

나서가 아니라 쥐가 지치서 나태해질 때까지 기다렸다는 것을 알았다. 「적이 출격하면 (내가) 물러서고, 적이 물러서면 (내가) 다시 출격한다.」라고 하는 말이 있는데, (고양이는) 바로 이러한 지략을 쓴 것이다.

아! 필부가 지모(智謀)도 없이 오직 검(劍)에 의존한다면 이 쥐와 무엇이 다르겠는가!

해설

명(明)나라 황궁은 큰 쥐의 피해가 심해 민간에서 좋은 고양이를 구해다가 풀어놓았으나 큰 쥐와 싸워보지도 못하고 번번이 큰 쥐에게 잡혀먹었다.

외국에서 공물(貢物)로 보내온 사자고양이는 일반 고양이와 달리 큰 쥐와 직접 맞서 싸우지 않고 큰 쥐의 공격을 피해 계속 도망을 다니다가, 나중에 큰 쥐가 지쳐 숨을 헐떡이며 쉬는 모습을 보이자, 바로 이때 재빨리 공격하여 단숨에 쥐를 물어 죽였다. 즉, 큰 쥐의 힘이 왕성할 때를 피하고 지칠 때를 기다려 공격하는 지략을 사용한 것이다.

이 우언은 큰 쥐가 사자고양이와 싸우다가 제압당한 고사를 빌려, 지모(智謀)가 없는 필부(匹夫)의 혈기는 일시적으로 기세(氣勢)를 과시할 수 있지만 최후에는 반드시 패망을 면치 못한다는 논리와 아울러, 적을 제압하고 승리를 거두기 위해서는 반드시 책략을 강구하고 계책을 운용해야 한다는 이치를 설명한 것이다.

125 의견(義犬)

《聊齋志異 · 卷九 · 義犬》

원문 및 주석

義犬[1]

周村有賈某, 貿易蕪湖, 獲重貲。賃舟將歸, 見堤上有屠人縛犬, 倍價贖之, 豢養舟上。[2] 舟人固積寇也, 窺客裝豐, 蕩舟入莽, 操刀欲

---

1 義犬 → 충견(忠犬)
【義犬(의견)】: 충견(忠犬), 주인에게 충성을 바친 개.

2 周村有賈某, 貿易蕪湖, 獲重貲。賃舟將歸, 見堤上有屠人縛犬, 倍價贖之, 豢養舟上。→ 주촌(周村)의 상인 아무개는, 무호(蕪湖)에 가서 장사를 하여, 많은 재산을 모았다. 배 한 척을 세내어 집으로 돌아가려 하는데, 제방(堤坊) 위에서 백정이 개를 (도축하려고) 밧줄로 묶는 것을 보았다. 그리하여 두 배의 값을 주고 개를 사서, 배에서 길렀다.
【周村(주촌)】: [지명] 주촌점(周村店). 지금의 산동성 장산현(長山縣) 남쪽. 청(淸) 덕종(德宗) 광서(光緖) 연간의 이름난 상업 도시.
【賈某(고모)】: 상인 아무개. 〖賈〗: 장사, 상인.
【貿易(무역)】: 장사하다, 교역(交易)하다.
【蕪湖(무호)】: [지명] 무호현(蕪湖縣). 지금의 안휘성 무호현(蕪湖縣). 청(淸) 덕종(德宗) 광서(光緖) 2년 중국과 영국의 연대조약(煙臺條約)에서 외국과의 통상(通商) 항구로 개방한 후, 상업이 매우 번창했다.
【獲重貲(획중자)】: 많은 돈을 벌다, 많은 재산을 모으다. 〖獲〗: 얻다, 획득하다. 즉 「벌다, 모으다」의 뜻. 〖貲〗: 資(자), 자산, 돈.
【賃舟(임주)】: 배를 빌리다. 〖賃〗: 세내다, 임차(賃借)하다.
【將(장)】: (장차) …하려 하다.
【堤(제)】: 둑, 제방.
【屠人(도인)】: 백정, 도축업자.

殺。賈哀賜以全尸，盜乃以氈裹置江中。[3] 犬見之，哀嗥投水，口銜裹具，與共浮沉。流蕩不知幾里，達淺擱乃止。[4] 犬泅出，至有人處，狺

【縛(박)】: 묶다.
【贖(속)】: 買(매), 사다.
【之(지)】: [대명사] 그것, 즉「개」.
【豢養(환양)】: 기르다, 사육하다.

3 舟人固積寇也，窺客裝豐，蕩舟入莽，操刀欲殺。賈哀賜以全尸，盜乃以氈裹置江中。→ 이 뱃사공은 본래 상습적으로 강도짓을 하는 사람으로, 객상(客商)의 차림새가 풍요로운 것을 보자, 배를 저어 우거진 숲속으로 들어가더니, 칼을 잡고 객상을 죽이려 했다. 객상은 (강도에게) 온전한 시신(尸身)을 하사(下賜)해 달라고 애원했다. 그리하여 강도는 (객상을) 융단으로 싸서 묶어 가지고 강물에 던져버렸다.
【舟人(주인)】: 뱃사람.
【固(고)】: 본래.
【積寇(적구)】: 상습적으로 강도짓을 하는 사람.
【窺(규)】: 엿보다.
【客裝豐(객장풍)】: 손님의 행장(行裝)이 풍족하다. ※ 판본에 따라서는「客裝豐」을「客裝」이라 했다. 【裝】: 행장(行裝), 차림새.
【蕩舟入莽(탕주입망)】: 배를 몰아 우거진 숲속으로 들어가다. 【蕩舟】: 배를 젓다. 【莽】: 우거진 숲.
【操(조)】: 잡다, 쥐다.
【欲(욕)】: …하고자 하다, …하려고 생각하다.
【哀賜以全尸(애사이전시)】: 온전한 시신(尸身)을 하사(下賜)해 달라고 애원하다. 【哀】: 애원하다, 애걸하다. 【賜】: 베풀어주다, 하사하다. 【全尸】: 훼손하지 않은 온전한 시신(尸身).
【乃(내)】: 그리하여.
【以氈裹置江中(이전과치강중)】: 융단으로 싸서 강물에 던지다. 【氈】: 모전(毛氈), 융단. 【裹】: 싸다, 싸매다, 포장하다. 【置】: 놓다, 두다. 여기서는「던지다」의 뜻.

4 犬見之，哀嗥投水，口銜裹具，與共浮沉。流蕩不知幾里，達淺擱乃止。→ 개가 그러한 광경을 보고, 슬픈 소리로 짖으며 강물로 뛰어들어, 입으로 객상을 싸맨 융단을 꽉 물고, 함께 떠올랐다 잠겼다 하며 떠내려갔다. (그렇게) 표류하여 몇 리를 내려갔는지 모르고 있다가, 얕은 곳에 이르러 좌초되자 비로소 멈추었다.
【之(지)】: [대명사] 그것, 즉「그러한 광경」.
【哀嗥(애호)】: 슬프게 짖다, 슬프게 소리를 지르다.
【投水(투수)】: 물로 뛰어들다.
【銜(함)】: (입으로) 물다.
【裹具(과구)】: 포장한 물건. 즉「객상을 싸맨 융단」.
【與共(여공)】: 함께하다.
【浮沉(부침)】: 물에 떠올랐다 잠겼다 하다.

狺哀吠。或以爲異，從之而往，見氈束水中，引出斷其繩。[5] 客固未死，始言其情。復哀舟人，載還蕪湖，將以伺盜船之歸。[6] 登舟失犬，心甚悼焉。抵關三四日，估楫如林，而盜船不見。[7] 適有同鄉估客，

················

【流蕩(유탕)】: 표류하다.

【達淺擱(달천각)】: 얕은 곳에 이르러 좌초되다. 〖擱〗: 좌초되다.

【乃(내)】: 비로소.

5 犬泅出，至有人處，狺狺哀吠。或以爲異，從之而往，見氈束水中，引出斷其繩。→ 개가 헤엄쳐 물 밖으로 나가더니, 사람이 있는 곳으로 가서, 멍멍거리며 슬프게 짖어댔다. 어떤 사람이 그것을 이상히 여겨, 개의 뒤를 따라가, 물속에 융단 묶음이 있는 것을 발견하고, 그것을 끌어내어 묶은 줄을 잘랐다.

【泅出(수출)】: 헤엄쳐 나오다. 〖泅〗: 헤엄치다.

【狺狺(은은)】: [의성어] 멍멍, 멍멍 짖다.

【哀吠(애폐)】: 슬프게 짖다.

【或(혹)】: 어떤 사람.

【以爲(이위)】: …라 여기다, …라고 생각하다.

【從之而往(종지이왕)】: 개를 따라 가다. 〖從〗: …를 따라, …를 좇아. 〖之〗: [대명사] 그것, 즉 「개」.

【束(속)】: 다발, 묶음.

【繩(승)】: 줄, 끈.

6 客固未死，始言其情。復哀舟人，載還蕪湖，將以伺盜船之歸。→ 객상은 본래 죽지 않고 있었으므로, 이때 비로소 그 상황을 (사람들에게) 이야기했다. 그리고 다시 한 뱃사공에게 자기를 태우고 무호(蕪湖)로 돌아가 장차 강도의 배가 돌아오는 것을 기다리게 해 달라고 애원했다.

【固(고)】: 본래, 원래.

【始(시)】: 비로소.

【情(정)】: 상황, 사정, 정황.

【復(부)】: 다시, 또.

【載(재)】: 싣다, 태우다.

【還(환)】: 돌아가다.

【伺(사)】: 기다리다.

7 登舟失犬，心甚悼焉。抵關三四日，估楫如林，而盜船不見。→ (그런데 객상은) 배에 오르면서 개를 잃어버려, 마음이 몹시 슬펐다. 무호의 부두(埠頭)에 도착하여 사나흘이 지나자, 상인들의 화물을 실은 배가 마치 나무숲처럼 많았다. 그러나 강도의 배는 보이지 않았다.

【悼(도)】: 슬프다.

【抵關(저관)】: 무호(蕪湖)의 부두(埠頭)에 도착하다. 〖抵〗: 도착하다, 이르다, 다다르다. 〖關〗: 세관, 관문. 여기서는 「무호(蕪湖)의 부두」를 가리킨다.

將攜俱歸, 忽犬自來, 望客大嘷, 喚之卻走。[8] 客下舟趁之。犬奔上一舟, 嚙人脛股, 撻之不解。[9] 客近呵之, 則所嚙卽前盜也。衣服與舟皆易, 故不得而認之矣。縛而搜之, 則裹金猶在。[10] 嗚呼! 一犬也,

....

【估楫如林(고즙여림)】: 상인들의 화물을 실은 배.

8 適有同鄉估客, 將攜俱歸, 忽犬自來, 望客大嘷, 喚之卻走。→ 마침 동향(同鄕)의 객상이 있어, 그를 데리고 함께 고향집으로 돌아가려고 하는데, 갑자기 (잃어버렸던) 개가 스스로 돌아와, 주인을 보고 큰소리로 짖어댔다. 주인이 개를 부르자 개는 오히려 달아났다.
【適(적)】: 마침.
【估客(고객)】: 객상(客商).
【將攜俱歸(장휴구귀)】: 곧 그를 데리고 함께 고향으로 돌아가려고 하다. 〖將〗: (장차) …하려고 하다. 〖攜〗: 이끌다, 데리다. 〖俱〗: 함께.
【忽(홀)】: 돌연, 갑자기.
【大嘷(대호)】: 큰소리로 짖어대다.
【喚之卻走(환지각주)】: 개를 부르면 오히려 달아나다. 〖喚〗: 부르다. 〖之〗: [대명사] 그것, 즉 「개」. 〖卻〗: 오히려, 도리어. 〖走〗: 달아나다.

9 客下舟趁之。犬奔上一舟, 嚙人脛股, 撻之不解。→ 객상이 배에서 내려 개를 뒤쫓아 갔다. 개가 어느 배 위로 달려가더니, 한 사람의 정강이와 넓적다리를 마구 물면서, 그 사람이 개를 아무리 때려도 놓아주지 않았다.
【趁(진)】: 뒤쫓아 가다.
【之(지)】: [대명사] 그것, 즉 「개」.
【奔上(분상)】: 달려가다.
【嚙(교)】: 물다, 깨물다.
【脛股(경고)】: 정강이와 넓적다리.
【撻之不解(달지불해)】: 개를 마구 때려도 풀지 않다. 〖撻〗: (채찍이나 몽둥이로) 치다, 때리다, 갈기다. 〖不解〗: (물고 있던 것을) 놓아주지 않다.

10 客近呵之, 則所嚙卽前盜也。衣服與舟皆易, 故不得而認之矣。縛而搜之, 則裹金猶在。→ 객상이 가까이 가서 개를 꾸짖으며, 개가 물고 있는 사람을 보니 바로 이전의 그 강도였다. 강도는 자신이 입은 의복과 타고 온 배를 모두 변장했다. 그래서 객상은 강도를 알아볼 수가 없었다. (객상이) 강도를 묶어놓고 (배 안을) 뒤져보니, 전에 빼앗겼던 금은보화(金銀寶貨)가 여전히 그대로 있었다.
【呵之(가지)】: 개를 꾸짖다. 〖呵〗: 꾸짖다, 나무라다, 질책하다. 〖之〗: [대명사] 그것, 즉 「개」.
【不得而認之(부득이인지)】: 알아볼 수가 없다. 〖不得〗: 不能(불능), …할 수 없다. 〖認〗: 알다, 알아보다. 〖之〗: [대명사] 그, 즉 「강도」.
【縛而搜之(박이수지)】: 강도를 결박하고 배 안을 수색하다. 〖縛〗: 묶다, 결박하다. 〖搜〗: 찾다, 수색하다, 뒤지다. 〖之〗: [대명사] 그, 즉 「강도」.

而報恩如是。世無心肝者, 其亦愧此犬也夫![11]

번역문

충견(忠犬)

주촌(周村)의 상인 아무개는 무호(蕪湖)에 가서 장사를 하여 많은 재산을 모았다. 배 한 척을 세내어 집으로 돌아가려 하는데, 제방(堤坊) 위에서 백정이 개를 (도축하려고) 밧줄로 묶는 것을 보았다. 그리하여 두 배의 값을 주고 개를 사서 배에서 길렀다.

이 뱃사공은 본래 상습적으로 강도짓을 하는 사람으로, 객상(客商)의 차림새가 풍요로운 것을 보자 배를 저어 우거진 숲속으로 들어가더니 칼을 잡고 객상을 죽이려 했다. 객상은 (강도에게) 온전한 시신(尸身)을 하사(下賜)해 달라고 애원했다. 그리하여 강도는 (객상을) 융단으로 싸서 묶어 가지고 강물에 던져버렸다.

개가 그러한 광경을 보고 슬픈 소리로 짖으며 강물로 뛰어들어, 입으로 객상을 싸맨 융단을 꽉 물고 함께 떠올랐다 잠겼다 하며 떠내려갔다. (그렇게) 표류하여 몇 리를 내려갔는지 모르고 있다가 얕은 곳에 이르러 좌초되자 비로소 멈추었다.

....

【裹金(과금)】: 싸서 묶어 둔 금은보화(金銀寶貨). 즉 「전에 빼앗겼던 금은보화」를 가리킨다. ※ 판본에 따라서는 「裹」를 「囊(낭)」이라 했다.
【猶(유)】: 아직, 여전히.

11 嗚呼! 一犬也, 而報恩如是。世無心肝者, 其亦愧此犬也夫! → 아! 개조차, 이처럼 은혜에 보답할 줄 안다. 세상의 양심 없는 자들은, 마땅히 이 개에게 부끄러워해야 할 것이다!
【嗚呼(오호)】: [감탄사] 아!
【如是(여시)】: 이와 같다.
【無心肝者(무심간자)】: 양심이 없는 사람.
【愧(괴)】: 부끄럽다.

개가 헤엄쳐 물 밖으로 나가더니 사람이 있는 곳으로 가서 멍멍거리며 슬프게 짖어댔다. 어떤 사람이 그것을 이상히 여겨 개의 뒤를 따라가, 물속에 융단 묶음이 있는 것을 발견하고 그것을 끌어내어 묶은 줄을 잘랐다. 객상은 본래 죽지 않고 있었으므로, 이때 비로소 그 상황을 (사람들에게) 이야기했다. 그리고 다시 한 뱃사공에게 자기를 태우고 무호(蕪湖)로 돌아가 장차 강도의 배가 돌아오는 것을 기다리게 해 달라고 애원했다. (그런데 객상은) 배에 오르면서 개를 잃어버려 마음이 몹시 슬펐다.

무호의 부두(埠頭)에 도착하여 사나흘이 지나자 상인들의 화물을 실은 배가 마치 나무숲처럼 많았다. 그러나 강도의 배는 보이지 않았다. 마침 동향(同鄕)의 객상이 있어 그를 데리고 함께 고향 집으로 돌아가려고 하는데, 갑자기 (잃어버렸던) 개가 스스로 돌아와 주인을 보고 큰소리로 짖어댔다. 주인이 개를 부르자 개는 오히려 달아났다. 객상이 배에서 내려 개를 뒤쫓아 갔다. 개가 어느 배 위로 달려가더니 한 사람의 정강이와 넓적다리를 마구 물면서, 그 사람이 개를 아무리 때려도 놓아주지 않았다.

객상이 가까이 가서 개를 꾸짖으며 개가 물고 있는 사람을 보니, 바로 이전의 그 강도였다. 강도는 자신이 입은 의복과 타고 온 배를 모두 변장했다. 그래서 객상은 강도를 알아볼 수가 없었다. (객상이) 강도를 묶어놓고 (배 안을) 뒤져보니 전에 빼앗겼던 금은보화(金銀寶貨)가 여전히 그대로 있었다.

아! 개조차 이처럼 은혜에 보답할 줄 안다. 세상의 양심 없는 자들은 마땅히 이 개에게 부끄러워해야 할 것이다!

해설

주촌(周村)의 상인이 도살 직전의 개를 구해주자, 개는 상인이 뱃사공을 가장한 강도를 만나 강물에 던져졌을 때 강물로 뛰어들어 주인을 구했을 뿐만 아니라, 후에 강도를 붙잡아 빼앗겼던 금은보화를 모두 되찾게 해주었다.

이 우언은 작자가 말미에서 「아! 개조차, 이처럼 은혜에 보답할 줄 안다. 세상의 양심 없는 자들은, 마땅히 이 개에게 부끄러워해야 할 것이다.」라고 말했듯이, 당시 사회의 부도덕하고 양심 없는 사람들의 배은망덕(背恩忘德)한 행위를 비난하고 질책한 것이다.

《남산집南山集》 우언

대명세(戴名世 : 1653 - 1713)는 안휘(安徽) 동성(桐城)[지금의 안휘성 동성현(桐城縣)] 사람으로 자는 전유(田有), 또는 갈부(褐夫)이며, 호는 남산(南山), 별호는 우암(憂庵)이다. 성조(聖祖) 강희(康熙) 48년(1709) 진사에 급제한 후 한림원편수(翰林院編修)를 지냈다. 그는 청초(淸初)의 산문가(散文家)로서 사전(史傳)에 능하고 특히 명대(明代)의 역사에 관심이 많아, 수시로 명대의 유로(遺老)들을 찾아다니며 명조(明朝)에 관한 고사(故事)를 수집 연구하는 데 힘을 쏟기도 했다.

그의 저서 《남산집(南山集)》은 강희 41년에 처음 간행되었는데, 좌도어사(左都御史) 조신교(趙申喬)가 《남산집》에 명(明) 신종(神宗)의 손자인 계왕(桂王)의 연호를 사용했다 하여 불경죄(不敬罪)로 탄핵함으로써, 대명세는 사형을 당하고 수십 명이 이에 연루되어 견책을 당했다.

대명세의 문학적 성취는 동성파(桐城派) 산문의 주류에 속하는데, 현재 그의 작품 대부분이 《남산집》에 수록되어 있다.

126 조설(鳥說)

《南山集 · 卷一 · 論說》

원문 및 주석

鳥說[1]

余讀書之室, 其旁有桂一株焉。[2] 桂之上日有聲喧喧然者, 卽而視之, 則二鳥巢於枝幹之間, 去地不五六尺, 人手能及之。[3] 巢大如盞,

1 鳥說 → 새 이야기

2 余讀書之室, 其旁有桂一株焉。→ 나의 서재 옆에 계수나무 한 그루가 있다.
【余(여)】: 나.
【旁(방)】: 옆.
【桂一株(계일주)】: 계수나무 한 그루. 〖株〗: [양사] 그루.
【焉(언)】: [어조사].

3 桂之上日有聲喧喧然者, 卽而視之, 則二鳥巢於枝幹之間, 去地不五六尺, 人手能及之。→ 계수나무 위에서 날마다 꾸안 꾸안 하는 소리가 들려, 가까이 다가가 살펴보니, 새 두 마리가 가지와 줄기 사이에 둥지를 짓고 있었다. 둥지는 땅에서부터 대여섯 자가 채 떨어지지 않아, 사람들의 손이 족히 닿을 수 있었다.
【日(일)】: 매일, 날마다.
【喧喧(관관)】: [의성어] 꾸안 꾸안. ※ 암수의 새가 서로 호응하는 소리.
【卽而視之(즉이시지)】: 가까이 다가가서 보다. 〖卽〗: 가까이 다가가다.
【巢於(소어)】: …에 둥지를 짓다. 〖巢〗: [동사 용법] 둥지를 짓다. 〖於〗: [개사] …에.
【枝幹之間(지간지간)】: 나뭇가지와 줄기 사이.
【去地(거지)…】: 땅에서 …정도 떨어지다. 〖去〗: 떨어지다.
【及之(급지)】: 그것에 닿다. 〖及〗: 미치다, 이르다. 즉「닿다, 도달하다」의 뜻. 〖之〗: [대명사] 그것, 즉「둥지」.

精密完固, 細草盤結而成。[4] 鳥雌一雄一, 小不能盈掬, 色明潔, 娟皎可愛, 不知其何鳥也。[5] 雛且出矣, 雌者覆翼之, 雄者往取食; 每得食, 輒息於屋上, 不卽下。[6] 主人戲以手撼其巢, 則下瞰而鳴, 小撼之小鳴, 大撼之卽大鳴, 手下, 鳴乃已。[7] 他日, 余從外來, 見巢墜於地,

4 巢大如盞, 精密完固, 細草盤結而成。→ 둥지의 크기는 술잔만 한데, 정밀하고 완고(完固)하며, 가느다란 풀로 엮어 만들었다.
【大如盞(대여잔)】: 크기가 마치 술잔과 같다, 술잔만 하다.
【完固(완고)】: 완전하고 견고하다.
【盤結而成(반결이성)】: 엮어서 만들다.

5 鳥雌一雄一, 小不能盈掬, 色明潔, 娟皎可愛, 不知其何鳥也。→ 새는 암컷 한 마리와 수컷 한 마리가 있었다. 몸이 작아 한 움큼도 되지 않았지만, 색깔은 밝고 깨끗하며, 아름답고 귀여웠다. 그러나 그것이 무슨 새인지 모른다.
【不能盈掬(불능영국)】: 양손을 채울 수 없다. 즉 「한 움큼도 되지 않다」의 뜻. 〖盈掬〗: 양손에 가득 차다, 양손을 가득 채우다.
【明潔(명결)】: 밝고 깨끗하다.
【娟皎(연교)】: 아름답다.
【可愛(가애)】: 귀엽다.

6 雛且出矣, 雌者覆翼之, 雄者往取食; 每得食, 輒息於屋上, 不卽下。→ 새끼가 장차 알에서 부화(孵化)해 나오려 하면, 암컷은 날개로 그것을 덮어 가리고, 수컷은 먹이를 구하러 나간다. 수컷은 먹이를 얻으면, 항상 지붕 위에서 휴식을 취하며, 바로 내려오지 않는다.
【雛(추)】: 어린 새끼.
【且(차)】: (장차) …하려 하다.
【出(출)】: 나오다. 여기서는 「부화(孵化)해 나오다」의 뜻.
【覆翼之(복익지)】: 날개로 그것을 덮어 가리다. 〖之〗: [대명사] 그것, 즉 「새끼」.
【取食(취식)】: 먹이를 찾다.
【輒(첩)】: 늘, 항상.
【息於(식어)…】: …에서 쉬다. 〖於〗: [개사] …에서.
【卽下(즉하)】: 바로 내려오다.

7 主人戲以手撼其巢, 則下瞰而鳴, 小撼之小鳴, 大撼之卽大鳴, 手下, 鳴乃已。→ (이때) 집주인이 장난삼아 손으로 둥지를 흔들면, 어미 새가 아래를 내려다보며 우짖는다. 살짝 흔들면 작은 소리로 우짖고, 세게 흔들면 큰 소리로 우짖다가, 손을 내리면, 비로소 우짖는 소리를 멈춘다.
【戲(희)】: 장난치다, 장난하다.
【撼(감)】: 흔들다.
【下瞰而鳴(하감이명)】: 내려다보며 우짖다.

覓二鳥及鷇, 無有。問之, 則某氏僮奴取以去。[8] 嗟乎! 以此鳥之羽毛潔而音鳴好也, 奚不深山之適而茂林之棲, 乃托身非所, 見辱於人奴以死![9] 彼其以世路爲甚寬也哉![10]

················

【小撼之小鳴(소감지소명)】: 둥지를 살짝 흔들면 작은 소리로 우짖다. 〖小撼〗: 살짝 흔들다, 가볍게 흔들다. 〖之〗: [대명사] 그것, 즉「둥지」. 〖小鳴〗: 작은 소리로 우짖다.
【大撼(대감)】: 세게 흔들다, 마구 흔들다.
【手下(수하)】: 손을 내리다.
【乃(내)】: 비로소.
【已(이)】: 멈추다, 그치다.

8 他日, 余從外來, 見巢墜於地, 覓二鳥及鷇, 無有。問之, 則某氏僮奴取以去。→ 어느 날, 내가 밖에서 돌아오다가, 둥지가 땅에 떨어져 있는 것을 보고, 어미 두 마리와 알을 찾아보았으나, 아무것도 없었다. 탐문해 보니, 모씨 집 동복(僮僕)이 가져갔다고 했다.
【他日(타일)】: 어느 날.
【從(종)】: …에서, …로부터.
【墜於(추어)…】: …에 떨어지다. 〖墜〗: 추락하다, 떨어지다. 〖於〗: [개사] …에.
【覓(멱)】: 찾다.
【及(급)】: 와(과), 및.
【鷇(구)】: 새의 알.
【僮奴(동노)】: 동복(僮僕), 사내 종.
【取以去(취이거)】: 가져가다, 가지고 가다.

9 嗟乎! 以此鳥之羽毛潔而音鳴好也, 奚不深山之適而茂林之棲, 乃托身非所, 見辱於人奴以死! → 이 새는 깨끗하고 하얀 깃털과 아름다운 울음소리를 지니고 있는데, 왜 깊은 산속에 들어가 울창한 숲속에 서식하지 않고, 오히려 서식하기 적합하지 않은 곳에 몸을 의탁하여, 동복에게 굴욕을 당하고 죽는가!
【嗟乎(차호)】: [감탄사] 아!
【音鳴好(음명호)】: 듣기 좋은 소리.
【奚(해)】: 왜, 어찌, 어째서.
【適(적)】: 往(왕), 가다.
【茂林(무림)】: 울창한 숲.
【棲(서)】: 서식하다.
【乃(내)】: 오히려.
【托身非所(탁신비소)】: 서식하기 적당하지 않은 곳에 몸을 의탁하다. 〖非所〗: 적합하지 않은 곳.

10 彼其以世路爲甚寬也哉! → 이 새들은 아마도 세상 살아가는 길을 매우 평탄하고 넓다고 여겼나보다!
【彼(피)】: 그들, 저들. 즉「새들」.

번역문

새 이야기

나의 서재 옆에 계수나무 한 그루가 있다. 계수나무 위에서 날마다 꾸안 꾸안 하는 소리가 들려 가까이 다가가 살펴보니, 새 두 마리가 가지와 줄기 사이에 둥지를 짓고 있었다. 둥지는 땅에서부터 대여섯 자가 채 떨어지지 않아 사람들의 손이 족히 닿을 수 있었다. 둥지의 크기는 술잔만 한데, 정밀하고 완고(完固)하며 가느다란 풀로 엮어 만들었다.

새는 암컷 한 마리와 수컷 한 마리가 있었다. 몸이 작아 한 움큼도 되지 않았지만 색깔은 밝고 깨끗하며 아름답고 귀여웠다. 그러나 그것이 무슨 새인지 모른다.

새끼가 장차 알에서 부화(孵化)해 나오려 하면, 암컷은 날개로 그것을 덮어 가리고 수컷은 먹이를 구하러 나간다. 수컷은 먹이를 얻으면 항상 지붕 위에서 휴식을 취하며 바로 내려오지 않는다. (이때) 집주인이 장난삼아 손으로 둥지를 흔들면, 어미 새가 아래를 내려다보며 우짖는다. 살짝 흔들면 작은 소리로 우짖고 세게 흔들면 큰 소리로 우짖다가, 손을 내리면 비로소 우짖는 소리를 멈춘다. 어느 날, 내가 밖에서 돌아오다가 둥지가 땅에 떨어져 있는 것을 보고, 어미 두 마리와 알을 찾아보았으나 아무것도 없었다. 탐문해 보니 모씨 집 동복(僮僕)이 가져갔다고 했다.

이 새는 깨끗하고 하얀 깃털과 아름다운 울음소리를 지니고 있는데, 왜 깊은 산속에 들어가 울창한 숲속에 서식하지 않고, 오히려 서식하기 적합

【其(기)】: 아마, 아마도, 어쩌면.

【以世路爲甚寬(이세로위심관)】: 세상 살아가는 길을 매우 넓다고 여기다. 【以…爲…】: …을 …라 여기다. 【世路】: 세상을 살아가는 길.

하지 않은 곳에 몸을 의탁하여 동복에게 굴욕을 당하고 죽는가! 이 새들은 아마도 세상 살아가는 길을 매우 평탄하고 넓다고 여겼나보다!

해설

일의 성공은 양호한 외부 환경의 선택이 매우 중요하다. 주관적 조건이 더없이 좋다 해도 외부 조건이 갖추어지지 못하면 역시 성공할 수가 없다.

이 우언은 아름답고 귀여운 작은 새가 불운을 만난 것을, 재능이 있는 지식인이 때를 만나지 못해 참혹한 일을 당하는 것에 비유하여, 인재를 박해하는 봉건 통치자들의 잔악한 행위를 풍자한 것이다.

127 맹자설(盲者說)

《南山集·卷一·論說》

원문 및 주석

盲者說[1]

里中有盲童, 操日者術, 善鼓琴。[2] 鄰有某生, 召而弔之曰:「子年幾何矣?」曰:「年十五矣。」[3]「以何時而眇?」曰:「三歲耳。」[4]「然則

1 盲者說 → 맹인(盲人) 이야기
【盲者(맹자)】: 맹인, 소경, 장님.

2 里中有盲童, 操日者術, 善鼓琴。→ 마을에 눈이 먼 아이가 있었다. 점치는 일에 종사하는데, 북도 잘 치고 거문고도 잘 탔다.
【盲童(맹동)】: 눈이 먼 아이, 실명(失明)한 소년.
【操日者術(조일자술)】: 점치는 일에 종사하다. 〖操〗: 종사하다. 〖日者〗: 점쟁이. 〖術〗: 일, 직업.
【善鼓琴(선고금)】: 북을 잘 치고 거문고를 잘 타다. 〖善〗: 잘하다, 능하다. 〖鼓〗: [동사 용법] 북을 치다. 〖琴〗: [동사 용법] 거문고를 타다.

3 鄰有某生, 召而弔之曰:「子年幾何矣?」曰:「年十五矣。」→ 이웃에 사는 모 서생이, 그 아이를 불러 위로하며 말했다:「너 나이가 몇 살이냐?」아이가 대답했다:「열다섯 살이요.」
【召(소)】: 부르다.
【弔(조)】: 위로하다.
【子(자)】: 너, 당신, 그대.
【年(년)】: 나이, 연령.
【幾何(기하)】: 몇, 얼마.

4「以何時而眇?」曰:「三歲耳。」→ 서생이 물었다:「언제 실명(失明)했느냐?」아이가 대답했다:「세 살 때요.」
【以何時(이하시)】: 언제, 어느 때에. 〖以〗: [개사] …때에. ※ 시간이나 장소를 나타낸다.

子之盲也且十二年矣! 昏昏然而行, 冥冥焉而趨, 不知天地之大, 日月之光, 山川之流峙, 容貌之姸醜, 宮室之宏麗, 無乃甚可悲矣乎? 吾方以爲弔也!」[5] 盲者笑曰 :「若子所言, 是第知盲者之爲盲, 而不知不盲者之盡爲盲也。[6] 夫盲者曷嘗盲哉? 吾目雖不見, 而四肢百體均自若也, 以目無妄動焉。[7] 其於人也, 聞其音而知其姓氏; 審

【眇(묘)】: 눈이 멀다, 실명하다.

5 「然則子之盲也且十二年矣! 昏昏然而行, 冥冥焉而趨, 不知天地之大, 日月之光, 山川之流峙, 容貌之姸醜, 宮室之宏麗, 無乃甚可悲矣乎? 吾方以爲弔也!」→ (서생이 말했다) :「그렇다면 네가 실명한 것이 바야흐로 십이 년이 되었구나! (온종일) 캄캄한 상태에서 걷고 달리자면, 하늘과 땅이 광대한 것도 모르고, 햇빛과 달빛도 모르고, 산이 우뚝 솟고 개천이 흐르는 것도 모르고, 얼굴이 예쁘고 미운 것도 모르고, 궁실이 웅장하고 화려한 것도 모를 터이니, 어찌 매우 슬프지 않겠느냐? 내가 바로 이 때문에 너를 위로하려는 것이다.」

【然則(연즉)】: 그렇다면, 그러면.
【且(차)】: 바야흐로, 이제 막.
【昏昏然(혼혼연)】: 어두운 모양, 캄캄한 모양.
【冥冥焉(명명언)】: 어두운 모양, 캄캄한 모양.
【趨(추)】: 빨리 가다, 달리다.
【峙(치)】: 우뚝 솟다.
【姸(연)】: 곱다, 아름답다, 예쁘다.
【醜(추)】: 추하다, 못생기다, 밉다.
【宮室(궁실)】: ①가옥, 집. ②궁전.
【宏麗(굉려)】: 웅장하고 화려하다.
【無乃(무내)】: 어찌 …하지 않은가?

6 盲者笑曰 :「若子所言, 是第知盲者之爲盲, 而不知不盲者之盡爲盲也。→ 눈 먼 아이가 웃으며 말했다 :「당신의 말대로라면, 이는 다만 맹인의 눈이 멀었다는 것만 알고, 맹인이 아닌 사람들도 모두 눈이 멀었다는 것을 모르는 것입니다.

【若(약)】: …과 같다.
【是(시)】: 此(차), 이, 이것.
【第(제)】: 다만.
【盲者之爲盲(맹자지위맹)】: 맹인이 눈이 먼 것.
【盡(진)】: 모두, 다.

7 夫盲者曷嘗盲哉? 吾目雖不見, 而四肢百體均自若也, 以目無妄動焉。→ 대저 맹인이 언제 눈이 먼 적이 있습니까? 나의 눈은 비록 보이지 않지만, 몸 전체는 모두 아무런 제약이 없습니다. 이는 눈이 분별없이 행동하지 않기 때문입니다.

其語而知其是非。[8] 其行也, 度其平陂以爲步之疾徐, 而亦無顚危之患。[9] 入其所精業, 而不疲其神於不急之務, 不用其力於無益之爲, 出則售其術以飽其腹。[10] 如是者久而習之, 吾無病於目之不見也。[11]

....

【夫(부)】: [발어사] 대저, 무릇.
【曷嘗(갈상)】: 何嘗(하상), 언제 …한 적이 있는가?
【雖(수)】: 비록.
【四肢百體(사지백체)】: 온몸, 전신(全身).
【均(균)】: 모두, 다.
【自若(자약)】: 태연자약하다, 자유자재다, 아무런 제약이 없다.
【以(이)】: … 때문이다.
【妄動(망동)】: 아무 분별없이 행동하다, 경솔하게 행동하다.

8 其於人也, 聞其音而知其姓氏; 審其語而知其是非。 → 사람에 대해서는, 그 사람의 소리를 들으면 그 사람의 성씨를 알고; 그 사람의 말을 분석하면 곧 그 사람의 옳고 그름을 압니다.
【於(어)】: [개사] …에 대해.
【審(심)】: 분석하다.

9 其行也, 度其平陂以爲步之疾徐, 而亦無顚危之患。 → 길을 걸을 때는, (길의) 평탄 여부를 헤아려 걸음의 완급을 조절하기 때문에, 또한 넘어져 위태로울 염려도 없습니다.
【行(행)】: 걷다, 길을 가다.
【度(탁)】: 헤아리다.
【平陂(평피)】: 평탄함과 평탄하지 않음. 즉 「평탄 여부」.
【以爲(이위)…】: 以(之)爲. 이로써 …를 삼다.
【疾徐(질서)】: 빠름과 느림, 완급(緩急).
【顚危之患(전위지환)】: 넘어져 위태로울 염려. 〖顚危〗: 넘어져 위태롭다. 〖患〗: 걱정, 염려, 우려.

10 入其所精業, 而不疲其神於不急之務, 不用其力於無益之爲, 出則售其術以飽其腹。 → 자기의 정통(精通)한 일에 몰입하여, 불요불급(不要不急)한 일에 심신(心神)을 피로하지 않게 하고, 무익(無益)한 일에 힘을 쓰지 않으며, 밖에 나가서는 자기의 기술을 팔아 생활을 영위합니다.
【入(입)】: 몰입하다.
【精業(정업)】: 정통(精通)한 일, 능숙한 일.
【不疲其神於(불피기신어)…】: …에 자기의 심신(心神)을 피로하게 하지 않다. 〖疲〗: 피곤하다, 피로하다. 〖神〗: 심신(心神), 정신. 〖於〗: [개사] …에, …에다.
【不急之務(불급지무)】: 급하지 않은 일, 불요불급(不要不急)한 일.
【不用其力於(불용기력어)…】: …에 자기의 힘을 쓰지 않다.
【無益之爲(무익지위)】: 무익(無益)한 일, 도움이 되지 않는 일.
【售(수)】: 賣(매), 팔다.

今夫世之人, 喜爲非禮之貌, 好爲無用之觀。[12] 事至而不能見, 見而不能遠; 賢愚之品不能辨; 邪正在前不能釋;[13] 利害之來不能審; 治亂之故不能識;[14] 詩書之陳於前, 事物之接於後, 終日睹之而不得其義, 倒行逆施, 倀倀焉躓且蹶而不之悟 :[15] 卒蹈於網羅、入於陷阱

················

【飽其腹(포기복)】: 자기의 배를 불리다. 즉 「먹고 살다, 생활을 영위하다」의 뜻.

11 如是者久而習之, 吾無病於目之不見也。→ 이와 같은 생활을 오래하여 습관이 되다 보니, 나는 눈이 안 보이는 것에 대해 전혀 고통을 느끼지 않습니다.
【如是(여시)】: 이와 같다.
【習(습)】: 익숙해지다, 습관이 되다.
【無病於(무병어)…】: …에 대해 고통을 느끼지 않다.
【目之不見(목지불견)】: 눈이 안 보이는 것.

12 今夫世之人, 喜爲非禮之貌, 好爲無用之觀。→ 오늘날 세상 사람들은, 예의(禮儀)에 어긋나는 모습을 드러내기 좋아하고, 전혀 쓸모가 없는 경관(景觀)을 꾸며내기 좋아합니다.
【喜爲(희위)…】: …을 만들기 좋아하다.
【非禮之貌(비례지모)】: 예의(禮儀)가 아닌 모습.
【好爲(호위)…】: …을 만들기 좋아하다, …을 조성하기 좋아하다.
【無用之觀(무용지관)】: 전혀 쓸모가 없는 경관(景觀).

13 事至而不能見, 見而不能遠; 賢愚之品不能辨; 邪正在前不能釋; → 일이 발생해도 보지 못하고, 보아도 피할 줄 모르며; 현명한 성품과 어리석은 성품을 구별하지 못하고; 사악(邪惡)과 정의(正義)가 눈앞에 있어도 해석할 줄 모릅니다.
【事至(사지)】: 일이 닥치다, 일이 발생하다.
【遠(원)】: 멀리하다, 멀리 피하다.
【賢愚之品(현우지품)】: 현명하고 어리석은 성품.
【辨(변)】: 구별하다, 변별하다.
【邪正在前(사정재전)】: 사악과 정의가 앞에 있다.
【釋(석)】: 해석하다, 설명하다.

14 利害之來不能審; 治亂之故不能識; → 또 이해득실(利害得失)이 닥쳐도 분석할 줄 모르고, 치란(治亂)의 원인을 알지 못할 뿐 아니라;
【審(심)】: 분석하다.
【故(고)】: 원인, 까닭, 연고.
【識(식)】: 알다, 인식하다.

15 詩書之陳於前, 事物之接於後, 終日睹之而不得其義, 倒行逆施, 倀倀焉躓且蹶而不之悟 : → 시서(詩書)가 앞에 놓이고, (이와 관련된) 사물이 뒤에 잇따라도, 온종일 그것을 보며 그 뜻을 터득하지 못하는가 하면, 도리에 맞지 않는 짓을 하고, 어쩔 줄 몰라 넘어지고 또 엎어

者往往而是。[16] …吾將謂昏昏然而行，冥冥然而趨，天下其誰非盲也？盲者獨余耶？[17] 余方且睥睨顧盼，謂彼等者不足辱吾之一瞬也。[18] 乃子不自悲而悲我，不自弔而弔我！吾方轉而爲子悲爲子弔

지면서도 여전히 그것을 깨닫지 못합니다.
【陳於(진어)…】: …에 놓이다, …에 진열되다. 〖於〗: [개사] …에.
【接(접)】: 잇다, 이어지다.
【睹(도)】: 보다.
【不得其義(부득기의)】: 그 뜻을 터득하지 못하다.
【倒行逆施(도행역시)】: 도리에 맞지 않는 짓을 하다.
【倀倀焉(창창언)】: 어쩔 줄 모르는 모양.
【躓且蹶(지차궐)】: 걸려 넘어지고 또 넘어지다. 〖躓〗: 걸려 넘어지다. 〖且〗: …하고 또 …. 〖蹶〗: 넘어지다, 쓰러지다.
【不之悟(부지오)】: [不悟之의 도치 형태] 그것을 깨닫지 못하다.

16 卒蹈於網羅、入於陷阱者往往而是。→ 최후에 그물로 떨어지고, 함정으로 빠져드는 사람들이 흔히 그렇습니다.
【卒(졸)】: 마침내, 결국, 끝내, 최후에.
【蹈於網羅(도어망라)】: 그물로 떨어지다. 〖蹈〗: 밟다. 여기서는 「떨어지다」의 뜻. 〖於〗: [개사] …에, …로(으로).
【入於陷阱(입어함정)】: 함정으로 들어가다.
【往往而是(왕왕이시)】: 흔히 그렇다. 〖往往〗: 왕왕, 늘, 항상, 흔히, 때때로.

17 吾將謂昏昏然而行，冥冥然而趨，天下其誰非盲也？盲者獨余耶？→ 나는 (그들처럼) 캄캄한 상태에서 걷고 달리는 사람은, 누구나 다 눈이 먼 사람이라고 생각합니다. 눈 먼 사람이 어찌 다만 나 하나뿐이겠습니까?
【謂(위)】: …라고 여기다, …라고 생각하다.
【其(기)】: 대명사 앞이나 뒤에 놓여 「其誰・其孰・誰其・此其・彼其・夫其・是其・何其・曷其・胡其」 등을 구성한다. 번역할 필요가 없다.
【獨(독)】: 어찌.
【余(여)】: 我(아), 나.

18 余方且睥睨顧盼，謂彼等者不足辱吾之一瞬也。→ 나는 장차 그들을 멸시하고, 그들에 대해서는 나의 일순간조차도 모욕할 가치가 없다고 여길 것입니다.
【方且(방차)】: 장차 …할 것이다, 장차 …하려고 하다.
【睥睨顧盼(비예고반)】: 업신여기며 바라보다. 즉 「멸시하다」의 뜻. 〖睥睨〗: 업신여기다, 깔보다, 멸시하다. 〖顧盼〗: 바라보다, 관망하다.
【謂(위)】: …라고 여기다, …라고 생각하다.
【彼等者(피등자)】: 그들.
【不足辱(부족욕)】: 모욕할 가치가 없다. 〖不足〗: …할 가치가 없다.

也。」某生無以答。[19]

번역문

맹인(盲人) 이야기

마을에 눈이 먼 아이가 있었다. 점치는 일에 종사하는데 북도 잘 치고 거문고도 잘 탔다. 이웃에 사는 모 서생이 그 아이를 불러 위로하며 말했다.

「너 나이가 몇 살이냐?」

아이가 대답했다.

「열다섯 살이요.」

서생이 물었다.

「언제 실명(失明)했느냐?」

아이가 대답했다.

「세 살 때요.」

(서생이 말했다).

19 乃子不自悲而悲我, 不自弔而弔我! 吾方轉而爲子悲爲子弔也。」某生無以答。→ 그런데 당신은 오히려 자신을 불쌍히 여기지 않고 나를 불쌍히 여기며, 자신을 위로하지 않고 나를 위로하는군요! 나는 이제 거꾸로 당신을 불쌍히 여기고 당신을 위로할 것입니다.」 서생은 대답을 할 수가 없었다.
【乃(내)】: 오히려.
【子(자)】: 너, 그대, 당신.
【自悲(자비)】: 자신을 불쌍히 여기다.
【自弔(자조)】: 자신을 위로하다.
【方(방)】: 이제, 지금.
【轉(전)】: 오히려, 거꾸로.
【無以(무이)】: …할 수가 없다, …할 도리가 없다.

「그렇다면 네가 실명한 것이 바야흐로 십이 년이 되었구나! (온종일) 캄캄한 상태에서 걷고 달리자면 하늘과 땅이 광대한 것도 모르고, 햇빛과 달빛도 모르고, 산이 우뚝 솟고 개천이 흐르는 것도 모르고, 얼굴이 예쁘고 미운 것도 모르고, 궁실이 웅장하고 화려한 것도 모를 터이니 어찌 매우 슬프지 않겠느냐? 내가 바로 이 때문에 너를 위로하려는 것이다.」

눈 먼 아이가 웃으며 말했다.

「당신의 말대로라면, 이는 다만 맹인의 눈이 멀었다는 것만 알고 맹인이 아닌 사람들도 모두 눈이 멀었다는 것을 모르는 것입니다. 대저 맹인이 언제 눈이 먼 적이 있습니까? 나의 눈은 비록 보이지 않지만 몸 전체는 모두 아무런 제약이 없습니다. 이는 눈이 분별없이 행동하지 않기 때문입니다.

사람에 대해서는, 그 사람의 소리를 들으면 그 사람의 성씨를 알고, 그 사람의 말을 분석하면 곧 그 사람의 옳고 그름을 압니다. 길을 걸을 때는, (길의) 평탄 여부를 헤아려 걸음의 완급을 조절하기 때문에 또한 넘어져 위태로울 염려도 없습니다.

자기의 정통(精通)한 일에 몰입하여 불요불급(不要不急)한 일에 심신(心神)을 피로하지 않게 하고, 무익(無益)한 일에 힘을 쓰지 않으며, 밖에 나가서는 자기의 기술을 팔아 생활을 영위합니다. 이와 같은 생활을 오래하여 습관이 되다 보니, 나는 눈이 안 보이는 것에 대해 전혀 고통을 느끼지 않습니다.

오늘날 세상 사람들은 예의(禮儀)에 어긋나는 모습을 드러내기 좋아하고, 전혀 쓸모가 없는 경관(景觀)을 꾸며내기 좋아합니다. 일이 발생해도 보지 못하고 보아도 피할 줄 모르며, 현명한 성품과 어리석은 성품을 구별하지 못하고, 사악(邪惡)과 정의(正義)가 눈앞에 있어도 해석할 줄 모릅니다. 또 이해득실(利害得失)이 닥쳐도 분석할 줄 모르고, 치란(治亂)의 원인을 알지 못할 뿐 아니라, 시서(詩書)가 앞에 놓이고 (이와 관련된) 사물이 뒤에 잇따라도, 온종일 그것을 보며 그 뜻을 터득하지 못하는가 하면, 도리에 맞지 않는 짓을 하고 어쩔 줄 몰라 넘어지고 또 엎어지면서도 여전히 그것을 깨닫지 못합니다. 최후에 그물로 떨어지고 함정으로 빠져드는 사람들이 흔히 그렇습니다. …나는 (그들처럼) 캄캄한 상태에서 걷고 달리는 사람은 누구나 다 눈이 먼 사람이라고 생각합니다. 눈 먼 사람이 어찌 다만 나 하나뿐이겠습니까?

나는 장차 그들을 멸시하고, 그들에 대해서는 나의 일순간조차도 모욕할 가치가 없다고 여길 것입니다. 그런데 당신은 오히려 자신을 불쌍히 여기지 않고 나를 불쌍히 여기며, 자신을 위로하지 않고 나를 위로하는군요! 나는 이제 거꾸로 당신을 불쌍히 여기고 당신을 위로할 것입니다.」

서생은 대답을 할 수가 없었다.

해설

눈 먼 아이는 서생이 자기를 불쌍히 여겨 위로 하려 하자, 자신은 비록 눈이 보이지 않지만 오래 익숙하여 생활에 전혀 불편이나 고통을 느끼지 않기 때문에 자신은 결코 눈이 멀었다고 생각하지 않는다며, 오히려 일이 발생해도 보지 못하고 보아도 피할 줄 모르며, 현명한 성품과 어리석은 성품을 구별하지 못하고, 사악(邪惡)과 정의(正義)가 눈앞에 있어도 해석할 줄 모르는 오늘날 사람들이 도리에 맞지 않는 짓을 하고, 어쩔 줄 몰라 넘어지고 또 엎어지면서도 여전히 그것을 깨닫지 못한다고 반박하며, 자신을 불쌍히 여기고 위로하려는 서생의 말문을 막아버렸다.

이 우언은 진짜 맹인(盲人)은 눈이 먼 사람이 아니라 마음이 먼 사람이라는 눈먼 아이의 논리를 통해, 무지몽매(無知蒙昧)하여 사리를 판단할 줄 모르는 당시 봉건통치자들의 무능한 작태를 꼬집어 풍자한 것이다.

《소득호(笑得好)》 우언

석성금(石成金 : 1660 -1747 이후)은 자가 천기(天基), 호는 성재(惺齋)이며, 청(淸) 양주(揚州)[지금의 강소성 양주(揚州)] 사람이다. 그는 명문귀족 출신으로 경사(經史)에 정통하고, 평생을 가르치는 일과 저술에 종사하다가 고종(高宗) 건륭(乾隆) 초년에 80여 세의 나이로 세상을 떠났다. 저서로 《전가보(傳家寶)》 사집(四集)이 있다.

《소득호(笑得好)》는 《전가보》 이집(二集)의 《인사통(人事通)》에 수록되어 있는데, 117편의 소화(笑話)를 수록하고 있으며, 내용은 사회의 현실로부터 제재를 취해 사회와 정치의 각종 행태를 풍자한 것이다.

128 시낭심와(屎攮心窩)

《笑得好·初集》

원문 및 주석

屎攮心窩[1]

龍爲百蟲之長, 一日發令, 査蟲中有三個名的, 都要治罪。[2] 蚯蚓與蛆, 同去躱避, 蛆問蚯蚓 : 「你如何有三個名?」[3] 蚯蚓曰 : 「那識字

1 屎攮心窩 → 대변(大便)이 마음속을 가득 채우다
【屎(시)】: 똥, 대변(大便).
【攮(낭)】: 가득 채우다.
【心窩(심와)】: 마음, 마음속.

2 龍爲百蟲之長, 一日發令, 査蟲中有三個名的, 都要治罪。→ 용(龍)은 모든 벌레의 우두머리이다. 용이 어느 날 명령을 발포하여, 벌레들 중 세 개의 이름을 가진 자를 조사하여, 모두 처벌할 것이라 했다.
【爲(위)】: …이다.
【百蟲(백충)】: 모든 벌레.
【査(사)】: 조사하다, 찾아내다.
【都(도)】: 모두.
【要(요)】: …하려 하다, …하고자 하다.
【治罪(치죄)】: 죄를 다스리다, 처벌하다.

3 蚯蚓與蛆, 同去躱避, 蛆問蚯蚓 : 「你如何有三個名?」→ 지렁이와 구더기가, 함께 몸을 피하고 나서, 구더기가 지렁이에게 물었다 : 「너는 어떻게 세 개의 이름을 가지고 있니?」
【蚯蚓(구인)】: 지렁이.
【與(여)】: …과(와).
【蛆(저)】: 구더기.
【躱避(타피)】: (몸을) 피하다.

的, 叫我爲蚯蚓; 不識字的, 叫我爲曲蟮; 鄕下愚人, 又叫我做寒現。豈不是三個名?」[4] 蚯蚓問蛆曰 : 「你有的是哪三個名, 也說與我知道。」[5] 蛆曰 : 「我一名蛆, 一名穀蟲, 又稱我讀書相公。」[6] 蛆蚓曰 : 「你旣是讀書相公, 你且把書上的仁義道德講與我聽?」[7] 蛆愁眉說

【如何(여하)】: 어떻게.

4 蚯蚓曰 : 「那識字的, 叫我爲蚯蚓; 不識字的, 叫我爲曲蟮; 鄕下愚人, 又叫我做寒現。豈不是三個名?」 → 지렁이가 대답했다 : 「글자를 아는 사람들은, 나를 구인(蚯蚓)이라 부르고; 글자를 모르는 사람들은, 나를 곡선(曲蟮)이라 부르고; 시골의 우매한 사람들은, 또 나를 한현(寒現)이라고 부르지. 그러니 어찌 세 개의 이름이 아니겠어?」
【那(나)】: 그, 그들.
【識字(식자)】: 글자를 알다.
【叫(규)…爲(위)】: …을 …라고 부르다. 【叫】: 부르다.
【曲蟮(곡선)】: 蛐蟮(곡선), 지렁이.
【鄕下(향하)】: 시골.
【愚人(우인)】: 어리석은 사람, 우매한 사람. ※ 판본에 따라서는 「愚人」을 「愚民(우민)」이라 했다.
【叫(규)…做(주)…】: …을 …라고 부르다.
【寒現(한현)】: 지렁이의 별칭.
【豈(기)】: 어찌.
【不是(불시)】: …이 아니다.

5 蚯蚓問蛆曰 : 「你有的是哪三個名, 也說與我知道。」 → 지렁이가 구더기에게 물었다 : 「너는 어떤 세 개의 이름을 가지고 있는지, 그것도 나에게 알려줘야지.」
【哪(나)】: 어느, 어떤. ※ 판본에 따라서는 「哪」를 「那(나)」라 했다.
【也(야)】: …도 또한, 그리고 또.
【說與(설여)…】: …에게 말하다.

6 蛆曰 : 「我一名蛆, 一名穀蟲, 又稱我讀書相公。」 → 구더기가 말했다 : 「내 이름 하나는 저(蛆)이고, 하나는 곡충(穀蟲)인데, 또 나를 독서상공(讀書相公)이라고도 불러.」
【穀蟲(곡충)】: 구더기의 별칭.
【稱(칭)】: …라고 부르다, …라고 칭하다.
【相公(상공)】: 지체 높은 집안의 젊은 선비.

7 蛆蚓曰 : 「你旣是讀書相公, 你且把書上的仁義道德講與我聽?」 → 지렁이가 말했다 : 「네가 기왕 독서상공이라면, 잠시 나에게 책 속의 인의도덕(仁義道德)을 이야기해다오.」
【且(차)】: 잠시, 잠깐.
【把(파)】: …을.
【講與我聽(강여아청)】: 나에게 이야기하여 들려주다.

曰：「我如今因爲屎攮了心窩子，那書上的仁義道德，一些總不曉得了。」[8]

번역문

대변(大便)이 마음속을 가득 채우다

용(龍)은 모든 벌레의 우두머리이다. 용이 어느 날 명령을 발포하여 벌레들 중 세 개의 이름을 가진 자를 조사하여 모두 처벌할 것이라 했다. 지렁이와 구더기가 함께 몸을 피하고 나서, 구더기가 지렁이에게 물었다.

「너는 어떻게 세 개의 이름을 가지고 있니?」

지렁이가 대답했다.

「글자를 아는 사람들은 나를 구인(蚯蚓)이라 부르고, 글자를 모르는 사람들은 나를 곡선(曲蟮)이라 부르고, 시골의 우매한 사람들은 또 나를 한현(寒現)이라고 부르지. 그러니 어찌 세 개의 이름이 아니겠어?」

지렁이가 구더기에게 물었다.

「너는 어떤 세 개의 이름을 가지고 있는지, 그것도 나에게 알려줘야지.」

구더기가 말했다.

「내 이름은 하나는 저(蛆)이고, 하나는 곡충(穀蟲)인데, 또 나를 독서상공

---

8 蛆愁眉說曰：「我如今因爲屎攮了心窩子，那書上的仁義道德，一些總不曉得了。」→ 구더기가 눈썹을 찡그리며 말했다：「나는 지금 대변이 마음속을 가득 채웠기 때문에, 책 속의 인의도덕 따위는, 전혀 알지 못해.」
【愁眉(수미)】：눈썹을 찡그리다, 근심스런 표정을 짓다.
【如今(여금)】：지금, 현재.
【因爲(인위)】：… 때문에, …로 인해.
【一些(일사)】：약간, 조금.
【總不(총불)…】：전혀 …하지 않다, 전혀 …하지 못하다.
【不曉得(불효득)】：모르다, 알지 못하다.

(讀書相公)이라고도 불러.」

지렁이가 말했다.

「네가 기왕 독서상공이라면, 잠시 나에게 책 속의 인의도덕(仁義道德)을 이야기해다오.」

구더기가 눈썹을 찡그리며 말했다.

「나는 지금 대변이 마음속을 가득 채웠기 때문에, 책 속의 인의도덕 따위는 전혀 알지 못해.」

해설

구더기는 벌레 중에서 가장 더러운 곳에 사는 동물인데, 의외로 독서상공(讀書相公)이라는 미명(美名)을 얻었다. 그러나 마음속이 대변으로 가득 찼기 때문에 인의도덕(仁義道德)을 알지 못한다. 사람들은 왕왕 이러한 자들에게 미혹되어 뛰어난 학식과 경륜을 지녔다고 여긴다.

이 우언은 정인군자(正人君子)의 탈을 쓰고 인의도덕을 거들떠보지 않는 사이비 군자들의 비열한 행위를 풍자하는 동시에, 사람을 대할 때는 그럴듯한 외모나 화려한 명성에 현혹되지 말고, 반드시 내면의 실질을 고찰해야 속지 않을 수 있다는 도리를 설명한 것이다.

129 흑치기백치기(黑齒妓白齒妓)

《笑得好 · 初集》

원문 및 주석

黑齒妓白齒妓[1]

有二娼妓, 一妓牙齒生得烏黑, 一妓牙齒生得雪白, 一欲掩黑, 一欲顯白。[2] 有人問齒黑者姓甚, 其妓將口謹閉, 鼓一鼓腮, 在喉中答應:「姓顧。」[3] 問多少年紀, 又鼓起腮答:「年十五。」問能甚的, 又在

....

1 黑齒妓白齒妓 → 흑치(黑齒)의 기녀와 백치(白齒)의 기녀
【妓(기)】: 기녀, 기생.

2 有二娼妓, 一妓牙齒生得烏黑, 一妓牙齒生得雪白, 一欲掩黑, 一欲顯白。→ 두 기녀(妓女)가 있었다. 한 사람은 이가 새까맣게 생기고, 한 사람은 이가 눈처럼 하얗게 생겨서, 한 사람은 자기의 검은 이를 감추려 하고, 한 사람은 자기의 하얀 이를 드러내려 했다.
【娼妓(창기)】: 기녀(妓女), 기생(妓生).
【生得烏黑(생득오흑)】: 검게 생기다. 〖烏黑〗: 새까맣다.
【雪白(설백)】: 눈처럼 희다.
【欲(욕)】: …하려고 하다, …하고자 하다.
【掩(엄)】: 가리다, 감추다, 숨기다.
【顯(현)】: 드러내다.

3 有人問齒黑者姓甚, 其妓將口謹閉, 鼓一鼓腮, 在喉中答應:「姓顧。」→ 어떤 사람이 검은 이의 기녀에게 성이 무엇이냐고 묻자, 그 기녀는 입을 굳게 다물고, 뺨을 볼록하게 하여, 목구멍에서 대답했다:「고씨(顧氏)요.」
【甚(심)】: 무엇.
【將(장)】: …을(를).
【謹閉(근폐)】: 굳게 다물다, 꼭 다물다. ※ 판본에 따라서는「謹」을「緊(긴)」이라 했다.

喉中答：「會敲鼓。」[4] 又問齒白者何姓，其妓將口一齜，答：「姓秦。」[5] 問青春幾歲，口又一齜，答：「年十七。」[6] 問會件甚麼事，又將口一大齜，白齒盡露，說道：「會彈琴。」[7]

번역문

흑치(黑齒)의 기녀와 백치(白齒)의 기녀

두 기녀(妓女)가 있었다. 한 사람은 이가 새까맣게 생기고, 한 사람은 이

【鼓一鼓(고일고)】: 볼록하게 하다.
【腮(시)】: 뺨, 볼.
【喉(후)】: 목구멍.

4 問多少年紀，又鼓起腮答：「年十五。」問能甚的，又在喉中答：「會敲鼓。」→ 나이가 몇이냐고 묻자, 또 볼을 볼록하게 하고 대답했다：「열다섯 살이오.」 무엇을 잘하느냐고 묻자, 또 목구멍에서 대답했다：「북을 칠 줄 알아요.」
【多少(다소)】: 몇, 얼마.
【年紀(연기)】: 나이, 연령.
【鼓起(고기)】: 부풀어 오르다. 즉 「볼록하게 하다」의 뜻.
【能甚的(능심적)】: 무엇을 잘 하는가?
【會(회)…】: …을 할 줄 알다.
【敲鼓(고고)】: 북을 치다. 〖敲〗: 치다, 두드리다. 〖鼓〗: 북.

5 又問齒白者何姓，其妓將口一齜，答：「姓秦。」→ 또 하얀 이의 기녀에게 성이 무엇이냐고 묻자, 그 기녀는 입을 벌려 이를 드러내고, 대답했다：「진씨(秦氏)요.」
【齜(차)】: 이를 드러내다. ※ 판본에 따라서는 「齜」를 「呲(자)」라 했다.

6 問青春幾歲，口又一齜，答：「年十七。」→ 나이가 몇 살이냐고 묻자, 또 입을 벌려 이를 드러내고, 대답했다：「열일곱 살이오.」
【青春(청춘)】: 나이, 연령.
【幾歲(기세)】: 몇 살. 〖幾〗: 몇.

7 問會件甚麼事，又將口一大齜，白齒盡露，說道：「會彈琴。」→ 무슨 일을 할 줄 아느냐고 묻자, 또 입을 크게 벌려, 하얀 이를 다 드러내고, 말했다：「거문고를 탈 줄 알아요.」
【件(건)】: [양사].
【甚麼(심마)】: 무슨, 어떤.
【盡(진)】: 모두, 다.
【說道(설도)】: 말하다.
【彈琴(탄금)】: 거문고를 타다. 〖彈〗: (악기를) 타다, 켜다, 연주하다.

가 눈처럼 하얗게 생겨서, 한 사람은 자기의 검은 이를 감추려 하고, 한 사람은 자기의 하얀 이를 드러내려 했다.

어떤 사람이 검은 이의 기녀에게 성이 무엇이냐고 묻자, 그 기녀는 입을 굳게 다물고 뺨을 볼록하게 하여 목구멍에서 대답했다.

「고씨(顧氏)요.」

나이가 몇이냐고 묻자, 또 볼을 볼록하게 하고 대답했다.

「열다섯 살이오.」

무엇을 잘하느냐고 묻자, 또 목구멍에서 대답했다.

「북을 칠 줄 알아요.」

또 하얀 이의 기녀에게 성이 무엇이냐고 묻자, 그 기녀는 입을 벌려 이를 드러내고 대답했다.

「진씨(秦氏)요.」

나이가 몇 살이냐고 묻자, 또 입을 벌려 이를 드러내고 대답했다.

「열일곱 살이오.」

무슨 일을 할 줄 아느냐고 묻자, 또 입을 크게 벌려 하얀 이를 다 드러내고 말했다.

「거문고를 탈 줄 알아요.」

해설

작자는 고사의 말미에서 지적하길 「오늘날 사람들은 조금만 나쁜 일이 있어도 다방면으로 은폐하려 하고, 조금만 좋은 일이 있어도 사람을 만나 자랑한다. 마치 두 기녀와 같은 경우가 적지 않다. 가장 가소로운 것은, 겨우 돈 몇 푼만 있으면 큰 부자인 것처럼 내색하고, 겨우 책 몇 권 읽은 것 가지고 아무 데서나 사람을 마구 비평하며 대단한 재학(才學)을 지닌 것처럼 행세하는가 하면, 겨우 몇 가지 평범한 일을 하고 나서 마치 자기가 대단한 능력을 지닌 것처럼 과시한다.」라고 했다.

이 우언은 조그만 약점으로 인해 기를 펴지 못하는 나약한 사람과, 조그만 장점을 가지고 대단한 척 자만하는 허풍장이를 동시에 비난한 것이다.

130 양서봉(讓鼠蜂)

《笑得好 · 初集》

원문 및 주석

讓鼠蜂[1]

鼠與蜂結爲兄弟, 請一秀才主盟。秀才不得已而往, 列之行三。[2] 人問曰 :「公何以屈於鼠輩之下?」[3] 秀才答曰 :「他兩個一個會鑽一

1 讓鼠蜂 → 쥐와 벌에게 양보하다
【讓(양)】: 양보하다.
【鼠(서)】: 쥐.
【蜂(봉)】: 벌.

2 鼠與蜂結爲兄弟, 請一秀才主盟。秀才不得已而往, 列之行三。→ 쥐와 벌이 의형제를 맺는 일에, 수재(秀才) 한 사람을 청해 의식을 주재(主宰)하도록 했다. 수재는 마지못해 가서, 결의의식(結義儀式)에 참여하고 자기의 항렬(行列)을 셋째로 정했다.
【結爲兄弟(결위형제)】: 의형제를 맺다.
【主盟(주맹)】: 결의(結義) 의식을 주관하다. 〖主〗: 주관(主管)하다, 주재(主宰)하다. 〖盟〗: 결의의식(結義儀式).
【不得已而往(부득이이왕)】: 마지못해 가다. 즉「마지못해 가서 결의의식(結義儀式)에 참여하다」의 뜻.
【列之行三(열지항삼)】: 자기의 항렬(行列)을 셋째로 정하다.

3 人問曰 :「公何以屈於鼠輩之下?」→ 어떤 사람이 물었다 :「당신은 어째서 쥐와 벌 따위 밑에서 굴욕을 당합니까?」
【公(공)】: [남자에 대한 존칭].
【何以(하이)】: 어째서, 왜.
【屈於(굴어)…】: …에게 굽히다. 〖於〗: [개사] …에게.
【輩(배)】: 들, 무리, 따위.

個會刺, 我只得讓他些罷!」[4]

번역문

쥐와 벌에게 양보하다

쥐와 벌이 의형제를 맺는 일에 수재(秀才) 한 사람을 청해 의식을 주관(主管)하도록 했다. 수재는 마지못해 가서 결의(結義)에 참여하고 자기의 항렬(行列)을 셋째로 정했다.

어떤 사람이 물었다.

「당신은 어째서 쥐와 벌 따위 밑에서 굴욕을 당합니까?」

수재가 대답했다.

「그 둘 가운데 하나는 뚫을 줄 알고 하나는 찌를 줄 아니, 내가 부득이 그들에게 좀 양보할 수밖에 없습니다!」

해설

어느 수재가 쥐·벌과 의형제를 맺는 의식(儀式)을 주관하면서 자기의 항렬(行列)을 셋째로 정했다. 그 이유는 쥐가 뚫는 기능을 지니고 벌이 쏘는 기능을 지녔기 때문이다.

....

4 秀才答曰:「他兩個一個會鑽一個會刺, 我只得讓他些罷!」→ 수재가 대답했다:「그 둘 가운데 하나는 뚫을 줄 알고 하나는 찌를 줄 아니, 내가 부득이 그들에게 좀 양보할 수밖에 없습니다!」
【會(회)】: …을 할 줄 알다.
【鑽(찬)】: (구멍을) 뚫다.
【刺(자)】: 찌르다.
【只得(지득)…罷(파)】: 다만 …하는 수밖에 없다.
【讓他些(양타사)】: 그에게 좀 양보하다. 〖些〗: 좀, 어느 정도.

이 우언은 당시 사회에서 마치 쥐나 벌처럼 잘 뚫고 잘 찌르는 자가 권력에 빌붙어 이익을 꾀하며 상전 노릇을 하고, 반면에 수재처럼 충실하고 온후한 자가 남에게 좌지우지(左之右之)되는 사회적 병폐를 꼬집어 풍자한 것이다.

131 간사연부(看寫緣簿)

《笑得好 · 初集》

원문 및 주석

看寫緣簿[1]

有一軍人，穿布衣布靴游寺。僧以爲常人，不加禮貌。[2] 軍問僧曰：「我見你寺中，也甚淡薄，若少甚的修造，可取緣簿來，我好寫布施。」[3] 僧人大喜，隨卽獻茶，意極恭敬。[4] 及寫緣簿，頭一行才寫了

1 看寫緣簿 → 시주(施主) 기록부에 쓰는 것을 보다
【緣簿(연부)】: 화연부(化緣簿), 시주(施主) 기록부, 시주 장부.

2 有一軍人，穿布衣布靴游寺。僧以爲常人，不加禮貌。→ 베옷을 입고 베신을 신은 어느 군인이 절에서 한가롭게 거닐고 있었다. 승려는 그를 평범한 사람이라 여겨, 예의를 갖추지 않았다.
【穿(천)】: 입다, 신다.
【布衣(포의)】: 베옷.
【布靴(포화)】: 베신.
【游寺(유사)】: 절간을 유람하다.
【以爲(이위)】: …라고 여기다, …라고 생각하다.
【常人(상인)】: 평범한 사람, 보통 사람.
【不加禮貌(불가예모)】: 예의를 갖추지 않다.

3 軍問僧曰：「我見你寺中，也甚淡薄，若少甚的修造，可取緣簿來，我好寫布施。」→ 군인이 승려에게 말했다：「내가 당신네 절을 보니, 매우 초라한데, 만일 약간 수리를 할 생각이면, 시주(施主) 기록부를 가져 오시오. 내가 보시할 금액을 좀 쓰겠소.」
【甚(심)】: 매우, 몹시.
【淡薄(담박)】: 엷다, 희박하다. 여기서는 「빈약하다, 초라하다」의 뜻.

「總督部院」四個大字, 僧以爲大官私行, 驚懼跪下。[5] 其人於「總督部院」下邊又添寫「標下左營官兵」, 僧以爲兵丁, 臉卽一惱, 立起不跪。[6] 又見添寫「喜施三十」, 僧以爲三十施甚子, 臉又一喜, 重新

【若(약)】: 만약.
【少甚的(소심적)】: 약간.
【修造(수조)】: 수리하다, 보수하다.
【布施(포시)】: 보시하다, 시주하다.

4 僧人大喜, 隨卽獻茶, 意極恭敬。→ 승려는 매우 기뻐하며, 즉시 차를 대접하고, 태도가 매우 공손했다.
【大喜(대희)】: 매우 기뻐하다, 매우 좋아하다.
【隨卽(수즉)】: 바로, 즉시.
【獻茶(헌다)】: 차를 올리다.
【意極恭敬(의극공경)】: 태도가 극히 공손하다.

5 及寫緣簿, 頭一行才寫了「總督部院」四個大字, 僧以爲大官私行, 驚懼跪下。→ 시주 기록부를 쓰기에 이르러, 첫 줄에 막 「총독부원(總督部院)」이라는 네 개의 큰 글자를 쓰자, 승려는 높은 관리가 사사로운 일로 행차한 것이라 여겨, 놀라 두려워하며 무릎을 꿇었다.
【及(급)】: …에 이르다.
【頭一行(두일행)】: 첫 줄.
【總督部院(총독부원)】: [관청 이름] 명청(明淸) 시대에 총독(總督)이 병부상서(兵部尙書)와 도찰원우도어사(都察院右都御史)를 겸했다.
【以爲(이위)】: …라고 여기다, …라고 생각하다, …라고 간주하다.
【私行(사행)】: 관리가 개인적인 일로 외출하다.
【驚懼(경구)】: 놀라 두려워하다.
【跪下(궤하)】: 무릎을 꿇다.

6 其人於「總督部院」下邊又添寫「標下左營官兵」, 僧以爲兵丁, 臉卽一惱, 立起不跪。→ (이어서) 군인이 「총독부원」이라는 글자 밑에 또 「표하좌영관병(標下左營官兵)」이라고 첨서(添書)하자, 승려는 그를 병졸이라 여겨, 낯빛이 즉시 화나는 표정으로 변하더니, 벌떡 일어나서 무릎을 꿇지 않았다.
【標下左營(표하좌영)】: 청대(淸代) 독무(督撫) 예하의 병영(兵營).
【官兵(관병)】: 관군.
【兵丁(병정)】: 병졸, 병사.
【惱(뇌)】: 화내다, 성내다.

7 又見添寫「喜施三十」, 僧以爲三十施甚子, 臉又一喜, 重新跪下。→ 또 「희시삼십(喜施三十)」이라 첨서하는 것을 보자, 승려는 이를 은 삼십 냥이라 여겨, 얼굴이 또 기쁜 표정으로 변하며, 다시 무릎을 꿇었다.

跪下。[7] 及添寫「文錢」二字，僧見布施甚少，隨又立起不跪，將身一揲，臉又變惱。[8]

번역문

시주(施主) 기록부에 쓰는 것을 보다

베옷을 입고 베신을 신은 어느 군인이 절에서 한가롭게 거닐고 있었다. 승려는 그를 평범한 사람이라 여겨 예의를 갖추지 않았다.

군인이 승려에게 말했다.

「내가 당신네 절을 보니 매우 초라한데, 만일 약간 수리를 할 생각이면 시주(施主) 기록부를 가져 오시오. 내가 보시할 금액을 좀 쓰겠소.」

승려는 매우 기뻐하며 즉시 차를 대접하고 태도가 매우 공손했다. 시주 기록부를 쓰기에 이르러 첫 줄에 막 「총독부원(總督部院)」이라는 네 개의 큰 글자를 쓰자, 승려는 높은 관리가 사사로운 일로 행차한 것이라 여겨 놀라 두려워하며 무릎을 꿇었다. (이어서) 군인이 「총독부원」이라는 글자 밑에 또 「표하좌영관병(標下左營官兵)」이라고 첨서(添書)하자, 승려는 그를 병졸이라 여겨 낯빛이 즉시 화나는 표정으로 변하더니 벌떡 일어나서 무릎

【喜施(희시)】: 희사(喜捨)하다.
【重新(중신)】: 다시, 새로.

8 及添寫「文錢」二字，僧見布施甚少，隨又立起不跪，將身一揲，臉又變惱。→ (마지막으로) 「문전(文錢)」두 글자를 첨서하기에 이르자, 승려는 보시가 매우 적은 것을 보고, 즉시 또 일어나며 무릎을 꿇지 않고, 몸을 한번 굽히더니, 낯빛이 또 화나는 표정으로 변했다.
【文(문)】: [화폐 단위].
【見(견)】: 보다. ※ 판본에 따라서는 「見」을 「聽(청)」이라 했다.
【隨(수)】: 바로, 즉시.
【將身一揲(장신일설)】: 몸을 한번 굽히다. 〖將〗: …을(를). 〖揲〗: 접다. 여기서는 「굽히다」의 뜻.

을 꿇지 않았다. 또 「희시삼십(喜施三十)」이라 첨서하는 것을 보자, 승려는 이를 은 삼십 냥이라 여겨 얼굴이 또 기쁜 표정으로 변하며 다시 무릎을 꿇었다. (마지막으로) 「문전(文錢)」 두 글자를 첨서하기에 이르자, 승려는 보시가 매우 적은 것을 보고 즉시 또 일어나며 무릎을 꿇지 않고 몸을 한번 굽히더니 낯빛이 또 화나는 표정으로 변했다.

해설

승려와 군인이 절에서 만나 군인이 시주(施主) 기록부에 보시할 금액을 쓰기까지 일련의 과정에서, 승려의 감정과 태도는 여러 번 변화를 일으켰다.

첫 번째는, 베옷을 입고 베신을 신은 군인이 절에서 한가롭게 거니는 것을 보고 평범한 사람이라 여겨 예의를 갖추지 않다가, 보시를 한다는 말에 매우 기뻐하며 즉시 차를 대접하고 태도가 매우 공손하게 변했고,

두 번째는, 군인이 시주 기록부에 자기의 직함을 써나가는 동안, 처음 높은 관청 명칭을 쓰자 놀라 두려워하며 무릎을 꿇더니, 이어서 낮은 직급을 쓰자 화내는 표정을 지으며 벌떡 일어났고,

세 번째는, 군인이 보시할 금액을 쓰는 과정에서 「희시삼십(喜施三十)」을 「은 삼십 냥」이라 여겨 기뻐하며 무릎을 꿇더니, 뒤이어 「문전(文錢)」이란 말이 나오자, 또 안색이 변하며 일어나 무릎을 꿇지 않았다.

이 우언은 당시 사회에서 권세와 재물에 빌붙는 소인배의 비열한 행위와 사회의 타락한 풍조를 꼬집어 풍자한 것이다.

132 아자설화(啞子說話)

《笑得好 · 初集》

원문 및 주석

啞子說話[1]

有一叫化子, 假裝啞子, 在街市上化錢。常以手指木碗, 又指自嘴曰:「啞啞。」[2] 一日拿錢二文買酒吃盡曰:「再添些酒與我。」[3] 酒

1 啞子說話 → 벙어리가 말을 하다
【啞子(아자)】: 벙어리.

2 有一叫化子, 假裝啞子, 在街市上化錢。常以手指木碗, 又指自嘴曰:「啞啞。」→ 어느 거지가, 벙어리로 가장하여, 저잣거리에서 돈을 구걸했다. 그는 항상 손으로 나무 그릇을 가리키고, 또 자기의 입을 가리키며:「아 아」 하고 말했다.
【叫化子(규화자)】: 거지.
【假裝(가장)】: 가장하다, 거짓으로 꾸미다.
【街市(가시)】: 저잣거리.
【化錢(화전)】: 돈을 구걸하다.
【常(상)】: 늘, 항상.
【以手指木碗(이수지목완)】: 손으로 나무 그릇을 가리키다. 〖以〗: …으로, …을 가지고. 〖指〗: 가리키다. 〖碗〗: 그릇, 주발.
【嘴(취)】: 입.
【啞啞(아아)】: [의성어] 아 아.

3 一日拿錢二文買酒吃盡曰:「再添些酒與我。」→ 어느 날 그가 돈 이문(二文)을 가지고 술을 사서 다 마신 후 주인에게 말했다:「다시 술을 조금만 더 주시오.」
【拿(나)】: 가지다.
【文(문)】: [화폐 단위].
【吃盡(흘진)】: 다 먹다. 〖吃〗: 먹다.

家問曰:「你每常來, 不會說話, 今日因何說起話來了麼?」[4] 叫化子曰:「向日無錢, 叫我如何說得話? 今日有了兩個錢, 自然會說了。」[5]

번역문

벙어리가 말을 하다

어느 거지가 벙어리로 가장하여 저잣거리에서 돈을 구걸했다. 그는 항상 손으로 나무 그릇을 가리키고 또 자기의 입을 가리키며 「아 아」 하고 말했다. 어느 날 그가 돈 이문(二文)을 가지고 술을 사서 다 마신 후 주인에게 말했다.

「다시 술을 조금만 더 주시오.」

술집 주인이 물었다.

「당신은 매번 올 때마다 말을 할 줄 몰랐는데 오늘은 어째서 말을 하고 있소?」

【添些(첨사)】: 좀 더 추가하다.
【與(여)】: 주다.

4 酒家問曰:「你每常來, 不會說話, 今日因何說起話來了麼?」 → 술집 주인이 물었다:「당신은 매번 올 때마다, 말을 할 줄 몰랐는데, 오늘은 어째서 말을 하고 있소?」
【酒家(주가)】: 술집 주인.
【每常(매상)】: 매번, 항상, 늘, 언제나.
【不會說話(불회설화)】: 말을 할 줄 모르다. 〖不會〗: …할 줄 모르다.
【因何(인하)】: 무엇 때문에, 무슨 까닭으로 인해, 어째서.

5 叫化子曰:「向日無錢, 叫我如何說得話? 今日有了兩個錢, 自然會說了。」 → 거지가 말했다: 「전에는 돈이 없었으니, 어떻게 나로 하여금 말을 하도록 할 수 있겠소? 오늘은 두 푼의 돈이 생겼으니, 자연히 말을 할 줄 아는 것이오.」
【向日(향일)】: 전, 이전, 그전, 지난 날.
【叫(규)】: …로 하여금 …하도록 하다.
【如何(여하)】: 어떻게.

거지가 말했다.

「전에는 돈이 없었으니 어떻게 나로 하여금 말을 하도록 할 수 있겠소? 오늘은 두 푼의 돈이 생겼으니 자연히 말을 할 줄 아는 것이오.」

해설

거지가 평상시 돈이 없을 때는 벙어리로 가장하여 저자에서 구걸하며 감히 말을 못하다가, 두 푼의 돈이 생기자 술을 사서 마시며 떳떳하게 말을 했다. 술집 주인이 그 까닭을 묻자, 전에는 돈이 없어 말을 못했지만 지금은 이문(二文)의 돈이 생겼기 때문이라 했다.

거지의 대답처럼, 당시 사회에서 사람들이 말을 할 자격을 가지고 있는가의 여부는, 곧 돈의 유무와 밀접한 관계를 지니고 있다.

이 우언은 배금사상(拜金思想)이 성행하여 돈이 있어야 비로소 행세하며 사람 노릇을 할 수 있는 당시 사회의 모순과 그릇된 풍조를 꼬집어 풍자한 것이다.

133 소마의용린기(燒螞蟻用鄰箕)

《笑得好 · 初集》

원문 및 주석

燒螞蟻用鄰箕[1]

有一家婆, 手持數珠, 口中高聲念 :「阿彌陀佛, 阿彌陀佛!」[2] 隨卽叫云 :「二漢, 二漢! 鍋上的螞蟻甚多, 我嫌他得很, 把火來代我燒死些。」[3] 又高聲念云 :「阿彌陀佛, 阿彌陀佛!」[4] 隨又叫云 :「二漢,

....

1 燒螞蟻用鄰箕 → 개미를 태우는데 이웃집 삼태기를 사용하다
【燒(소)】: 불사르다, 태우다.
【螞蟻(마의)】: 개미.
【鄰箕(인기)】: 이웃집의 삼태기. 【鄰】: 이웃. 【箕】: 삼태기, 쓰레받기.

2 有一家婆, 手持數珠, 口中高聲念 :「阿彌陀佛, 阿彌陀佛!」 → 어느 집의 노파가, 손에 염주를 잡고, 입에서 큰 소리로 염불했다 :「아미타불! 아미타불!」
【持(지)】: 쥐다, 잡다.
【數珠(수주)】: 염주.
【念(염)】: 염불하다.
【阿彌陀佛(아미타불)】: 불교에서 서방정토(西方淨土)의 극락세계에 있다는 부처로, 무량수불(無量壽佛) 또는 무량광불(無量光佛)이라고도 한다. 모든 중생을 구제한다는 대원(大願)을 세워, 이 부처를 믿고 염불하면 사후 극락정토에 태어나게 된다고 한다. 불교를 믿는 사람들은 기원이나 감사의 뜻을 표할 때 흔히 이 부처의 이름을 소리 내어 왼다.

3 隨卽叫云 :「二漢, 二漢! 鍋上的螞蟻甚多, 我嫌他得很, 把火來代我燒死些。」 → 그리고 즉시 큰소리로 외쳐 말했다 :「이한(二漢)아, 이한(二漢)아! 솥 위의 개미가 매우 많아, 내가 그것을 몹시 싫어하니, 불을 가져와 나를 대신하여 그것들을 좀 태워 죽여라.」
【隨卽(수즉)】: 바로, 즉시, 곧.

二漢! 你代我把鍋下的火灰巴去些, 糞箕莫用我自己家裏的, 恐怕燒壞了, 只用鄰居張三家的。」[5]

번역문

개미를 태우는데 이웃집 삼태기를 사용하다

어느 집의 노파가 손에 염주를 잡고 입에서 큰 소리로 염불했다.

「아미타불! 아미타불!」

그리고 즉시 큰소리로 외쳐 말했다.

「이한(二漢)아, 이한(二漢)아! 솥 위의 개미가 매우 많아 내가 그것을 몹시 싫어하니, 불을 가져와 나를 대신하여 그것들을 좀 태워 죽여라.」

....

【叫(규)】: 외치다, 고함치다, 소리를 지르다.
【二漢(이한)】: 남자 하인. ※ 혹자는 이를 「남자 하인의 이름」이라고 했다.
【鍋(과)】: 솥, 냄비.
【甚(심)】: 매우, 몹시.
【嫌他得很(혐타득흔)】: 그것을 몹시 혐오하다.
【把(파)】: …을(를).
【燒死(소사)】: 태워 죽이다.

4 又高聲念云:「阿彌陀佛, 阿彌陀佛!」→ 또 큰 소리로 염불했다:「아미타불, 아미타불!」

5 隨又叫云:「二漢, 二漢! 你代我把鍋下的火灰巴去些, 糞箕莫用我自己家裏的, 恐怕燒壞了, 只用鄰居張三家的。」→ 곧이어 또 큰소리로 외쳐 말했다:「이한아, 이한아! 네가 나를 대신하여 솥 아래의 재를 좀 긁어내라. 삼태기는 우리 집 것을 쓰지 말고, 타서 망가질까 두려우니, 오직 이웃 장삼네 것만 써라.」
【火灰(화회)】: 재.
【巴去(파거)】: 긁어내다. 〖巴〗: 扒(배), 긁다, 긁어모으다.
【糞箕(분기)】: 삼태기, 쓰레받기.
【莫用(막용)】: 사용하지 말다.
【恐怕(공파)】: 두렵다.
【燒壞(소괴)】: 타서 망가지다.
【只用(지용)】: 오직 …만을 쓰다. 〖只〗: 오직, 다만.
【張三(장삼)】: 장삼이사(張三李四). 이름이나 신분이 특별하지 않은 평범한 사람을 이르는 말.

또 큰 소리로 염불했다.

「아미타불, 아미타불!」

곧이어 또 큰소리로 외쳐 말했다.

「이한아, 이한아! 네가 나를 대신하여 솥 아래의 재를 좀 긁어내라. 삼태기는 우리 집 것을 쓰지 말고, 타서 망가질까 두려우니 오직 이웃 장삼네 것만 써라.」

해설

불교 신자인 노파는 한편으로 염불을 하고, 한편으로 개미를 태워 죽이는 살생 행위를 하는가 하면, 또 한편으로 염불을 하고, 한편으로 자기의 삼태기기 망가질까 두려워 남의 삼태기를 쓰는 이기적인 모습을 보였다.

이 우언은 사이비 불교 신자인 노파의 모순된 언행을 통해, 당시 사회의 전형적인 기회주의자들의 위선적이고 이기적인 이중인격 추태를 풍자한 것이다.

134 흘인불토골두(吃人不吐骨頭)

《笑得好 · 初集》

원문 및 주석

吃人不吐骨頭[1]

貓兒眼睛半閉, 口中呼呀呼呀的坐着。[2] 有二鼠遠遠望見, 私謂曰 :「貓子今日改善念經, 我們可以出去得了。」[3] 鼠才出洞, 貓子趕上,

---

1 吃人不吐骨頭 → 사람을 잡아먹고 뼈를 뱉어내지 않다
【吃(흘)】: 먹다.
【吐(토)】: 토하다, 뱉다, 내뱉다, 뱉어내다.
【骨頭(골두)】: 뼈.

2 貓兒眼睛半閉, 口中呼呀呼呀的坐着。→ 고양이가 눈을 반쯤 감고, 입으로 훅 훅 소리를 내며 앉아 있었다.
【貓兒(묘아)】: 고양이.
【眼睛(안정)】: 눈.
【半閉(반폐)】: 반쯤 감다.
【呼呀呼呀(호하호하)】: [의성어] 훅 훅.
【坐着(좌착)】: 앉아 있다.

3 有二鼠遠遠望見, 私謂曰 :「貓子今日改善念經, 我們可以出去得了。」→ 쥐 두 마리가 멀리서 바라보며, 둘이서 은밀히 말했다 :「고양이가 오늘 개과천선(改過遷善)하여 경(經)을 읽고 있으니, 우리 밖에 나가도 괜찮을 거야.」
【望見(망견)】: 바라보다.
【私(사)】: 은밀히, 몰래.
【改善(개선)】: 개과천선(改過遷善)하다.
【可以(가이)】: …할 수 있다, …해도 괜찮다.

咬住一個, 連骨俱吃完。[4] 一鼠跑脫向衆曰 :「我只說他閉着眼念經, 一定是個善良好心, 哪知道行出來的事, 竟是個吃人不吐骨頭的!」[5]

번역문

사람을 잡아먹고 뼈를 뱉어내지 않다

고양이가 눈을 반쯤 감고 입으로 훅 훅 소리를 내며 앉아 있었다. 쥐 두 마리가 멀리서 바라보며 둘이서 은밀히 말했다.

「고양이가 오늘 개과천선(改過遷善)하여 경(經)을 읽고 있으니, 우리 밖에 나가도 괜찮을 거야.」

쥐가 막 굴에서 나오자 고양이가 쫓아와 한 마리를 꽉 물어 뼈까지 다 먹어버렸다. 남은 한 마리가 재빨리 탈출하여 여러 쥐들에게 말했다.

4 鼠才出洞, 貓子趕上, 咬住一個, 連骨俱吃完。→ 쥐가 막 굴에서 나오자, 고양이가 쫓아와, 한 마리를 꽉 물어, 뼈까지 다 먹어버렸다.
【才(재)】: 막, 이제 막.
【趕上(간상)】: 쫓아가다.
【咬住(교주)】: 꽉 물다.
【連(련)】: …까지, …마저, …조차.
【俱(구)】: 모두, 전부, 다.

5 一鼠跑脫向衆曰 :「我只說他閉着眼念經, 一定是個善良好心, 哪知道行出來的事, 竟是個吃人不吐骨頭的!」→ 남은 한 마리가 재빨리 탈출하여 여러 쥐들에게 말했다 :「나는 다만 고양이가 눈을 감은 채로 경을 읽고 있어서, 틀림없이 선량한 마음을 지녔을 거라고 말했을 뿐이지, 어찌 고양이가 하는 일이, 의외로 사람을 잡아먹고 뼈를 뱉지 않는다는 것을 알았겠어!」
【跑脫(포탈)】: 탈출하다.
【向(향)】: …에게.
【衆(중)】: 여럿. 여기서는 「여러 쥐들」을 가리킨다.
【只(지)】: 다만, 오직.
【哪(나)】: 어찌, 어떻게.
【行出來的事(행출래적사)】: 하는 일.
【竟(경)】: 의외로, 뜻밖에.

「나는 다만 고양이가 눈을 감은 채로 경을 읽고 있어서 틀림없이 선량한 마음을 지녔을 거라고 말했을 뿐이지, 어찌 고양이가 하는 일이 의외로 사람을 잡아먹고 뼈를 뱉지 않는다는 것을 알았겠어!」

해설

쥐 두 마리가 염불을 하고 있는 고양이를 보고 틀림없이 심성이 착할 것이라 여겨 밖으로 나갔다가, 그중 한 마리가 즉시 고양이에게 잡혀먹었다. 고양이가 염불을 하던 안 하던, 그것은 결코 선악을 판단하는 기준이 되지 못한다.

이 우언은 쥐가 판단을 잘못하여 고양이에게 피해를 당한 사례를 통해, 사람의 선악을 판단하려면 마땅히 본질로부터 관찰하고 파악해야지, 표면적인 현상에 미혹되면 반드시 실패한다는 이치를 설명한 것이다.

135 원환수지(願換手指)

《笑得好 · 初集》

원문 및 주석

願換手指[1]

有一神仙到人間, 點石成金, 試驗人心, 尋個貪財少的, 就度他成仙。[2] 遍地沒有, 雖指大石變金, 只嫌微小。[3] 末後遇一人, 仙指石

1 願換手指 → 손가락을 바꿔주길 원하다
【願(원)】: 원하다, 바라다, 희망하다.
【換(환)】: 바꾸다, 교환하다.
【手指(수지)】: 손가락.

2 有一神仙到人間, 點石成金, 試驗人心, 尋個貪財少的, 就度他成仙。 → 어느 신선이 인간 세상에 내려와, 손가락으로 돌을 가볍게 건드려 금으로 변하게 하고, (이로써) 사람의 마음을 시험하여, 재물 욕심이 적은 사람을 찾아, 그를 제도(濟度)하여 신선이 되게 하려 했다.
【點石成金(점석성금)】: 손가락으로 돌을 살짝 건드려 금으로 변하게 하다. 〖點〗: 살짝 건드리다, 스치다.
【尋(심)】: 찾다.
【貪財少的(탐재소적)】: 재물을 탐하는 마음이 적은 사람.
【就(취)】: 곧.
【度他成仙(도타성선)】: 그를 제도(濟度)하여 신선이 되게 하다. 〖度〗: 제도(濟度)하다. ※ 제도(濟度)는 본래 불교에서 「생사(生死)를 되풀이 하는 중생을 구제하여 불생불멸(不生不滅)의 극락으로 이끌어 주는 일」을 가리키나, 여기서는 「속세(俗世)를 떠나 생사(生死)에서 벗어나도록 이끌다」의 뜻.

3 遍地沒有, 雖指大石變金, 只嫌微小。 → 여러 지방을 두루 돌아 다녀도 그런 사람이 없고, 설사 큰 돌을 황금으로 변하게 해도, (사람들은) 오직 작다고 불만스러워했다.
【遍地(편지)】: 여러 지방을 두루 찾아다니다.

謂曰:「我將此石點金與你用罷。」[4] 其人搖頭不要, 仙意以爲嫌小, 又指一大石曰:「我將此極大的石, 點金與你用罷。」[5] 其人也搖頭不要。仙翁心想, 此人貪財之心全無, 可爲難得, 就當度他成仙。[6] 因問曰:「你大小金都不要, 却要什麼?」[7] 其人伸出手指曰:「我別樣

【雖(수)】: 비록, 설사.
【指(지)】: 가리키다.
【只(지)】: 다만, 오직.
【嫌(혐)】: 싫어하다, 불만스러워하다.
【微小(미소)】: 작다.

4 末後遇一人, 仙指石謂曰:「我將此石點金與你用罷。」→ 마지막으로 한 사람을 만나, 신선이 돌을 가리키며 말했다:「내가 이 돌을 금으로 변하게 하여 당신에게 쓰도록 드리지요.」
【末後(말후)】: 마지막, 최후.
【遇(우)】: 만나다.
【將(장)】: [목적형] …을(를).
【點金(점금)】: 금을 만들다.
【與(여)】: 주다.
【罷(파)】: [어조사] 吧(파). ※ 문장 끝에 쓰여 상의(商議)나 제의(提議) 등의 어기를 나타낸다.

5 其人搖頭不要, 仙意以爲嫌小, 又指一大石曰:「我將此極大的石, 點金與你用罷。」→ 그 사람은 고개를 저으며 마다했다. 신선은 작아서 불만스러워하는 것이라 여겨, 또 큰 돌 하나를 가리키며 말했다:「내가 이 큰 돌을, 금으로 변하게 하여 당신에게 쓰도록 드리지요.」
【搖頭(요두)】: 고개를 젓다.
【不要(불요)】: 요구하지 않다, 마다하다, 원하지 않다.
【仙意(선의)】: 신선의 생각.
【以爲(이위)】: …라고 여기다, …라고 생각하다.

6 其人也搖頭不要。仙翁心想, 此人貪財之心全無, 可爲難得, 就當度他成仙。→ 그 사람은 역시 고개를 저으며 마다했다. 신선은 마음속으로, 이 사람이야말로 재물을 탐하는 마음이 전혀 없어, 가히 얻기 어렵다고 할 만하니, 마땅히 그를 제도(濟度)하여 신선이 되게 해야 한다고 생각했다.
【也(야)】: 역시.
【翁(옹)】: [남자 연장자에 대한 존칭].
【可爲難得(가위난득)】: 가히 얻기 어렵다고 할 만하다.
【當(당)】: 마땅히, 응당.

7 因問曰:「你大小金都不要, 却要什麼?」→ 그리하여 그에게 물었다:「당신은 크고 작은 금을 모두 원하지 않는데, 도대체 무엇을 원합니까?」
【因(인)】: 그래서, 그리하여.

總不要，只要老神仙方才點石成金的這個指尖，換在我的手指上，任隨我到處點金，用個不計其數。」[8]

번역문

손가락을 바꿔주길 원하다

어느 신선이 인간 세상에 내려와, 손가락으로 돌을 가볍게 건드려 금으로 변하게 하고, (이로써) 사람의 마음을 시험하여 재물 욕심이 적은 사람을 찾아, 그를 제도(濟度)하여 신선이 되게 하려 했다. 여러 지방을 두루 돌아 다녀도 그런 사람이 없고, 설사 큰 돌을 황금으로 변하게 해도 (사람들은) 오직 작다고 불만스러워 했다. 마지막으로 한 사람을 만나 신선이 돌을 가리키며 말했다.

…………

【都(도)】: 모두, 다.
【却(각)】: 도대체.

8 其人伸出手指曰 :「我別樣總不要，只要老神仙方才點石成金的這個指尖，換在我的手指上，任隨我到處點金，用個不計其數。」→ 그가 자기 손가락을 펴고 말했다 :「나는 다른 것은 다 원하지 않고, 다만 방금 신선께서 돌을 건드려 금으로 변하게 한 그 손가락 끝을, 나의 손가락에다 바꾸어 놓아, 내가 아무데서나 돌을 금으로 변하게 하여, 마음껏 쓸 수 있게 해주시길 원합니다.」
【伸出(신출)】: 펴다.
【別樣(별양)】: 다른 것.
【總(총)】: 모두, 전부, 다.
【只(지)】: 다만, 오직.
【方才(방재)】: 방금.
【這個(저개)】: 이, 이것.
【指尖(지첨)】: 손가락 끝. ※ 판본에 따라서는「指尖」을「指頭(지두)」라 했다.
【換在(환재)…】: …에다 바꾸어 놓다.
【任隨(임수)】: 마음대로 하게 내맡기다.
【到處(도처)】: 도처, 곳곳.
【用個不計其數(용개부계기수)】: 그 수를 헤아릴 수 없이 많이 쓰다, 즉「마음껏 쓰다, 실컷 쓰다」의 뜻. 〖不計其數〗: 그 수를 헤아릴 수 없다.

「내가 이 돌을 금으로 변하게 하여 당신에게 쓰도록 드리지요.」

그 사람은 고개를 저으며 마다했다. 신선은 작아서 불만스러워하는 것이라 여겨 또 큰 돌 하나를 가리키며 말했다.

「내가 이 큰 돌을 금으로 변하게 하여 당신에게 쓰도록 드리지요.」

그 사람은 역시 고개를 저으며 마다했다. 신선은 마음속으로 이 사람이야말로 재물을 탐하는 마음이 전혀 없어 가히 얻기 어렵다고 할 만하니 마땅히 그를 제도(濟度)하여 신선이 되게 해야 한다고 생각했다. 그리하여 그에게 물었다.

「당신은 크고 작은 금을 모두 원하지 않는데 도대체 무엇을 원합니까?」

그가 자기 손가락을 펴고 말했다.

「나는 다른 것은 다 원하지 않고, 다만 방금 신선께서 돌을 건드려 금으로 변하게 한 그 손가락 끝을 나의 손가락에다 바꾸어 놓아, 내가 아무데서나 돌을 금으로 변하게 하여 마음껏 쓸 수 있게 해주시길 원합니다.」

해설

어느 신선이 인간 세상에 내려와 탐욕 없는 사람을 찾아 신선이 되게 하려고, 손가락으로 돌을 건드려 금을 만드는 술법을 가지고 많은 사람을 시험했으나, 사람들은 큰 돌을 황금으로 변하게 해도 오직 작다고 불만스러워 했다.

신선이 마지막으로 만난 사람은 달랐다. 아무리 큰 금을 만들어 주겠다고 해도 마다했다. 그리하여 신선은 마음속으로 비로소 원하는 사람을 찾았다고 여겼다. 그러나 그가 원한 것은 금이 아니고, 마음대로 금을 만들 수 있는 신선의 손가락이었다.

이 우언은 탐욕이 끝이 없는 인간성의 약점을 풍자한 것이지만, 한 편으로는 구체적인 물건을 얻은 것보다 물건을 얻는 방법을 원하는 주인공의 관점을 통해, 「물고기를 주는 것은 물고기 낚는 법을 가르쳐주는 것만 못하다.(授人以魚, 不如授人以漁。)」라는 이치를 설명한 것이기도 하다.

136 인삼탕(人參湯)

《笑得好 · 初集》

원문 및 주석

人參湯[1]

有富貴公子, 早晨出門, 見一窮人挑擔子, 臥地不起。[2] 問人曰 :「此人因何臥倒?」旁人答曰 :「這人沒得飯吃, 肚餓了, 倒在地上歇氣的。」[3] 公子曰 :「旣不曾吃飯, 因何不吃一盞人參湯出門? 也飽得好大半日。」[4]

1 人參湯 → 인삼탕

2 有富貴公子, 早晨出門, 見一窮人挑擔子, 臥地不起。→ 어느 부잣집의 공자(公子)가, 아침에 문을 나서자마자, 한 가난한 사람이 짐을 메고, 땅바닥에 누워 일어나지 않는 것을 보았다.
【公子(공자)】: 귀한 집안의 자제.
【挑(도)】: 메다, 짊어지다.
【擔子(담자)】: 짐.
【臥地(와지)】: 땅바닥에 눕다.

3 問人曰 :「此人因何臥倒?」旁人答曰 :「這人沒得飯吃, 肚餓了, 倒在地上歇氣的。」→ (공자가) 다른 사람에게 물었다 :「이 사람은 무엇 때문에 드러누워 있습니까?」옆 사람이 대답했다 :「이 사람은 밥을 먹지 못해, 배가 고파서, 땅에 누워 쉬고 있는 것입니다.」
【因何(인하)】: 무엇 때문에, 왜, 어째서.
【臥倒(와도)】: 드러눕다.
【歇氣(헐기)】: 쉬다, 휴식하다.

4 公子曰 :「旣不曾吃飯, 因何不吃一盞人參湯出門? 也飽得好大半日。」→ 공자가 말했다 :「기왕 밥을 못 먹었으면, 어째서 인삼탕 한 잔을 먹고 나오지 않았는가? 그랬으면 한나절은 배

번역문

인삼탕

어느 부잣집의 공자(公子)가 아침에 문을 나서자마자, 한 가난한 사람이 짐을 메고 땅바닥에 누워 일어나지 않는 것을 보았다.

(공자가) 다른 사람에게 물었다.

「이 사람은 무엇 때문에 드러누워 있습니까?」

옆 사람이 대답했다.

「이 사람은 밥을 먹지 못해 배가 고파서 땅에 누워 쉬고 있는 것입니다.」

공자가 말했다.

「기왕 밥을 못 먹었으면 어째서 인삼탕 한 잔을 먹고 나오지 않았는가? 그랬으면 한나절은 배가 불렀을 텐데.」

해설

부잣집 공자(公子)는 밥을 얻어먹지 못해 허기에 지쳐 땅바닥에 누워 쉬고 있는 사람을 보고, 그렇다면 어째서 밥 대신 인삼탕 한 잔을 먹고 나오지 않았느냐는 엉뚱한 말을 했다. 먹을 밥도 없는데 그보다 더 귀한 인삼탕이 어디 있겠는가?

가 불렀을 텐데.」
【旣(기)】: 기왕 …한 이상, …기왕 …한 바에야.
【不曾(부증)…】: 일찍이 …하지 않다.
【吃(흘)】: 먹다.
【飽(포)】: 배부르다.
【好大半日(호대반일)】: 한나절.

이 우언은 부귀한 생활을 누리는 자들이 민생을 돌보지 않아 서민의 질고를 전혀 알지 못하는 당시 사회의 모순을 풍자한 것이다.

137 막감호피(莫砍虎皮)

《笑得好·初集》

원문 및 주석

莫砍虎皮[1]

一人被虎銜去, 其子要救父, 因拿刀趕去砍虎。[2] 其人在虎口裡高喊說 :「我的兒, 我的兒, 你要砍只砍虎脚, 不可砍壞了虎皮, 才賣得銀子多。」[3]

1 莫砍虎皮 → 호랑이 가죽을 베지 말라
【莫(막)】: …하지 말라, …해서는 안 된다.
【砍(감)】: 베다, 자르다.

2 一人被虎銜去, 其子要救父, 因拿刀趕去砍虎。→ 어떤 사람이 호랑이에게 물려가자, 그의 아들이 아버지를 구출하려고, 곧 칼을 들고 따라가 호랑이를 베려 했다.
【被虎銜去(피호함거)】: 호랑이에게 물려가다. 〖被〗: [피동형] …에게 …되다. 〖銜〗: 입에 물다.
【要(요)】: …하려고 하다.
【因(인)】: 곧, 즉시.
【拿(나)】: (손에) 잡다, 들다, 가지다.
【趕去(간거)】: 좇아가다, 따라가다.

3 其人在虎口裡高喊說 :「我的兒, 我的兒! 你要砍只砍虎脚, 不可砍壞了虎皮, 才賣得銀子多。」→ (그러자) 그가 호랑이 입에서 큰소리로 외쳤다 :「아들아, 아들아! 호랑이를 베려면 다만 호랑이 다리를 베어버리고, 호랑이 가죽을 베어 망가뜨려서는 안 된다. 그래야 은(銀)을 많이 받고 팔 수 있단다.」
【高喊(고함)】: 큰소리로 외치다.
【只(지)】: 다만, 오직.

번역문

호랑이 가죽을 베지 말라

어떤 사람이 호랑이에게 물려가자 그의 아들이 아버지를 구출하려고, 곧 칼을 들고 따라가 호랑이를 베려 했다. (그러자) 그가 호랑이 입에서 큰 소리로 외쳤다.

「아들아, 아들아! 호랑이를 베려면 다만 호랑이 다리를 베어버리고, 호랑이 가죽을 베어 망가뜨려서는 안 된다. 그래야 은(銀)을 많이 받고 팔 수 있단다.」

해설

호랑이에게 물려가는 아버지를 구출하기 위해 칼을 들고 쫓아가 호랑이를 베어버리려는 아들에게, 호랑이를 베려면 다리를 베고 가죽을 베지 말아야 비싼 값으로 팔 수 있다고 하는 논리는, 실로 생명보다 돈을 먼저 생각하는 배금사상(拜金思想)의 극치이다.

이 우언은 사리사욕(私利私慾)에 눈이 멀어 목숨의 위태로움을 의식하지 못하는 무지몽매(無知蒙昧)한 사람의 어리석은 행위를 풍자한 것이다.

....

【砍壞(감괴)】: 베어 망가뜨리다.
【才(재)】: 비로소.

138 장적의(藏賊衣)

《笑得好·二集》

원문 및 주석

藏賊衣[1]

有一賊入人家偸竊, 奈其家甚貧, 四壁蕭然, 床頭止有米一壇。[2] 賊自思：將這米偸了去, 煮飯也好。[3] 因難於携帶, 遂將自己衣服脫下來, 鋪在地上, 取米壇傾米包携。[4] 此時床上夫妻兩口, 其夫先醒,

1 藏賊衣 → 도둑의 옷을 감추다
【藏(장)】: 감추다, 숨기다.
【賊(적)】: 도둑.

2 有一賊入人家偸竊, 奈其家甚貧, 四壁蕭然, 床頭止有米一壇。→ 어느 도둑이 물건을 훔치러 남의 집에 들어갔는데, 아쉽게도 그 집이 매우 가난하여, 사방의 벽이 아무것도 없이 텅 비어 있고, 침대 머리맡에 다만 곡식 항아리 하나가 놓여 있었다.
【偸竊(투절)】: 훔치다, 도둑질하다. 〖偸〗: 훔치다. 〖竊〗: 훔치다.
【奈(내)】: 아쉽게도, 애석하게도, 유감스럽게도.
【甚貧(심빈)】: 매우 가난하다. 〖甚〗: 매우, 대단히.
【四壁蕭然(사벽소연)】: 네 벽이 아무것도 없이 텅 비어 있다.
【止(지)】: 다만.
【米一壇(미일단)】: 곡식 한 항아리. 〖米〗: 곡물, 곡식.

3 賊自思：將這米偸了去, 煮飯也好。→ 도둑은 이 쌀을 훔쳐다가, 밥을 지어 먹는 것도 괜찮다고 스스로 생각했다.
【將(장)】: …을(를).
【煮飯(자반)】: 밥을 짓다.
【也好(야호)】: …하는 것도 좋다, …해도 나쁘지 않다.

4 因難於携帶, 遂將自己衣服脫下來, 鋪在地上, 取米壇傾米包携。→ (도둑은 항아리를) 들고

月光照入屋內, 看見賊返身取米時, 夫在床上悄悄伸手, 將賊衣抽藏床裏。[5] 賊回身尋衣不見。其妻後醒, 慌問夫曰:「房中習習索索的響, 恐怕有賊麼?」[6] 夫曰:「我醒着多時, 幷沒有賊。」[7] 這賊聽見說

....

가기가 어려웠기 때문에, 곧 자기 옷을 벗어, 땅바닥에 펴놓고, 곡식 항아리를 가져와 곡식을 쏟아 가지고 싸서 가져가려 했다.

【因(인)】: …로 인해, …때문에.

【難於(난어)…】: …하기 쉽지 않다, …하기 어렵다.

【遂(수)】: 곧, 바로.

【將(장)】: …을(를).

【鋪(포)】: 깔다, 펴다.

【傾(경)】: (그릇 따위를 기울여) 쏟다.

【包携(포휴)】: 싸서 가져가다. 〖包〗: 싸다.

5 此時床上夫妻兩口, 其夫先醒, 月光照入屋內, 看見賊返身取米時, 夫在床上悄悄伸手, 將賊衣抽藏床裏。→ 이때 침대 위의 부부 두 사람 중, 남편이 먼저 잠을 깼는데, 달빛이 방안을 환하게 비추고 있었다. 도둑이 몸을 돌려 곡식을 취하는 것을 보자, 남편은 침상에서 슬며시 손을 뻗어, 도둑의 옷을 끌어다가 침대 속에 감추었다.

【兩口(양구)】: 두 식구.

【醒(성)】: 잠을 깨다.

【照入(조입)】: 비추어 들다.

【返身(반신)】: 몸을 돌리다.

【悄悄(초초)】: 몰래, 슬며시, 살그머니.

【伸手(신수)】: 손을 뻗다.

【抽(추)】: 引(인), 당기다, 끌어당기다, 잡아당기다.

6 賊回身尋衣不見。其妻後醒, 慌問夫曰:「房中習習索索的響, 恐怕有賊麼?」→ 도둑이 몸을 돌려 옷을 찾았으나 보이지 않았다. 아내가 잠시 후 잠을 깨어, 황급히 남편에게 물었다: 「방안에서 바스락 바스락하는 소리가 나는데, 혹시 도둑이 들었나 봐요?」

【回身(회신)】: 몸을 돌리다.

【尋(심)】: 찾다.

【慌問(황문)】: 황급하게 묻다.

【習習索索(습습삭삭)】: [의성어] 바스락 바스락.

【響(향)】: 소리가 나다.

【恐怕(공파)】: 아마도, 혹시.

7 夫曰:「我醒着多時, 幷沒有賊。」→ 남편이 말했다:「내가 잠을 깬지 한참 되었는데, 결코 도둑은 없었소.」

【多時(다시)】: 한참, 오래.

話, 慌忙高喊曰:「我的衣服, 才放在地上, 就被賊偸了去, 怎的還說沒賊?」[8]

번역문

도둑의 옷을 감추다

어느 도둑이 물건을 훔치러 남의 집에 들어갔는데, 아쉽게도 그 집이 매우 가난하여 사방의 벽이 아무것도 없이 텅 비어 있고, 침대 머리맡에 다만 곡식 항아리 하나가 놓여 있었다. 도둑은 이 쌀을 훔쳐다가 밥을 지어 먹는 것도 괜찮다고 스스로 생각했다. (도둑은 항아리를) 들고 가기가 어려웠기 때문에, 곧 자기 옷을 벗어 땅바닥에 펴놓고, 곡식 항아리를 가져와 곡식을 쏟아 가지고 싸서 가져가려 했다.

이때 침대 위의 부부 두 사람 중 남편이 먼저 잠을 깼는데, 달빛이 방안을 환하게 비추고 있었다. 도둑이 몸을 돌려 곡식을 취하는 것을 보자, 남편은 침상에서 슬며시 손을 뻗어, 도둑의 옷을 끌어다가 침대 속에 감추었다. 도둑이 몸을 돌려 옷을 찾았으나 보이지 않았다. 아내가 잠시 후 잠을 깨어 황급히 남편에게 물었다.

【幷(병)】: 결코.

8 這賊聽見說話, 慌忙高喊曰:「我的衣服, 才放在地上, 就被賊偸了去, 怎的還說沒賊?」→ 이 도둑은 부부가 하는 말을 듣자, 황급히 큰 소리로 외쳤다:「내 옷을, 방금 바닥에 놓자마자, 바로 도둑을 맞았는데, 어찌 도둑이 없다고 말하시오?」
【聽見(청견)】: 듣다.
【高喊(고함)】: 큰 소리로 외치다, 고함을 지르다.
【才(재)】: 방금.
【放在(방재)…】: …에 놓다, …에 두다.
【被(피)】: [피동형] …에게 …당하다.
【怎的(즘적)】: 어찌, 어째서.

「방안에서 바스락 바스락하는 소리가 나는데, 혹시 도둑이 들었나 봐요?」

남편이 말했다.

「내가 잠을 깬지 한참 되었는데, 결코 도둑은 없었소.」

이 도둑은 부부가 하는 말을 듣자 황급히 큰 소리로 외쳤다.

「내 옷을 방금 땅바닥에 놓자마자 바로 도둑을 맞았는데, 어찌 도둑이 없다고 말하시오?」

해설

물건이라곤 오직 곡식 항아리 하나 밖에 없는 가난한 집에 들어간 도둑이, 곡식을 훔쳐 옷에 싸가려고 옷을 벗어 바닥에 펴놓고 항아리를 향하는 순간, 우연히 잠에서 깨어난 집주인이 도둑의 옷을 슬며시 끌어당겨 침상에 감추어 두었다. 바스락거리는 소리에 잠을 깬 아내가 집안에 도둑이 든 것을 의심하자, 남편은 의도적으로 모르는 척 도둑이 들지 않았다고 시치미를 떼었다. 이에 격분한 도둑은 자기가 옷을 도둑맞았다고 고함을 질러 스스로 자신의 정체를 드러냈다.

이 우언은 남의 집 물건을 훔치러 들어간 도둑이 주인의 계책에 말려들어 마각(馬脚)을 드러낸 행위를 통해, 지혜롭지 못한 사람이 남을 도모하려다 오히려 남이 쳐놓은 덫에 걸려든 어리석은 행위를 풍자한 것이다.

139 유천몰일(有天沒日)

《笑得好·二集》

원문 및 주석

有天沒日[1]

夏天炎熱, 有幾位官長同在一處商議公事, 偶然閑談天氣酷暑, 何處乘凉?[2] 有云:「某花園水閣上甚凉。」有云:「某寺院大殿上甚凉。」[3] 旁邊許多百姓齊聲曰:「諸位老爺要凉快, 總不如某衙門公堂上甚凉。」[4] 衆官驚問:「何以知之?」答曰:「此是有天沒日頭的所

---

1 有天沒日 → 하늘은 있고 해가 없다

2 夏天炎熱, 有幾位官長同在一處商議公事, 偶然閑談天氣酷暑, 何處乘凉? → 여름은 날씨가 몹시 무더워, 몇 명의 관리가 함께 공무(公務)를 상의하다가, 우연히 무더운 날씨에 어디에서 시원한 바람을 쐴 수 있을까 한담(閑談)을 나누었다.
【炎熱(염열)】: 무덥다.
【幾位(기위)】: 몇 분, 몇 명.
【官長(관장)】: 관리.
【公事(공사)】: 공무.
【乘凉(승량)】: 시원한 바람을 쐬다.

3 有云:「某花園水閣上甚凉。」有云:「某寺院大殿上甚凉。」 → 어떤 사람은 말하길:「모 화원의 수중누각(水中樓閣)이 매우 시원합니다.」라고 했고, 또 어떤 사람은 말하길:「모 사찰(寺刹)의 본당(本堂)이 매우 시원합니다.」라고 했다.
【水閣(수각)】: 수중 누각.
【甚凉(심량)】: 매우 시원하다.
【大殿(대전)】: (사찰의) 본당.

4 旁邊許多百姓齊聲曰:「諸位老爺要凉快, 總不如某衙門公堂上甚凉。」 → 옆에 있던 많은 백

在，怎的不涼?」[5]

번역문

하늘은 있고 해가 없다

여름은 날씨가 몹시 무더워 몇 명의 관리가 함께 공무(公務)를 상의하다가, 우연히 무더운 날씨에 어디에서 시원한 바람을 쐴 수 있을까 한담(閑談)을 나누었다. 어떤 사람은 말하길 「모 화원의 수중누각(水中樓閣)이 매우 시원합니다.」라고 했고, 또 어떤 사람은 말하길 「모 사찰(寺刹)의 본당(本堂)이 매우 시원합니다.」라고 했다. 옆에 있던 많은 백성들이 일제히 한 목소리로 말했다.

「나리들께서 시원하길 바라신다면, 아무래도 모 관아의 집무실보다 시

성들이 일제히 한 목소리로 말했다 : 「나리들께서 시원하길 바라신다면, 아무래도 모 관아의 집무실보다 시원한 곳은 없습니다.」
【旁邊(방변)】 : 옆.
【齊聲(제성)】 : 일제히 한 목소리를 내다, 이구동성(異口同聲)으로 말하다.
【老爺(노야)】 : 나리, 어르신.
【要(요)】 : …을 바라다, …을 원하다.
【涼快(양쾌)】 : 시원하다.
【總不如(총불여)…】 : 아무래도 …만 못하다. 【總】 : 아무래도, 아무튼.
【衙門(아문)】 : 관아, 관공서.
【公堂(공당)】 : 사무를 보는 곳, 집무실.

5 衆官驚問 : 「何以知之?」 答曰 : 「此是有天沒日頭的所在, 怎的不涼?」 → 여러 관리들이 놀라서 물었다 : 「그것을 어떻게 알았소?」 (백성들이) 대답했다 : 「그곳은 하늘은 있어도 해가 없는 곳이니, 어찌 시원하지 않겠습니까?」
【何以(하이)】 : 어떻게, 어찌.
【之(지)】 : [대명사] 그것, 즉 「모 관아의 집무실보다 시원한 곳이 없다는 것」.
【日頭(일두)】 : 해, 태양.
【所在(소재)】 : 곳, 장소.
【怎的(즘적)】 : 어찌, 어떻게.

원한 곳은 없습니다.」

여러 관리들이 놀라서 물었다.

「그것을 어떻게 알았소?」

(백성들이) 대답했다.

「그곳은 하늘은 있어도 해가 없는 곳이니 어찌 시원하지 않겠습니까?」

해설

관리들이 무더운 여름날 공무(公務)를 상의하다가 어디에서 시원한 바람을 쐴 수 있을까 한담을 나누었다. 어떤 사람은 모 화원의 수중누각(水中樓閣)이라 하고, 어떤 사람은 모 사찰(寺刹)의 본당(本堂)이라 했다. 그러나 옆에서 듣고 있던 많은 백성들은 모 관아의 집무실이 가장 시원하다고 했다. 이유인 즉, 그곳은 하늘은 있어도 해가 없는 곳이기 때문이라 했다. 하늘은 있고 해가 없다는 것은 곧 관리들의 통치가 투명하지 않고 어두운 상황을 가리킨 것이다.

이 우언은 백성들이 고통을 견디기 힘들어 하는 모습을 통해, 봉건 관료사회의 암흑 통치를 꼬집어 풍자한 것이다.

140 박지피(剝地皮)

《笑得好·二集》

원문 및 주석

剝地皮[1]

一官甚貪, 任滿歸家, 見家屬中多一老叟。[2] 問:「此是何人?」叟曰:「某縣土地也。」[3] 問:「因何到此?」叟曰:「那地方上地皮都被你剝將來, 教我如何不隨來?」[4]

....

1 剝地皮 → 토지를 빼앗다
【剝(박)】: 박탈하다, 빼앗다.
【地皮(지피)】: 땅, 토지.

2 一官甚貪, 任滿歸家, 見家屬中多一老叟。→ 어느 탐욕이 심한 관리가, 임기를 마치고 집으로 돌아와, 식솔 중에 노인 하나가 더 있는 것을 발견했다.
【甚貪(심탐)】: 탐욕이 매우 많다.
【任滿(임만)】: 임기가 만료되다, 임기를 마치다.
【家屬(가속)】: 식솔, 식구, 가족.
【老叟(노수)】: 노인, 늙은이.

3 問:「此是何人?」叟曰:「某縣土地也。」→ 관리가 물었다:「이 사람은 누구인가?」 노인이 대답했다:「나는 모 현(縣)의 토지신이요.」
【土地(토지)】: 여기서는 「토지신」을 가리킨다.

4 問:「因何到此?」叟曰:「那地方上地皮都被你剝將來, 教我如何不隨來?」→ 관리가 물었다:「무슨 까닭으로 여기에 왔소?」 노인이 대답했다:「그곳의 토지는 모두 당신에게 빼앗겼는데, 내가 어찌 당신을 따라오지 않을 수 있겠소?」
【因何(인하)】: 무엇 때문에, 무슨 까닭으로.
【都(도)】: 모두.

번역문

토지를 빼앗다

어느 탐욕이 심한 관리가 임기를 마치고 집으로 돌아와 식솔 중에 노인 하나가 더 있는 것을 발견했다.

관리가 물었다.

「이 사람은 누구인가?」

노인이 대답했다.

「나는 모 현(縣)의 토지신이요.」

관리가 물었다.

「무슨 까닭으로 여기에 왔소?」

노인이 대답했다.

「그곳의 토지는 모두 당신에게 빼앗겼는데, 내가 어찌 당신을 따라오지 않을 수 있겠소?」

해설

임기(任期)를 마치고 귀가(歸家)한 어느 탐관오리(貪官汚吏)의 식솔 중에 노인 한 명이 늘어난 것은, 그가 재임 중에 임지(任地)의 모든 토지를 자기 소유로 만들어 갈 곳을 잃은 토지신이 어쩔 수 없이 토지의 주인을 따라왔기 때문이었다.

....

【被(피)】: [피동형] …에 의해 …되다, …에게 …당하다.
【剝將來(박장래)】: 빼앗아가다.
【教(교)】: [사역형] …로 하여금 …하게 하다.
【如何(여하)】: 어찌, 어떻게.
【隨來(수래)】: 따라오다.

이 우언은 봉건사회(封建社會) 관리들의 보편적인 탐욕 행위와 백성을 수탈하는 탐관오리(貪官汚吏)의 잔혹하고 흉악한 면모를 통해, 봉건사회의 가장 근본적이고 가장 첨예한 사회 경제 문제를 반영함과 동시에, 봉건 지주(地主)들이 대량의 토지를 겸병함으로써 농민들이 농사를 지을 한 치의 땅도 없는 참담한 현상을 풍자한 것이다.

《백학당시문집白鶴堂詩文集》 우언

팽단숙(彭端淑 : 1700 – 1780)은 단릉(丹棱)[지금의 사천성 홍아현(洪雅縣)] 사람으로 자가 의일(儀一), 호는 악재(樂齋)이다. 청(淸) 세종(世宗) 옹정(雍正) 연간에 진사에 급제하여 이부낭중(吏部郎中)·순천향시동고관(順天鄕試同考官)·광동조라도(廣東肇羅道) 등을 역임한 후 관직을 그만두고 돌아와 금강서원(錦江書院)에서 강학(講學)에 전념했다. 일생 동안 고문(古文)을 좋아하여 문장이 청신하고 기세가 비범했으며, 만년에는 시가(詩歌) 창작에 힘을 쏟기도 했다. 저서로 《설야시담(雪夜詩談)》과 《백학당시문집(白鶴堂詩文集)》 등이 있다.

141 촉비이승(蜀鄙二僧)

《白鶴堂詩文集 · 雜著 · 爲學一首示子姪》

원문 및 주석

蜀鄙二僧[1]

蜀之鄙有二僧, 其一貧, 其一富。貧者語於富者曰 :「吾欲之南海, 何如?」[2] 富者曰 :「子何恃而往?」曰 :「吾一瓶一鉢足矣。」[3] 富

---

1 蜀鄙二僧 → 촉(蜀) 지방 변두리의 두 승려
【蜀(촉)】: [지명] 촉(蜀) 지방. ※ 옛날 촉(蜀)나라가 있던 곳으로, 지금의 사천성 성도(成都) 일대.
【鄙(비)】: 변방, 변두리.

2 蜀之鄙有二僧, 其一貧, 其一富。貧者語於富者曰 :「吾欲之南海, 何如?」→ 촉(蜀) 지방의 변두리에 두 승려가 있었는데, 한 사람은 가난하고, 한 사람은 부유했다. 가난한 승려가 부유한 승려에게 말했다 :「내가 남해(南海)를 가려고 하는데, 어떻게 생각합니까?」
【語於(어어)…】: …에게 말하다. 〖於〗: [개사] …에게.
【欲(욕)】: …하고자 하다, …하려고 생각하다.
【之(지)】: 往(왕), 가다.
【南海(남해)】: [지명] 혹자는 남해(南海)를 절강(浙江) 주산군도(舟山群島) 동남쪽에 있는 보타산(普陀山)이라 했다. 보타산은 중국 불교에서 사대명산(四大名山)의 하나이자, 전국적으로 유명한 관음보살의 도장(道場)이다.
【何如(여하)】: 어떤가? 즉「어떻게 생각하는가?」의 뜻.

3 富者曰 :「子何恃而往?」曰 :「吾一瓶一鉢足矣。」→ 부유한 승려가 물었다 :「당신은 무엇에 의지하여 가려고 합니까?」가난한 승려가 대답했다 :「나는 물병 하나와 밥그릇 하나면 족합니다.」
【子(자)】: 너, 그대, 당신.
【恃(시)】: 믿다, 의지하다.

者曰 :「吾數年來欲買舟而下, 猶未能也。子何恃而往?」[4] 越明年, 貧者自南海還, 以告富者, 富者有慚色。[5]

번역문

촉(蜀) 지방 변두리의 두 승려

촉(蜀) 지방의 변두리에 두 승려가 있었는데, 한 사람은 가난하고 한 사람은 부유했다. 가난한 승려가 부유한 승려에게 말했다.

「내가 남해(南海)를 가려고 하는데 어떻게 생각합니까?」

부유한 승려가 물었다.

「당신은 무엇에 의지하여 가려고 합니까?」

가난한 승려가 대답했다.

「나는 물병 하나와 밥그릇 하나면 족합니다.」

부유한 승려가 말했다.

「나는 여러 해 동안 배 한 척을 사서 타고 가려 해도 아직 가지 못하고 있는데, 당신은 그것에 의지하여 갈 수 있다고 생각합니까?」

두 해가 지나 가난한 승려가 남해에서 돌아와 부유한 승려에게 알리자,

....

【鉢(발)】: 바리때, 승려의 밥그릇.

4 富者曰 :「吾數年來欲買舟而下, 猶未能也。子何恃而往?」→ 부유한 승려가 말했다 :「나는 여러 해 동안 배 한 척을 사서 타고 가려 해도, 아직 가지 못하고 있는데, 당신은 그것에 의지하여 갈 수 있다고 생각합니까?」

【猶(유)】: 아직, 여전히.

5 越明年, 貧者自南海還, 以告富者, 富者有慚色。→ 두 해가 지나, 가난한 승려가 남해에서 돌아와 부유한 승려에게 알리자, 부유한 승려가 매우 부끄러운 기색을 드러냈다.

【越(월)】: 넘다, 건너다.

【明年(명년)】: 이듬해, 다음 해.

【慚色(참색)】: 부끄러워하는 기색.

부유한 승려가 매우 부끄러운 기색을 드러냈다.

해설

가난한 승려가 남해(南海)에 다녀오겠다는 뜻을 밝히자, 부유한 승려는 무엇에 의지하여 가려 하느냐고 물었다. 가난한 승려가 물병 하나와 밥그릇 하나면 족하다고 말하자, 부유한 승려는 자신이 여러 해 동안 배 한 척을 사서 타고 가려 해도 엄두를 내지 못했다며 가난한 승려의 뜻을 비웃었다. 그러나 가난한 승려는 두 해만에 다녀와 부유한 승려를 부끄럽게 만들었다.

이 우언은 본래 작자가 자기의 자녀와 조카들이 어떠한 태도로 학문을 해야 하는가를 교육할 목적에서 인용한 고사로, 노력하면 어려운 일도 쉽게 변하고, 노력하지 않으면 쉬운 일도 어렵게 변한다는 이치를 설명한 것이다.

《자불어子不語》 우언

원매(袁枚 : 1716 - 1797)는 절강(浙江) 전당(錢塘)[지금의 절강성 항주(杭州)] 사람으로 자는 자재(子才), 호는 간재(簡齋) 또는 수원(隨園)이며, 청대(清代)의 저명한 시인이자 문학 이론가이다. 청(清) 고종(高宗) 건륭(乾隆) 연간에 진사에 급제한 후, 한림원 서길사(翰林院庶吉士)를 거쳐 율수(溧水) · 강포(江浦) · 목양(沐陽) · 강녕(江寧) 등지의 지현(知縣)을 지내다가, 나이 사십이 되자 사직하고 돌아와 남경(南京) 북쪽 소창산(小倉山) 아래에 수원(隨園)을 짓고 시문(詩文)에 전념했다. 그는 고체시(古體詩)와 근체시(近體詩) 뿐만 아니라 변문(騈文)과 산문(散文)에도 모두 능하다. 저서로 《소창산방전집(小倉山房全集)》《수원시화(隨園詩話)》《자불어(子不語)》 등 삼십여 종이 있다.

《자불어(子不語)》는 문언필기소설(文言筆記小說)로 명칭은 《논어(論語)》의 「자불어괴력난신(子不語怪力亂神)」에서 따온 것이며, 내용은 주로 요괴(妖怪) 기문(奇聞) 등의 고사를 통해 사회의 암흑을 규탄하고 세속(世俗)을 풍자한 것이 많다.

142 활달선생(豁達先生)

《子不語·卷四》

원문 및 주석

豁達先生[1]

呂某, 松江廩生, 性豪放, 自號豁達先生。[2] 嘗過泖湖西鄉, 天漸黑, 見婦人面施粉黛, 貿貿然持繩索而奔。[3] 望見呂, 走避大樹下, 而

1 豁達先生 → 활달선생(豁達先生)

2 呂某, 松江廩生, 性豪放, 自號豁達先生。→ 여(呂) 아무개는, 송강(松江)의 늠생(廩生)을 지냈는데, 성격이 호방하여, 스스로 호(號)를 활달선생(豁達先生)이라 했다.
【松江(송강)】: [지명] 지금의 상해시(上海市) 송강현(松江縣).
【廩生(늠생)】: 명청대(明清代)에 나라에서 음식을 제공하는 생원(生員).
【自號(자호)…】: 스스로 호를 …라 하다.
【豁達(활달)】: 성격이 활달하다, 도량이 넓고 크다.

3 嘗過泖湖西鄉, 天漸黑, 見婦人面施粉黛, 貿貿然持繩索而奔。→ 그는 일찍이 묘호(泖湖)의 서향(西鄉)을 지나가다가, 날이 점점 어두워질 무렵, 얼굴에 짙은 화장을 한 부인이, 황급히 밧줄을 가지고 달려가는 것을 보았다.
【嘗(상)】: 일찍이.
【過(과)】: 지나다, 경유하다.
【泖湖(묘호)】: 송강(松江) 서쪽에 있는 호수 이름.
【面施粉黛(면시분대)】: 얼굴에 분을 바르고 눈썹을 그리다. 즉 「짙게 화장을 하다」의 뜻. 〖施〗: 바르다, 칠하다. 〖黛〗: 눈썹먹.
【貿貿然(무무연)】: 황급한 모양, 바삐 서두르는 모양.
【持(지)】: 가지다, 쥐다.
【繩索(승삭)】: 밧줄.
【奔(분)】: 내닫다, 달리다.

所持繩則遺墜地上。呂取觀, 乃一條草索。[4] 嗅之, 有陰霾之氣。心知爲縊死鬼, 取藏懷中, 徑向前行。[5] 其女出樹中, 往前遮攔, 左行則左攔, 右行則右攔。呂心知俗所稱「鬼打墻」是也, 直衝而行。[6] 鬼

4 望見呂, 走避大樹下, 而所持繩則遺墜地上。呂取觀, 乃一條草索。→ (그녀는) 여 아무개를 보자, 큰 나무 밑으로 가서 몸을 피하려다, 손에 가지고 있던 밧줄을 땅에 떨어뜨렸다. 여 아무개가 그것을 주워서 살펴보니, 바로 짚으로 꼰 새끼줄이었다.
【望見(망견)】: 바라보다.
【走避(주피)】: 피하다, 도피하다.
【遺墜(유추)】: 떨어뜨리다.
【取觀(취관)】: 주워서 살펴보다. ※ 판본에 따라서는「觀」을「視(시)」라 했다.
【乃(내)】: 바로 …이다.
【條(조)】: [양사].
【草索(초삭)】: 짚으로 꼰 새끼, 새끼줄.

5 嗅之, 有陰霾之氣。心知爲縊死鬼, 取藏懷中, 徑向前行。→ 그 냄새를 맡아보니, 귀기(鬼氣)가 서려 있었다. (여 아무개는) 마음속으로 목매달아 죽은 귀신이라는 것을 알면서도, 그것을 품속에 감추고, 곧장 앞을 향해 걸어갔다.
【嗅(후)】: (냄새를) 맡다.
【陰霾之氣(음매지기)】: 귀기(鬼氣). 〖陰霾〗: (날씨가) 음산하다, 음침하다. 여기서는「귀신이 나올듯한 음침한 분위기」를 가리킨다.
【爲(위)】: …이다.
【縊死鬼(액사귀)】: 목매달아 죽은 귀신.
【藏懷中(장회중)】: 품속에 감추다. 〖藏〗: 숨기다, 감추다. 〖懷中〗: 품속, 품안.
【徑(경)】: 곧장.

6 其女出樹中, 往前遮攔, 左行則左攔, 右行則右攔。呂心知俗所稱「鬼打墻」是也, 直衝而行。→ 그 여자가 나무 아래서 나오더니, (여 아무개) 앞으로 와서 길을 막았다. 왼쪽으로 가면 왼쪽을 막고, 오른쪽으로 가면 오른쪽을 막았다. 여 아무개는 마음속으로 이른바「귀신에게 홀린다」는 것이 바로 이런 것이라 알고, 곧장 앞으로 돌진해 나아갔다.
【往前(왕전)】: 앞으로 가다.
【遮攔(차란)】: 가로막다.
【俗所稱(속소칭)】: 이른바, 세간에서 말하는 바. ※ 판본에 따라서는「稱」을「謂(위)」라 했다.
【鬼打墻(귀타장)】: 귀신에게 홀리다. ※ 밤중에 길을 잃고 한 곳에서 왔다 갔다 하는 것을 가리키는 말.
【是也(시야)】: 바로 이것이다.
【直(직)】: 곧장, 바로.
【衝而行(충이행)】: 돌진해 나가다.

無奈何, 長嘯一聲, 變作披髮流血狀, 伸舌尺許, 向之跳躍。[7] 呂曰:「汝前之塗眉畫粉, 迷我也; 向前阻拒, 遮我也; 今作此惡狀, 嚇我也。[8] 三技畢矣, 我總不怕, 想無他技可施。爾亦知我素名豁達先生乎?」[9] 鬼乃復原形跪地曰:「我城中施姓女子, 與夫口角, 一時短見自縊。[10] 今聞泖東某家婦, 亦與其夫不睦, 故我往取替代。[11] 不料半

---

7 鬼無奈何, 長嘯一聲, 變作披髮流血狀, 伸舌尺許, 向之跳躍。→ 귀신은 어찌할 수가 없자, 길게 소리를 지르더니, 머리를 풀어 헤치고 만면에 피가 낭자한 모습으로 변해, 혀를 한 자쯤 내밀고, 여 아무개를 향해 몸을 솟구쳐 달려들었다.
【無奈何(무내하)】: 어찌할 수가 없다, 어찌할 도리가 없다.
【長嘯(장소)】: 길게 소리를 지르다.
【變作(변작)】: 변화하다.
【披髮(피발)】: 머리를 풀어 헤치다.
【狀(상)】: 모양, 모습, 형상.
【伸舌(신설)】: 혀를 내밀다.
【尺許(척허)】: 한 자쯤. 〖許〗: 가량, 정도, 쯤.
【之(지)】: [대명사] 그, 즉 「여 아무개」.
【跳躍(도약)】: 뛰어오르다.

8 呂曰:「汝前之塗眉畫粉, 迷我也; 向前阻拒, 遮我也; 今作此惡狀, 嚇我也。→ 여 아무개가 말했다:「너는 처음에는 요염한 화장으로, 나를 미혹시키려 했고; 다음에는 면전에서 길을 막아, 나를 저지하려 했고; 지금은 이런 흉악한 모습으로, 나를 놀라게 하려 했다.
【塗眉畫粉(도미화분)】: 분을 바르고 눈썹을 그리다. 즉 「요염하게 화장을 하다」의 뜻.
【向前(향전)】: 이전, 앞서, 종전.
【阻拒(조거)】: 저지(沮止)하다.
【惡狀(악상)】: 흉악한 모양.

9 三技畢矣, 我總不怕, 想無他技可施。爾亦知我素名豁達先生乎?」→ 세 가지 기량을 다 써도, 내가 전혀 두려워하지 않으니, 너에게 더 이상 쓸만한 기량이 없으리라 생각된다. 그리고 너도 내가 평소에 활달선생이라 불리는 것을 알고 있겠지?」
【畢(필)】: 마치다, 완결하다. 여기서는 「다 쓰다, 모두 사용하다」의 뜻.
【總(총)】: 전혀, 전연. ※ 판본에 따라서는 「總」을 「終(종)」이라 했다.
【可施(가시)】: 시행할 만하다, 써볼 만하다.
【爾(이)】: 너, 당신.
【素名(소명)…】: 평소에 …라고 불리다.

10 鬼乃復原形跪地曰:「我城中施姓女子, 與夫口角, 一時短見自縊。→ 귀신은 (이 말을 듣자마자) 즉시 원래의 모습으로 돌아와 무릎을 꿇고 말했다:「저는 성내(城內) 시씨(施氏) 집

路被先生截住，又將我繩奪去，我實在計窮，只求先生超生。」[12] 呂問作何超法，曰：「替我告知城中施家作出道場，請高僧多念往生咒，我便可托生。」[13] 呂笑曰：「我卽高僧也。我有往生咒，爲汝一

안의 여자인데, 남편과 말다툼을 하고, 한순간 짧은 생각에 스스로 목을 매었습니다.
【乃(내)】: 곧, 바로.
【復(복)】: 돌아오다.
【跪地(궤지)】: 땅에 무릎을 꿇다.
【施姓女子(시성여자)】: 시씨(施氏) 성의 여자.
【口角(구각)】: 언쟁하다, 말다툼하다.
【一時(일시)】: 잠시, 한순간.
【短見(단견)】: 짧은 생각.
【自縊(자액)】: 스스로 목을 매다.

11 今聞泖東某家婦，亦與其夫不睦，故我往取替代。→ 듣자니 지금 묘동(泖東) 아무개 집의 부인도, 역시 남편과 화목하지 못하다고 합니다. 그래서 내가 가서 그녀를 대신하려고 합니다.
【替代(체대)】: 대신하다.

12 不料半路被先生截住，又將我繩奪去，我實在計窮，只求先生超生。」→ 그런데 뜻하지 않게 도중에 선생에게 저지당하고, 또 나의 밧줄을 빼앗겨, 저는 정말 묘책이 없습니다. 그래서 오직 선생께 환생(還生)의 도움을 청해야 합니다.」
【不料(불료)】: 뜻밖에, 의외로, 뜻하지 않게.
【半路(반로)】: 도중(途中).
【被(피)】: [피동형] …에게 …당하다.
【截住(절주)】: 저지하다.
【將(장)】: [목적형] …을(를).
【奪去(탈거)】: 빼앗아가다.
【實在(실재)】: 실로, 정말.
【計窮(계궁)】: 계략이 다하다, 묘책이 없다. ※ 판본에 따라서는 「計窮」을 「技窮(기궁)」이라 했다.
【只(지)】: 다만, 오직, 오로지.
【超生(초생)】: (영혼이 다른 사람으로) 환생하다. ※ 불교에서 사람이 죽은 후 영혼이 다른 사람의 모태(母胎)에 들어가 다시 환생할 수 있다고 여기는 것을 이르는 말.

13 呂問作何超法，曰：「替我告知城中施家作出道場，請高僧多念往生咒，我便可托生。」→ 여아무개가 어떤 환생법을 써야 하느냐고 묻자, 귀신이 대답했다 : 「저를 대신해 성내(城內) 시씨(施氏) 집 사람한테 가서 도장(道場)을 짓고, 고승(高僧)을 청해 왕생주(往生咒)를 많이 외우면, 제가 곧 환생할 수 있다고 알려주십시오.」
【道場(도장)】: 불교나 도교에서 수도(修道)하는 장소.
【多念(다념)】: 많이 외다.

誦。」[14] 卽高唱曰 :「好大世界, 無遮無咒。死去生來, 有何替代? 要走便走, 豈不爽快!」[15] 鬼聽畢, 恍然大悟, 伏地再拜, 奔趨而去。[16] 後土人云 :「此處向不平靜, 自豁達先生過後, 永無爲崇者。」[17]

....

【往生咒(왕생주)】: 불교 정토종(淨土宗) 신도가 항상 몸에 지니고 다니며 암송하는 주문(呪文). ※ 망인(亡人)을 환생시키는 용도로 쓰기도 한다. 〖咒〗: 呪(주), 주문(呪文).
【便可(편가)】: 곧 …할 수 있다.
【托生(탁생)】: 환생하다.

14 呂笑曰 :「我卽高僧也。我有往生咒, 爲汝一誦。」→ 여 아무개가 웃으며 말했다 :「내가 바로 고승이요. 내가 왕생주를 가지고 있으니, 당신을 위해 한 번 외워보겠소.」
【汝(여)】: 너, 당신.
【誦(송)】: 외다, 암송하다.

15 卽高唱曰 :「好大世界, 無遮無礙。死去生來, 有何替代? 要走便走, 豈不爽快!」→ (여 아무개가) 즉시 큰 소리로 주문을 외웠다 :「넓고 넓은 세상, 막힘도 없고 장애도 없네. 죽고 태어나는 것을, 무엇으로 대신할까? 가고자 하면 가는데, 어찌 상쾌하지 않으리!」
【豈(기)】: 어찌.

16 鬼聽畢, 恍然大悟, 伏地再拜, 奔趨而去。→ 귀신은 듣고 나서, 갑자기 크게 깨달아, 땅에 엎드려 재배(再拜)하고, 황급히 달아났다.
【聽畢(청필)】: 다 듣다.
【恍然大悟(황연대오)】: 갑자기 크게 깨닫다. 〖恍然〗: 문득, 갑자기. 〖大悟〗: 크게 깨닫다.
【伏地再拜(복지재배)】: 땅에 엎드려 재배하다.
【奔趨而去(분추이거)】: 급히 달아나다.

17 後土人云 :「此處向不平靜, 自豁達先生過後, 永無爲崇者。」→ 후에 그 지방 사람들이 말했다 :「이곳은 종래 평온하지 못했으나, 활달선생이 거쳐 간 뒤로부터, 귀신이 해를 끼치는 일이 영원히 사라졌다.」
【土人(토인)】: 현지인, 그 지방 사람.
【向(향)】: 줄곧, 내내, 종래.
【平靜(평정)】: 평온하다.
【自(자)…】: …로부터.
【爲崇(위수)】: 귀신이 해를 끼치다.

번역문

활달선생(豁達先生)

여(呂) 아무개는 송강(松江)의 늠생(廩生)을 지냈는데, 성격이 호방하여 스스로 호(號)를 활달선생(豁達先生)이라 했다. 그는 일찍이 묘호(泖湖)의 서향(西鄕)을 지나가다가 날이 점점 어두워질 무렵, 얼굴에 짙은 화장을 한 부인이 황급히 밧줄을 가지고 달려가는 것을 보았다. (그녀는) 여 아무개를 보자, 큰 나무 밑으로 가서 몸을 피하려다 손에 가지고 있던 밧줄을 땅에 떨어뜨렸다.

여 아무개가 그것을 주워 살펴보니 바로 짚으로 꼰 새끼줄이었다. 그 냄새를 맡아보니 귀기(鬼氣)가 서려 있었다. (여 아무개는) 마음속으로 목매달아 죽은 귀신이라는 것을 알면서도 그것을 품속에 감추고 곧장 앞을 향해 걸어갔다. 그 여자가 나무 아래서 나오더니 (여 아무개) 앞으로 와서 길을 막았다. 왼쪽으로 가면 왼쪽을 막고, 오른쪽으로 가면 오른쪽을 막았다. 여 아무개는 마음속으로 이른바 「귀신에게 홀린다」는 것이 바로 이런 것이라 알고 곧장 앞으로 돌진해 나아갔다. 귀신은 어찌할 수가 없자 길게 소리를 지르더니 머리를 풀어 헤치고 만면에 피가 낭자한 모습으로 변해 혀를 한 자 쯤 내밀고 여 아무개를 향해 몸을 솟구쳐 달려들었다.

여 아무개가 말했다.

「너는 처음에는 요염한 화장으로 나를 미혹시키려 했고, 다음에는 면전에서 길을 막아 나를 저지하려 했고, 지금은 이런 흉악한 모습으로 나를 놀라게 하려 했다. 세 가지 기량을 다 썼어도 내가 전혀 두려워하지 않으니, 이제 더 이상 쓸만한 기량이 없으리라 여겨진다. 그리고 너도 내가 평소에 활달선생이라 불리는 것을 알고 있겠지?」

귀신은 (이 말을 듣자마자) 즉시 원래의 모습으로 돌아와 무릎을 꿇고 말했다.

「저는 성내(城內) 시씨(施氏) 집안의 여자인데, 남편과 말다툼을 하고 한 순간 짧은 생각에 스스로 목을 매었습니다. 듣자니, 지금 묘동(泖東) 아무개 집의 부인도 역시 남편과 화목하지 못하다고 합니다. 그래서 내가 가서 그녀를 대신하려고 합니다. 그런데 뜻하지 않게 도중에 선생에게 저지당하고 또 나의 밧줄을 빼앗겨, 저는 정말 묘책이 없습니다. 그래서 오직 선생께 환생(還生)의 도움을 청해야 합니다.」

여 아무개가 어떤 환생법을 써야 하느냐고 묻자, 귀신이 대답했다.

「저를 대신해 성내(城內) 시씨(施氏) 집 사람한테 가서, 도장(道場)을 짓고 고승(高僧)을 청해 왕생주(往生咒)를 많이 외우면 제가 곧 환생할 수 있다고 알려주십시오.」

여 아무개가 웃으며 말했다.

「내가 바로 고승이요. 내가 왕생주를 가지고 있으니 당신을 위해 한 번 외워보겠소.」

(여 아무개가) 즉시 큰 소리로 주문을 외웠다.

「넓고 넓은 세상 막힘도 없고 장애도 없네. 죽고 태어나는 것을 무엇으로 대신할까? 가고자 하면 가는데, 어찌 상쾌하지 않으리!」

귀신은 듣고 나서 갑자기 크게 깨달아, 땅에 엎드려 재배(再拜)하고 황급히 달아났다. 후에 그 지방 사람들이 말했다.

「이곳은 종래 평온하지 못했으나 활달선생이 거쳐 간 뒤로부터 귀신이 해를 끼치는 일이 영원히 사라졌다.」

해설

여(呂) 아무개는 귀신이 아름다운 용모로 자신을 유혹하기도 하고 흉악한 모습으로 놀라게도 하며, 달콤한 말로 인정에 호소하기도 하고 가는 길을 좌우로 가로막기도 했으나, 전혀 두려워하지 않고 대담한 행동으로 귀신을 굴복시켰다.

이 우언은 사회에서 항상 강온(强穩) 양면 수단으로 사람을 놀라게도 하고 유혹하는 사악한 세력들에 대해, 절대로 두려워하거나 미혹되지 말고 과감히 맞서 싸워야 승리할 수 있다는 교훈을 제시한 것이다.

《열미초당필기(閱微草堂筆記)》 우언

기윤(紀昀 : 1724 - 1805)은 직례(直隸) 헌현(獻縣) 사람으로 자가 효람(曉嵐) 또는 춘범(春帆)이며, 호는 석운(石雲)이다. 고종(高宗) 건륭(乾隆) 19년(1754) 진사에 급제한 후 서길사(庶吉士)를 거쳐 한림원시독학사(翰林院侍讀學士)를 지내다가 건륭 34년(1769) 인척인 양회염운사(兩淮鹽運使) 노견증(盧見曾)의 사건에 연루되어 신강(新疆) 우루무치(烏魯木齊)로 유배되었다. 2년 뒤에 유배에서 풀려나 경사(京師)로 돌아온 후, 건륭 38년 사고전서관(四庫全書館)을 설립하여 총찬관(總纂官)을 맡아 《사고전서총목제요(四庫全書總目提要)》를 편찬했다. 그는 경사백가(經史百家)에 통달하고 사리 판단이 민첩하여 건륭 황제로부터 매우 신임을 받았다. 그 후 인종(仁宗) 가경(嘉慶) 연간에 병부상서(兵部尙書) · 예부상서(禮部尙書)를 거쳐 고종황제실록관(高宗皇帝實錄館)의 부총재 · 협판대학사(協辦大學士) 등을 지내다가 가경 10년 2월에 병사했다.

기윤은 《사고전서(四庫全書)》의 총편집을 맡는 등, 고적(古籍)의 정리에 많은 공헌을 한 것과 달리, 자신의 시문 창작에 있어서는 내세울만한 업적이 별로 없다. 유문(遺文)으로 《기문달공유집(紀文達公遺集)》과 《열미초당필기(閱微草堂筆記)》가 있는데, 《열미초당필기》는 포송령(蒲松齡)의 《요재지이(聊齋志异)》를 모방하여 지은 지괴류(志怪類)의 필기소설이다.

143 귀기궁(鬼技窮)

《閱微草堂筆記 · 第一卷 · 灤陽消夏錄一》

원문 및 주석

鬼技窮[1]

曹司農竹虛言：其族兄自歙往揚州，途經友人家。時盛夏，延坐書屋，甚軒爽。[2] 暮欲下榻其中，友人曰：「是有魅，夜不可居。」曹强居之。[3] 夜半，有物自門隙蠕蠕入，薄如夾紙，入室後，漸開展作人

1 鬼技窮 → 귀신의 기량(技倆)이 다하다
【窮(궁)】: 다하다, 끝장나다.

2 曹司農竹虛言：其族兄自歙往揚州，途經友人家。時盛夏，延坐書屋，甚軒爽。→ 호부상서(戶部尙書) 조죽허(曹竹虛)가 이런 이야기를 했다 : 자기 족형(族兄)이 흡현(歙縣)에서 양주(揚州)로 가다가, 도중에 친구 집을 경유했다. 때는 한여름이었다. (친구가 그를) 초대하여 서재에 앉아 쉬는데, (서재가) 매우 높고 널찍하여 시원했다.
【司農(사농)】: [관직] 옛날 농사에 관한 일을 맡아보던 벼슬. 일명 대사농(大司農)이라고도 하며, 청대(淸代)에는 호부상서(戶部尙書)의 별칭을 가리켰다.
【族兄(족형)】: 먼 일가의 형뻘 되는 사람.
【自(자)】: …로부터, …에서.
【歙(흡)】: [지명] 지금의 안휘성 흡현(歙縣).
【揚州(양주)】: [지명] 지금의 강소성 양주(揚州).
【途經(도경)…】: 도중에 …을 경유하다. 【經】: 경유하다, 지나다.
【盛夏(성하)】: 한여름.
【延(연)】: 초대하다, 초빙하다, 청하다.
【軒爽(헌상)】: 높고 널찍하여 시원하다.

3 暮欲下榻其中，友人曰：「是有魅，夜不可居。」曹强居之。→ (족형이) 저녁에 그 서재에서 잠

形, 乃女子也。[4] 曹殊不畏, 忽披髮吐舌, 作縊鬼狀。曹笑曰 : 「猶是髮, 但稍亂; 猶是舌, 但稍長。亦何足畏!」[5] 忽自摘其首置案上。曹

을 자려고 하자, 친구가 말했다 : 「이 서재에는 도깨비가 있어서, 밤에는 거처할 수가 없네.」 그러나 족형은 고집을 부려 그곳에 머물렀다.

【暮(모)】: 저녁.
【欲(욕)】: …하고자 하다, …하려고 하다.
【下榻(하탑)】: 숙박하다, 묵다.
【其中(기중)】: 그곳.
【是(시)】: 此(차), 이곳.
【魅(매)】: 도깨비.
【强(강)】: 억지를 쓰다.

4 夜半, 有物自門隙蠕蠕入, 薄如夾紙, 入室後, 漸開展作人形, 乃女子也。→ 한밤중이 되자, 어떤 물건이 문틈으로부터 꿈틀거리며 들어오는데, 얇기가 마치 종잇장과 같더니, 실내로 들어온 뒤에는, 점점 펼쳐지며 사람 모양으로 변했다. 바로 한 여자였다.

【夜半(야반)】: 야밤, 한밤중.
【自(자)】: …로부터.
【門隙(문극)】: 문틈.
【蠕蠕(연연)】: 꿈틀거리는 모양, 천천히 기어가는 모양.
【薄如夾紙(박여협지)】: 얇기가 마치 종잇장 같다. 〖薄〗: 얇다. 〖如〗: 마치 …같다.
【開展(개전)】: 펴다, 펼치다, 전개하다, 벌리다.
【乃(내)】: …이다, 바로 …이다.

5 曹殊不畏, 忽披髮吐舌, 作縊鬼狀。曹笑曰 : 「猶是髮, 但稍亂; 猶是舌, 但稍長。亦何足畏!」→ 족형이 전혀 두려워하지 않자, (그 여자는) 갑자기 머리를 풀어헤치고 혀를 내밀어, 목매 죽은 귀신 모양을 했다. 족형이 웃으며 말했다 : 「여전히 머리인데, 다만 좀 흐트러졌을 뿐이고; 여전히 혀인데, 다만 좀 길뿐이다. 그런데 어찌 두려워할 필요가 있겠는가?」

【殊(수)】: 전혀.
【不畏(불외)】: 두려워하지 않다.
【忽(홀)】: 돌연, 갑자기.
【披髮(피발)】: 머리를 풀어헤치다.
【吐舌(토설)】: 혀를 내밀다.
【作縊鬼狀(작액귀상)】: 목매 죽은 귀신 모양을 하다. 〖縊鬼〗: 목매 죽은 귀신. 〖狀〗: 형상, 모양.
【猶(유)】: 아직, 여전히.
【但(단)】: 단지, 다만.
【稍(초)】: 좀, 약간.
【亂(란)】: 흐트러지다.
【何足(하족)】: 어찌 …하기에 족한가? 어찌 …할 필요가 있겠는가?

又笑曰：「有首尙不足畏, 况無首耶?」[6] 鬼技窮, 倏然滅。及歸途再宿, 夜半, 門隙又蠕動。[7] 甫露其首, 輒唾曰：「又此敗興物耶?」竟不入。[8]

번역문

귀신의 기량(技倆)이 다하다

호부상서(戶部尙書) 조죽허(曹竹虛)가 이런 이야기를 했다 :

자기 족형(族兄)이 흡현(歙縣)에서 양주(揚州)로 가다가 도중에 친구 집을 경유했다. 때는 한여름이었다. (친구가 그를) 초대하여 서재에 앉아 쉬

6 忽自摘其首置案上。曹又笑曰：「有首尙不足畏, 况無首耶?」→ (귀신이) 갑자기 스스로 (몸에서) 자기의 머리를 떼어내서 탁자 위에 놓았다. 족형이 또 웃으며 말했다 : 「머리가 있어도 두려울 것이 못되는데, 하물며 머리가 없지 않은가?」
【摘(적)】: 따다, 꺾다, 떼다.
【置(치)】: 두다, 놓다.
【案(안)】: 탁자.
【尙(상)】: 또한, 그래도.
【况(황)】: 하물며.

7 鬼技窮, 倏然滅。及歸途再宿, 夜半, 門隙又蠕動。→ 귀신은 자기의 기량이 다하자, 갑자기 사라져버렸다. (족형이 양주에서) 돌아오는 길에 다시 (그 서재에) 묵었는데, 한밤중이 되자, 문틈에서 또 무엇이 꿈틀거렸다.
【倏然(숙연)】: 갑자기.
【滅(멸)】: 소멸하다, 없어지다, 사라지다.
【再宿(재숙)】: 다시 묵다.

8 甫露其首, 輒唾曰：「又此敗興物耶?」竟不入。→ 막 머리를 드러냈을 때, (족형이) 즉시 침을 뱉으며 말했다 : 「또 이 흥을 깨는 놈인가?」 (귀신은) 마침내 들어오지 못했다.
【甫(보)】: 막, 갓.
【露(로)】: 노출하다, 드러내다.
【輒(첩)】: 곧, 바로, 즉시.
【唾(타)】: 침을 뱉다.
【敗興物(패흥물)】: 흥을 깨는 물건.
【竟(경)】: 결국, 마침내, 끝내, 드디어.

는데 (서재가) 매우 높고 널찍하여 시원했다. (족형이) 저녁에 그 서재에서 잠을 자려고 하자 친구가 말했다.

「이 서재에는 도깨비가 있어서 밤에는 거처할 수가 없네.」

그러나 족형은 고집을 부려 그곳에 머물렀다. 한밤중이 되자 어떤 물건이 문틈으로부터 꿈틀거리며 들어오는데, 얇기가 마치 종잇장과 같더니 실내로 들어온 뒤에는 점점 펼쳐지며 사람 모양으로 변했다. 바로 한 여자였다. 족형이 전혀 두려워하지 않자 (그 여자는) 갑자기 머리를 풀어헤치고 혀를 내밀어 목매 죽은 귀신 모양을 했다.

족형이 웃으며 말했다.

「여전히 머리인데 다만 좀 흐트러졌을 뿐이고, 여전히 혀인데 다만 좀 길뿐이다. 그런데 어찌 두려워할 필요가 있겠는가?」

(귀신이) 갑자기 스스로 (몸에서) 자기의 머리를 떼어내서 탁자 위에 놓았다.

족형이 또 웃으며 말했다.

「머리가 있어도 두려울 것이 못되는데, 하물며 머리가 없지 않은가?」

귀신은 자기의 기량이 다하자 갑자기 사라져버렸다. (족형이 양주에서) 돌아오는 길에 다시 (그 서재에) 묵었는데, 한밤중이 되자 문틈에서 또 무엇이 꿈틀거렸다. 막 머리를 드러냈을 때 (족형이) 즉시 침을 뱉으며 말했다.

「또 이 흥을 깨는 놈인가?」

(귀신은) 마침내 들어오지 못했다.

해설

조죽허(曹竹虛)의 족형(族兄)은 귀신을 만나 놀라지도 않고 두려워하지 않아 결국 귀신이 부끄러워하며 달아났다. 사람이 난관에 봉착했을 때, 두려움이 없으면 마음이 안정될 수 있고, 마음이 안정되면 정신을 집중할 수 있으며, 정신을 집중하면 사악한 기운이 무례한 짓을 할 수 없다.

이 우언은 어떤 난관에 봉착하거나 악인(惡人)을 만났을 때, 절대로 당황하지 말고 이지적으로 침착하게 대처하면 반드시 성공할 수 있고, 또한 의외로 쉽게 승리를 거둘 수 있다는 이치를 설명한 것이다.

144 피구찬닉심산(避仇竄匿深山)

《閱微草堂筆記 · 第二卷 · 灤陽消夏錄二》

원문 및 주석

避仇竄匿深山[1]

朱青雷言 : 有避仇竄匿深山者, 時月白風清, 見一鬼徙倚白楊下, 伏不敢起。[2] 鬼忽見之曰 :「君何不出?」栗而答曰 :「吾畏君。」[3] 鬼曰 :「至可畏者莫若人, 鬼何畏焉? 使君顚沛至此者, 人耶? 鬼耶?」一

1 避仇竄匿深山 → 원수를 피해 깊은 산중으로 달아나 숨다
【避仇(피구)】: 원수를 피하다.
【竄匿(찬닉)】: 달아나 숨다.

2 朱青雷言 : 有避仇竄匿深山者, 時月白風清, 見一鬼徙倚白楊下, 伏不敢起。→ 주청뢰(朱青雷)가 말했다 : 어떤 사람이 원수를 피해 심산에 숨었다. 그때 달이 밝고 바람이 청량(清凉)했는데, 귀신이 백양나무 아래에서 배회하는 것을 보고, 땅에 납작 엎드려 감히 일어나지 못했다.
【朱青雷(주청뢰)】: [인명].
【月白風清(월백풍청)】: 달이 밝고 바람이 맑다.
【徙倚(사의)】: 배회하다, 한가롭게 거닐다.
【伏(복)】: 엎드리다.

3 鬼忽見之曰 :「君何不出?」栗而答曰 :「吾畏君。」→ 귀신이 돌연 그를 발견하고 물었다 :「당신 왜 나오지 않고 있소?」그가 벌벌 떨며 대답했다 :「나는 당신이 두렵소.」
【忽(홀)】: 돌연, 갑자기.
【君(군)】: 당신, 그대, 귀하.
【栗(율)】: 벌벌 떨다.

笑而隱。[4]

번역문

원수를 피해 깊은 산중으로 달아나 숨다

주청뢰(朱青雷)가 말했다 :

어떤 사람이 원수를 피해 심산에 숨었다. 그때 달이 밝고 바람이 청량(清凉)했는데, 귀신이 백양나무 아래에서 배회하는 것을 보고 땅에 납작 엎드려 감히 일어나지 못했다. 귀신이 돌연 그를 발견하고 물었다.

「당신 왜 나오지 않고 있소?」

그가 벌벌 떨며 대답했다.

「나는 당신이 두렵소.」

귀신이 말했다.

「가장 두려운 것은 사람만한 것이 없소. 귀신이 뭐가 두렵소? 당신으로 하여금 엎어지고 자빠져 이 지경에 이르게 한 것이 사람이요? 귀신이요?」

귀신은 한 번 픽 웃고 사라져버렸다.

4 鬼曰 : 「至可畏者莫若人, 鬼何畏焉? 使君顚沛至此者, 人耶? 鬼耶?」 一笑而隱。→ 귀신이 말했다 : 「가장 두려운 것은 사람만한 것이 없소. 귀신이 뭐가 두렵소? 당신으로 하여금 엎어지고 자빠져 이 지경에 이르게 한 것이, 사람이요? 귀신이요?」 귀신은 한 번 픽 웃고 사라져버렸다.
【至可畏者(지가외자)】: 가장 두려운 것. 〖至〗: 가장.
【莫若(막약)…】: …만한 것이 없다, …보다 더한 것이 없다.
【使(사)】: …로 하여금 …하게 하다.
【顚沛(전패)】: 엎어지고 자빠지다.
【至此(지차)】: 이 지경에 이르다.
【隱(은)】: 사라지다, 없어지다.

해설

원수를 만날까 두려워 깊은 산중으로 몸을 피한 사람이 귀신을 보고 두려워 벌벌 떨자 귀신이 그에게 한 말은, 가장 두려운 것은 귀신이 아니고 사람이며, 당신으로 하여금 엎어지고 자빠져 이 지경에 이르게 한 가해자도 바로 사람이라고 강조했다.

이 우언은 작자가 귀신의 말을 빌려, 악인(惡人)이 사람들에게 끼치는 해독이 귀신보다 훨씬 더 심하다는 당시 사회의 부도덕한 인정세태를 꼬집어 풍자한 것이다.

145 노옹포호(老翁捕虎)

《閱微草堂筆記 · 第十一卷 · 槐西雜志一》

원문 및 주석

老翁捕虎[1]

近城有虎暴, 傷獵戶數人, 不能捕。邑人請曰 :「非聘徽州唐打獵, 不能除此患也。」[2] 乃遣吏持幣往。歸報唐氏選藝至精者二人, 行且至。[3] 至則一老翁, 鬚髮皓然, 時咯咯作嗽; 一童子十六七耳。大失

1 老翁捕虎 → 노인이 호랑이를 잡다
【老翁(노옹)】: 노인, 늙은이.
【捕(포)】: 잡다, 포획하다.

2 近城有虎暴, 傷獵戶數人, 不能捕。邑人請曰 :「非聘徽州唐打獵, 不能除此患也。」 → 성(城)에서 가까운 곳에 사나운 호랑이가 있어, 사냥꾼 여럿을 해쳤지만, 포획할 수가 없자, 고을 사람들이 요청했다 :「휘주(徽州)의 당(唐)포수를 초빙하지 않으면, 이 재해를 제거할 수 없습니다.」
【近城(근성)】: 성(城)에서 가까운 곳. 여기서 성은 융덕현(隆德縣)[지금의 안휘성 남부]의 현성(縣城)을 가리킨다.
【暴(포)】: 사납다.
【獵戶(엽호)】: 사냥꾼.
【聘(빙)】: 초청하다, 초빙하다.
【徽州(휘주)】: [지명] 지금의 안휘성 경내.
【唐打獵(당타렵)】: 당(唐) 포수. 〖唐〗: 성씨. 〖打獵〗: 사냥하다. 여기서는 「포수, 사냥꾼」을 가리킨다.
【除(제)】: 없애다, 제거하다.
【患(환)】: 재해, 재난, 우환.

3 乃遣吏持幣往。歸報唐氏選藝至精者二人, 行且至。 → 그래서 관리를 파견하여 돈을 들고

望, 姑命具食。[4] 老翁察中涵意不滿, 半跪啓曰:「聞此虎距城不五里, 先往捕之, 賜食未晚也。」[5] 遂命役導往。役至谷口不敢行。老翁哂曰:「我在, 爾尙畏耶?」[6] 入谷將半, 老翁顧童子曰:「此畜似尙

(당포수를) 찾아갔다. (관리가) 돌아와 보고하길, 당씨가 직접 기예가 가장 뛰어난 두 사람을 선발하여, 곧 도착할 것이라 했다.
【乃(내)】: 그리하여, 그래서.
【遣(견)】: 파견하다, 보내다.
【持幣(지폐)】: 돈을 지참하다.
【歸報(귀보)】: 돌아와 보고하다.
【藝至精者(예지정자)】: 기예가 가장 뛰어난 사람.
【行(행)】: 머지않아, 곧, 금방.
【且(차)】: 곧 …하려 하다, 곧 …할 것이다.
【至(지)】: 이르다, 도착하다.

4 至則一老翁, 鬚髮皓然, 時咯咯作嗽; 一童子十六七耳。大失望, 姑命具食。→ (얼마 후) 사람이 도착했는데, 한 사람은 노인으로, 수염과 머리가 하얀데다, 자주 콜록콜록 기침을 했고; 한 사람은 열 예닐곱 살쯤 되어 보이는 사내아이였다. (모두가) 크게 실망했지만, 그래도 우선 식사를 차려주도록 분부했다.
【鬚髮(수발)】: 수염과 머리털.
【皓然(호연)】: 희다, 하얗다.
【時(시)】: 자주, 때때로, 종종.
【咯咯作嗽(각각작수)】: 콜록콜록 기침을 하다. 〖咯咯〗: [의성어] 콜록콜록. 〖嗽〗: 기침하다.
【姑(고)】: 우선, 잠시.
【命(명)】: 지시하다, 분부하다.
【具食(구식)】: 식사를 제공하다, 음식을 차려주다.

5 老翁察中涵意不滿, 半跪啓曰:「聞此虎距城不五里, 先往捕之, 賜食未晚也。」→ 노인은 현령(縣令) 기중함(紀中涵)이 불만스럽게 여긴다는 것을 눈치채고, 반쯤 무릎을 꿇고 말했다:「이 호랑이는 성내에서 불과 5리(里)도 떨어지지 않았다고 들었는데, 먼저 가서 호랑이를 잡고, 나중에 식사를 해도 늦지 않습니다.」
【察(찰)】: 살피다. 즉「알아차리다, 감지하다, 눈치채다」의 뜻.
【中涵(중함)】: [인명] 기중함(紀中涵). 작자 기윤(紀昀)의 당형(堂兄)으로, 당시 융덕현(隆德縣)의 현령을 지냈다.
【意不滿(의불만)】: 불만스럽게 여기다.
【半跪(반궤)】: 반쯤 무릎을 꿇다.
【啓(계)】: 진술하다, 알리다, 말하다.
【距(거)】: …로부터 떨어지다, …에서 떨어지다.
【不五里(불오리)】: 5리(里)가 채 되지 않다.

6 遂命役導往。役至谷口不敢行。老翁哂曰:「我在, 爾尙畏耶?」→ 그리하여 현령은 하인에게

睡, 汝號之醒。」[7] 童子作虎嘯聲, 果自林中出, 徑搏老翁。老翁手一短柄斧, 縱八九寸, 橫半之, 奮臂屹立。[8] 虎撲至, 側首讓之, 虎自頂

…………………

명해 길을 안내하도록 했다. 하인은 계곡 입구에 이르자 감히 더 나아가지를 못했다. 노인이 그를 비웃으며 말했다 : 「내가 여기 있는데, 자네는 아직도 무엇을 두려워하고 있는가?」
【遂(수)】: 그리하여.
【役(역)】: 하인.
【導往(도왕)】: 길을 안내하여 가다.
【哂(신)】: 비웃다.
【爾(이)】: 너, 당신, 자네.
【尙(상)】: 아직, 아직도.
【畏(외)】: 두렵다, 무섭다.

7 入谷將半, 老翁顧童子曰 : 「此畜似尙睡, 汝號之醒。」 → 계곡을 절반쯤 들어갔을 때, 노인이 사내아이를 돌아보며 말했다 : 「이 짐승이 아직도 잠을 자는 것 같으니, 네가 그놈에게 소리를 질러 잠을 좀 깨워라.」
【將半(장반)】: 곧 절반이 되다.
【顧(고)】: 돌아보다.
【畜(축)】: 짐승.
【似(사)】: …듯하다, …하는 것 같다.
【汝(여)】: 너, 당신.
【號之醒(호지성)】: 호랑이에게 소리를 질러 잠을 깨우다. 〖號〗: 소리 지르다. 〖之〗: [대명사] 그것, 즉 「호랑이」. 〖醒〗: 잠을 깨다, 잠을 깨우다.

8 童子作虎嘯聲, 果自林中出, 徑搏老翁。老翁手一短柄斧, 縱八九寸, 橫半之, 奮臂屹立。→ 사내아이가 호랑이 포효하는 소리를 내자, 과연 (호랑이가) 숲속에서 나오더니, 곧장 노인에게 달려들었다. 노인은 길이가 여덟아홉 치에 폭이 길이의 절반쯤 되는 자루가 짧은 도끼를 손에 잡고, 팔을 치켜든 채 똑바로 서 있었다.
【作虎嘯聲(작호소성)】: 호랑이가 포효하는 소리를 내다. 〖虎嘯〗: 호랑이가 길게 포효하다.
【果(과)】: 과연.
【自(자)】: …로부터, …에서.
【徑(경)】: 곧장, 곧바로.
【搏(박)】: 덮치다, 달려들다.
【手(수)】: [동사 용법] 손에 잡다.
【短柄斧(단병부)】: 자루가 짧은 도끼.
【縱(종)】: 길이.
【橫(횡)】: 폭.
【奮臂(분비)】: 팔을 치켜들다.
【屹立(흘립)】: 우뚝 서다, 똑바로 서다.

上躍過, 已血流撲地。[9] 視之, 自頷下至尾閭, 皆觸斧裂矣。乃厚贈遣之。老翁自言煉臂十年, 煉目十年。[10] 其目以毛箒掃之不瞬, 其臂使壯夫攀之, 懸身下縋不能動。[11]

....

9 虎撲至, 側首讓之, 虎自頂上躍過, 已血流撲地。→ 호랑이가 달려들자, 노인은 얼른 머리를 기울여 호랑이를 피했다. 호랑이는 (노인의) 머리 위로 뛰어넘어 갔고, 이미 온 사방에 유혈이 낭자했다.

【撲至(박지)】: 돌진해 오다, 달려들다.

【側首讓之(측수양지)】: 머리를 기울여 호랑이를 피하다. 〖側〗: 기울이다. 〖讓〗: 옆으로 피하다, 비키다. 〖之〗: [대명사] 그것, 즉 「호랑이」.

【躍過(약과)】: 뛰어넘어가다.

【血流撲地(혈류박지)】: 온 사방에 유혈이 낭자하다.

10 視之, 自頷下至尾閭, 皆觸斧裂矣。乃厚贈遣之。老翁自言煉臂十年, 煉目十年。→ 자세히 살펴보니, (호랑이는) 턱밑에서 꼬리뼈까지, 모두 (노인의) 도끼에 찍혀 갈라져 있었다. 그리하여 노인에게 푸짐한 선물을 주고 환송했다. 노인은 스스로 말하길 팔을 십 년 단련하고, 눈을 십 년 단련했다고 했다.

【自頷下至尾閭(자함하지미려)】: 턱밑에서 꼬리뼈까지.

【皆(개)】: 모두, 다.

【觸斧裂(촉부렬)】: 도끼에 찍혀 갈라지다. 〖觸〗: 닿다, 부딪치다. 여기서는 「찍히다」의 뜻.

【乃(내)】: 그리하여.

【厚贈遣之(후증견지)】: 후한 선물을 주어 그를 환송하다.

【自言(자언)】: 스스로 말하다.

【煉臂(연비)】: 팔을 단련하다.

【煉目(연목)】: 눈을 단련하다.

11 其目以毛箒掃之不瞬, 其臂使壯夫攀之, 懸身下縋不能動。→ 그의 눈은 털 빗자루로 쓸어도 깜빡이지 않고, 그의 팔은 건장한 사람을 시켜 팔을 붙잡고, 매달려 아래로 끌어당겨도 움직일 수가 없었다.

【毛箒(모추)】: 털 빗자루.

【掃(소)】: 쓸다.

【瞬(순)】: (눈을) 깜빡이다.

【使(사)】: …로 하여금 …하게 하다, …시키다.

【壯夫(장부)】: 장정, 건장한 사람.

【攀(반)】: 꼭 붙잡다.

【懸身下縋(현신하추)】: 몸을 매달아 아래로 내려 보내다. 여기서는 「매달려 아래로 끌어당기다」의 뜻.

번역문

노인이 호랑이를 잡다

성(城)에서 가까운 곳에 사나운 호랑이가 있어 사냥꾼 여럿을 해쳤지만 포획할 수가 없자, 고을 사람들이 요청했다.

「휘주(徽州)의 당(唐)포수를 초빙하지 않으면 이 재해를 제거할 수 없습니다.」

그래서 관리를 파견하여 돈을 들고 (당포수를) 찾아갔다. (관리가) 돌아와 보고하길, 당씨가 직접 기예가 가장 뛰어난 두 사람을 선발하여 곧 도착할 것이라 했다. (얼마 후) 사람이 도착했는데, 한 사람은 노인으로 수염과 머리털이 하얀데다 자주 콜록콜록 기침을 했고, 한 사람은 열 예닐곱 살쯤 되어 보이는 사내아이였다. (모두가) 크게 실망했지만, 그래도 우선 식사를 차려 주도록 분부했다. 노인은 현령(縣令) 기중함(紀中涵)이 불만스럽게 여긴다는 것을 눈치채고 반쯤 무릎을 꿇고 말했다.

「이 호랑이는 성내에서 불과 5리(里)도 떨어지지 않았다고 들었는데, 먼저 가서 호랑이를 잡고 나중에 식사를 해도 늦지 않습니다.」

그리하여 현령은 하인에게 명해 길을 안내하도록 했다. 하인은 계곡 입구에 이르자 감히 더 나아가지를 못했다.

노인이 그를 비웃으며 말했다.

「내가 여기 있는데 자네는 아직도 무엇을 두려워하고 있는가?」

계곡을 절반쯤 들어갔을 때 노인이 사내아이를 돌아보며 말했다.

「이 짐승이 아직도 잠을 자는 것 같으니, 네가 그놈에게 소리를 질러 잠을 좀 깨워라.」

사내아이가 호랑이 포효하는 소리를 내자, 과연 (호랑이가) 숲속에서 나오더니 곧장 노인에게 달려들었다. 노인은 길이가 여덟아홉 치에 폭이 길이의 절반쯤 되는 자루가 짧은 도끼를 손에 잡고 팔을 치켜든 채 똑바로 서 있었다. 호랑이가 달려들자, 노인은 얼른 머리를 기울여 호랑이를 피했다. 호랑이는 (노인의) 머리 위로 뛰어넘어 갔고, 이미 온 사방에 유혈이 낭자했다. 자세히 살펴보니 (호랑이는) 턱밑에서 꼬리뼈까지 모두 (노인의) 도끼에 찍혀 갈라져 있었다. 그리하여 노인에게 푸짐한 선물을 주고 환송했다. 노인은 스스로 말하길, 팔을 십 년 단련하고 눈을 십 년 단련했다고 했다. 그의 눈은 털 빗자루로 쓸어도 깜빡이지 않고, 그의 팔은 건장한 사람을 시켜 팔을 붙잡고 매달려 아래로 끌어당겨도 움직일 수가 없었다.

해설

노인이 열 예닐곱 살 되는 사내아이를 데리고 자루가 짧은 도끼 하나에 의존하여, 여러 사람에게 해를 끼친 사나운 호랑이를 단숨에 제거해 버렸다. 노인은 임무를 완수하고 나서 자신의 재능에 대해 말하길, 십 년 동안 팔을 단련하고 십 년 동안 눈을 단련했다고 했다.

이 우언은 노인이 호랑이를 제거한 사례를 통해, 탁월한 기예는 결코 하늘에서 부여받거나 일천한 노력으로 쉽게 얻어지는 것이 아니라, 오로지 오랜 세월을 부지런히 배우고 꾸준히 연마하며 각고 노력해야 비로소 얻어질 수 있다는 이치를 설명한 것이다.

146 낭자야심(狼子野心)

《閱微草堂筆記 · 第十四卷 · 槐西雜志四》

원문 및 주석

狼子野心[1]

有富室偶得二小狼, 與家犬雜畜, 亦與犬相安。稍長, 亦頗馴, 竟忘其爲狼。[2] 一日, 主人晝寢廳事, 聞群犬嗚嗚作怒聲, 驚起周視無

---

1 狼子野心 → 새끼 이리의 야심(野心)
【狼子(낭자)】: 새끼 이리, 이리의 새끼.

2 有富室偶得二小狼, 與家犬雜畜, 亦與犬相安。稍長, 亦頗馴, 竟忘其爲狼。→ 어느 부자가 우연히 두 마리의 새끼 이리를 얻어, 집개들과 함께 섞어 길렀으나, (새끼 이리) 역시 개들과 서로 편안하게 지냈다. (이리가) 조금 성장한 후에도, 역시 매우 잘 따르자, (주인은) 마침내 그 짐승이 이리라는 것을 잊어버렸다.
【富室(부실)】: 부자, 부호.
【偶(우)】: 우연히.
【與(여)】: …과(와).
【家犬(가견)】: 집에서 기르는 개.
【雜畜(잡휵)】: 함께 섞어 기르다.
【相安(상안)】: 서로 편안하게 지내다.
【稍(초)】: 좀, 약간.
【長(장)】: 자라다, 성장하다.
【頗(파)】: 매우, 몹시.
【馴(순)】: 온순하다, 순종하다, 잘 따르다.
【竟(경)】: 마침내, 드디어.
【爲(위)】: …이다.

一人。[3] 再就枕將寐, 犬又如前。乃僞睡以俟, 則二狼伺其未覺, 將齧其喉, 犬阻之不使前也。乃殺而取其革。[4]

번역문

새끼 이리의 야심(野心)

어느 부자가 우연히 두 마리의 새끼 이리를 얻어 집개들과 함께 섞어 길

---

3 一日, 主人晝寢廳事, 聞群犬嗚嗚作怒聲, 驚起周視無一人。→ 어느 날, 주인이 대청에서 낮잠을 자다가, 여러 개들이 왕왕 짖어대는 소리를 들었다. 놀라 일어나 주위를 두루 살펴보았으나 아무도 없었다.
【晝寢廳事(주침청사)】: 대청에서 낮잠을 자다. 〖晝寢〗: 낮잠을 자다. 〖廳事〗: 대청.
【嗚嗚(오오)】: [의성어] 멍멍, 왕왕.
【作怒聲(작노성)】: 화가 난 소리로 짖다.
【驚起(경기)】: 놀라 일어나다.
【周視(주시)】: 주위를 두루 살펴보다.
【無一人(무일인)】: 아무도 없다, 한 사람도 없다.

4 再就枕將寐, 犬又如前。乃僞睡以俟, 則二狼伺其未覺, 將齧其喉, 犬阻之不使前也。乃殺而取其革。→ 다시 잠자리에 누워 잠이 들려고 하는데, 개들이 또 방금 전처럼 왕왕 짖어댔다. 그리하여 주인은 거짓으로 잠을 자는 척하며 기다렸다. (그때) 두 마리의 이리는 주인이 잠들어 깨지 않을 때를 엿보아, 주인의 목을 물려고 했고, 개들은 이리를 저지(沮止)하여 주인 앞으로 가까이 가지 못하게 했다. 그리하여 (주인은) 이리를 죽이고 그 가죽을 벗겨버렸다.
【就枕(취침)】: 잠자리에 눕다.
【將寐(장매)】: 잠이 들려고 하다. 〖將〗: (곧) …하려 하다. 〖寐〗: 잠이 들다.
【如前(여전)】: 이전과 같다. 즉「전처럼 짖어대다」의 뜻.
【乃(내)】: 그리하여.
【僞睡以俟(위수이사)】: 거짓으로 잠자는 척하며 기다리다.
【伺其未覺(사기미각)】: 잠이 들어 깨지 않기를 엿보다. 〖伺〗: 살피다, 엿보다. 〖未覺〗: 잠이 들어 깨지 않다.
【將齧其喉(장설기후)】: 그의 목을 물려고 하다. 〖將〗: (곧) …하려고 하다. 〖齧〗: 물다. 〖喉〗: 목, 목구멍.
【阻之不使前(조지불사전)】: 이리를 저지하여 주인 앞으로 가까이 가지 못하게 하다. 〖阻〗: 막다, 저지(沮止)하다. 〖之〗: [대명사] 그것, 즉「이리」. 〖不使〗: …하지 못하게 하다.
【乃(내)】: 그래서, 그리하여.
【取其革(취기혁)】: 그 가죽을 벗기다.

렀으나, (새끼 이리) 역시 개들과 서로 편안하게 지냈다. (이리가) 조금 성장한 후에도 역시 매우 잘 따르자, (주인은) 마침내 그 짐승이 이리라는 것을 잊어버렸다. 어느 날, 주인이 대청에서 낮잠을 자다가 여러 개들이 왕왕 짖어대는 소리를 들었다. 놀라 일어나 주위를 두루 살펴보았으나 아무도 없었다. 다시 잠자리에 누워 잠이 들려고 하는데 개들이 또 방금 전처럼 왕왕 짖어댔다. 그리하여 주인은 거짓으로 잠을 자는 척하며 기다렸다. (그때) 두 마리의 이리는 주인이 잠들어 깨지 않을 때를 엿보아 주인의 목을 물려고 했고, 개들은 이리를 저지(沮止)하여 주인 앞으로 가까이 가지 못하게 했다. 그리하여 (주인은) 이리를 죽이고 그 가죽을 벗겨버렸다

해설

부자는 새끼 이리 두 마리를 얻어와 집개들과 섞어 기르면서 새끼 이리가 어느 정도 성장할 때까지 별다른 징후를 발견하지 못하자, 마침내 그 짐승이 이리라는 사실을 까맣게 잊었다. 그러던 어느 날 낮잠을 자다가 본성이 발동한 이리에게 일촉즉발(一觸卽發)의 위기를 맞았다가, 다행히 개들의 도움으로 목숨을 잃는 재앙을 면할 수 있었다.

이 우언은 모든 사물을 대할 때 겉으로 나타난 현상에 미혹되지 말고 반드시 일정한 경계심을 유지해야 비로소 사고를 미연에 방지할 수 있다는 이치를 설명한 것이다.

147 전불만(田不滿)

《閱微草堂筆記 · 第十四卷 · 槐西雜志四》

원문 및 주석

田不滿[1]

客作田不滿, 夜行失道, 誤經墟墓間, 足踏一髑髏。[2] 髑髏作聲曰 : 「毋敗我面, 且禍爾!」 不滿憨且悍, 叱曰 : 「誰遣爾當路!」[3] 髑髏曰 :

1 田不滿 → 전불만(田不滿)
【田不滿(전불만)】: [인명].

2 客作田不滿, 夜行失道, 誤經墟墓間, 足踏一髑髏。 → 소작농 전불만(田不滿)이, 밤길을 가다가 길을 잃어, 황폐한 묘지가 있는 곳으로 잘못 들어가, 발로 해골 하나를 밟았다.
【客作(객작)】: 소작농, 소작인.
【誤經(오경)】: 잘못하여 …을 지나가다.
【墟墓(허묘)】: 황량한 묘지.
【踏(답)】: 밟다.
【髑髏(촉루)】: 해골.

3 髑髏作聲曰 : 「毋敗我面, 且禍爾!」 不滿憨且悍, 叱曰 : 「誰遣爾當路!」 → 해골이 소리를 지르며 말했다 : 「내 얼굴을 밟아 망가뜨리지 마시오. 그렇지 않으면 당신에게 재앙을 내릴 것이오.」 전불만은 순진하면서도 또한 용감하여, 큰 소리로 꾸짖었다 : 「누가 너로 하여금 길을 막게 했는가!」
【毋(무)】: 勿(물), …하지 말라.
【敗(패)】: 망가뜨리다, 파괴하다, 훼손하다.
【面(면)】: 얼굴.
【且(차)】: (장차) …할 것이다.
【禍爾(화이)】: 당신에게 화를 내리다. 〖禍〗: [동사 용법] 화를 내리다. 〖爾〗: 너, 당신.
【憨且悍(감차한)】: 순진하고 또한 용감하다. 〖憨〗: 순진하다, 천진하다, 소박하다. 〖且〗:

「人移我於此, 非我當路也!」不滿又叱曰:「爾何不禍移爾者?」[4] 髑髏曰:「彼運方盛, 無如何也。」不滿笑且怒曰:「豈我衰耶? 畏盛而凌衰, 是何理耶?」[5] 髑髏作泣聲曰:「君氣亦盛, 故我不敢祟, 徒以虛詞恫喝也。[6] 畏盛凌衰, 人情皆爾, 君乃責鬼乎! 哀而撥入土窟中,

또한, 게다가, 그 위에. 〖悍〗: 용감하다, 용맹하다.
【叱(질)】: 큰 소리로 꾸짖다.
【遣(견)】: 使(사), …로 하여금 …하게 하다, …에게 …하도록 시키다.
【爾(이)】: 너, 당신.
【當(당)】: 擋(당), 막다.

4 髑髏曰:「人移我於此, 非我當路也!」不滿又叱曰:「爾何不禍移爾者?」→ 해골이 말했다: 「사람이 나를 여기에 옮겨놓은 것이지, 내가 당신의 길을 막은 것이 아니요!」 전불만이 또 큰 소리로 꾸짖었다:「그렇다면 너는 어째서 너를 옮겨놓은 자에게 재앙을 내리지 않는가?」
【移我於此(이아어차)】: 나를 이곳에 옮겨놓다. 〖移〗: 옮기다. 〖於〗: [개사] …에, …에다.
【何不(하불)…】: 어째서(왜) …하지 않는가?

5 髑髏曰:「彼運方盛, 無如何也。」不滿笑且怒曰:「豈我衰耶? 畏盛而凌衰, 是何理耶?」→ 해골이 말했다:「그 사람은 기운이 한창 왕성하여, 어찌할 수가 없습니다.」 전불만이 비웃고 또한 화를 내며 말했다:「그래 내 기운이 쇠했단 말인가? 그리고 왕성한 것을 두려워하고 쇠한 것을 능멸한다니, 이건 무슨 도리인가?」
【彼(피)】: 그, 저.
【運(운)】: 기운.
【方(방)】: 마침, 바야흐로, 한창.
【盛(성)】: 왕성하다.
【無如何(무여하)】: 어찌할 수가 없다.
【笑且怒(소차노)】: 비웃으며 또 화를 내다. 〖且〗: …하고 또한 ….
【豈(기)…耶(야)】: 그래 …이란 말인가?
【畏(외)】: 두려워하다.
【凌(능)】: 능멸하다, 멸시하다.
【是(시)】: 此(차), 이, 이것.
【何理(하리)】: 무슨 도리.

6 髑髏作泣聲曰:「君氣亦盛, 故我不敢祟, 徒以虛詞恫喝也。→ 해골이 흐느끼며 말했다:「당신의 기운도 역시 왕성합니다. 그래서 내가 감히 재앙을 내리지 못하고, 다만 허황된 말로 놀라게 했을 뿐입니다.
【作泣聲(작읍성)】: 흐느끼다, 소리 내어 울다.
【君(군)】: 그대, 당신, 귀하.

公之惠也。」[7] 不滿衝之竟過, 惟聞背後嗚嗚聲, 卒無他異。[8]

번역문

전불만(田不滿)

소작농 전불만(田不滿)이 밤길을 가다가 길을 잃어, 황폐한 묘지가 있는 곳으로 잘못 들어가 발로 해골 하나를 밟았다.

해골이 소리를 지르며 말했다.

「내 얼굴을 밟아 망가뜨리지 마시오. 그렇지 않으면 당신에게 재앙을

【祟(수)】: 해를 끼치다, 재앙을 내리다.
【徒(도)】: 다만.
【以虛詞恫喝(이허사동갈)】: 헛소리로 놀라게 하다. 〖以〗: …로, …을 가지고. 〖虛詞〗: 빈말, 헛소리, 허황된 말. 〖恫喝〗: 놀라게 하다, 으르다, 위협하다.

7 畏盛凌衰, 人情皆爾, 君乃責鬼乎! 哀而撥入土窟中, 公之惠也。」 → 강자를 두려워하고 약자를 깔보는 것이야, 세상 인심이 다 그런데, 당신은 유독 귀신만 나무라는 군요! 나를 불쌍히 여겨 토굴 속에 옮겨주십시오. 이것이 나에 대한 당신의 은혜입니다.」
【畏盛凌衰(외성능쇠)】: 강자를 두려워하고 약자를 깔보다.
【人情皆爾(인정개이)】: 세상 인심이 다 그렇다. 〖人情〗: 세상 인심. 〖皆〗: 모두, 다. 〖爾〗: 如此(여차), 이러하다, 이와 같다.
【乃(내)】: 오직, 다만, 유독.
【責(책)】: 꾸짖다, 나무라다.
【哀(애)】: 가엾게 여기다, 불쌍히 여기다.
【撥入(발입)】: 옮겨 넣다.
【公(공)】: [남자에 대한 존칭].

8 不滿衝之竟過, 惟聞背後嗚嗚聲, 卒無他異。 → 전불만이 해골을 밀치고 곧장 지나쳐 버리자, 다만 등 뒤에서 엉엉 우는 소리가 들릴 뿐, 끝내 다른 괴이한 일은 일어나지 않았다.
【衝之竟過(충지경과)】: 해골을 밀치고 곧장 지나가다. 〖衝〗: 부딪다, 충돌하다. 여기서는 「밀치다」의 뜻. 〖之〗: [대명사] 그것, 즉 「해골」. 〖竟〗: 곧장, 곧바로. 〖過〗: 지나가다, 지나치다.
【惟(유)】: 다만, 오직.
【嗚嗚聲(오오성)】: [의성어] 엉엉 우는 소리.
【卒(졸)】: 끝내.
【他異(타이)】: 다른 괴이한 일.

내릴 것이오.」

전불만은 순진하면서도 또한 용감하여 큰 소리로 꾸짖었다.

「누가 너로 하여금 길을 막게 했는가!」

해골이 말했다.

「사람이 나를 여기에 옮겨놓은 것이지, 내가 당신의 길을 막은 것이 아니요!」

전불만이 또 큰 소리로 꾸짖었다.

「그렇다면 너는 어째서 너를 옮겨놓은 자에게 재앙을 내리지 않는가?」

해골이 말했다.

「그 사람은 기운이 한창 왕성하여 어찌할 수가 없습니다.」

전불만이 비웃고 또한 화를 내며 말했다.

「그래 내 기운이 쇠했단 말인가? 그리고 왕성한 것을 두려워하고 쇠한 것을 능멸한다니, 이건 무슨 도리인가?」

해골이 흐느끼며 말했다.

「당신의 기운도 역시 왕성합니다. 그래서 내가 감히 재앙을 내리지 못하고, 다만 허황된 말로 놀라게 했을 뿐입니다. 강자를 두려워하고 약자를 깔보는 것이야 세상 인심이 다 그런데, 당신은 유독 귀신만 나무라는 군요! 나를 불쌍히 여겨 토굴 속에 옮겨주십시오. 이것이 나에 대한 당신의 은혜입니다.」

전불만이 해골을 밀치고 곧장 지나쳐 버리자, 다만 등 뒤에서 엉엉 우는 소리가 들릴 뿐 끝내 다른 괴이한 일은 일어나지 않았다.

해설

전불만(田不滿)이 밤중에 길을 가다가 묘지가 있는 곳으로 잘못 들어가

해골을 밟았는데, 해골이 처음에는 겁을 주어 놀라게 하더니, 다음에는 도와달라고 애걸을 하고, 마지막에는 엉엉 울기까지 했다. 그러나 전불만은 아랑곳하지 않고 지나쳐 버렸다.

해골과 같은 사악한 세력은 항상 허장성세(虛張聲勢)로 거드름을 피우며 사람을 놀라게 하고, 자기의 이익을 잃으면 또 가련한 모습으로 가장한 후 속임수를 써서 다시 음모를 꾀한다.

이 우언은 작자가 해골을 가지고, 겉으로는 강한 듯하지만 실제로는 나약한 악인이 약한 자를 업신여기고 강한 자를 두려워하는 악랄한 행위에 비유하여, 사람들로 하여금 악인들에 비유하여 위협에 두려워하거나 음모에 속지 않도록 경계심을 강조한 것이다.

148 연하구석(沿河求石)

《閱微草堂筆記·第十六卷·姑妄聽之二》

원문 및 주석

沿河求石[1]

滄州南, 一寺臨河干, 山門圮於河, 二石獸並沉焉。[2] 閱十餘歲, 僧募金重修, 求二石獸於水中, 竟不可得, 以爲順流下矣。[3] 棹數小舟,

1 沿河求石 → 강물을 따라 돌을 찾다
【沿(연)】: …을 따라.
【求(구)】: 찾다.

2 滄州南, 一寺臨河干, 山門圮於河, 二石獸並沉焉。→ 창주(滄州)의 남쪽에, 절 하나가 강가에 면해 있는데, (홍수로 인해) 대문이 강물 속으로 넘어지고, 두 석수(石獸)가 함께 물속에 가라앉았다.
【滄州(창주)】: [지명] 지금의 하북성 창주시(滄州市).
【臨(임)】: (어떤 장소에) 임하다, 면하다.
【河干(하간)】: 강가, 강안.
【山門(산문)】: 사찰(절)의 대문.
【圮於(비어)…】: …으로 무너지다. 〖圮〗: 무너지다, 넘어지다. 〖於〗: …으로, …에.
【石獸(석수)】: 석수, 돌짐승. 짐승의 형상을 새겨 만든 석물(石物).
【並(병)】: 함께, 같이.
【沉(침)】: 가라앉다.
【焉(언)】: [어조사].

3 閱十餘歲, 僧募金重修, 求二石獸於水中, 竟不可得, 以爲順流下矣。→ 십여 년이 지나, 승려가 돈을 모금하여 절을 개수하면서, 두 석수를 물속에서 찾아보았으나, 끝내 찾을 수가 없자, 물의 흐름을 따라 떠내려간 것이라 여겼다.
【閱十餘歲(열십여세)】: 십여 년이 지나다. 〖閱〗: 지나다, 경과하다. 〖歲〗: 해, 년.
【重修(중수)】: 개수(改修)하다, 보수(補修)하다.

曳鐵鈀, 尋十餘里無跡。[4] 一講學家設帳寺中, 聞之, 笑曰:「爾輩不能究物理。是非木柹, 豈能爲暴漲攜之去?[5] 乃石性堅重, 沙性鬆浮, 湮於沙上, 漸沉漸深耳。沿河求之, 不亦傎乎?」[6] 衆服爲確論。一老

【求(구)】: 찾다.
【竟(경)】: 끝내, 결국.
【以爲(이위)】: …라고 여기다, …라고 생각하다.
【順流下(순류하)】: 물의 흐름을 따라 떠내려가다.

4 棹數小舟, 曳鐵鈀, 尋十餘里無跡。→ (그리하여) 몇 척의 작은 배를 저어, 써레를 끌며, 십여 리를 찾아보았지만 끝내 종적을 발견하지 못했다.
【棹(도)】: 노. 여기서는 「배를 젓다」의 뜻.
【曳(예)】: 끌다, 끌어당기다.
【鐵鈀(철파)】: 쇠스랑, 써레.
【尋(심)】: 찾다.
【無跡(무적)】: 종적이 없다. 즉 「종적을 발견하지 못하다」의 뜻.

5 一講學家設帳寺中, 聞之, 笑曰:「爾輩不能究物理。是非木柹, 豈能爲暴漲攜之去? → 절에서 글방을 열어 학문을 가르치는 한 선생이, 이 말을 듣고, 웃으며 말했다:「당신들은 사물의 규율과 이치를 탐구할 줄 모르는구려. 석수는 나뭇조각이 아닌데, 어찌 홍수에 쓸려갈 수가 있겠소?
【講學家(강학가)】: 학문을 가르치는 선생.
【設帳(설장)】: 글방을 열어 가르치다.
【爾輩(이배)】: 당신들. 〖爾〗: 너, 당신. 〖輩〗: 들, 무리.
【究(구)】: 탐구하다, 추구하다.
【物理(물리)】: 사리, 사물의 규율과 이치.
【是(시)】: [대명사] 此(차), 이것, 즉 「석수」.
【木柹(목폐)】: 나뭇조각.
【豈能(기능)…】: 어찌 …할 수 있겠는가?
【爲暴漲攜之去(위폭창휴지거)】: 홍수에 쓸려가다. 〖爲〗: [피동형] …에게, …에 의해. 〖暴漲〗: 강물이 불어나다. 여기서는 「홍수」를 가리킨다. 〖攜之去〗: 가지고 가다. 즉 「쓸어가다」의 뜻.

6 乃石性堅重, 沙性鬆浮, 湮於沙上, 漸沉漸深耳。沿河求之, 不亦傎乎?」→ 돌의 본성으로 말하면 단단하면서 무겁고, 모래의 본성은 부드럽고 떠서 움직이기 때문에, (석수가) 모래에 묻히게 되면, 가라앉을수록 점점 깊게 들어갈 뿐이요. (그런데) 흐르는 강물을 따라 석수를 찾으니 매우 황당하지 않소?」
【乃(내)】: 至於(지어)…, …로 말하면, …로 말할 것 같으면.
【堅重(견중)】: 단단하고 무겁다.
【鬆浮(송부)】: 부드럽고 떠서 움직이다.

河兵聞之, 又笑曰 :「凡河中失石, 當求之於上流。[7] 蓋石性堅重, 沙性鬆浮, 水不能冲石, 其反激之力, 必於石下迎水處, 齧沙爲坎穴。[8] 漸激漸深, 至石之半, 石必倒擲坎穴中。[9] 如是再齧, 石又再轉, 轉轉不已, 遂反溯流逆上矣。[10] 求之下流, 固傎; 求之地中, 不更傎乎?」

……………

【湮於(연어)…】: …에 잠기다, …에 묻히다.
【漸(점)…漸(점)…】: …할수록 점점 …하다.
【耳(이)】: …뿐이다.
【之(지)】: [대명사] 그것, 즉「석수」.
【不亦(불역)…乎(호)?】: 매우 …한 것이 아닌가? 너무 …한 것이 아닌가?
【傎(전)】: 본말이 전도(顚倒)되다. 즉「황당하다」의 뜻. ※ 판본에 따라서는「傎」을「顚」이라 했다.

7 衆服爲確論。一老河兵聞之, 又笑曰 :「凡河中失石, 當求之於上流。→ 여러 사람이 감복하며 정확한 논리라고 여겼다. (이때) 강을 지키는 한 늙은 병사가 이 말을 듣고, 또 웃으며 말했다 :「대저 강물 속에서 돌을 잃어버리면, 마땅히 그것을 강의 상류에서 찾아야 합니다.
【衆(중)】: 여러 사람.
【服(복)】: 감복하다.
【爲(위)】: …라고 여기다.
【河兵(하병)】: 강을 지키는 병사.
【凡(범)】: 무릇, 대저.
【當(당)】: 마땅히.

8 蓋石性堅重, 沙性鬆浮, 水不能冲石, 其反激之力, 必於石下迎水處, 齧沙爲坎穴。→ 대체로 돌의 본성은 단단하면서 무겁고, 모래의 본성은 부드럽고 떠서 움직이기 때문에, 강물이 돌을 떠밀어 움직일 수는 없고, (오히려) 물이 돌에 부딪쳐 반사(反射)되는 힘이, 반드시 돌의 아래쪽 물을 접하는 곳에서, 모래를 침식하여 구덩이를 만듭니다.
【蓋(개)】: 대개, 대체로.
【冲石(충석)】: 돌을 밀어 떠내려가다.
【反激之力(반격지력)】: 부딪쳐 반사(反射)된 힘. 【激】: 충격(衝激)하다, 부딪치다.
【於(어)】: [개사] …에서.
【迎水處(영수처)】: 물을 접하는 곳.
【齧(설)】: 침식하다.
【爲(위)】: 만들다, 형성하다.
【坎穴(감혈)】: 구덩이.

9 漸激漸深, 至石之半, 石必倒擲坎穴中。→ 물이 돌에 부딪칠수록 (구덩이가) 점점 더 깊어져서, 돌의 절반 정도에 이르면, 돌은 반드시 구덩이 속으로 곤두박질쳐 떨어집니다.
【倒擲(도척)】: 거꾸로 곤두박질하다.

如其言, 果得於數里外。[11] 然則天下之事, 但知其一, 不知其二者多矣, 可據理臆斷歟?[12]

번역문

강물을 따라 돌을 찾다

창주(滄州)의 남쪽에 절 하나가 강가에 면해 있는데, (홍수로 인해) 대문

---

10 如是再齧, 石又再轉, 轉轉不已, 遂反溯流逆上矣。→ 이와 같이 격류가 다시 모래를 침식하고, 돌이 또다시 거꾸로 구르고, 계속 굴러서, 결국에는 오히려 물을 거슬러 거꾸로 올라갑니다.

【如是(여시)】: 이와 같이, 이처럼.
【轉(전)】: 거꾸로 구르다.
【轉轉不已(전전불이)】: 구르기를 멈추지 않다, 계속 굴러가다. 〖已〗: 멈추다, 그치다.
【遂(수)】: 결국, 마침내.
【反(반)】: 반대로, 오히려.
【溯流(소류)】: 역류하다, 물을 거스르다.
【逆上(역상)】: 거슬러 올라가다.

11 求之下流, 固傎; 求之地中, 不更傎乎?」如其言, 果得於數里外。→ (그러므로) 그것을 강의 하류에서 찾는 것도, 물론 황당하지만; 그것을 땅속에서 찾는 것은, 더욱 황당하지 않습니까?」 늙은 병사의 말대로 따라하자, 과연 몇 리 밖에서 (석수를) 찾아냈다.

【固(고)】: 물론, 당연히.
【不更(불경)…乎(호)】: 더욱 …하지 않은가?
【如其言(여기언)】: 그의 말대로 하다.
【果(과)】: 과연.

12 然則天下之事, 但知其一, 不知其二者多矣, 可據理臆斷歟? → 그러한즉 천하의 일은, 단지 하나만 알고, 둘을 모르는 사람이 많은데, 어찌 개인의 논리를 근거로 억단(臆斷)할 수 있겠는가?

【然則(연즉)】: 그런즉, 그러한즉, 그렇다면.
【但(단)】: 단지, 다만.
【可(가)】: 어찌, 어떻게.
【據理臆斷(거리억단)】: 개인의 주관적 논리를 근거로 억단(臆斷)하다. 〖據〗: …에 따라, …을 근거로, …에 의거하여. 〖理〗: 논리, 이치. 여기서는「개인의 주관적 논리」를 가리킨다. 〖臆斷〗: 억단하다, 억측하여 판단하다
【歟(여)】: [어조사].

이 강물 속으로 넘어지고, 두 석수(石獸)가 함께 물속에 가라앉았다. 십여 년이 지나 승려가 돈을 모금하여 절을 개수(改修)하면서 두 석수를 물속에서 찾아보았으나 끝내 찾을 수가 없자, 물의 흐름을 따라 떠내려간 것이라 여겼다. (그리하여) 몇 척의 작은 배를 저어 써레를 끌며 십여 리를 찾아보았지만 끝내 종적을 발견하지 못했다. 절에서 글방을 열어 학문을 가르치는 한 선생이 이 말을 듣고 웃으며 말했다.

「당신들은 사물의 규율과 이치를 탐구할 줄 모르는구려. 석수는 나뭇조각이 아닌데 어찌 홍수에 쓸려갈 수가 있겠소? 돌의 본성으로 말하면 단단하면서 무겁고, 모래의 본성은 부드럽고 떠서 움직이기 때문에, (석수가) 모래에 묻히게 되면 가라앉을수록 점점 깊게 들어갈 뿐이요. (그런데) 흐르는 강물을 따라 석수를 찾으니 매우 황당하지 않소?」

여러 사람이 감복하며 정확한 논리라고 여겼다. (이때) 강을 지키는 한 늙은 병사가 이 말을 듣고 또 웃으며 말했다.

「대저 강물 속에서 돌을 잃어버리면 마땅히 그것을 강의 상류에서 찾아야 합니다. 대체로 돌의 본성은 단단하면서 무겁고, 모래의 본성은 부드럽고 떠서 움직이기 때문에, 강물이 돌을 떠밀어 움직일 수는 없고, (오히려) 물이 돌에 부딪쳐 반사(反射)되는 힘이, 반드시 돌의 아래쪽 물을 접하는 곳에서 모래를 침식하여 구덩이를 만듭니다. 물이 돌에 부딪칠수록 (구덩이가) 점점 더 깊어져서 돌의 절반 정도에 이르면, 돌은 반드시 구덩이 속으로 곤두박질쳐 떨어집니다. 이와 같이 격류가 다시 모래를 침식하고, 돌이 또다시 거꾸로 구르고 계속 굴러서, 결국에는 오히려 물을 거슬러 거꾸로 올라갑니다. (그러므로) 그것을 강의 하류에서 찾는 것도 물론 황당하지만, 그것을 땅속에서 찾는 것은 더욱 황당하지 않습니까?」

늙은 병사의 말대로 따라하자 과연 몇 리 밖에서 (석수를) 찾아냈다.

그러한 즉, 천하의 일은 단지 하나만 알고 둘을 모르는 사람이 많은데, 어찌 개인의 논리를 근거로 억단(臆斷)할 수 있겠는가?

해설

승려가 십 년 전 홍수로 인해 손상된 절을 개수(改修)하면서, 강물에 가라앉은 두 석수(石獸)를 찾고자 물속을 탐색했으나 찾지 못하고, 물에 떠내려간 것으로 여겨 몇 척의 배를 저어 써레로 강바닥을 훑으며 십여 리를 찾아보았지만 끝내 종적을 발견하지 못했다.

이때 절의 글방 선생은 돌과 모래의 본성을 거론하며, 석수가 물에 떠내려가지 않고 강바닥 모래 속에 묻혀 점점 깊이 들어갔을 것이라는 논리를 폈고, 강을 지키는 늙은 병사는 무거운 돌이 강바닥 모래 위에 가라앉으면 돌은 움직이지 않고 오히려 강물이 돌 아래 부분에 부딪쳐 침식 현상이 발생하는 동시에, 돌이 거꾸로 굴러가는 역상(逆上) 현상을 일으키기 때문에, 석수는 당연히 상류에서 찾아야 한다는 논리를 폈다. 결국 늙은 병사의 말대로 몇 리 밖에서 석수를 찾아냈다.

논리적으로 볼 때, 승려나 글방 선생의 견해는 탁상공론(卓上空論)에 불과하고, 늙은 병사는 견해는 실천 경험을 통해 사물의 규율과 이치를 장악한 것이라 할 수 있다.

이 우언은 얄팍한 공리공론(空理空論)을 떠나 정확한 고증과 사실을 바탕으로 진리를 탐구해야 한다는 실사구시(實事求是)의 중요성을 강조한 것이다.

《신전소림광기新鐫笑林廣記》 우언

유희주인(游戲主人 : ?-?)은 생애사적(生涯事蹟)을 알 수 없고, 대략 고종(高宗) 건륭(乾隆) 연간에 활동했던 사람이라는 것을 알 뿐이다. 저서로 건륭 56년(1791)에 삼덕당(三德堂)에서 간행한 신전소림광기(新鐫笑林廣記) 12권이 있다.

149 전주견계(田主見鷄)

《新鐫笑林廣記》

원문 및 주석

田主見鷄[1]

一富人有餘田數畝，租與張三者種，每畝索鷄一隻。[2] 張三將鷄藏於背後，田主遂作吟哦之聲曰：「此田不與張三種。」[3] 張三忙將鷄獻

1 田主見鷄 → 밭주인이 닭을 보다

2 一富人有餘田數畝，租與張三者種，每畝索鷄一隻。→ 어느 부자가 남아도는 밭 몇 무(畝)가 있어, 장삼(張三)에게 빌려주어 농사를 짓게 하고, (그 대가로) 한 무에 닭 한 마리를 달라고 했다.
【畝(무)】: [토지 면적의 단위] 5평방 척(尺)을 1보(步)라 하고, 240보를 1무(畝)라 했다.
【租與(조여)…】: …에게 세를 주다, …에게 임대하다.
【種(종)】: 경작하다, 농사를 짓다.
【索(색)】: 요구하다, 달라고 하다.
【隻(척)】: [양사] 마리.

3 張三將鷄藏於背後，田主遂作吟哦之聲曰：「此田不與張三種。」→ 장삼이 (주인에게 가는 날) 닭을 등 뒤에 감추자, 밭주인이 곧 시를 읊조리는 소리로 말했다:「이 밭을 장삼에게 빌려주지 말아야겠다.」
【將(장)】: …을. ※ 목적어를 도치시킬 때 사용한다.
【藏於(장어)…】: …에 숨기다. 〖於〗: [개사] …에.
【背後(배후)】: 등 뒤.
【遂(수)】: 곧, 바로.
【作吟哦之聲(작음아지성)】: (시를) 읊조리는 소리를 내다. 〖作〗: (소리를) 내다. 〖吟哦〗: 읊다, 읊조리다.

出, 田主又吟曰 : 「不與張三却與誰?」[4] 張三曰 : 「初間不與我, 後又與我, 何也?」[5] 田主曰 : 「初乃無稽(鷄)之談, 後乃見機(鷄)而作也。」[6]

번역문

밭주인이 닭을 보다

어느 부자가 남아도는 밭 몇 무(畝)가 있어 장삼(張三)에게 빌려주어 농사를 짓게 하고, (그 대가로) 한 무에 닭 한 마리를 달라고 했다. 장삼이 (주인에게 가는 날) 닭을 등 뒤에 감추자, 밭주인이 곧 시를 읊조리는 소리로 말했다.

「이 밭을 장삼에게 빌려주지 말아야겠다.」

장삼이 급히 닭을 바치자, 밭주인이 또 읊조리며 말했다.

「장삼에게 빌려주지 않으면 도대체 누구에게 빌려주겠는가?」

---

4 張三忙將鷄獻出, 田主又吟曰 : 「不與張三却與誰?」 → 장삼이 급히 닭을 바치자, 밭주인이 또 읊조리며 말했다 : 「장삼에게 빌려주지 않으면 도대체 누구에게 빌려주겠는가?」
【忙(망)】 : 급히, 얼른.
【却(각)】 : 도대체.

5 張三曰 : 「初間不與我, 後又與我, 何也?」 → 장삼이 물었다 : 「처음에는 나에게 안 빌려준다 하고, 나중에는 또 나에게 빌려준다고 했는데, 무엇 때문입니까?」
【初間(초간)】 : 처음.
【何(하)】 : 무엇 때문, 왜, 어째서.

6 田主曰 : 「初乃無稽(鷄)之談, 後乃見機(鷄)而作也。」 → 밭주인이 말했다 : 「처음에는 닭을 못 보았기 때문이고, 나중에는 닭을 보았기 때문이야.」
【乃(내)】 : 곧(바로) …이다.
【無稽(鷄)之談(무계(계)지담)】 : 터무니없는 말. ※ 여기서 「稽」와 「鷄」는 서로 발음이 같아, 「無稽」는 곧 「無鷄」를 빗대어 한 말로, 「닭이 없음」을 뜻한 것이다.
【見機(鷄)而作(견기(계)이작)】 : 기회를 보고 일을 진행하다. 여기서 「機」와 「鷄」는 서로 발음이 같아 「見機」는 곧 「見鷄」를 빗대어 한 말로, 「닭이 있음」을 뜻한 것이다.

장삼이 물었다.

「처음에는 나에게 안 빌려준다 하고, 나중에는 또 나에게 빌려준다고 했는데, 무엇 때문입니까?」

밭주인이 말했다.

「처음에는 닭을 못 보았기 때문이고, 나중에는 닭을 보았기 때문이야.」

해설

부자가 장삼(張三)에게 남아도는 밭 몇 무(畝)를 빌려주고, 그 대가로 한 무당 닭 한 마리를 받기로 했는데, 장삼이 밭주인을 만났을 때 닭을 등 뒤에 감추자, 밭주인은 곧 임대(賃貸)를 철회할 것처럼 말했다. 장삼이 이 말을 듣고 얼른 닭을 바치자 밭주인은 곧 태도가 돌변하여 「장삼에게 빌려주지 않으면 도대체 누구에게 빌려주겠는가?」라고 했다.

이 우언은 이익의 향배에 따라 태도가 변하는 밭주인의 몰염치한 처세를 통해, 당시 사회 부유층의 극심한 탐욕 행위를 폭로하고 비난한 것이다.

150 원황(圓謊)

《新鐫笑林廣記》

원문 및 주석

圓謊[1]

有人慣會說謊, 其僕每代爲圓之。[2] 一日, 對人說:「我家一井, 昨被大風吹往隔壁人家去了。」[3] 衆以爲從古所無, 僕圓之曰:「確有其事, 我家的井, 貼近鄰家籬笆, 昨晚風大, 把籬笆吹過井這邊來, 却像井吹在鄰家去了。」[4] 一日, 又對人說:「有人射下一雁, 頭上頂碗

....

1 圓謊 → 거짓말을 이리저리 둘러대다
【圓(원)】: 이리저리 둘러대다, 둘러맞추다.

2 有人慣會說謊, 其僕每代爲圓之。→ 어떤 사람이 습관적으로 거짓말을 하는데, 그 하인이 항상 그를 대신하여 그것을 이리저리 둘러댔다.
【慣會說謊(관회설황)】: 습관적으로 거짓말을 하다.
【僕(복)】: 사내종, 하인.
【每(매)】: 매번, 항상.
【代爲(대위)…】: 대신 …하다.

3 一日, 對人說:「我家一井, 昨被大風吹往隔壁人家去了。」→ 어느 날, 그가 사람들에게 말했다:「우리 집의 우물 하나가, 어제 큰 바람에 날려 옆집으로 가버렸습니다.」
【對(대)】: …에게, …을 향해.
【被(피)】: [피동형] …에 의해 …되다.
【往(왕)…去(거)】: …로 가다, …을 향해 가다.
【隔壁(격벽)】: 옆, 이웃.

4 衆以爲從古所無, 僕圓之曰:「確有其事, 我家的井, 貼近鄰家籬笆, 昨晚風大, 把籬笆吹過井

粉湯。」[5] 衆又驚詫之，僕圓曰：「此事亦有，我主人在天井內吃粉湯，忽有一雁墮下，雁頭正跌在碗內，豈不是雁頭頂着粉湯?」[6] 一日，又

這邊來，却像井吹在鄰家去了。」→ 여러 사람들이 예로부터 없었던 일이라고 여기자, 하인이 그것을 둘러대어 말했다 :「그런 일이 분명히 있었어요. 우리 집 우물이, 이웃집 울타리에 아주 가까이 있었는데, 어젯밤에 바람이 세게 불어, 울타리를 우물 이쪽으로 날려 보내는 바람에, 오히려 마치 우리 우물이 이웃집으로 날려간 것 같았습니다.」

【衆(중)】: 여러 사람들.

【以爲(이위)】: …라고 여기다, …라고 생각하다.

【從古所無(종고소무)】: 예로부터 없었던 일. 〖從古〗: 자고(自古)로, 예로부터.

【之(지)】: [대명사] 그것, 즉「우물이 날려갔다고 한 거짓말」.

【貼近(첩근)】: 아주 가깝다, 근접해 있다.

【籬笆(리파)】: 울타리.

【把(파)】: …을(를). ※목적어를 도치시킬 때 사용한다.

【這邊(저변)】: 이쪽.

【却(각)】: 오히려.

【像(상)】: 마치 …같다.

5 一日，又對人說：「有人射下一雁，頭上頂碗粉湯。」→ 또 어느 날, 그가 사람들에게 말했다 :「어떤 사람이 기러기 한 마리를 쏘았는데, (기러기가) 머리에 미분탕(米粉湯) 한 그릇을 이고 있었습니다.」

【射(사)】: 쏘다.

【頂(정)】: (머리에) 이다, 받치다.

【碗(완)】: [양사] 그릇.

【粉湯(분탕)】: 미분탕(米粉湯).「米粉」은 쌀가루로 만든 가는 국수.

6 衆又驚詫之，僕圓曰：「此事亦有，我主人在天井內吃粉湯，忽有一雁墮下，雁頭正跌在碗內，豈不是雁頭頂着粉湯?」→ 여러 사람이 또 놀라며 그것을 이상히 여기자, 하인이 둘러대어 말했다 :「이 일도 역시 있었습니다. 우리 주인이 뜰 안에서 미분탕(米粉湯)을 먹고 있는데, 갑자기 기러기 한 마리가 추락하여, (기러기) 머리가 마침 그릇 안에 곤두박였습니다. 이 어찌 기러기가 머리에 미분탕을 이고 있는 것이 아니겠습니까?」

【驚詫(경타)】: 놀라며 이상히 여기다.

【天井(천정)】: 뜰, 뜨락.

【吃(흘)】: 먹다.

【忽(홀)】: 돌연, 갑자기.

【墮下(타하)】: 추락하다, 떨어지다.

【正(정)】: 마침, 공교롭게도.

【跌在(질재)…】: …에 내리박히다. 〖跌〗: 떨어지다. 여기서는「곤두박히다」의 뜻. 〖在〗: [개사] …에.

【豈不是(기불시)…】: 어찌 …이 아니겠는가? 〖豈〗: 어찌.

對人說 :「寒家有頂溫天帳, 把天地遮得浩浩的, 一些空隙也沒有。」[7]
僕人攢眉道 :「主人脫煞, 扯這漫天謊, 叫我如何遮掩得來?」[8]

번역문

거짓말을 이리저리 둘러대다

어떤 사람이 습관적으로 거짓말을 하는데, 그 하인이 항상 그를 대신하여 그것을 이리저리 둘러댔다. 어느 날, 그가 사람들에게 말했다.

「우리 집의 우물 하나가, 어제 큰 바람에 날려 옆집으로 가버렸습니다.」

여러 사람들이 예로부터 없었던 일이라고 여기자, 하인이 그것을 둘러대어 말했다.

7 一日, 又對人說 :「寒家有頂溫天帳, 把天地遮得浩浩的, 一些空隙也沒有。」→ 또 어느 날, 그가 사람들에게 말했다 :「저의 집에 온천장(溫天帳) 하나가 있는데, 천지(天地)를 온통 덮어, 약간의 빈틈도 없습니다.」
【寒家(한가)】: [자기 집을 낮추어 부르는 말] 저의 집.
【頂(정)】: [양사]. ※ 모자 · 모기장 · 가마 등 꼭대기가 있는 물건을 세는 데 쓰인다.
【溫天帳(온천장)】: 장막 · 휘장 이름.
【遮(차)】: 가리다, 덮다.
【浩浩(호호)】: 매우 넓은 모양.
【一些(일사)】: 약간.
【空隙(공극)】: 빈틈.

8 僕人攢眉道 :「主人脫煞, 扯這漫天謊, 叫我如何遮掩得來?」→ 하인이 눈살을 찌푸리며 말했다 :「주인님은 너무 심합니다. 이렇게 엄청난 거짓말을 해놓고, 나로 하여금 어떻게 덮어 감추라는 겁니까?」
【攢眉(찬미)】: 눈살을 찌푸리다.
【道(도)】: 말하다.
【脫煞(탈살)】: 너무 심하다.
【扯漫天謊(차만천황)】: 엄청난 거짓말을 하다. 〖扯謊〗: 거짓말을 하다. 〖漫天〗: 엄청나다.
【叫(규)】: …로 하여금 …하게 하다
【如何(여하)】: 어떻게.
【遮掩(차엄)】: (잘못이나 결점 등을) 숨기다, 덮어 감추다.

「그런 일이 분명히 있었어요. 우리 집 우물이 이웃집 울타리에 아주 가까이 있었는데, 어젯밤에 바람이 세게 불어, 울타리를 우물 이쪽으로 날려 보내는 바람에, 오히려 마치 우리 우물이 이웃집으로 날려간 것 같았습니다.」

또 어느 날, 그가 사람들에게 말했다.

「어떤 사람이 기러기 한 마리를 쏘았는데, (기러기가) 머리에 미분탕(米粉湯) 한 그릇을 이고 있었습니다.」

여러 사람이 또 놀라며 그것을 이상히 여기자, 하인이 둘러대어 말했다.

「이 일도 역시 있었습니다. 우리 주인이 뜰 안에서 미분탕(米粉湯)을 먹고 있는데, 갑자기 기러기 한 마리가 추락하여 (기러기) 머리가 마침 그릇 안에 곤두박였습니다. 이 어찌 기러기가 머리에 미분탕을 이고 있는 것이 아니겠습니까?」

또 어느 날, 그가 사람들에게 말했다.

「저의 집에 온천장(溫天帳) 하나가 있는데, 천지(天地)를 온통 덮어 약간의 빈틈도 없습니다.」

하인이 눈살을 찌푸리며 말했다.

「주인님은 너무 심합니다. 이렇게 엄청난 거짓말을 해놓고 나로 하여금 어떻게 덮어 감추라는 겁니까?」

해설

어떤 사람이 습관적으로 거짓말을 하여 여러 사람들의 의심을 유발하면, 그때마다 매번 그의 하인이 이리저리 둘러대어 일을 무마했다. 그러나 점점 심해져 나중에 터무니없는 거짓말을 하자, 하인도 더 이상 둘러댈 방법이 없어 결국 거짓이 탄로 나고 말았다.

이 우언은 아무리 거짓말로 남을 속이려 해도, 거짓은 거짓이기 때문에 언젠가는 반드시 마각(馬脚)이 드러난다는 이치를 설명한 것이다.

《광담조廣談助》 우언

방비홍(方飛鴻 : ?-?)은 절강(浙江) 온주(溫州)[지금의 절강성 온주시(溫州市)] 사람으로 자는 빈래(賓來)이며, 건륭(乾隆)-가경(嘉慶) 연간에 활동했던 청대(淸代)의 문학가이다.

저서로《광담조(廣談助)》50권이 있는데, 잡문 형식의 필기소설(筆記小說)로 시대적 병폐를 지적한 내용이 많다.

151 착사료인(錯死了人)

《廣談助·諧謔》

원문 및 주석

錯死了人[1]

東家喪妻母, 往祭, 托館師撰文, 乃按古本誤抄祭妻父者與之。識者看出。[2] 主人大怪館師。館師曰 :「古本上是刊定的, 如何會錯?

1 錯死了人 → 사람이 잘못 죽다
【錯死(착사)】: 잘못 죽다.

2 東家喪妻母, 往祭, 托館師撰文, 乃按古本誤抄祭妻父者與之。識者看出。→ 주인이 장모상을 당해, 제사를 지내러 가려고, 학관(學館) 선생에게 제문(祭文)을 지어달라고 부탁했다. (학관 선생은) 곧 고서(古書)의 제문을 찾아 근거로 삼으면서 잘못하여 장인을 제사하는 제문을 베껴가지고 그에게 주었다. 제문을 잘 아는 사람이 (잘못된 내용을) 간파하고 이를 주인에게 알려주었다.
【東家(동가)】: 주인.
【妻母(처모)】: 장모.
【往祭(왕제)】: 제사 지내러 가다.
【托(탁)】: 부탁하다.
【館師(관사)】: 학관(學館) 선생.
【撰文(찬문)】: 제문(祭文)을 짓다.
【乃(내)】: 곧, 바로.
【按(안)】: 의거하다, 근거로 삼다.
【古本(고본)】: 고서(古書).
【誤抄(오초)】: 잘못 베끼다.
【妻父(처부)】: 장인.
【與之(여지)】: 그에게 주다. 〖與〗: 주다. 〖之〗: [대명사] 그, 즉「제문을 부탁한 사람」.

只怕是他家錯死了人。」[3]

번역문

사람이 잘못 죽다

주인이 장모상을 당해 제사를 지내러 가려고 학관(學館) 선생에게 제문(祭文)을 지어달라고 부탁했다. (학관 선생은) 곧 고서(古書)의 제문을 찾아 근거로 삼으면서, 잘못하여 장인을 제사하는 제문을 베껴가지고 그에게 주었다. 제문을 잘 아는 사람이 (잘못된 내용을) 간파하고 이를 주인에게 알려주었다. 주인이 학관 선생을 크게 꾸짖자 학관 선생이 말했다.

「고서의 제문은 상세한 교정을 거친 정본(定本)인데 어찌 틀릴 리가 있겠습니까? 아마도 그 집에서 사람이 잘못 죽었을 것입니다.」

해설

글방 선생은 장모상에 필요한 제문(祭文)을 써달라는 주인의 부탁을 받고, 고서(古書)의 제문을 찾아 베끼다가 잘못하여 장인상에 사용하는 제문을 베껴다 주었다. 제문을 잘 아는 사람으로부터 제문이 잘못되었다는 말

【識者看出(식자간출)】: 제문을 잘 아는 사람이 (잘못된 내용을) 간파하다. 〖識者〗: 식견이 있는 사람. 여기서는 「제문을 잘 아는 사람」을 가리킨다.

3 主人大怪館師。館師曰:「古本上是刊定的, 如何會錯? 只怕是他家錯死了人。」→ 주인이 학관 선생을 크게 꾸짖자, 학관 선생이 말했다:「고서의 제문은 상세한 교정을 거친 정본(定本)인데, 어찌 틀릴 리가 있겠습니까? 아마도 그 집에서 사람이 잘못 죽었을 것입니다.」
【大怪(대괴)】: 크게 꾸짖다.
【刊定(간정)】: 상세한 교정을 거친 정본(定本).
【如何(여하)】: 어찌.
【會(회)】: …할 가능성이 있다.
【只怕(지파)】: 아마, 아마도, 짐작컨대.

을 들은 주인이 글방 선생을 꾸짖자, 글방 선생의 말은 고서가 상세한 교정을 거친 정본(定本)이라 틀릴 리가 없다면서 오히려 그 집에서 사람이 잘못 죽었을 것이라고 했다.

이 우언은 글방 선생의 고지식한 행위를 통해, 눈앞의 사실을 고려하지 않고 오로지 원리 원칙에만 얽매어 전혀 융통성이 없는 교조주의적(教條主義的) 사고방식을 풍자한 것이다.

152 사금구지(捨金求指)

《廣談助》

원문 및 주석

捨金求指[1]

一人貧苦特甚, 生平虔奉呂祖。祖感其誠, 忽降其家, 見其赤貧, 不勝憫之。[2] 因伸一指指其庭中磐石, 粲然化爲黃金, 曰:「汝欲之

1 捨金求指 → 황금을 포기하고 손가락을 요구하다
【捨(사)】: 포기하다, 버리다.
【求(구)】: 요구하다.
【指(지)】: 손가락.

2 一人貧苦特甚, 生平虔奉呂祖。祖感其誠, 忽降其家, 見其赤貧, 不勝憫之。→ 어느 매우 가난한 사람이, 평생토록 여동빈(呂洞賓)을 정성으로 받들었다. 여동빈이 그의 성의에 감동되어, 돌연 그의 집에 내려왔는데, 그가 몹시 가난한 것을 보고, 그를 매우 불쌍히 여겼다.
【貧苦特甚(빈고특심)】: 매우 가난하다. 〖貧苦〗: 빈곤하다, 가난하다. 〖特甚〗: 특히, 매우, 몹시.
【生平(생평)】: 평생.
【虔奉(건봉)】: 정성으로 받들다.
【呂祖(여조)】: 여동빈(呂洞賓). 전설에 나오는 팔선(八仙)의 하나.
【忽(홀)】: 돌연, 갑자기.
【降(강)】: 강림하다, 내려오다.
【赤貧(적빈)】: 몹시 가난하다.
【不勝(불승)】: 매우, 몹시.
【憫(민)】: 불쌍히 여기다.
【之(지)】: [대명사] 그, 즉 「가난한 사람」.

乎?」[3] 其人再拜曰 :「不欲也。」 呂祖大喜, 謂 :「子誠如此, 便可授子大道。」[4] 其人曰 :「不然, 我心欲汝此指頭耳。」[5]

번역문

황금을 포기하고 손가락을 요구하다

어느 매우 가난한 사람이 평생토록 여동빈(呂洞賓)을 정성으로 받들었다. 여동빈이 그의 성의에 감동되어 돌연 그의 집에 내려왔는데, 그가 몹시

3 因伸一指指其庭中磐石, 粲然化爲黃金, 曰 :「汝欲之乎?」→ 그리하여 (여동빈이) 손가락 하나를 뻗어 정원에 있는 반석(盤石)을 가리키자, 빛이 번쩍이며 황금으로 변했다. 여동빈이 물었다 :「당신은 그것을 원합니까?」
【因(인)】: 그래서, 그리하여.
【伸一指指(신일지지)】: 손가락 하나를 뻗어 …을 가리키다. 〖伸〗: 뻗다. 〖指〗: 앞의 「指」는 명사로 「손가락」, 뒤의 「指」는 동사로 「가리키다」의 뜻.
【磐石(반석)】: 평평하고 큰 돌.
【粲然(찬연)】: 빛이 번쩍이는 모양.
【化爲(화위)】: …으로 변하다.
【汝(여)】: 너, 당신.
【欲(욕)】: 원하다.
【之(지)】: [대명사] 그것, 즉 「황금」.

4 其人再拜曰 :「不欲也。」 呂祖大喜, 謂 :「子誠如此, 便可授子大道。」→ 그 사람이 두 번 절을 하고 대답했다 :「원하지 않습니다.」 여동빈이 매우 기뻐하며, 말했다 :「그대가 이처럼 성실하니, 내가 곧 그대에게 신선이 되는 방법을 가르쳐 줄 수 있습니다.」
【子(자)】: 너, 당신, 그대.
【如此(여차)】: 이처럼, 이와 같이.
【便(편)】 : 곧, 바로.
【授(수)】: 전수(傳授)하다.
【大道(대도)】: 신선이 되는 방법.

5 其人曰 :「不然, 我心欲汝此指頭耳。」→ 그 사람이 말했다 :「그런 게 아니라, 저의 마음은 당신의 그 손가락을 원할 뿐입니다.」
【不然(불연)】: 그렇지 않다, 그런 게 아니다.
【指頭(지두)】: 손가락.
【耳(이)】: …뿐이다.

가난한 것을 보고 그를 매우 불쌍히 여겼다. 그리하여 (여동빈이) 손가락 하나를 뻗어 정원에 있는 반석(盤石)을 가리키자 빛이 번쩍이며 황금으로 변했다.

여동빈이 물었다.

「당신은 그것을 원합니까?」

그 사람이 두 번 절을 하고 대답했다.

「원하지 않습니다.」

여동빈이 크게 기뻐하며 말했다.

「그대가 이처럼 성실하니, 내가 곧 그대에게 신선이 되는 방법을 가르쳐 줄 수 있습니다.」

그 사람이 말했다.

「그런 게 아니라, 저의 마음은 당신의 그 손가락을 원할 뿐입니다.」

해설

가난한 사람이 평생토록 정성을 다해 여동빈(呂洞賓)의 신주(神主)를 모신 목적은 여동빈의 황금을 얻기 위해서가 아니라 여동빈의 신선술을 터득하여 일약 부자가 되려는 것이었다. 사람이 빈곤에서 탈출하려면 마땅히 자기의 각고 노력에 의존해야지 환상은 절대로 금물이다. 속담에 「하나를 얻으면 열을 바라고, 열을 얻으면 백을 바란다.」는 말처럼, 불로소득을 바라는 탐심이 그지없다.

이 우언은 작자가 인물의 대화를 통해, 당시 사회에서 자신의 노력으로 부자가 되려는 생각보다는, 술수를 부려 일확천금(一攫千金)을 노리려는 엉뚱한 사람들의 그릇된 풍조를 풍자한 것이다.

《최동벽유서崔東壁遺書》 우언

최술(崔述 : 1740 – 1816)은 대명(大名)[지금의 하북성] 사람으로 자는 무승(武承), 호는 동벽(東壁)이다. 고종(高宗) 건륭(乾隆) 연간에 거인(擧人)에 급제한 후, 복건(福建) 나원(羅源) · 상항(上杭) 등의 지현(知縣)을 지냈으나, 그 후 탄핵을 당하고 나서는 상주(相州)의 거처에서 두문불출(杜門不出)하고 저술에만 전념했다. 그는 특히 고적(古籍)의 주소(注疏)에 대한 변위(辨僞) · 고증(考證)에 정통하여 근대 역사학계에 많은 영향을 주었다. 저서로 《고신록(考信錄)》《무문집(無聞集)》《유경루문고(遺經樓文稿)》 등이 있는데, 후에 고힐강(顧頡剛)이 모두 한데 모아 《최종벽유서(崔東壁遺書)》를 간행했다.

153 근시간편(近視看匾)

《崔東壁遺書 · 考信錄提要》

원문 및 주석

近視看匾[1]

有二人皆患近視, 而各矜其目力不相下。[2] 適村中富人將以明日懸扁於門, 乃約於次日同至其門, 讀扁上字以驗之。[3] 然皆自恐弗

1 近視看匾 → 근시(近視)인 사람이 편액(扁額)을 보다
【匾(편)】: 편액(扁額).

2 有二人皆患近視, 而各矜其目力不相下。→ 어떤 두 사람이 모두 근시안을 앓고 있었으나, 각자 자기의 시력을 자랑하며 서로 양보하지 않았다.
【皆(개)】: 모두, 다.
【患近視(환근시)】: 근시를 앓다.
【矜(긍)】: 자랑하다, 뽐내다.
【目力(목력)】: 시력.
【不相下(불상하)】: 서로 양보하지 않다.

3 適村中富人將以明日懸扁於門, 乃約於次日同至其門, 讀扁上字以驗之。→ 마침 마을의 부자가 이튿날 자기 집 대문에 편액을 걸려고 했다. 그리하여 두 사람은 다음날 함께 그 집 문 앞에 가서, 편액의 글씨를 읽어 각자의 시력을 검증하기로 약속했다.
【適(적)】: 마침.
【將(장)】: (장차) …하려고 하다.
【以(이)】: …때(에).
【懸扁於門(현편어문)】: 문에 편액(扁額)을 걸다. 〖懸〗: 걸다, 매달다. 〖扁〗: 편액. 〖於〗: [개사] …에.
【乃(내)】: 그리하여.
【於次日(어차일)】: 다음날에. 〖於〗: [개사] …에. ※ 장소 · 시간을 나타낸다.

見, 甲先於暮夜使人刺得其字, 乙幷刺得其旁小字。[4] 曁至門, 甲先以手指門上曰 : 「大字某某。」 乙亦用手指門上曰 : 「小字某某。」[5] 甲不信乙之能見小字也, 延主人出, 指而問之曰 : 「所言字誤否?」[6] 主人曰 : 「誤則不誤, 但扁尙未懸, 門上虛無物, 不知兩君所指者何也?」[7] 嗟乎! 數尺之扁, 有無不能知也, 況於數分之字, 安能知之?[8]

················

【同至(동지)…】: 함께 …에 가다.
【驗之(험지)】: 시력을 검증하다. 〖驗〗: 검증하다, 시험하다. 〖之〗: [대명사] 그것, 즉 「시력」.

4 然皆自恐弗見, 甲先於暮夜使人刺得其字, 乙幷刺得其旁小字。→ 그러나 그들은 모두 (혹시) 자기가 안 보일까 두려웠다. 그리하여 갑(甲)이 먼저 밤중에 (몰래) 사람을 보내 편액의 글자를 정탐하게 했고, 을(乙)은 그 옆에 있는 작은 글자까지도 모두 함께 정탐하게 했다.
【然(연)】: 그러나.
【恐(공)】: 두려워하다.
【弗(불)】: 不(불).
【暮夜(모야)】: 저녁.
【使(사)】: 보내다, 파견하다.
【刺(자)】: 정탐하다, 몰래 살피다.
【幷(병)】: 함께, 같이.
【其旁小字(기방소자)】: 편액의 큰 글자 옆에 있는 작은 글자.

5 曁至門, 甲先以手指門上曰 : 「大字某某。」 乙亦用手指門上曰 : 「小字某某。」 → (다음날 두 사람이) 함께 부자의 문 앞에 도착하자, 갑이 먼저 손가락으로 문 위를 가리키며 말했다 : 「큰 글자는 무슨 무슨 자이다.」 을 역시 손가락으로 문 위를 가리키며 말했다 : 「작은 글자는 무슨 무슨 자이다.」
【曁(기)】: 과(와), 함께.
【以(이)】: …으로, …을 가지고.
【用(용)】: …으로, …을 가지고.

6 甲不信乙之能見小字也, 延主人出, 指而問之曰 : 「所言字誤否?」 → 갑은 을이 능히 작은 글자를 볼 수 있다는 것을 믿지 못해, 주인을 나오도록 청해, 문 위를 가리키며 물었다 : 「(을이) 말한 글자가 맞습니까?」
【延(연)】: 청하다, 초빙하다.
【誤否(오부)】: 맞는가? 틀리는가?

7 主人曰 : 「誤則不誤, 但扁尙未懸, 門上虛無物, 不知兩君所指者何也?」 → 주인이 말했다 : 「틀리지는 않았지만, 그러나 편액을 아직 걸지 않아, 문 위에 아무것도 없는데, 두 분이 무엇을 가리키는 것인지 모르겠소.」
【但(단)】: 그러나.

聞人言云云而遂云云, 乃其所以爲大誤也。[9]

번역문

근시(近視)인 사람이 편액(扁額)을 보다

어떤 두 사람이 모두 근시안을 앓고 있었으나, 각자 자기의 시력을 자랑하며 서로 양보하지 않았다. 마침 마을의 부자가 이튿날 자기 집 대문에 편액을 걸려고 했다. 그리하여 두 사람은 다음날 함께 그 집 문 앞에 가서 편액의 글씨를 읽어 각자의 시력을 검증하기로 약속했다. 그러나 그들은 모두 (혹시) 자기가 안 보일까 두려웠다. 그리하여 갑(甲)이 먼저 밤중에 (몰래) 사람을 보내 편액의 글자를 정탐하게 했고, 을(乙)은 그 옆에 있는 작은 글자까지도 모두 함께 정탐하게 했다. (다음날 두 사람이) 함께 부자의 문

【尙未(상미)】: 아직 …하지 않다.
【虛無物(허무물)】: 텅 비어 물건이 없다. 즉 「아무것도 없다」의 뜻.
【兩君(양군)】: 두 분. 【君】: [타인에 대한 존칭].

8 嗟乎! 數尺之扁, 有無不能知也, 況於數分之字, 安能知之? → 아! 몇 척(尺 : 자)이나 되는 큰 편액이, 걸려 있는지 없는지도 알지 못하는데, 하물며 몇 분(分 : 푼)에 불과한 작은 글자를, 어찌 알 수 있겠는가?
【嗟乎(차호)】: [감탄사] 아!
【況(황)】: 하물며.
【於(어)】: …에 대해.
【分(분)】: [길이의 단위] 푼. 1자의 100분의 1, 1치의 10분의 1.
【安能(안능)…】: 어찌 …할 수 있겠는가?

9 聞人言云云而遂云云, 乃其所以爲大誤也。→ 남이 이러니저러니 하는 말을 듣고 덩달아 이러니저러니 말을 하면, 그것이 바로 크게 잘못을 범하는 까닭이다.
【云云(운운)】: 이러니저러니 하다.
【遂(수)】: 덩달아, 순종하여.
【乃(내)】: 바로 …이다.
【所以(소이)】: 까닭, 원인.
【爲大誤(위대오)】: 큰 잘못을 범하다.

앞에 도착하자, 갑이 먼저 손가락으로 문 위를 가리키며 말했다.

「큰 글자는 무슨 무슨 자이다.」

을 역시 손가락으로 문 위를 가리키며 말했다.

「작은 글자는 무슨 무슨 자이다.」

갑은 을이 능히 작은 글자를 볼 수 있다는 것을 믿지 못해, 주인을 나오도록 청해 문 위를 가리키며 물었다.

「(을이) 말한 글자가 맞습니까?」

주인이 말했다.

「틀리지는 않았지만, 그러나 편액을 아직 걸지 않아 문 위에 아무것도 없는데, 두 분이 무엇을 가리키는 것인지 모르겠소.」

아! 몇 척(尺 : 자)이나 되는 큰 편액이 걸려 있는지 없는지도 알지 못하는데, 하물며 몇 분(分 : 푼)에 불과한 작은 글자를 어찌 알 수 있겠는가? 남이 이러니저러니 하는 말을 듣고 덩달아 이러니저러니 말을 하면, 그것이 바로 크게 잘못을 범하는 까닭이다.

해설

근시안을 지닌 두 사람이 서로 자기의 시력이 좋다고 자랑하며 편액의 글자를 읽어 우열을 가리기로 약속하고, 사람을 보내 미리 글자를 알아보는 속임수까지 썼지만, 막상 검증 과정에서 아직 내걸지도 않은 편액의 글자를 말했다가 일순간에 거짓이 탄로 나고 말았다. 근시안이 결코 피차의 이해득실에 영향을 주어 굳이 자존심을 걸고 우열을 다툴 일은 아니다.

이 우언은 쓸 데 없는 일로 불필요한 경쟁을 벌리며 재주를 피우려다 일을 망쳐 남들의 웃음거리가 되는 어리석은 행위를 풍자한 것이다.

154 염씨팽구(冉氏烹狗)

《崔東壁遺書 · 無聞集 · 冉氏烹狗記》

원문 및 주석

冉氏烹狗[1]

縣人冉氏有狗而猛, 遇行人輒搏噬之, 往往爲所傷。[2] 傷則主人躬詣謝罪, 出財救療之。如是者數矣。[3] 冉氏以是頗患苦狗; 然以其猛

1 冉氏烹狗 → 염씨(冉氏)가 개를 삶아 죽이다
【烹(팽)】: 삶다.

2 縣人冉氏有狗而猛, 遇行人輒搏噬之, 往往爲所傷。→ 현민(縣民) 염씨(冉氏) 집에 사나운 개가 있었는데, 행인을 만나면 즉시 달려들어 무는 바람에, (행인들이) 자주 개에게 물려 상처를 입었다.
【猛(맹)】: 사납다.
【遇(우)】: 만나다.
【輒(첩)】: 곧, 바로, 즉시.
【搏噬(박서)】: 달려들어 물다. 〖搏〗: 덮치다, 달려들다. 〖噬〗: 물다.
【之(지)】: [대명사] 그, 즉「행인」.
【往往(왕왕)】: 자주, 항상.
【爲所傷(위소상)】: [피동형] 爲(之)所傷, 개에게 물려 상처를 입다. 〖爲…所〗: …에게 …당하다.

3 傷則主人躬詣謝罪, 出財救療之。如是者數矣。→ 행인이 물려 상처를 입으면 주인은 친히 찾아가 사죄하고, 돈을 내어 치료를 도와주는데, 이러한 일이 자주 발생했다.
【躬詣(궁예)】: 직접 찾아가다. 〖躬〗: 직접, 몸소, 친히. 〖詣〗: 찾아뵙다, 방문하다.
【謝罪(사죄)】: 사죄하다, 사과하다. ※ 판본에 따라서는「謝罪」를「請罪(청죄)」라 했다.
【出財(출재)】: 돈을 내다.
【救療(구료)】: 치료를 도와주다.

也, 未忍殺, 故置之。[4] … 居數月, 冉氏之鄰至, 問其狗, 曰:「烹之矣。」[5] 驚而詰其故, 曰:「日者冉氏有盜, 主人覺之, 呼二子起, 操械共逐之, 盜驚而遁。[6] 主人疑狗之不吠也, 呼之不應, 徧索之無有也。[7] 將

【之(지)】: [대명사] 그, 즉 「상처를 입은 사람」.
【如是者(여시자)】: 이러한 일, 이러한 상황.
【數(삭)】: 누차, 여러 번, 자주.

4 冉氏以是頗患苦狗, 然以其猛也, 未忍殺, 故置之。→ 염씨는 이로 인해 개를 매우 고민했다. 그러나 그 개가 매우 사나웠기 때문에, 차마 죽이질 못했다. 그래서 그냥 내버려두었다.
【以是(이시)】: 이로 인해, 이 때문에.
【頗(파)】: 매우, 몹시.
【患苦(환고)】: 골치를 앓다, 고민하다.
【然(연)】: 그러나.
【以(이)】: 因(인), …로 인해, … 때문에.
【未忍(미인)】: 차마 …하지 못하다.
【故(고)】: 그래서.
【置(치)】: 놓아두다, 방치하다, 그냥 내버려두다.

5 居數月, 冉氏之鄰至, 問其狗, 曰:「烹之矣。」→ 몇 달이 지나, 염씨의 이웃이 (나를) 찾아와, 그 개에 대해 물어보니, 그가 말했다:「삶아 죽였습니다.」
【居(거)】: 지나다, 경과하다.
【鄰(린)】: 이웃.
【至(지)】: 오다.
【烹之(팽지)】: 개를 삶아 죽이다. 〖之〗: [대명사] 그것, 즉 「개」.

6 驚而詰其故, 曰:「日者冉氏有盜, 主人覺之, 呼二子起, 操械共逐之, 盜驚而遁。→ (내가) 놀라 그 까닭을 묻자, 그가 말했다:「며칠 전 염씨 집에 도둑이 들었습니다. 주인이 도둑을 발견하고, 두 아들을 불러 깨워, 연장을 들고 함께 도둑을 뒤쫓자, 도둑이 놀라 달아났습니다.
【詰(힐)】: 묻다.
【故(고)】: 까닭, 연고.
【日者(일자)】: 일전, 며칠 전.
【覺(각)】: 발견하다.
【呼二子起(호이자기)】: 두 아들을 불러 깨우다. 〖呼〗: 부르다.
【操(조)】: 잡다, 쥐다.
【械(계)】: 도구, 연장.
【共逐(공축)】: 함께 뒤쫓다.

7 主人疑狗之不吠也, 呼之不應, 徧索之無有也。→ 주인은 개가 짖지 않은 것을 의아하게 여겨, 개를 불렀으나 반응이 없고, 사방을 두루 찾아보아도 개가 없었습니다.

寢, 聞臥床下若有微息者, 燭之則狗也。[8] 卷曲蹲伏, 不敢少轉側, 垂頭閉目, 若惟恐人之聞其聲息者。[9] 主人曰 :『嘻! 吾向之隱忍而不之殺者, 爲其有倉卒一旦之用也, 惡知其搏行人則勇, 而見盜則怯乎哉!』以是故, 遂烹之也。」[10]

……………

【疑(의)】: 의아(疑訝)하게 여기다.

【吠(폐)】: 짖다.

【不應(불응)】: 반응이 없다.

【徧索(편색)】: 두루 찾아보다. ※ 판본에 따라서는 「徧」을 「遍(편)」이라 했다.

8 將寢, 聞臥床下若有微息者, 燭之則狗也。→ 주인이 침상에 누워 잠을 자려고 하는데, 침대 밑에서 가냘픈 숨소리 같은 것이 들렸습니다. 촛불을 밝혀 보니 바로 개였습니다.

【將(장)】: (곧) …하려 하다.

【寢(침)】: 잠자다.

【臥床(와상)】: 침대.

【若(약)】: 마치 …같다, 마치 …듯하다.

【微息(미식)】: 가벼운 숨소리.

9 卷曲蹲伏, 不敢少轉側, 垂頭閉目, 若惟恐人之聞其聲息者。→ 개는 몸을 웅크리고 바닥에 납작 엎드려, 감히 꼼짝을 못하고, 머리를 수그린 채 눈을 감고 있는데, 마치 사람이 자기 숨소리를 들을까봐 두려워하는 것 같았습니다.

【卷曲蹲伏(권곡준복)】: 몸을 웅크리고 납작 엎드리다. 〖卷曲〗: 웅크리다, 움츠리다, 구부리다. 〖蹲伏〗: 납작 엎드리다.

【不敢少轉側(불감소전측)】: 감히 조금도 뒤척거리지 못하다. 즉 「감히 꼼짝을 못하다」의 뜻. 〖少〗: 조금, 약간. 〖轉側〗: 輾轉反側(전전반측), 몸을 이리저리 뒤척이다. 여기서는 「움직이다, 꼼짝하다」의 뜻.

【垂頭閉目(수두폐목)】: 머리를 수그리고 눈을 감다.

【若(약)】: 마치 …같다.

【惟恐(유공)】: 다만 …할까 두려워하다. 〖惟〗: 다만, 오직.

10 主人曰 :『嘻! 吾向之隱忍而不之殺者, 爲其有倉卒一旦之用也, 惡知其搏行人則勇, 而見盜則怯乎哉!』以是故, 遂烹之也。」→ 그리하여 주인이 (한탄하며) 말하길 :『아! 내가 여태까지 꾹 참고 죽이지 않은 것은, 언젠가 급히 쓸 일이 있을 것이라 여겼기 때문인데, 행인에게 달려들 때는 용맹하고, 도둑을 보면 겁내는 것을 어찌 알았으랴!』라고 했습니다. 이런 까닭으로 인해, 결국 그 개를 삶아 죽였습니다.」

【嘻(희)】: [감탄사] 아!

【向(향)】: 여태까지.

【隱忍(은인)】: 꾹 참다.

【有倉卒一旦之用(유창졸일단지용)】: 언젠가 급히 쓸 일이 있다. 〖倉卒一旦〗: 언젠가 급히.

번역문

염씨(冉氏)가 개를 삶아 죽이다

현민(縣民) 염씨(冉氏) 집에 사나운 개가 있었는데, 행인을 만나면 즉시 달려들어 무는 바람에 (행인들이) 자주 개에게 물려 상처를 입었다. 행인이 물려 상처를 입으면 주인은 친히 찾아가 사죄하고 돈을 내어 치료를 도와주는데, 이러한 일이 자주 발생했다. 염씨는 이로 인해 개를 매우 고민했다. 그러나 그 개가 매우 사나웠기 때문에 차마 죽이질 못했다. 그래서 그냥 내버려두었다. 몇 달이 지나 염씨의 이웃이 (나를) 찾아와 그 개에 대해 물어보니 그가 말했다.

「삶아 죽였습니다.」

(내가) 놀라 그 까닭을 묻자, 그가 말했다.

「며칠 전 염씨 집에 도둑이 들었습니다. 주인이 도둑을 발견하고 두 아들을 불러 깨워, 연장을 들고 함께 도둑을 뒤쫓자 도둑이 놀라 달아났습니다. 주인은 개가 짖지 않은 것을 의아하게 여겨 개를 불렀으나 반응이 없고, 사방을 두루 찾아보아도 개가 없었습니다. 주인이 침상에 누워 잠을 자려고 하는데, 침대 밑에서 가냘픈 숨소리 같은 것이 들렸습니다. 촛불을 밝혀 보니 바로 개였습니다. 개는 몸을 웅크리고 바닥에 납작 엎드려, 감히 꼼짝을 못하고 머리를 수그린 채 눈을 감고 있는데, 마치 사람이 자기 숨소리를 들을까봐 두려워하는 것 같았습니다. 그리하여 주인이 (한탄하며) 말

【惡(오)】: 어찌.
【怯(겁)】: 겁내다.
【以是故(이시고)】: 이러한 까닭으로 인해, 그래서. 〖以〗: 因(인), …로 인해, …로 말미암아. 〖是故〗: 이러한 까닭.
【遂(수)】: 결국, 마침내.

하길 『아! 내가 여태까지 꾹 참고 죽이지 않은 것은, 언젠가 급히 쓸 일이 있을 것이라 여겼기 때문인데, 행인에게 달려들 때는 용맹하고 도둑을 보면 겁내는 것을 어찌 알았으랴!』라고 했습니다. 그래서 결국 그 개를 삶아 죽였습니다.」

해설

염씨(冉氏)는 자기 집 개가 매우 사나워 평소 행인을 자주 무는 바람에 친히 피해자를 찾아가 사죄하고 돈을 들여 치료를 해 주는 등 여러모로 골치를 앓았지만, 그 개가 사나워 언젠가는 쓸모가 있을 것으로 여겨 개를 처분하지 않고 그대로 두었다. 그러나 염씨의 개는 집안에 도둑이 들자 겁을 먹고 침상 밑에 숨어 숨도 제대로 쉬지 못했다. 그리하여 염씨는 그 개의 어이없는 행위에 분개하여 가차 없이 개를 삶아 죽였다.

이 우언은 행인을 잘 물면서 도둑을 겁내는 염씨의 개를, 강자를 두려워하고 약자를 능멸하는 만청(晩晴) 왕조의 관리들에 비유하여, 자기의 이익을 도모하기 위해 착한 사람을 골라 손을 쓰는 관리들의 비열한 행위를 비난하는 동시에, 그러한 자들은 언젠가 반드시 팽(烹)당한다는 것을 경고한 것이다.

《해탁諧鐸》 우언

심기봉(沈起鳳 : 1741 - 11794)은 오현(吳縣)[지금의 강소성 소주(蘇州)] 사람으로 자는 동위(桐威), 호는 빈어(薲漁) 또는 홍심사객(紅心詞客)이며, 청대의 저명한 문학가이자 희곡(戲曲) 작가이다. 고종(高宗) 건륭(乾隆) 연간에 거인(擧人)에 합격한 후 기문(祁門) · 전초훈도(全椒訓導) 등을 지냈으며, 저서로 《보은록(報恩錄)》《재인복(才人福)》《인곡(人鵠)》《빈어초고(薲漁初稿)》《홍심사(紅心詞)》《해탁(諧鐸)》 등이 있다.

《해탁》은 명(明) 풍몽룡(馮夢龍)의 《요재지이(聊齋志异)》를 모방한 필기소설집(筆記小說集)으로, 내용은 주로 기문일사(奇聞軼事)를 기록했다.

155 전귀(錢鬼)

《諧鐸·卷三·老面鬼》

원문 및 주석

錢鬼[1]

吾師張楚門先生設帳洞庭東山時, 嚴愛亭、錢湘舲俱未入詞館, 同堂受業。[2] 一夕, 談文燈下, 疏欞中有鬼探首而入。[3] 初猶面如箕,

1 錢鬼 → 동전(銅錢) 귀신

2 吾師張楚門先生設帳洞庭東山時, 嚴愛亭、錢湘舲俱未入詞館, 同堂受業。→ 나의 스승 장초문(張楚門) 선생이 동정동산(洞庭東山)에서 글을 가르칠 때, 엄애정(嚴愛亭)과 전상령(錢湘舲)은 모두 한림원(翰林院)에 들어오기 전부터, 같은 반에서 수업을 받았다.
【張楚門(장초문)】: [인명].
【設帳(설장)】: 글을 가르치다.
【洞庭東山(동정동산)】: [지명] 강소성 오현(吳縣) 서남쪽 태호(太湖)에 있다.
【嚴愛亭(엄애정)】: [인명].
【錢湘舲(전상령)】: [인명].
【俱(구)】: 모두.
【未入詞館(미입사관)】: 아직 한림원(翰林院)에 들어오지 않다. 즉「아직 한림원에 들어오기 이전」의 뜻. 【詞館】: 청대(淸代) 한림원(翰林院)의 별칭.
【同堂受業(동당수업)】: 같은 반에서 수업을 받다.

3 一夕, 談文燈下, 疏欞中有鬼探首而入。→ 어느 날 저녁, (스승과 제자가) 등불 밑에서 시문(詩文)을 담론하고 있는데, 귀신이 창살 틈으로 머리를 내밀고 들어왔다.
【談文燈下(담문등하)】: 등불 밑에서 시문(詩文)을 담론하다.
【疏欞(소령)】: 창살. ※ 창살이 조밀하지 않고 성기기 때문에「疏」자를 붙인 것이다. 【疏】: 성기다, 드문드문하다, 듬성듬성하다. 【欞】: 창의 격자(格子), 창살. ※ 판본에 따라서는「欞」을「櫺(령)」이라 했다.

繼則如覆釜, 後更大如車軸。[4] 眉如帚, 眼如鈴, 兩顴高厚, 堆積俗塵五斗。[5] 師睨微笑, 取所著《橘膜編》示之, 曰 :「汝識得此字否?」 鬼不語。[6] 師曰 :「旣不識字, 何必裝此大面孔對人?」 繼又出兩指彈其面, 響如敗革。[7] 因大笑曰 :「臉皮如許厚, 無怪汝不省事也。」 鬼大

....

【探首而入(탐수이입)】: 머리를 내밀고 들어오다. 〖探首〗: 머리를 내밀다.

4 初猶面如箕, 繼則如覆釜, 後更大如車軸。→ 처음에는 얼굴이 마치 쓰레받기만 하더니, 곧 이어 엎어 놓은 가마솥처럼 변하고, 나중에는 더욱 커져서 마치 수레의 축과 같았다.
【初(초)】: 처음.
【猶(유)】: 마치 …과 같다.
【面(면)】: 얼굴.
【如(여)】: 마치 …과 같다.
【箕(기)】: 쓰레받기.
【繼(계)】: 이어서, 곧이어.
【覆釜(복부)】: 뒤집어 놓은 가마솥.
【後(후)】: 나중.
【更(경)】: 더욱.
【車軸(거축)】: 수레의 축.

5 眉如帚, 眼如鈴, 兩顴高厚, 堆積俗塵五斗。→ 눈썹은 마치 빗자루 같고, 눈은 마치 방울 같았으며, 양쪽 광대뼈는 높고 두터워, 먼지가 다섯 말은 쌓여 있었다.
【帚(추)】: 비, 빗자루.
【鈴(령)】: 방울.
【顴(관)】: 광대뼈, 관골.
【高厚(고후)】: 높고 두텁다.
【俗塵(속진)】: 먼지.

6 師睨微笑, 取所著《橘膜編》示之, 曰 :「汝識得此字否?」 鬼不語。→ 장선생이 귀신을 흘겨보며 미소를 짓고, 자기가 지은 《귤막편(橘膜編)》을 꺼내 귀신에게 보여주며, 말했다 :「너 이 글자를 알아?」 귀신이 말을 하지 않았다.
【睨(예)】: 흘겨보다, 노려보다, 쏘아보다.
【《橘膜編(귤막편)》】: [책 이름].
【示之(시지)】: 귀신에게 보여주다. 〖之(지)〗: [대명사] 그, 즉 「귀신」.
【汝(여)】: 너, 당신.
【識得(식득)】: 알다, 이해하다.
【語(어)】: [동사] 말하다.

7 師曰 :「旣不識字, 何必裝此大面孔對人?」 繼又出兩指彈其面, 響如敗革。→ 장선생이 말했다 :「글자를 알지도 못하는데, 어찌 이런 큰 얼굴을 하고 사람을 놀라게 할 필요가 있는가?」 이

慚, 頓小如豆。[8] 師顧弟子曰 :「吾謂他長裝此大樣子, 卻是一無面目人, 來此鬼溷。」[9] 取佩刀砍之, 錚然墮地。拾視之, 一枚小錢也。[10]

••••••••••••••••

어서 또 두 손가락을 내밀어 귀신의 얼굴을 튕기자, 마치 낡은 가죽 같은 소리가 났다.
【旣(기)】: 기왕 …한 이상, 기왕 …한 바에야.
【何必(하필)】: 어찌 …할 필요가 있는가?
【裝(장)】: 꾸미다, 분장하다.
【大面孔(대면공)】: 큰 얼굴.
【指(지)】: 손가락.
【彈(탄)】: (손가락을) 튕기다.
【響如敗革(향여패혁)】: 소리가 마치 낡은 가죽 같다, 마치 낡은 가죽 같은 소리가 나다. 〖敗革〗: 낡은 가죽.

8 因大笑曰 :「臉皮如許厚, 無怪汝不省事也。」鬼大慚, 頓小如豆。→ 그리하여 (장선생이) 큰 소리로 웃으며 말했다 :「낯가죽이 이처럼 두꺼우니, 네가 사리를 분간하지 못하는 것도 당연하다.」 귀신은 매우 부끄러워, (큰 얼굴이) 즉시 콩알처럼 작아졌다.
【因(인)】: 그래서, 그리하여.
【如許(여허)】: 이처럼, 이와 같이.
【無怪(무괴)】: 당연하다, 이상할 것이 없다, 그럴 수밖에 없다.
【不省事(불성사)】: 사리를 분간하지 못하다.
【大慚(대참)】: 매우 부끄러워하다.
【頓(돈)】: 돌연, 갑자기, 일순간, 즉시.
【小如豆(소여두)】: 콩알처럼 작아지다, 콩알처럼 작게 변하다.

9 師顧弟子曰 :「吾謂他長裝此大樣子, 卻是一無面目人, 來此鬼溷。」→ 장선생이 제자들을 돌아보며 말했다 :「나는 그가 이런 큰 모습을 하고 사람을 놀라게 한다고 말했지만, 그러나 실은 어느 철딱서니 없는 녀석이, 여기에 와서 함부로 야단법석을 떠는 것이야.」
【顧(고)】: 돌아보다, 고개를 돌려 바라보다.
【謂(위)】: 말하다, 이르다.
【樣子(양자)】: 모양, 모습.
【無面目(무면목)】: 체면이 없다, 체면을 돌보지 않다. 여기서는「철딱서니 없다」의 뜻.
【鬼溷(귀혼)】: 함부로 야단법석을 떨다. ※ 판본에 따라서는「溷」을「混(혼)」이라 했다.

10 取佩刀砍之, 錚然墮地。拾視之, 一枚小錢也。→ (말을 마치고) 패도(佩刀)를 꺼내 그것을 내리 찍자, 쨍그랑 소리를 내며 땅에 떨어졌다. 그것을 주워 살펴보니, 한 닢의 작은 동전이었다.
【佩刀(패도)】: 노리개에 차는 칼집이 있는 작은 칼.
【砍之(감지)】: 그것을 내리 찍다. 〖砍〗: 베다, 내리 찍다. 〖之〗: [대명사] 그것, 즉「귀신」.
【錚然(쟁연)】: [금속이 부딪치는 소리] 쨍그랑.
【墮地(타지)】: 땅에 떨어지다.

번역문

동전(銅錢) 귀신

나의 스승 장초문(張楚門) 선생이 동정동산(洞庭東山)에서 글을 가르칠 때, 엄애정(嚴愛亭)과 전상령(錢湘舲)은 모두 한림원(翰林院)에 들어오기 전부터 같은 반에서 수업을 받았다. 어느 날 저녁 (스승과 제자가) 등불 밑에서 시문(詩文)을 담론하고 있는데, 귀신이 창살 틈으로 머리를 내밀고 들어왔다. 처음에는 얼굴이 마치 쓰레받기만 하더니, 곧이어 엎어 놓은 가마솥처럼 변하고, 나중에는 더욱 커져서 마치 수레의 축과 같았다. 눈썹은 마치 빗자루 같고, 눈은 마치 방울 같았으며, 양쪽 광대뼈는 높고 두터워 먼지가 다섯 말은 쌓여 있었다. 장선생이 귀신을 흘겨보며 미소를 짓고, 자기가 지은 《귤막편(橘膜編)》을 꺼내 귀신에게 보여주며 말했다.

「너 이 글자를 알아?」

귀신이 말을 하지 않았다.

장선생이 말했다.

「글자를 알지도 못하는데, 어찌 이런 큰 얼굴을 하고 사람을 놀라게 할 필요가 있는가?」

이어서 또 두 손가락을 내밀어 귀신의 얼굴을 튕기자 마치 낡은 가죽 같은 소리가 났다. 그리하여 (장선생이) 큰 소리로 웃으며 말했다.

「낯가죽이 이처럼 두꺼우니, 네가 사리를 분간하지 못하는 것도 당연하다.」

귀신은 매우 부끄러워 (큰 얼굴이) 즉시 콩알처럼 작아졌다. 장선생이

【拾(습)】: 줍다.
【一枚小錢(일매소전)】: 한 닢의 작은 동전.

제자들을 돌아보며 말했다.

「나는 그가 이런 큰 모습을 하고 사람을 놀라게 한다고 말했지만, 그러나 실은 어느 철딱서니 없는 녀석이 여기에 와서 함부로 야단법석을 떠는 것이야.」

(말을 마치고) 패도(佩刀)를 꺼내 그것을 내리 찍자, 쨍그랑 소리를 내며 땅에 떨어졌다. 그것을 주워 살펴보니 한 닢의 작은 동전이었다.

해설

장초문(張楚門)이 제자들과 더불어 등불 밑에서 시문(詩文)을 담론하고 있을 때, 귀신이 창살 틈으로 머리를 내밀고 들어와, 자기의 얼굴을 점차 크게 바꾸어가며 사람들을 놀라게 했다. 그러나 장초문은 전혀 두려워하거나 당황하지 않고 침착한 태도로 대응하여, 결국 귀신을 제압하고 귀신으로 하여금 자기의 본색(本色)을 드러내게 했다.

이 우언은 사악한 세력을 대할 경우, 놀라거나 두려워하지 말고 침착하게 대처해야 비로소 그들의 본색을 들춰내고 제압할 수 있다는 이치를 설명한 것이다.

156 일전주관(一錢丟官)

《諧鐸 · 卷三 · 一錢落職》

원문 및 주석

一錢丟官[1]

南昌某, 父爲國子助教, 隨任在京。[2] 偶過延壽寺街, 見書肆中一少年數錢買《呂氏春秋》, 適墮一錢於地。[3] 某暗以足踐之, 俟其去而

1 一錢丟官 → 일전(一錢)으로 인해 관직을 잃다
【丟(주)】: 잃다, 잃어버리다.

2 南昌某, 父爲國子助教, 隨任在京。→ 남창(南昌)의 아무개는, 부친이 국자감(國子監)의 조교(助教)를 지내, 부친의 임지(任地)를 따라가 경성(京城)에 살았다.
【南昌(남창)】: [지명] 지금의 강서성 남창시(南昌市).
【某(모)】: 아무개.
【爲(위)】: …을 하다, …을 지내다.
【國子(국자)】: 국자감.
【助教(조교)】: [학관(學官)]. ※ 명청(明淸)시대 국자감에 두었던 직책으로, 국자박사(國子博士)가 유학(儒學)을 전수하는 일을 도왔다.
【隨任在京(수임재경)】: 임지(任地)를 따라가 경성(京城)에 살다.

3 偶過延壽寺街, 見書肆中一少年數錢買《呂氏春秋》, 適墮一錢於地。→ 어느 날 우연히 연수사(延壽寺) 거리를 지나다가, 책방에서 한 소년이 돈을 세어 《여씨춘추(呂氏春秋)》를 사는 것을 보고 있는데, 마침 동전 하나가 땅에 떨어졌다.
【偶(우)】: 우연히.
【過(과)】: 지나가다.
【延壽寺(연수사)】: [사찰 이름].
【書肆(서사)】: 서점, 책방.
【數錢(수전)】: 돈을 세다.

俯拾焉。旁坐一翁，凝視良久，忽起叩某姓氏，冷笑而去。[4] 後某以上舍生入謄錄館，謁選，得江蘇常熟縣尉?[5] 束裝赴任，投刺謁上臺。時潛庵湯公，巡撫江蘇，十謁不得一見。[6] 巡捕傳湯公命，令某不必

【呂氏春秋(여씨춘추)】: [서명] 전국(戰國)시대 말기 진(秦)나라의 재상 여불위(呂不韋)가 자기 문객들을 시켜 지은 책으로, 선진제자(先秦諸子) 가운데 잡가(雜家)의 대표작이다.
【適(적)】: 마침.
【墮(타)】: 떨어지다.
【於(어)】: [개사] …에.

4 某暗以足踐之, 俟其去而俯拾焉。旁坐一翁, 凝視良久, 忽起叩某姓氏, 冷笑而去。→ 아무개는 몰래 발로 그것을 밟고 있다가, 소년이 떠나기를 기다려 몸을 굽혀 그것을 주웠다. 옆에 한 노인이 앉아서, 한참 동안 응시하더니, 갑자기 일어나 아무개의 성씨를 묻고, 쌀쌀하게 비웃으며 가버렸다.
【暗(암)】: 몰래, 남모르게.
【以足踐之(이족천지)】: 발로 그것을 밟다. 〖踐〗: 밟다. 〖之〗: [대명사] 그것, 즉「동전」.
【俟(사)】: 기다리다.
【俯拾(부습)】: 몸을 구부려 줍다. 〖俯〗: 굽히다, 구부리다.
【旁(방)】: 옆.
【翁(옹)】: 노인, 늙은이.
【良久(양구)】: 오랫동안, 한참 동안.
【忽(홀)】: 갑자기, 돌연.
【叩(고)】: 묻다, 물어보다.

5 後某以上舍生入謄錄館, 謁選, 得江蘇常熟縣尉。→ 후에 아무개는 국자감 학생의 신분으로 등록관(謄錄館)에 들어가, 인사를 담당하는 관리를 알현하고, 강소(江蘇) 상숙현(常熟縣)의 현위(縣尉) 자리를 얻었다.
【上舍生(상사생)】: 국자감 학생의 별칭. ※ 송대(宋代)의 제도 하에서는 태학(太學 : 국자감)을 외사(外舍)·내사(內舍)·상사(上舍)로 구분하고, 학생이 일정한 연한과 조건 하에 단계별로 승급했다. 청대(淸代)에 이르러서는 상사(上舍)를 감생(監生), 즉 국자감 학생의 별칭으로 불렀다.
【謄錄館(등록관)】: 등록관(謄錄官)이 근무하는 기구. ※ 청대에는 향시(鄕試)와 회시(會試)를 거행할 때 여러 명의 서리(書吏)를 선발하여 등록관(謄錄官)의 감독 하에 붉은색의 붓으로 시험 답안지를 다시 베낀 다음, 그것을 시험관에게 보내 평가했다. 등록(謄錄)은 곧 시험 답안지를 베끼는 작업을 말한다.
【謁選(알선)】: 인사를 담당하는 관리를 알현하다. 〖謁〗: 알현하다.
【江蘇常熟(강소상숙)】: [지명] 강소성 상숙현(常熟縣).
【縣尉(현위)】: [관직] 현령(縣令)을 보좌하여 치안(治安) 사무를 담당하던 직책.

6 束裝赴任, 投刺謁上臺。時潛庵湯公, 巡撫江蘇, 十謁不得一見。→ 여장을 꾸리고 부임하러

赴任, 名已掛彈章矣。問所劾何事? 曰 :「貪。」[7] 某自念尚未履任, 何得有贓款? 必有舛錯。急欲面陳。[8] 巡捕入稟, 復傳湯公命曰 :「汝不

가서, 명함을 건네고 상급 관리를 알현하고자 청했다. 그때 잠암(潛庵) 탕공(湯公)이, 강소(江蘇)의 순무(巡撫)를 지내고 있었는데, 아무개가 열 번을 알현하고자 청했으나 한 번도 알현하지 못했다.

【束裝(속장)】: 여장을 꾸리다, 채비를 하다.

【投刺(투자)】: 명함을 건네다, 명함을 내놓다. 〖刺〗: 명함.

【上臺(상대)】: 상사(上司), 상급 관리.

【潛庵湯公(잠암탕공)】: [인명] 탕빈(湯斌). 휴주(睢州)[지금의 하남성 휴현(睢縣)] 사람으로, 자는 공백(孔伯) 또는 형연(荊硯)이며, 호는 잠암(潛庵)이다. 세종(世宗) 순치(順治) 연간에 진사에 급제한 후 공부상서(工部尚書)를 지냈으며, 청렴하고 정직하기로 이름이 났다.

【巡撫(순무)】: [관직] 명청(明淸)시대의 최고 지방 장관. 여기서는 동사 용법으로 「순무를 지내다」의 뜻.

7 巡捕傳湯公命, 令某不必赴任, 名已掛彈章矣。問所劾何事? 曰 :「貪。」→ 관아의 순포(巡捕)가 탕공의 명령을 전달하며, 아무개에게 부임할 필요가 없다고 했다. 그 까닭은 아무개의 이름이 이미 관리를 탄핵하는 공문에 들어 있기 때문이었다. (아무개가) 무슨 일로 탄핵했는가를 묻자, 순포가 말했다 :「횡령이오.」

【巡捕(순포)】: [관직] 총독과 순무(巡撫) 휘하에 설치한 관직으로, 문관직과 무관직으로 나뉘어 각기 명령의 전달과 경호를 담당했다.

【令(령)】: …하게 하다, …을 시키다.

【不必(불필)】: …하지 말라, …할 필요가 없다

【掛(괘)】: 등록되다, 실리다.

【彈章(탄장)】: 관리를 탄핵하는 공문.

【劾(핵)】: 탄핵하다.

【貪(탐)】: 횡령.

8 某自念尚未履任, 何得有贓款? 必有舛錯, 急欲面陳。→ 아무개는 스스로 자기가 아직 부임을 하지 않았는데, 무슨 부정한 돈이 있겠느냐며, 반드시 착오가 있을 것이라 생각하고, 급히 직접 대면하여 진술하고자 했다.

【自念(자념)】: 스스로 생각하다.

【尚未(상미)】: 아직 …하지 않다.

【履任(이임)】: 부임하다, 취임하다.

【何得(하득)】: 어찌 …할 수 있는가?

【贓款(장관)】: 뇌물로 받은 돈, 부정한 돈.

【舛錯(천착)】: 착오.

【欲(욕)】: …하고자 하다, …을 원하다.

【面陳(면진)】: 직접 대면하여 진술하다, 직접 만나서 말하다.

記昔年書肆中事耶? 爲秀才時, 尙且一錢如命;[9] 今僥倖作地方官, 能不探囊胠篋, 爲紗帽下之劫賊乎? 請卽解組去, 毋使一路哭也!」[10] 某始悟日前叩姓氏者, 卽潛庵湯公, 遂慙愧罷官而去。[11] 夫未履任

....

9 巡捕入稟, 復傳湯公命曰 : 「汝不記昔年書肆中事耶? 爲秀才時, 尙且一錢如命; → 순포가 들어가 품신하고 나서, 다시 탕공의 명령을 전달하며 말했다 : 「당신은 과거에 책방에서 있었던 일을 기억하지 못하는가? 수재(秀才)의 신분일 때조차, 일전(一錢)을 생명처럼 여기는데;

【稟(품)】: 품신(稟申)하다.

【復(부)】: 다시.

【汝(여)】: 너, 당신.

【記(기)】: 기억하다.

【秀才(수재)】: 부(府) 주(州) 현(縣)의 학교에 입학한 학생.

【尙且(상차)】: …조차도 …한데.

【一錢如命(일전여명)】: 일전(一錢)을 생명처럼 여기다.

10 今僥倖作地方官, 能不探囊胠篋, 爲紗帽下之劫賊乎? 請卽解組去, 毋使一路哭也!」 → 지금 요행이 지방의 관리가 되면, 어찌 남의 주머니를 뒤지고 남의 상자를 열어 물건을 훔쳐, 사모(紗帽)를 쓴 도적이 되지 않을 수 있겠는가? 청컨대 즉시 사직하고 떠나, 당신이 다스리는 지역의 백성들이 피해를 당하게 하지 말라!」

【能不(능불)】: 어찌 …하지 않을 수 있겠는가?

【探囊胠篋(탐낭거협)】: 남의 주머니를 뒤지고 남의 상자를 열어 물건을 훔치다. 〖探〗: 찾다, 뒤지다. 〖囊〗: 주머니. 〖胠〗: 열다. 〖篋〗: 상자. ※《장자(莊子) · 거협(胠篋)》: 「將爲胠篋探囊發匱之盜而爲守備, 則必攝緘縢, 固扃鐍。(상자를 열고 주머니를 뒤지며 궤짝을 여는 도둑에 대비하기 위해서는, 반드시 끈으로 꼭 묶고 자물쇠를 단단히 채워야 한다.)」

【爲紗帽下之劫賊(위사모하지겁적)】: 사모(紗帽) 밑의 강도가 되다. 즉 「사모를 쓴 도적이 되다」의 뜻. 〖爲〗: 되다. 〖紗帽〗: 사모, 오사모(烏紗帽). ※ 벼슬아치들이 관복을 입을 때에 쓰던 모자. 〖劫賊〗: 도적, 강도.

【解組(해조)】: 인수(印綬)를 풀다. 즉 「관직에서 물러나다, 사직하다」의 뜻.

【去(거)】: 떠나다.

【毋使(무사)…】: …하게 하지 말라. 〖毋〗: …하지 말라, …해서는 안 된다. 〖使〗: …하게 하다.

【一路哭(일로곡)】: (어느) 한 지역의 백성들이 피해를 당하다.

11 某始悟日前叩姓氏者, 卽潛庵湯公, 遂慙愧罷官而去。 → 아무개는 비로소 이전에 성씨를 물은 사람이, 바로 잠암 탕공이라는 것을 깨달았다. 그리하여 매우 부끄러워하며 관직을 그만두고 떠났다.

【始(시)】: 비로소.

【悟(오)】: 깨닫다.

【日前(일전)】: 종전, 이전.

而被劾, 亦事之出於意外者。記此爲不謹細行者勖。[12] 鐸曰 :「錢神化百千億萬身, 種種誘人失著。勿謂一錢甚微也。[13] 涓涓不塞成江河, 爝火不滅成燎原。吾願飭簠簋者, 自一錢始。」[14]

....

【遂(수)】: 그래서, 그리하여.
【慙愧(참괴)】: 부끄러워하다. ※ 판본에 따라서는 「慙」을 「慚(참)」이라 했다.
【罷官(파관)】: 관직을 그만두다.

12 夫未履任而被劾, 亦事之出於意外者。記此爲不謹細行者勖。→ 대저 아직 부임하기도 전에 탄핵을 당하는 것은, 또한 사람들이 예상하지 못하는 일이다. (그래서) 이를 기록으로 남겨, 사소한 행동에 신중하지 못한 사람들에 대해 경각심을 갖게 하고자 한다.
【夫(부)】: [발어사] 무릇, 대저.
【出於意外(출어의외)】: 의외이다, 뜻밖이다, 예상하지 못하다, 예상을 벗어나다.
【爲(위)】: …에게, …에 대해.
【不謹細行者(불근세행자)】: 사소한 행위에 신중하지 않는 사람.
【勖(욱)】: 권계하다, 면려하다. 여기서는 「경각심을 갖게 하다」의 뜻.

13 鐸曰 :「錢神化百千億萬身, 種種誘人失著。勿謂一錢甚微也。→ 해탁(諧鐸)이 말했다 :「돈 귀신은 항상 억만 가지 모습으로 변신하여, 여러 방법을 통해 사람을 실족(失足)하도록 유인한다. 일전(一錢)의 돈을 매우 작다고 여기지 말라.
【化百千億萬身(화백천억만신)】: 억만 가지 모습으로 변신하다.
【種種(종종)】: 여러 가지.
【誘(유)】: 유인하다, 유혹하다.
【失著(실저)】: 실족(失足)하다.
【勿(물)】: …하지 말라.
【謂(위)】: …라고 여기다.
【甚微(심미)】: 매우 작다.

14 涓涓不塞成江河, 爝火不滅成燎原。吾願飭簠簋者, 自一錢始。」→ 졸졸 흐르는 물은 막히지 않으면 강을 이루고, 횃불은 꺼지지 않으면 들판을 태운다. 나는 벼슬자리의 행동을 삼가고자 하는 사람들은, 일전(一錢)을 신중히 대하는 것부터 시작하기 바란다.」
【涓涓(연연)】: 물이 졸졸 흐르는 모양.
【塞(새)】: 막다.
【爝火(작화)】: 횃불.
【滅(멸)】: 소멸하다, 꺼지다.
【燎原(요원)】: (불이 번져) 들판을 태우다. 【燎】: 태우다, 번지다. 【原】: 평원, 들판.
【飭簠簋(칙보궤)】: 벼슬자리의 행동을 삼가다. 【飭】: 근신하다, 삼가다, 조심하다. 【簠簋】: 제사 때 곡식을 담는 제기. 네모난 것을 보(簠), 둥근 것을 궤(簋)라 한다..
【自(자)…始(시)】: …로부터 시작하다.

번역문

일전(一錢)으로 인해 관직을 잃다

남창(南昌)의 아무개는 부친이 국자감(國子監)의 조교(助教)를 지내, 부친의 임지(任地)를 따라가 경성(京城)에 살았다. 어느 날 우연히 연수사(延壽寺) 거리를 지나다가, 책방에서 한 소년이 돈을 세어 《여씨춘추(呂氏春秋)》를 사는 것을 보고 있는데, 마침 동전 하나가 땅에 떨어졌다. 아무개는 몰래 발로 그것을 밟고 있다가, 소년이 떠나기를 기다려 몸을 굽혀 그것을 주웠다. 옆에 한 노인이 앉아서 한참 동안 응시하더니, 갑자기 일어나 아무개의 성씨를 묻고 쌀쌀하게 비웃으며 가버렸다. 후에 아무개는 국자감 학생의 신분으로 등록관(謄錄館)에 들어가 인사를 담당하는 관리를 알현하고, 강소(江蘇) 상숙현(常熟縣)의 현위(縣尉) 자리를 얻었다. 여장을 꾸리고 부임하러 가서, 명함을 건네고 상급 관리를 알현하고자 청했다. 그때 잠암(潛庵) 탕공(湯公)이 강소(江蘇)의 순무(巡撫)를 지내고 있었는데, 아무개가 열 번을 알현하고자 청했으나 한 번도 알현하지 못했다. 관아의 순포(巡捕)가 탕공의 명령을 전달하며, 아무개에게 부임할 필요가 없다고 했다. 그 까닭은 아무개의 이름이 이미 관리를 탄핵하는 공문에 들어 있기 때문이었다. (아무개가) 무슨 일로 탄핵했는가를 묻자, 순포가 말했다.

「횡령이오.」

아무개는 스스로 자기가 아직 부임을 하지 않았는데 무슨 부정한 돈이 있겠느냐며, 반드시 착오가 있을 것이라 생각하고 급히 직접 대면하여 진술하고자 했다. 순포가 들어가 품신하고 나서, 다시 탕공의 명령을 전달하며 말했다.

「당신은 과거에 책방에서 있었던 일을 기억하지 못하는가? 수재(秀才)의 신분일 때조차 일전(一錢)을 생명처럼 여기는데, 지금 요행이 지방의 관리가 되면, 어찌 남의 주머니를 뒤지고 남의 상자를 열어 물건을 훔쳐, 사모(紗帽)를 쓴 도적이 되지 않을 수 있겠는가? 청컨대, 즉시 사직하고 떠나 당신이 다스리는 지역의 백성들이 피해를 당하게 하지 말라!」

아무개는 비로소 이전에 성씨를 물은 사람이 바로 잠암 탕공이라는 것을 깨달았다. 그리하여 매우 부끄러워하며 관직을 그만두고 떠났다.

대저 아직 부임하기도 전에 탄핵을 당하는 것은, 또한 사람들이 예상하지 못하는 일이다. 그래서 이를 기록으로 남겨 사소한 행동에 신중하지 못한 사람들에 대해 경각심을 갖게 하고자 한다.

해탁(諧鐸)이 말했다.

「돈 귀신은 항상 억만 가지 모습으로 변신하여, 여러 방법을 통해 사람을 실족(失足)하도록 유인한다. 일전(一錢)의 돈을 매우 작다고 여기지 말라. 졸졸 흐르는 물은 막히지 않으면 강을 이루고, 횃불은 꺼지지 않으면 들판을 태운다. 나는 벼슬자리의 행동을 삼가고자 하는 사람들은, 일전(一錢)을 신중히 대하는 것부터 시작하기 바란다.」

해설

남창(南昌)의 아무개는 수재(秀才) 시절에 책방에서 어느 소년이 떨어뜨린 일전(一錢)을 몰래 주워 가졌다가, 이 일이 빌미가 되어 훗날 어렵사리 얻은 강소(江蘇) 상숙현(常熟縣)의 현위(縣尉)의 자리를 포기해야 했다.

이 우언은 동전 하나를 탐했다가 벼슬길에 나가지 못한 수재의 사례를 통해, 눈앞의 작은 이익을 탐하는 사람은 반드시 앞날의 큰 이익을 잃게 되고, 벼슬하는 사람이 재물을 탐하면 반드시 파직의 나락으로 떨어진다는 소탐대실(小貪大失)의 이치를 밝힌 것이다.

157 견비(犬婢)

《諧鐸·卷七·犬婢》

원문 및 주석

犬婢[1]

清平王太常乞假歸里。[2] 夫人欲購一婢, 有貧婦攜女來, 面黃體瘠, 目灼灼如犬。問其直, 索金百兩。[3] 夫人笑曰 :「爾女醜拙若此,

1 犬婢 → 계집종으로 태어난 개
【婢(비)】: 하녀, 계집종.

2 清平王太常乞假歸里。→ 청평현(清平縣)의 왕태상(王太常)이 휴가를 청해 고향 집에 돌아왔다.
【清平(청평)】: [지명] 옛 현(縣) 이름. 지금의 산동성 서북부.
【王太常(왕태상)】: 성이 왕(王)씨인 태상(太常). 〖太常〗: [관직] 태상사경(太常寺卿). ※ 청대(清代)에 제사와 예악(禮樂)을 관장하던 직책.
【乞假(걸가)】: 휴가를 청하다.
【歸里(귀리)】: 고향에 돌아오다, 집에 돌아오다.

3 夫人欲購一婢, 有貧婦攜女來, 面黃體瘠, 目灼灼如犬。問其直, 索金百兩。→ 그의 부인이 하녀 하나를 사려고 하자, 어느 가난한 부녀자가 자기의 딸을 데리고 왔다. (딸의) 얼굴은 누렇고 몸은 수척했으나, 눈은 개처럼 반짝반짝 빛이 났다. 값을 물으니, 은(銀) 백 냥을 요구했다.
【欲(욕)】: …하고자 하다, …하려고 하다, …하길 원하다.
【婢(비)】: 하녀, 계집종.
【貧婦(빈부)】: 가난한 부녀자.
【攜女來(휴녀래)】: 딸을 데리고 오다.
【瘠(척)】: 여위다, 수척하다.
【灼灼(작작)】: 반짝반짝 빛이 나는 모양.

何所長而視爲奇貨耶?」[4] 貧婦曰:「是兒雖陋相, 然天生慧眼, 能於昏夜視物, 洞如白晝。」[5] 夫人曰:「姑留此試之。」貧婦去。[6] 至夜, 諸女伴於燈下繡太常朝服, 命其穿鍼暗處, 易如拾芥。[7] 夫人喜, 明日

【如(여)】: 마치 …와 같다.
【直(치)】: 値(치), 값.
【索(색)】: 요구하다.

4 夫人笑曰:「爾女醜拙若此, 何所長而視爲奇貨耶?」→ 부인이 웃으며 말했다:「당신의 딸은 이처럼 못생기고 변변치 못한데, 무슨 장점이 있기에 진귀한 물건으로 간주하는가?」
【爾(이)】: 너, 당신.
【醜拙(추졸)】: 용모가 못생기고 변변치 못하다.
【若此(약차)】: 이와 같다.
【何(하)】: 무슨, 어떤.
【所長(소장)】: 장점.
【視爲奇貨(시위기화)】: 진귀한 물건으로 여기다. 〖視爲〗: …로 보다, …로 간주하다. 〖奇貨〗: 진귀한 물건.

5 貧婦曰:「是兒雖陋相, 然天生慧眼, 能於昏夜視物, 洞如白晝。」→ 가난한 부녀자가 말했다:「이 아이는 비록 얼굴은 못생겼으나, 선천적으로 혜안(慧眼)을 타고 나서, 캄캄한 밤에 물건을 볼 수 있는데, 마치 대낮처럼 명확합니다.」
【是(시)】: 此(차), 이.
【雖(수)】: 비록.
【陋相(누상)】: 추한 용모, 못난 얼굴.
【然(연)】: 그러나.
【天生(천생)】: 선천적.
【慧眼(혜안)】: 사물을 꿰뚫어 보는 안목.
【於昏夜(어혼야)】: 캄캄한 밤중에. 〖於〗: [개사] …에.
【洞如白晝(동여백주)】: 마치 대낮처럼 명확하다. 〖洞〗: 분명하다, 뚜렷하다, 명확하다.

6 夫人曰:「姑留此試之。」貧婦去。→ 부인이 말했다:「(그렇다면) 잠시 여기에 남겨 두고 시험해 보겠네.」
【姑(고)】: 잠시, 잠깐.
【留此試之(유차시지)】: 여기에 남겨두고 그것을 시험하다.

7 至夜, 諸女伴於燈下繡太常朝服, 命其穿鍼暗處, 易如拾芥。→ 밤중에 이르러, 여자 동료들이 등불 밑에서 왕태상의 조복(朝服)에 수를 놓는데, (부인이) 그 아이에게 캄캄한 곳에서 바늘에 실을 꿰라고 명하자, 마치 풀잎을 줍는 것처럼 쉽게 처리했다.
【諸女伴(제여반)】: 여자 동료들, 여러 여자 동료.
【繡(수)】: 수를 놓다.
【朝服(조복)】: 관리가 조정(朝廷)에 나아갈 때 입는 예복.

如數予之, 名其婢曰喜兒。[8] 喜兒外樸內慧, 善伺夫人意旨, 夫人鍾愛, 幾齒諸子女行。[9] 夜輒引以爲戱, 時出金纏臂銀約指, 於黑夜搏弄, 能辨其色高下。[10] 或取千錢, 散布暗室中, 令喜兒往拾, 不遺一錢。[11] 嘗謂太常曰 : 「紅線掌牋, 芳姿咏扇, 卽劉家俊婢誦得《魯靈光

……………

【穿鍼(천침)】: 바늘에 실을 꿰다. ※판본에 따라서는 「鍼」을 「針(침)」이라 했다.
【易如拾芥(이여습개)】: 마치 풀을 줍는 것처럼 쉽다. 〖易〗: 쉽다, 용이하다. 〖如〗: 마치 … 처럼, 마치 …같이. 〖拾〗: 줍다. 〖芥〗: 풀잎.

8 夫人喜, 明日如數予之, 名其婢曰喜兒。→ 부인은 매우 좋아하며, 다음날 요구한 액수대로 몸값을 주고, 하녀에게 희아(喜兒)라는 이름을 지어 주었다.
【如數予之(여수여지)】: 액수대로 전부 그 아이의 어머니에게 주다. 〖如數〗: 액수대로 전부. 〖予〗: 주다. 〖之〗: [대명사] 그, 즉 「여자 아이의 어머니」.
【名(명)】: [동사] 이름을 짓다. ※ 판본에 따라서는 「名」을 「命(명)」이라 했다.

9 喜兒外樸內慧, 善伺夫人意旨, 夫人鍾愛, 幾齒諸子女行。→ 희아는 겉으로 소박하게 보였으나 속내는 총명하여, 부인의 뜻을 잘 살폈다. 그래서 부인은 희아를 총애하며, 거의 자기 자녀들과 똑같이 대했다.
【外樸內慧(외박내혜)】: 겉으로 순박하게 보이나 속내는 총명하다.
【善伺(선사)】: 잘 살피다, 살피는 데 능하다.
【意旨(의지)】: 뜻, 생각.
【鍾愛(종애)】: 총애하다, 매우 사랑하다.
【幾(기)】: 거의.
【齒諸子女行(치제자녀항)】: 희아를 자기 자녀의 항렬과 나란히 놓다. 즉 「희아를 자기 자녀들과 똑같이 대하다」의 뜻. 〖齒〗: 병렬하다, 나란히 놓다. 〖諸〗: 之於(지어)의 합음. 〖行〗: 항렬.

10 夜輒引以爲戱, 時出金纏臂銀約指, 於黑夜搏弄, 能辨其色高下。→ 밤중에 항상 그녀를 데리고 장난을 하며, 때때로 금팔지와 은반지를 꺼내, 캄캄한 어둠속에서 만지작거리면, (희아는) 능히 그 품질의 우열을 변별해 냈다.
【輒(첩)】: 항상, 늘, 자주.
【引以爲戱(인이위희)】: 데리고 장난을 하다.
【纏臂(전비)】: 팔찌.
【約指(약지)】: 반지, 가락지.
【於(어)】: [개사] …에서.
【搏弄(박롱)】: 가지고 놀다, 만지작거리다. ※ 판본에 따라서는 「搏」을 「揎(선)」이라 했다.
【辨(변)】: 변별하다, 구별하다.
【其色高下(기색고하)】: 그 품질의 우열. 〖色〗: (상품 따위의) 품질. 〖高下〗: 높고 낮음, 우열.

11 或取千錢, 散布暗室中, 令喜兒往拾, 不遺一錢。→ 간혹 동전 천 개를 가져와, 깜깜한 실내

殿賦》, 總不似我如願兒, 勝婆利市碧眼賈也。」[12] 一夕, 太常秉燭內室, 爲吏部某公作墓志, 急欲徵事班史, 遣喜兒於書架上取第幾部

에 뿌려 놓고, 희아로 하여금 가서 줍게 하면, 한 개도 빠뜨리지 않았다.

【或(혹)】: 간혹, 어느 때.

【千錢(천전)】: 천 개의 동전.

【令(령)】: …로 하여금 …하게 하다, …에게 …하도록 시키다.

【往拾(왕습)】: 가서 줍다.

【遺(유)】: 빠뜨리다, 누락하다.

12 嘗謂太常曰:「紅線掌牋, 芳姿咏扇, 卽劉家俊婢誦得《魯靈光殿賦》, 總不似我如願兒, 勝婆利市碧眼賈也。」→ (부인이) 일찍이 태상에게 말했다:「홍선(紅線)이 문서를 관리하고, 방자(芳姿)가 단선(團扇)을 읊고, 설사 용모가 빼어난 유염(劉琰)의 하녀들이 《노령광전부(魯靈光殿賦)》를 낭송했다 해도, 모두 우리 집 여원아(如願兒)만 못합니다. 이 아이는 파리국(婆利國) 저자 거리의 벽안(碧眼) 상인보다도 낫습니다.」

【嘗(상)】: 일찍이.

【紅線掌牋(홍선장전)】: 홍선(紅線)이 문서를 관리하다. ※ 당(唐) 원교(袁郊)의 전기소설집(傳奇小說集)《감택요(甘澤謠)》 중의 《홍선전(紅線傳)》에 의하면, 여류 협객 홍선(紅線)은 본래 노주절도사(潞州節度使) 설숭(薛嵩)의 계집종으로 문장과 무예에 능했는데, 설숭이 그녀에게 각종 문서를 관리하게 하고 내기실(內記室)이라 호칭했다. 홍선은 후에 여러 차례 설숭을 도와 근심을 덜어주고 위기에서 구해주었다.

【芳姿咏扇(방자영선)】: 방자(芳姿)가 단선(團扇)을 읊다. ※ 송(宋) 곽무천(郭茂倩) 《악부시집(樂府詩集)》 권45 《단선랑(團扇郎)》의 해제(解題)에 의하면, 진(晉)나라 중서령(中書令) 왕민(王珉)이 백단선(白團扇)을 들고 형수의 하녀인 사방자(謝芳姿)와 사랑을 나누었는데, 형수가 채찍으로 방자를 잔인하게 매질한 후, 노래 한 곡을 읊으면 용서하겠다고 하자 방자가 즉시 《단선(團扇)》을 읊었다고 한다.

【卽(즉)】: 설사 …라 해도.

【劉家俊婢誦得《魯靈光殿賦》(유가준비송득《노령광전부》)】: 유염(劉琰)의 용모가 빼어난 하녀들이 《노령광전부(魯靈光殿賦)》를 노래하다. 〖劉家〗: 삼국시대 촉(蜀)의 거기장군(車騎將軍) 유염(劉琰)은 집에 하녀 수십 명을 거느리고 있었는데, 모두 노래를 잘해서 그녀들에게 동한왕(東漢王) 연수(延壽)의 《노령광전부(魯靈光殿賦)》를 가르쳐 부르도록 했다. 〖俊婢〗: 용모가 빼어난 하녀. 〖誦得〗: 읊다, 노래하다. 〖《魯靈光殿賦(노령광전부)》〗: 동한왕(東漢王) 연수(延壽)가 지은 부. ※「노령광전(魯靈光殿)」은 한(漢) 경제(景帝)의 아들 노공왕(魯恭王)이 지은 궁전으로, 장안(長安)의 궁전들이 모두 불타버리고 오직 이 궁전만 요행히 남아, 동한왕(東漢王) 연수(延壽)가 부를 지어 이를 송찬했다.

【總(총)】: 모두, 전부.

【不似(불사)】: 不如(불여), …같지 않다, …만 못하다.

【如願兒(여원아)】: 전설에 나오는 팽택호(彭澤湖) 신(神)의 하녀 이름. 여기서는 자기의 하녀「희아(喜兒)」를 비유한 것이다.

第幾卷書。[13] 喜兒應聲而去, 往返數次, 徒手而來。詰之, 癡立不語。[14] 太常曰 :「暗中摸索, 本非易事。」因自起持燭出外, 揀之架上, 其書宛然。[15] 笑謂夫人曰 :「卿家碧眼賈, 今亦迷五色哉!」夫人不解, 但

....

【勝(승)】: …을 능가하다, …보다 낫다.

【婆利市碧眼賈(파리시벽안고)】: 파리국(婆利國) 저잣거리의 벽안(碧眼) 상인. 〖婆利〗: [국명]. 〖市〗: 저잣거리. 〖碧眼〗: 파란 눈. 〖賈〗: 상인, 장사꾼. ※ 당(唐) 배형(裴鉶)의 《전기(傳奇)》에 등장하는 곤륜노(崑崙奴) 마륵(磨勒)은 파리국(婆利國)의 벽안(碧眼) 호인(胡人)으로, 자기 주인 최생(崔生)을 등에 업고 열 겹의 담장을 넘어 재상의 집에 들어가 최생이 흠모하는 기녀와 해후하게 하고, 다시 그들을 업고 담장을 넘어 탈출했다.

13 一夕, 太常秉燭內室, 爲吏部某公作墓志, 急欲徵事班史, 遣喜兒於書架上取第幾部第幾卷書。→ 어느 날 저녁, 장태상이 내실에서 촛불을 켜고, 이부(吏部)의 어느 관리를 위해 묘지(墓誌)를 쓰는데, 급히 《한서(漢書)》에서 고사를 인용하려고, 희아를 보내 서가에서 제 몇 부(部) · 제 몇 권(卷)의 책을 가져오라고 했다.

【秉燭(병촉)】: 촛불을 밝히다.

【墓志(묘지)】: 묘지(墓誌). ※ 죽은 사람의 행적(行蹟), 자손(子孫)의 이름, 묘지(墓地)의 이름, 태어나고 죽은 때 등을 기록한 글. 통상 돌에 새겨 무덤 옆에 묻는다.

【欲(욕)】: …하고자 하다, …하려고 하다.

【徵事(징사)】: 고사(故事)를 인용하다. ※ 판본에 따라서는 「徵」을 「征(정)」이라 했다.

【班史(반사)】: 《한서(漢書)》. ※ 《한서》는 반고(班固)가 지은 사서(史書)이기 때문에 반사(班史)라 했다.

【遣(견)】: 보내다, 파견하다.

14 喜兒應聲而去, 往返數次, 徒手而來。詰之, 癡立不語。→ 희아는 대답과 동시에 가서, 몇 번을 왕복했으나, 매번 빈손으로 돌아왔다. (태상이) 희아를 문책하자, 희아는 멍청히 서서 말을 하지 않았다.

【應聲而去(응성이거)】: 대답과 동시에 가다.

【往返(왕반)】: 왕복하다.

【徒手(도수)】: 빈손.

【詰之(힐지)】: 희아를 문책하다. 〖詰〗: 문책하다, 따져 묻다. 〖之〗: [대명사] 그, 즉 「희아」.

【癡立不語(치립불어)】: 멍청히 서서 말을 하지 않다.

15 太常曰 :「暗中摸索, 本非易事。」因自起持燭出外, 揀之架上, 其書宛然。→ 태상이 말했다 :「캄캄한 곳에서 더듬어 찾기란, 본래 쉬운 일이 아니다.」그리하여 (태상이) 몸소 일어나 촛불을 들고 나가, 서가에서 그 책을 찾아보니, 그 책이 뚜렷이 그 자리에 있었다.

【摸索(모색)】: 더듬어 찾다.

【因(인)】: 그래서, 그리하여.

【持(지)】: 들다, 가지다.

【揀之架上(간지가상)】: 서가에서 그 책을 찾아보다. 〖揀〗: 고르다. 즉 「찾다」의 뜻. 〖之〗:

咎其懶。[16] 喜兒曰：「夫人誤矣! 昔阿娘中年不育, 祈嗣楊太尉祠, 命以座下犬托生爲女。[17] 故婢子偏體賤骨, 唯雙眸獨炯。但犬之爲物, 遇金銀什物, 雖黑夜能見之;[18] 若文章詞翰, 縱光天化日中, 瞪目不

[대명사] 그것, 즉 「책」.

【宛然(완연)】: 뚜렷한 모양, 선명한 모양.

16 笑謂夫人曰：「卿家碧眼賈, 今亦迷五色哉!」 夫人不解, 但咎其懶。→ (태상이) 웃으며 부인에게 말했다 : 「당신의 벽안 상인은, 오늘도 여러 가지 색깔에 미혹되었소!」 부인은 그 뜻을 이해하지 못하고, 다만 희아가 게으름을 피운다고 꾸짖었다.

【卿家(경가)】: [상대방의 집을 높여 부르는 말] 귀댁(貴宅). 여기서는 「당신」의 뜻. 〖卿〗: 당신, 그대.

【迷五色(미오색)】: 여러 가지 색깔에 미혹되다. ※《노자(老子) · 제12장(第十二章)》에 : 「여러 가지 색깔은 사람의 눈을 멀게 하고, 여러 가지 소리는 사람의 귀를 먹게 하고, 여러 가지 음식은 사람의 입맛을 무디게 한다.(五色令人目盲; 五音令人耳聾; 五味令人口爽。)」라고 했는데, 여기서 「迷五色」은, 곧 「희아가 고대의 서적을 대하자 무능하여 아무 일도 할 수 없음」을 비유한 것이다.

【不解(불해)】: 이해하지 못하다.

【但(단)】: 단지, 다만.

【咎(구)】: 꾸짖다, 책망하다.

【其(기)】: 그, 즉 「희아」.

【懶(라)】: 게으르다, 게으름을 피우다.

17 喜兒曰：「夫人誤矣! 昔阿娘中年不育, 祈嗣楊太尉祠, 命以座下犬托生爲女。→ 희아가 말했다 : 「마님이 틀렸어요! 예전에 저의 어머니가 중년이 되도록 아이를 갖지 못해, 이랑신(二郞神)의 사당에 가서 후사(後嗣)를 빌었는데, 이랑신이 좌석 아래의 개에게 명하여 여자로 다시 태어나게 했습니다.

【阿娘(아랑)】: 어머니.

【不育(불육)】: 아이를 갖지 못하다.

【祈嗣(기사)】: 대를 잇게 해달라고 빌다, 후사(後嗣)를 빌다. 〖祈〗: 빌다, 기도하다. 〖嗣〗: 후사(後嗣), 대를 이을 자식.

【楊太尉(양태위)】: 이랑신(二郞神) 양전(楊戩). ※ 매와 개를 거느리고 72가지 변신술을 부려 요괴를 퇴치한다는 눈이 셋 달린 전설상의 신.

【祠(사)】: 사당(祠堂).

【托生爲女(탁생위녀)】: 다시 태어나 여자가 되다, 여자로 다시 태어나다.

18 故婢子偏體賤骨, 唯雙眸獨炯。但犬之爲物, 遇金銀什物, 雖黑夜能見之; → 그래서 저는 온몸이 천한 골격이지만, 오직 두 눈동자만은 유독 번쩍번쩍 빛이 납니다. 그러나 개와 같은 동물은, 금이나 은으로 만든 물건을 만나면, 비록 밤중이라 해도 그것을 볼 수 있지만;

知爲何物, 況於昏暮間求之乎?」[19] 夫人憮然爲間曰:「棄人用犬, 宜明於小而暗於大也。自今以後, 吾知悔矣。」[20] 太常曰:「不然。眼前碌碌, 豈止若輩? 凡遇財物則雙眼俱明, 遇文字則一丁不識, 皆

【徧體(편체)】: 온몸, 전신. ※ 판본에 따라서는 「徧」을 「遍(편)」이라 했다.
【賤骨(천골)】: 천한 골격.
【唯(유)】: 오직, 다만.
【雙眸(쌍모)】: 두 눈동자.
【獨(독)】: 유독, 홀로.
【炯(형)】: 번쩍번쩍 빛나다.
【犬之爲物(견지위물)】: 개와 같은 동물.
【遇(우)】: 만나다.
【什物(십물)】: 물품.
【雖(수)】: 비록 …라 해도.

19 若文章詞翰, 縱光天化日中, 瞪目不知爲何物, 況於昏暮間求之乎?」→ 만일 문장(文章)이나 시사(詩詞) 같은 것이라면, 설사 대낮에, 눈을 부릅뜨고 보아도 무슨 물건인지 모릅니다. 하물며 어두운 밤중에 그것을 찾을 수 있겠습니까?」
【若(약)】: 만일 …와 같은 것이라면.
【文章詞翰(문장사한)】: 문장(文章) · 시사(詩詞)의 총칭.
【縱(종)】: 설사 …라 해도, 설령 …일지라도.
【光天化日(광천화일)】: 백주, 대낮.
【瞪目(등목)】: 눈을 부릅뜨다.
【況(황)】: 하물며.
【於昏暮間(어혼모간)】: 어두운 밤중에. 〖於〗: [개사] …에. 〖昏暮〗: 황혼, 저녁 무렵. 여기서는 「어두운 밤중」을 가리킨다.
【求(구)】: 찾다.
【之(지)】: [대명사] 그것, 즉 「文章詞翰」.

20 夫人憮然爲間曰:「棄人用犬, 宜明於小而暗於大也。自今以後, 吾知悔矣。」→ 부인은 한동안 실망한 모습을 보이다가 비로소 말했다:「사람을 포기하고 개를 고용했으니, 작은 일에 밝고 큰일에 어두운 것은 당연하겠지요. 앞으로 나는 후회할 것입니다.」
【憮然(무연)】: 실망하는 모양.
【爲間(위간)】: 한동안.
【棄(기)】: 버리다, 포기하다.
【宜(의)】: 마땅하다, 당연하다.
【自今以後(자금이후)】: 지금 이후, 앞으로.
【知悔(지회)】: 후회할 것을 알다. 즉 「후회할 것이다」의 뜻.

犬之種類耳。奴價倍婢，未是知言。」[21] 夫人迺大笑，而喜兒之寵不衰。[22]

번역문

계집종으로 태어난 개

청평현(淸平縣)의 왕태상(王太常)이 휴가를 청해 고향 집에 돌아왔다. 그

21 太常曰：「不然。眼前碌碌，豈止若輩? 凡遇財物則雙眼俱明，遇文字則一丁不識，皆犬之種類耳。奴價倍婢，未是知言。」→ 태상이 말했다：「그렇지 않소. 현재 보잘 것 없는 자가 어찌 다만 이 여자 아이뿐이겠소? 무릇 재물을 만나면 두 눈이 모두 번쩍이고，문자를 만나면 낫 놓고 기역자도 모르는 자들은，모두 개와 같은 부류일 뿐이오. (옛말에) 사내종 한 명의 몸값이 계집종의 두 배가 된다고 했는데，이는 결코 사리(事理)에 맞는 말이 아니네요.」

【不然(불연)】：그렇지 않다.

【眼前(안전)】：눈앞，현재，목전

【碌碌(녹록)】：평범하고 보잘 것 없다，하잘 것 없다.

【豈(기)】：어찌.

【止(지)】：다만，단지.

【若輩(약배)】：이런 사람. 즉「이 여자 아이」를 가리킨다.

【凡(범)】：무릇，대저.

【遇(우)】：만나다.

【俱(구)】：모두.

【一丁不識(일정불식)】：낫 놓고 기역자도 모르다.

【耳(이)】：…일 뿐이다.

【奴價倍婢(노가배비)】：사내종 한 명의 몸값이 계집종 몸값의 배가 되다. ※《세설신어(世說新語)·덕행(德行)》：「조납(祖納)은 어렸을 때 의지할 곳 없이 외롭고 가난했지만，효성이 지극하여 항상 몸소 어머니를 위해 불을 때서 밥을 지었다. 왕예(王乂)가 그의 아름다운 명성을 듣고，계집종 두 명을 보내주었다. 그리고 조납에게 중랑(中郎)의 직책을 맡겼다. 그리하여 어떤 사람이 조납에게 농담으로 말했다：『사내종의 몸값이 계집종의 두 배가 되는군요.』」(祖光祿(名納)少孤貧，性至孝，常自爲母炊爨作食。王平北(名乂)聞其佳名，以兩婢餉之，因取爲郎中。有人戲之者曰：『奴價倍婢。』」)

【知言(지언)】：사리(事理)에 맞는 말.

22 夫人迺大笑，而喜兒之寵不衰。→ 그리하여 부인은 활짝 웃고，희아에 대한 총애도 줄어들지 않았다.

【迺(내)】：이에，그리하여. ※ 판본에 따라서는「迺」를「乃(내)」라 했다.

【衰(쇠)】：쇠미하다，줄어들다.

의 부인이 하녀 하나를 사려고 하자 어느 가난한 부녀자가 자기의 딸을 데리고 왔다. (딸의) 얼굴은 누렇고 몸은 수척했으나 눈은 개처럼 반짝반짝 빛이 났다. 값을 물으니 은(銀) 백 냥을 요구했다.

부인이 웃으며 말했다.

「당신의 딸은 이처럼 못생기고 변변치 못한데, 무슨 장점이 있기에 진귀한 물건으로 간주하는가?」

가난한 부녀자가 말했다.

「이 아이는 비록 얼굴은 못생겼으나 선천적으로 혜안(慧眼)을 타고 나서 캄캄한 밤에 물건을 볼 수 있는데, 마치 대낮처럼 명확합니다.」

부인이 말했다.

「(그렇다면) 잠시 여기에 남겨 두고 시험해 보겠네.」

밤중에 이르러 여자 동료들이 등불 밑에서 왕태상의 조복(朝服)에 수를 놓는데, (부인이) 그 아이에게 캄캄한 곳에서 바늘에 실을 꿰라고 명하자 마치 풀잎을 줍는 것처럼 쉽게 처리했다. 부인은 매우 좋아하며, 다음날 요구한 액수대로 몸값을 주고, 하녀에게 희아(喜兒)라는 이름을 지어 주었다.

희아는 겉으로 소박하게 보였으나 속내는 총명하여 부인의 뜻을 잘 살폈다. 그래서 부인은 희아를 총애하며 거의 자기 자녀들과 똑같이 대했다. 밤중에 항상 그녀를 데리고 장난을 하며, 때때로 금팔지와 은반지를 꺼내 캄캄한 어둠속에서 만지작거리면, (희아는) 능히 그 품질의 우열을 변별해 냈다. 간혹 동전 천 개를 가져와 깜깜한 실내에 뿌려 놓고 희아로 하여금 가서 줍게 하면 한 개도 빠뜨리지 않았다.

(부인이) 일찍이 태상에게 말했다.

「홍선(紅線)이 문서를 관리하고, 방자(芳姿)가 단선(團扇)을 읊고, 설사 용모가 빼어난 유염(劉琰)의 하녀들이 《노령광전부(魯靈光殿賦)》를 낭송했다

해도, 모두 우리 집 여원아(如願兒)만 못합니다. 이 아이는 파리국(婆利國) 저잣거리의 벽안(碧眼) 상인보다도 낫습니다.」

어느 날 저녁, 장태상이 내실에서 촛불을 켜고 이부(吏部)의 어느 관리를 위해 묘지(墓誌)를 쓰는데, 급히 《한서(漢書)》에서 고사를 인용하려고, 희아를 보내 서가에서 제 몇 부(部) · 제 몇 권(卷)의 책을 가져오라고 했다. 희아는 대답과 동시에 가서 몇 번을 왕복했으나 매번 빈손으로 돌아왔다. (태상이) 희아를 문책하자 희아는 멍청히 서서 말을 하지 않았다.

태상이 말했다.

「캄캄한 곳에서 더듬어 찾기란 본래 쉬운 일이 아니니다.」

그리하여 (태상이) 몸소 일어나 촛불을 들고 나가 서가에서 그 책을 찾아보니, 그 책이 뚜렷이 그 자리에 있었다.

(태상이) 웃으며 부인에게 말했다.

「당신의 벽안 상인은 오늘도 여러 가지 색깔에 미혹되었소!」

부인은 그 뜻을 이해하지 못하고 다만 희아가 게으름을 피운다고 꾸짖었다.

희아가 말했다.

「마님이 틀렸어요! 예전에 저의 어머니가 중년이 되도록 아이를 갖지 못해 이랑신(二郎神)의 사당에 가서 후사(後嗣)를 빌었는데, 이랑신이 좌석 아래의 개에게 명하여 여자로 다시 태어나게 했습니다. 그래서 저는 온몸이 천한 골격이지만 오직 두 눈동자만은 유독 번쩍번쩍 빛이 납니다. 그러나 개와 같은 동물은 금이나 은으로 만든 물건을 만나면, 비록 밤중이라 해도 그것을 볼 수 있지만, 만일 문장(文章)이나 시사(詩詞) 같은 것이라면 설사 대낮에 눈을 부릅뜨고 보아도 무슨 물건인지 모릅니다. 하물며 어두운 밤중에 그것을 찾을 수 있겠습니까?」

부인은 한동안 실망한 모습을 보이다가 비로소 말했다.

「사람을 포기하고 개를 고용했으니, 작은 일에 밝고 큰일에 어두운 것은 당연하겠지요. 앞으로 나는 후회할 것입니다.」

태상이 말했다.

「그렇지 않소. 현재 보잘 것 없는 자가 어찌 다만 이 여자 아이뿐이겠소? 무릇 재물을 만나면 두 눈이 모두 번쩍이고, 문자를 만나면 낫 놓고 기역자도 모르는 자들은 모두 개와 같은 부류일 뿐이오. (옛말에) 사내종 한 명의 몸값이 계집종의 두 배가 된다고 했는데, 이는 결코 사리(事理)에 맞는 말이 아니요.」

그리하여 부인은 활짝 웃고, 희아에 대한 총애도 줄어들지 않았다.

해설

왕태상(王太常) 부인은 선천적으로 혜안(慧眼)을 타고 나서 캄캄한 밤에 물건을 볼 수 있는 여자 아이에 매료되어 요구한 몸값을 다 주고 사들인 후, 희아(喜兒)라는 이름을 지어주고 자기의 자녀처럼 총애했다. 그런데 희아는 캄캄한 어둠속에서도 금은보화를 식별해 낼 수 있는 능력은 탁월했지만, 문자를 식별하는 능력이 전혀 없었다. 그리하여 왕태상이 묘지(墓誌)에 관한 자료를 찾기 위해, 희아에게 서가의 정확한 위치를 알려주고 찾아오게 했으나 몇 번을 왕복하며 빈손으로 돌아왔다. 그 까닭은 희아가 개의 화신(化身)으로 어둠속에서 물건을 식별할 수는 있어도 글자는 전혀 알아보지 못했기 때문이다.

남에게 비굴하게 알랑거리는 것을 노예근성이라 하는데, 개는 예로부터 중국인들이 노예를 비유하는 대상으로 인식했다.

이 우언은 작자가 당시 관료 사회의 부패에 대해 깊이 인식하고, 개의 화신인 계집종을 빌려, 문장(文章)이나 시사(詩詞) 등 학문에 대해 전혀 아는 것이 없이 오직 재물만을 탐하는 관리들의 노예근성을 폭로하고 비난한 것이다.

158 관중귀수(棺中鬼手)

《諧鐸 · 卷八 · 棺中鬼手》

원문 및 주석

棺中鬼手[1]

蕭山陳景初, 久客天津。後束裝歸里, 路過山東界。[2] 時歲大饑, 窮民死者無算, 旅店蕭條, 不留宿客。[3] 投止一寺院, 見東廂積棺三

1 棺中鬼手 → 관(棺) 속의 귀신 손
【棺(관)】: 관, 널.

2 蕭山陳景初, 久客天津。後束裝歸里, 路過山東界。→ 소산(蕭山) 사람 진경초(陳景初)는 오랫동안 천진(天津)에서 객거(客居)하다가, 후에 여장을 꾸려 고향 마을로 돌아오면서, 산동(山東)의 경계를 지나왔다.
【蕭山(소산)】: [지명] 지금의 절강성 소산현(蕭山縣).
【陳景初(진경초)】: [인명].
【客(객)】: [동사] 객거(客居)하다, 객지에 살다.
【天津(천진)】: [지명] 지금의 하북성 천진시(天津市).
【束裝(속장)】: 여장을 꾸리다.
【路過(노과)】: 경유하다, 지나다.

3 時歲大饑, 窮民死者無算, 旅店蕭條, 不留宿客。→ 그해는 크게 기근이 들어, 빈민과 죽은 자가 셀 수 없이 많았고, 여관은 불황이라, 투숙객을 받지 않았다.
【時歲(시세)】: 그해.
【大饑(대기)】: 크게 기근이 들다.
【窮民(궁민)】: 빈민, 가난한 백성.
【無算(무산)】: 셀 수 없이 많다, 부지기수(不知其數)이다.
【旅店(여점)】: 여관, 여인숙.
【蕭條(소조)】: 불경기이다, 불황이다.

十餘口; 西廂一棺, 巋然獨存。[4] 三更後, 棺中盡出一手, 皆焦瘦黃瘠者; 惟西廂一手, 稍覺肥白。[5] 陳素負膽力, 左右顧盼, 笑曰 :「汝等窮鬼, 想手頭窘矣, 盡向我乞錢耶?」[6] 遂解囊橐, 各選一大錢予之。

……………

【不留宿客(불류숙객)】: 투숙객을 받지 않다.

4 投止一寺院, 見東廂積棺三十餘口; 西廂一棺, 巋然獨存。→ 그리하여 그는 한 사찰에 투숙했는데, 동쪽 곁채에 삼십여 개의 관(棺)이 쌓여 있고; 서쪽 곁채에 관 하나가, 우뚝하니 홀로 있는 것을 보았다.

【投止(투지)】: 투숙하다.

【寺院(사원)】: 절, 사찰.

【東廂(동상)】: 동쪽에 있는 곁채. 〖廂〗: (정채에 딸린) 곁채.

【積棺三十餘口(적관삼십여구)】: 삼십여 개의 관을 쌓아두다. 〖積〗: 쌓다. 〖口〗: [양사].

【巋然(규연)】: 우뚝 솟은 모양.

【獨存(독존)】: 홀로 있다.

5 三更後, 棺中盡出一手, 皆焦瘦黃瘠者; 惟西廂一手, 稍覺肥白。→ 삼경(三更)이 지나자, 관마다 모두 손을 하나씩 내밀었다. (손들을 보니) 다 누렇게 그을어 바싹 말랐고; 오직 서쪽 곁채의 손 하나만, 약간 통통하고 희게 느껴졌다.

【三更(삼경)】: 하룻밤을 오경(五更)으로 나눈 세 번째 부분. 밤 11시에서 새벽 1시 사이.

【盡(진)】: 모두.

【焦瘦黃瘠(초수황척)】: 누렇게 그을고 바싹 마르다. ※ 판본에 따라서는 「焦瘦黃瘠」을 「焦黑瘠(초흑척)」이라 했다.

【稍(초)】: 약간, 좀.

【覺(각)】: 느끼다.

【肥(비)】: 통통하다, 살찌다.

6 陳素負膽力, 左右顧盼, 笑曰 :「汝等窮鬼, 想手頭窘矣, 盡向我乞錢耶?」→ 진경초는 평소에 스스로 담력이 있다고 자부했다. 그는 좌우를 둘러보고, 웃으며 말했다 :「너희 가난한 귀신들은, 주머니 사정이 어려워, 모두 나에게 돈을 구걸하려는 것이겠지?」

【素(소)】: 평소.

【負(부)】: 자부하다.

【左右顧盼(좌우고반)】: 좌우를 둘러보다.

【汝等(여등)】: 너희들, 당신들. 〖汝〗: 너, 당신. 〖等〗: [복수형] …들.

【窮鬼(궁귀)】: 가난한 귀신.

【手頭(수두)】: 주머니 사정.

【窘(군)】: 궁하다, 곤궁하다.

【盡(진)】: 모두.

【乞錢(걸전)】: 돈을 구걸하다.

東廂鬼手盡縮, 西廂一手伸出如故。[7] 陳曰 :「一文錢恐不滿君意, 吾當益之。」 增至百數, 兀然不動。[8] 陳怒曰 :「是鬼太作喬, 可謂貪得而無厭者矣!」 竟提兩貫錢置其掌, 鬼手登縮。[9] 陳訝之, 移燈四

……………

7 遂解囊橐, 各選一大錢予之。東廂鬼手盡縮, 西廂一手伸出如故。→ (말하고 나서) 곧 주머니를 풀어, 각각 큰 동전 하나씩을 골라 그들에게 나누어 주었다. (돈을 받자) 동쪽 곁채 귀신들의 손은 모두 움츠렸으나, 서쪽 곁채의 손 하나는 여전히 그대로 내밀고 있었다.

【遂(수)】: 곧, 즉시.
【解(해)】: 풀다.
【囊橐(낭탁)】: 자루, 주머니.
【大錢(대전)】: 큰 동전. ※ 동전의 일종으로 보통의 동전보다 크고 액면가도 크다.
【予(여)】: 주다.
【之(지)】: [대명사] 그들, 즉「가난한 귀신들」.
【縮(축)】: 움츠리다, 거두어들이다.
【伸出(신출)】: 내밀다.
【如故(여고)】: 전과 같다, 여전하다.

8 陳曰 :「一文錢恐不滿君意, 吾當益之。」 增至百數, 兀然不動。→ 진경초가 말했다 :「일 문(文)은 아마도 그대의 마음에 차지 않을 것이니, 내가 마땅히 더 보태야겠지.」 그리하여 백여 문까지 늘었으나, 여전히 꼼짝도 하지 않았다.

【恐(공)】: 아마도.
【君(군)】: 그대, 당신, 귀하.
【當(당)】: 마땅히, 당연히.
【益(익)】: 더하다, 보태다.
【增至(증지)…】: …까지 증가하다, …에 이르기까지 늘다.
【百數(백수)】: 백여, 백 얼마.
【兀然(올연)】: 의연히, 여전히.

9 陳怒曰 :「是鬼太作喬, 可謂貪得而無厭者矣!」 竟提兩貫錢置其掌, 鬼手登縮。→ 진경초가 화를 내며 말했다 :「이 귀신은 허세가 너무 심해, 가히 탐욕이 한없는 자라고 할 만하군!」 결국 2관(貫)의 돈을 들고 와 귀신의 손에 놓자, 귀신의 손이 즉시 움츠려들었다.

【是(시)】: 此(차), 이.
【太作喬(태작교)】: 너무 허세를 부리다. 〖太〗: 너무, 지나치게. 〖作喬〗: 허세를 부리다, 젠체하다, 거드름을 피우다.
【可謂(가위)】: 가히 …라고 할 만하다.
【貪得而無厭(탐득이무염)】: 탐욕이 그지없다, 한없이 탐욕을 부리다.
【竟(경)】: 결국, 마침내.
【提(제)】: 들다.
【貫(관)】: 엽전 1,000개를 꿴 꾸러미를 1관(貫)이라 했다.

照, 見東廂之棺, 皆書「饑民某」字樣, 而西廂一棺, 上書「某縣典史某公之柩。」[10] 因嘆曰 :「饑民無大志, 一錢便能滿願; 而此公慣受書儀, 不到其數, 不收也。」[11] 已而錢聲戛響。蓋因棺縫頗窄, 鬼手在內强拽, 苦不得入, 繃然一聲, 錢索盡斷, 靑蚨拋散滿地。[12] 鬼手又

【置(치)】: 놓다.
【掌(장)】: 손바닥.
【登(등)】: 즉시, 바로, 당장. ※ 판본에 따라서는 「登」을 「頓(돈)」이라 했다.

10 陳訝之, 移燈四照, 見東廂之棺, 皆書「饑民某」字樣, 而西廂一棺, 上書「某縣典史某公之柩」。→ 진경초가 그것을 이상히 여겨, 등불을 옮겨와 사방을 비추고, 동쪽 곁채의 관들을 보니, 모두「굶주린 백성 아무개」라는 글귀가 쓰여 있고, 서쪽 곁채의 관 하나는, 위에「모현(某縣)의 전사(典史) 모공(某公)의 널」이라고 쓰여 있었다.
【訝(아)】: 이상하게 여기다.
【移燈四照(이등사조)】: 등불을 옮겨와 사방을 비추다. 【四照】: 사방을 비추다. ※ 판본에 따라서는 「四照」를 「回照(회조)」라 했다.
【書(서)】: [동사] (글씨를) 쓰다.
【饑民某(기민모)】: 굶주린 백성 아무개.
【字樣(자양)】: 문구(文句), 글귀.
【典史(전사)】: [관직] 지현(知縣)의 밑에서 죄인의 체포와 형옥(刑獄)을 관장하던 벼슬.
【公(공)】: [남자에 대한 존칭].
【柩(구)】: 널, 관.

11 因歎曰 :「饑民無大志, 一錢便能滿願; 而此公慣受書儀, 不到其數, 不收也。」→ 그리하여 진경초가 탄식하며 말했다 :「굶주린 백성들은 지나친 요구가 없어, 일 전이면 곧 만족할 수 있지만; 이 전사(典史) 나리는 뇌물 목록을 받는 데 익숙해져서, 자기가 요구하는 수량에 이르지 않으면, (손을) 거두어들이지 않는다.」
【因(인)】: 그리하여, 이로 인해.
【大志(대지)】: 큰 뜻. 여기서는 「지나친 요구」를 말한다.
【便(편)】: 곧, 바로.
【滿願(만원)】: 만족하다.
【慣受書儀(관수서의)】: 뇌물을 받는 데 익숙해지다. 【慣】: 습관이 되다, 익숙해지다. 【書儀】: 돈이나 재물을 증여할 때 쓰는 예물 목록. 여기서는 「뇌물 목록」을 가리킨다.
【收(수)】: 거두다, 거두어들이다.

12 已而錢聲戛響。蓋因棺縫頗窄, 鬼手在內强拽, 苦不得入, 繃然一聲, 錢索盡斷, 靑蚨拋散滿地。→ 잠시 후 (서쪽 곁채에서) 동전 부딪치는 소리가 났다. 본래 널의 틈새가 몹시 좁기 때문에, 귀신의 손이 널 안에서 (동전 꾸러미를) 억지로 끌어당기면서, 끌려 들어오지 않아 애를 먹다가, 툭 하는 소리가 나며, 동전 꾸러미의 끈이 모두 끊어져, 돈이 온 땅에 흩뿌

出, 四面空撈, 而無一錢入手。[13] 陳睨視而笑曰 : 「汝貪心太重, 剩得一雙空手, 反不如若輩小器量, 還留下一文錢看囊也!」 而手猶掏摸不已。[14] 陳擊掌大呼曰 : 「汝生前受兩貫錢, 便坐私衙打屈棒, 替豪

려진 것이다.

【已而(이이)】: 잠시 후.

【戛響(알향)】: 단단한 물체가 서로 부딪치는 소리.

【蓋(개)】: ※ 문구의 맨 앞에 놓여 서술한 내용에 대해 긍정하지 못하고, 다만 일종의 개략적인 상황을 표시한다. 적절히 번역하거나 번역하지 않아도 된다.

【因(인)】: …로 인해, … 때문에.

【棺縫(관봉)】: 관의 틈새.

【頗(파)】: 몹시, 매우.

【窄(착)】: 좁다.

【强拽(강예)】: 억지로 끌어당기다.

【苦不得入(고부득입)】: 들어오지 않아 애를 먹다.

【繃然(붕연)】: 툭 소리가 나는 모양. ※ 줄이 끊어지는 소리.

【錢索(전삭)】: 동전 꾸러미의 끈.

【盡(진)】: 모두, 전부, 다.

【靑蚨(청부)】: 본래는 고대 전설에 나오는 벌레의 이름이나, 여기서는 「돈」을 가리킨다. ※ 간보(干寶)《수신기(搜神記)》 권13의 기록에 의하면 「남방에 청부라는 벌레가 있는데, 새끼를 낳으면 반드시 풀잎에 의지하며, 크기는 마치 누에 새끼만하다. 그 새끼를 가져가면, 어미가 멀리 있거나 가까이 있거나 즉시 날아오며, 비록 몰래 그 새끼를 가져간다 해도, 그 어미는 그 새끼가 있는 곳을 안다. 어미 벌레의 피로 81매의 동전에 바르고, 새끼의 피로 81매의 동전에 발라 놓으면, 물건을 살 때마다, 어미 피를 바른 돈을 먼저 쓰거나, 새끼의 피를 바른 돈을 먼저 쓰거나 상관없이, 사용한 돈이 모두 다시 날아 돌아와, 이를 한없이 번갈아 사용할 수 있다.(南方有蟲名靑蚨, 生子必依草葉, 大如蠶子。取其子, 母卽飛來, 不以遠近。雖潛取其子, 母必知處。以母血塗錢八十一文, 以子血塗錢八十一文; 每市物, 或先用母錢, 或先用子錢, 皆復飛歸, 輪轉無已。)」라고 했다. 이는 본래 황당무계(荒唐無稽)한 말이나, 후에는 이로 인해 돈을 「청부(靑蚨)」라고 불렀다.

【拋散滿地(포산만지)】: 온 땅에 흩뿌려지다.

13 鬼手又出, 四面空撈, 而無一錢入手。→ 귀신의 손이 또 널 밖으로 나오더니, 사방을 향해 헛되이 잡는 동작을 취했으나, 한 푼도 손에 들어오지 않았다.

【空撈(공로)】: 헛되이 잡는 동작을 취하다.

14 陳睨視而笑曰 : 「汝貪心太重, 剩得一雙空手, 反不如若輩小器量, 還留下一文錢看囊也!」 而手猶掏摸不已。→ 진경초가 흘겨보고 웃으며 말했다 : 「너는 욕심이 너무 많아 빈손만 남았으니, 오히려 욕심이 적어 일문(一文)이라도 남겨 주머니에 넣을 수 있던 동쪽 곁채의 귀신들보다도 못하다!」 그러나 그 귀신의 손은 여전히 더듬는 동작을 멈추지 않았다.

門作犬馬, 究竟積在何許, 何苦今日又弄此鬼態耶?[15] 言未已, 聞東廂之鬼長歎, 而手亦遂縮。[16] 天明, 陳策蹇就道, 卽以地下散錢, 奉寺僧爲房資焉。[17]

【睨視(예시)】: 흘겨보다, 쏘아보다.
【汝(여)】: 너, 당신.
【太重(태중)】: 너무 많다, 너무 지나치다. 〖太〗: 너무.
【剩得一雙空手(잉득일쌍공수)】: 빈손 한 쌍만 남다. 〖剩〗: 남다.
【反不如(반불여)…】: 오히려 …만도 못하다. 〖反〗: 오히려, 도리어, 반대로. 〖不如〗: …만 못하다.
【若輩(약배)】: 이들, 그들. 즉「동쪽 곁채의 귀신들」.
【小器量(소기량)】: 작은 도량. 여기서는「작은 욕심」을 가리킨다.
【猶(유)】: 아직도, 여전히.
【掏摸(도모)】: 더듬다.
【不已(불이)】: 멈추지 않다, 그치지 않다.

15 陳擊掌大呼曰:「汝生前受兩貫錢, 便坐私衙打屈棒, 替豪門作犬馬, 究竟積在何許, 何苦今日又弄此鬼態耶?」→ 진경초가 손뼉을 치며 큰소리로 말했다:「너는 생전에 돈 2관(貫)을 받으면, 곧 관아(官衙)에 앉아 사람에게 억울한 누명을 씌워 곤장을 때리고, 호족(豪族)을 위해 견마(犬馬) 노릇을 했는데, 도대체 (그 돈을) 어디에 쌓아두고, 무슨 부득이한 까닭이 있기에 오늘 또 이런 해괴한 짓을 하느냐?」
【擊掌(격장)】: 손뼉을 치다.
【大呼(대호)】: 크게 외치다.
【屈棒(굴봉)】: 억울하게 누명을 씌워 볼기를 치는 형벌.
【替(체)】: …을 위해.
【豪門(호문)】: 호족(豪族). 재산과 세력이 있는 사람.
【作犬馬(작견마)】: 견마 노릇을 하다.
【究竟(구경)】: 도대체.
【何許(하허)】: 어디.
【何苦(하고)】: 무슨 고충이 있기에, 무슨 부득이한 까닭이 있기에.
【弄此鬼態(농차귀태)】: 이런 해괴한 짓을 하다.

16 言未已, 聞東廂之鬼長歎, 而手亦遂縮。→ 말이 아직 끝나기도 전에, 동쪽 곁채의 귀신들이 길게 탄식하는 소리가 들리자, (이 귀신의) 손도 마침내 움츠려들었다.
【已(이)】: 끝나다, 멈추다.
【遂(수)】: 마침내.

17 天明, 陳策蹇就道, 卽以地下散錢, 奉寺僧爲房資焉。→ 날이 밝은 후, 진경초는 당나귀를 채찍질하여 길을 떠나면서, 곧 땅에 흩어진 돈을, 승려에게 주고 숙박비로 대신했다.
【策蹇就道(책건취도)】: 다리를 저는 당나귀를 채찍질하여 길을 떠나다. 〖策〗: 채찍질하

번역문

관(棺) 속의 귀신 손

소산(蕭山) 사람 진경초(陳景初)는 오랫동안 천진(天津)에서 객거(客居)하다가, 후에 여장을 꾸려 고향 마을로 돌아오면서 산동(山東)의 경계를 지나왔다. 그해는 크게 기근이 들어 빈민과 죽은 자가 셀 수 없이 많았고, 여관은 불황이라 투숙객을 받지 않았다. 그리하여 그는 한 사찰에 투숙했는데, 동쪽 곁채에 삼십여 개의 관(棺)이 쌓여 있고, 서쪽 곁채에 관 하나가 우뚝하니 홀로 있는 것을 보았다. 삼경(三更)이 지나자 관마다 모두 손을 하나씩 내밀었다. (손들을 보니) 다 누렇게 그을어 바싹 말랐고, 오직 서쪽 곁채의 손 하나만 약간 통통하고 희게 느껴졌다. 진경초는 평소에 스스로 담력이 있다고 자부했다. 그는 좌우를 둘러보고 웃으며 말했다.

「너희 가난한 귀신들은 주머니 사정이 어려워, 모두 나에게 돈을 구걸하려는 것이겠지?」

(말하고 나서) 곧 주머니를 풀어, 각각 큰 동전 하나씩을 골라 그들에게 나누어 주었다. (돈을 받자) 동쪽 곁채 귀신들의 손은 모두 움츠렸으나, 서쪽 곁채의 손 하나는 여전히 그대로 내밀고 있었다.

진경초가 말했다.

「일 문(文)은 아마도 그대의 마음에 차지 않을 것이니, 내가 마땅히 더 보태야겠지.」

……………

다. 〖蹇〗: 절룩거리다, 다리를 절다. 여기서는 「다리를 저는 당나귀」를 가리킨다. 〖就道〗: 길을 떠나다.

【以(이)】: …을(를).

【奉(봉)】: 드리다, 바치다.

【爲房資(위방자)】: 숙박비로 대신하다. 〖爲〗: …로 삼다, …로 간주하다. 〖房資〗: 방값, 숙박비.

그리하여 백여 문까지 늘렸으나 여전히 꼼짝도 하지 않았다.

진경초가 화를 내며 말했다.

「이 귀신은 허세가 너무 심해, 가히 탐욕이 한없는 자라고 할 만하군!」

결국 2관(貫)의 돈을 들고 와 귀신의 손에 놓자, 귀신의 손이 즉시 움츠려들었다. 진경초가 그것을 이상히 여겨 등불을 옮겨와 사방을 비추고 동쪽 곁채의 관들을 보니, 모두 「굶주린 백성 아무개」라는 글귀가 쓰여 있고, 서쪽 곁채의 관 하나는 위에 「모현(某縣)의 전사(典史) 모공(某公)의 널」이라고 쓰여 있었다. 그리하여 진경초가 탄식하며 말했다.

「굶주린 백성들은 지나친 요구가 없어 일 전이면 곧 만족할 수 있지만, 이 전사(典史) 나리는 뇌물 목록을 받는 데 익숙해져서, 자기가 요구하는 수량에 이르지 않으면 (손을) 거두어들이지 않는다.」

잠시 후 (서쪽 곁채에서) 동전 부딪치는 소리가 났다. 본래 널의 틈새가 몹시 좁기 때문에, 귀신의 손이 널 안에서 (동전 꾸러미를) 억지로 끌어당기면서, 끌려 들어오지 않아 애를 먹다가 툭 하는 소리가 나며 동전 꾸러미의 끈이 모두 끊어져 돈이 온 땅에 흩뿌려진 것이다. 귀신의 손이 또 널 밖으로 나오더니 사방을 향해 헛되이 잡는 동작을 취했으나 한 푼도 손에 들어오지 않았다.

진경초가 흘겨보고 웃으며 말했다.

「너는 욕심이 너무 많아 빈손만 남았으니, 오히려 욕심이 적어 일문(一文)이라도 남겨 주머니에 넣을 수 있던 동쪽 곁채의 귀신들보다도 못하다!」

그러나 그 귀신의 손은 여전히 더듬는 동작을 멈추지 않았다.

진경초가 손뼉을 치며 큰소리로 말했다.

「너는 생전에 돈 2관(貫)을 받으면, 곧 관아(官衙)에 앉아 사람에게 억울한 누명을 씌워 곤장을 때리고, 호족(豪族)을 위해 견마(犬馬) 노릇을 했는데, 도대체 (그 돈을) 어디에 쌓아두고, 무슨 부득이한 까닭이 있기에 오늘 또 이런 해괴한 짓을 하느냐?」

말이 아직 끝나기도 전에 동쪽 곁채의 귀신들이 길게 탄식하는 소리가 들리자 (이 귀신의) 손도 마침내 움츠려들었다. 날이 밝은 후, 진경초는 당나귀를 채찍질하여 길을 떠나면서, 곧 땅에 흩어진 돈을 승려에게 주고 숙박비로 대신했다.

해설

진경초(陳景初)가 투숙한 사찰에는 동쪽 곁채에 삼십여 개의 관(棺)이 쌓여 있고, 서쪽 곁채에는 달랑 관 하나가 있다. 삼경(三更)이 지나 동쪽과 서쪽의 모든 관에서 손을 하나씩 내밀었다. 동쪽 관의 손들은 모두가 누렇게 그을어 바싹 말랐고, 서쪽 관의 손은 약간 통통하고 희다. 진경초는 귀신들이 자기에게 돈을 구걸하는 것이라 여겨 큰 동전 하나씩을 골라 모두에게 나누어 주자, 동쪽 관들의 손은 모두 거두어들였으나 서쪽 관의 손은 그대로 내밀고 있다. 진경초가 그것을 이상히 여겨 등불을 가져와 살펴보니 동쪽의 모든 관들에는 굶주린 백성 아무개라는 글귀가 쓰여 있고, 서쪽 곁채의 관은 모 현(縣)의 전사(典史) 모 공(公)의 널이라고 쓰여 있다. 서쪽 귀신은 결국 두 꾸러미의 돈을 받고 나서야 비로소 손을 거두어들였다.

탐관오리(貪官汚吏)와 가난한 백성은 죽어서도 이처럼 요구하는 바가 확연히 다르다. 탐관오리는 백성들의 마지막 피 한 방울까지 모두 착취하지 않으면 절대로 손을 떼지 않는다. 따라서 그들이 각성하기를 기대하는 것은 영원히 불가능한 일이다.

이 우언은 동쪽 관의 귀신과 서쪽 관의 귀신의 대비를 통해, 당시 사회에서 백성들을 착취하던 탐관오리의 비행을 폭로하는 동시에, 그러한 부류들에 대해서는 오로지 「눈에는 눈, 이에는 이」로 대응하며 절대로 굴복하지 말아야 한다는 도리를 강조한 것이다.

《이식록(耳食錄)》 우언

악균(樂鈞 : ?-?)은 강서(江西) 임천(臨川) [지금의 강서성 임천현(臨川縣)] 사람으로 자는 원숙(元淑), 호는 연상(蓮裳)이며, 인종(仁宗) 가경(嘉慶) 6년(1801) 향시(鄕試)에 합격하여 거인(擧人)이 되었다. 저서로 《청지산관시집(青芝山館詩集)》《이식록(耳食錄)》 등이 있다.

《이식록》은 일종의 필기소설(筆記小說)로, 「이식(耳食)」이란 말은 자세히 살피지 않고 떠도는 소문을 가볍게 믿는다는 뜻이다.

159 애려부안(愛驢負鞍)

《耳食錄 · 卷四 · 愛驢》

원문 및 주석

愛驢負鞍[1]

某翁富而吝, 善權子母, 責負無虛日。後以年且老, 艱於途, 遂買一驢代步。[2] 顧愛惜甚至, 非甚困憊, 未嘗肯據鞍, 驢出翁胯下者, 歲

1 愛驢負鞍 → 당나귀를 아껴 주인이 안장을 메다
【驢(려)】: 당나귀.
【負(부)】: 메다, 지다.
【鞍(안)】: 안장.

2 某翁富而吝, 善權子母, 責負無虛日。後以年且老, 艱於途, 遂買一驢代步。→ 어느 노인은 부유하지만 매우 인색했다. 그는 돈놀이에 능하여, 하루도 빚을 독촉하러 나가지 않는 날이 없었다. 후에 나이가 점점 노년으로 접어들면서, 길을 걷기가 어려워지자, 곧 걸음을 대신할 당나귀 한 마리를 샀다.
【吝(린)】: 인색하다.
【善權子母(선권자모)】: 이자와 원금을 저울질하는 데 능하다. 즉 「돈놀이에 능하다」의 뜻. 〖善〗: 능하다, 잘 하다. 〖權〗: 저울질하다. 〖子母〗: 이자와 원금. ※ 돈놀이를 하는데 원금을 「母」라 하고 이자를 「子」라 한다.
【責負(책부)】: 빚을 독촉하다.
【無虛日(무허일)】: 하루도 빈 날이 없다. 즉 「하루도 나가지 않는 날이 없다」의 뜻.
【以(이)】: 因(인), …로 인해.
【年且老(년차로)】: 나이가 점차 노년으로 접어들다. 〖且〗: 곧 …하려 하다.
【艱於途(간어도)】: 길을 걷기가 어렵다.
【遂(수)】: ① 그리하여, 곧. ② 마침내, 드디어.
【代步(대보)】: 걸음을 대신하다.

不過數四。[3] 値天暑, 有所索於遠道, 不得已與驢俱。中道翁喘, 乃跨驢。[4] 馳二三里, 驢不習騎, 亦喘。翁驚亟下, 解其鞍。驢以爲息己也, 望故道逸歸。[5] 翁急遽呼驢, 驢走不顧, 追之弗及也。大懼驢亡,

---

3 顧愛惜甚至, 非甚困憊, 未嘗肯據鞍, 驢出翁胯下者, 歲不過數四。→ 그러나 당나귀를 극진히 아껴, 몹시 피곤한 경우가 아니면, 당나귀의 안장 위에 앉으려 한 적이 없었다. 그리하여 당나귀가 노인을 태우고 나가는 일은, 일 년에 서너 차례에 불과했다.
【顧(고)】: 그러나.
【愛惜(애석)】: 아끼다, 소중히 여기다.
【甚至(심지)】: 몹시, 극진히.
【困憊(곤비)】: 지치다, 피곤하다.
【未嘗(미상)】: …한 적이 없다.
【肯(긍)】: (기꺼이) …하려 하다.
【據鞍(거안)】: 안장을 점거하다. 여기서는 「안장에 앉다」의 뜻.
【出翁胯下(출옹과하)】: 노인을 태우고 나가다.
【歲(세)】: 일 년, 한 해.
【數四(수사)】: 서너 차례, 몇 번.

4 値天暑, 有所索於遠道, 不得已與驢俱。中道翁喘, 乃跨驢。→ 한 번은 혹서의 날씨를 만나, 먼 길을 걸어 빚을 독촉할 일이 있었다. 그리하여 부득이 당나귀와 함께 나섰다. 노인은 길을 가다가 도중에 너무 숨이 차서 헐떡거리자, 비로소 당나귀에 올라탔다.
【値天暑(치천서)】: 혹서의 날씨를 만나다. 〖値〗: …을 만나다. 〖天暑〗: 혹서의 날씨, 무더운 날씨.
【俱(구)】: 동행하다, 함께 가다.
【中道(중도)】: 도중(途中), 길을 가다가.
【喘(천)】: 숨이 차다, 숨이 차서 헐떡거리다.
【乃(내)】: 비로소.
【跨(과)】: 올라타다.

5 馳二三里, 驢不習騎, 亦喘。翁驚亟下, 解其鞍。驢以爲息己也, 望故道逸歸。→ 이 삼 리쯤 달려가다가, 당나귀가 사람을 태우는 것에 익숙하지 않아, 역시 숨을 헐떡거렸다. 노인은 깜짝 놀라 급히 내려, 당나귀의 안장을 풀어주었다. 당나귀는 자기를 쉬게 해주는 것이라 여겨, 원래 왔던 길을 따라 달려 돌아갔다.
【馳(치)】: 달리다.
【不習騎(불습기)】: 태우는 것에 익수하지 않다.
【驚亟下(경극하)】: 놀라서 급히 내리다. 〖亟〗: 급히, 속히.
【解(해)】: 풀다.
【以爲(이위)】: …라고 여기다, …라고 생각하다.
【息(식)】: [사동 용법] 쉬게 하다.

又悋於棄鞍, 因負鞍趨。[6] 歸家, 亟問 :「驢在否?」 其子曰 :「驢在。」[7] 翁乃復喜, 徐釋鞍, 始覺足頓而背裂也, 又傷於暑, 病逾月乃瘥。[8]

....

【望故道逸歸(망고도일귀)】: 원래 왔던 길을 따라 달려 돌아가다. 〖望〗: …을 향해, …을 따라, …쪽으로. 〖故道〗: 원래의 길, 왔던 길. 〖逸〗: 달리다, 달아나다.

6 翁急遽呼驢, 驢走不顧, 追之弗及也。大懼驢亡, 又悋於棄鞍, 因負鞍趨。→ 노인이 황급히 당나귀를 불렀으나, 당나귀가 뒤를 돌아보지도 않고 달아나, 따라잡을 수가 없었다. (노인은) 당나귀가 실종될까 매우 두렵고, 또 안장을 버리기가 아까워서, 곧 안장을 메고 달렸다.
【急遽(급거)】: 황급히.
【呼(호)】: 부르다.
【不顧(불고)】: 뒤를 돌아보지 않다.
【追之弗及(추지불급)】: 쫓아가 미치지 못하다. 즉 「따라잡지 못하다」의 뜻. 〖弗〗: 불(不).
【大懼(대구)】: 매우 두려워하다.
【亡(망)】: 실종되다.
【悋於(인어)…】: …에 인색하다. 여기서는 「아까워하다」의 뜻. 〖悋〗: 吝(린), 인색하다. ※ 판본에 따라서는 「悋」을 「吝(인)」이라 했다. 〖於〗: [개사] …에.
【棄(기)】: 버리다, 포기하다.
【因(인)】: 곧, 그리하여.
【趨(추)】: 달리다.

7 歸家, 亟問 :「驢在否?」 其子曰 :「驢在。」 → 집에 돌아오자마자, 급히 물었다 :「당나귀 있느냐?」 그의 아들이 대답했다 :「예, 있어요.」
【在否(재부)?】: 있느냐 없느냐? 즉 「있느냐?」의 뜻.

8 翁乃復喜, 徐釋鞍, 始覺足頓而背裂也, 又傷於暑, 病逾月乃瘥。→ 그리하여 노인은 다시 기뻐하며, 천천히 안장을 내려놓고, 그제야 비로소 다리가 견딜 수 없이 피로하고 등이 찢어지듯 아픔을 느꼈다. 게다가 더위까지 먹어, 한 달이 넘도록 병을 앓고 나서 겨우 완쾌했다.
【乃(내)】: 이에, 그리하여, 그래서.
【復(부)】: 또, 다시.
【徐(서)】: 서서히, 천천히.
【釋(석)】: 내려놓다.
【始(시)】: 비로소.
【覺(각)】: 느끼다.
【足頓而背裂(족돈이배렬)】: 다리가 견딜 수 없이 피곤하고 등이 찢어지듯 아프다. 〖頓〗: 견딜 수 없이 피로하다. 〖背〗: 등. 〖裂〗: 찢어지다. 여기서는 「찢어지듯 아프다」의 뜻.
【傷於暑(상어서)】: 더위에 다치다. 즉 「더위를 먹다」의 뜻. 〖於〗: [개사] …에.
【逾月(유월)】: 달을 넘기다.
【乃(내)】: 비로소, 겨우.
【瘥(채)】: 낫다, 완쾌되다.

번역문

당나귀를 아껴 주인이 안장을 메다

어느 노인은 부유하지만 매우 인색했다. 그는 돈놀이에 능하여 하루도 빚을 독촉하러 나가지 않는 날이 없었다. 후에 나이가 점점 노년으로 접어들면서 길을 걷기가 어려워지자, 곧 걸음을 대신할 당나귀 한 마리를 샀다. 그러나 당나귀를 극진히 아껴, 몹시 피곤한 경우가 아니면 당나귀의 안장 위에 앉으려 한 적이 없었다. 그리하여 당나귀가 노인을 태우고 나가는 일은 일 년에 서너 차례에 불과했다.

한 번은 혹서의 날씨를 만나 먼 길을 걸어 빚을 독촉할 일이 있었다. 그리하여 부득이 당나귀와 함께 나섰다. 노인은 길을 가다가 도중에 너무 숨이 차서 헐떡거리자 비로소 당나귀에 올라탔다. 이 삼 리쯤 달려가다가, 당나귀가 사람을 태우는 것에 익숙하지 않아 역시 숨을 헐떡거렸다. 노인은 깜짝 놀라 급히 내려 당나귀의 안장을 풀어주었다. 당나귀는 자기를 쉬게 해주는 것이라 여겨 원래 왔던 길을 따라 달려 돌아갔다. 노인이 황급히 당나귀를 불렀으나 당나귀가 뒤를 돌아보지도 않고 달아나 따라잡을 수가 없었다. (노인은) 당나귀가 실종될까 매우 두렵고, 또 안장을 버리기가 아까워서 곧 안장을 메고 달렸다. 집에 돌아오자마자 급히 물었다.

「당나귀 있느냐?」

그의 아들이 대답했다.

「예, 있어요.」

그리하여 노인은 다시 기뻐하며 천천히 안장을 내려놓고, 그제야 비로소 다리가 견딜 수 없이 피로하고 등이 찢어지듯 아픔을 느꼈다. 게다가 더위까지 먹어, 한 달이 넘도록 병을 앓고 나서 겨우 완쾌했다.

해설

당나귀를 사는 것은 타기 위한 것이다. 그러나 노인은 그것을 애지중지(愛之重之)하며 돌보는 바람에, 당나귀가 사람을 태우는 것에 익숙하지 않아 노인을 태우고 겨우 몇 리를 가지 못하고 숨이 차서 헐떡거렸다. 이를 불쌍히 여긴 노인은 또 얼른 당나귀에서 내려 안장을 풀어준 후, 자기가 그것을 메고 집에 돌아왔다. 그 결과 노인은 다리가 견딜 수 없이 피로하고 등이 찢어지듯 아팠으며, 심지어 더위까지 먹어 무려 한 달 동안을 병석에 누워 고생을 했다.

무릇 도구란 사람의 편의를 위해 존재하는 것인데, 도구가 사람을 위해 쓰이지 못하고 오히려 사람의 지나친 보호를 받는다면 이미 도구로써의 가치를 상실한 것이다.

이 우언은 노인이 당나귀를 아껴 자신을 혹사하다가 병이 나서 고생한 사례를 통해, 물건을 중시하고 사람을 경시하여 피해를 입은 사람의 어리석은 행위를 풍자한 것이다.

160 천하무양묘(天下無良貓)

《耳食錄 · 卷五 · 惡鼠》

원문 및 주석

天下無良貓[1]

某惡鼠, 破家求良貓, 饜以腥膏, 眠以氈罽。[2] 貓旣飽且安, 率不捕鼠, 甚者與鼠游戲, 鼠以故益暴。[3] 某怒, 遂不復蓄貓, 以爲天下無良

....

1 天下無良貓 → 세상에 좋은 고양이가 없다
【良貓(양묘)】: 좋은 고양이.

2 某惡鼠, 破家求良貓, 饜以腥膏, 眠以氈罽。→ 어떤 사람이 쥐를 혐오하여, 많은 돈을 써서 좋은 고양이를 구해 오더니, 생선과 기름진 고기로 배불리 먹이고, 모전과 융단을 깔아 잠을 재웠다.
【惡(오)】: 싫어하다, 미워하다, 혐오하다, 증오하다.
【破家(파가)】: 가산을 탕진하다. 여기서는 「많은 돈을 들이다」의 뜻.
【饜以腥膏(염이성고)】: 생선과 고기를 배불리 먹이다. 〖饜〗: [사동 용법] 배불리 먹이다. 〖腥〗: 비린 것. 즉 「생선」. 〖膏〗: 기름진 고기.
【眠以氈罽(면이전계)】: 모전(毛氈)을 깔아 잠을 재우다. 〖眠〗: [사동 용법] 잠을 재우다. 〖氈罽〗: 모전, 융단.

3 貓旣飽且安, 率不捕鼠, 甚者與鼠游戲, 鼠以故益暴。→ 고양이는 배가 부르고 또 편안하기도 하여, 전혀 쥐를 잡지 않고, 심지어 쥐와 장난을 치며 놀기까지 했다. 이로 인해 쥐가 한층 더 사나워졌다.
【旣(기)…且(차)…】: …하고 또 …도 하다, …할 뿐만 아니라 또한 …하다.
【率(솔)】: 전혀, 일절.
【捕(포)】: 잡다.
【甚者(심자)】: 심지어.
【游戲(유희)】: 놀다, 장난치다.

貓也。[4]

번역문

세상에 좋은 고양이가 없다

어떤 사람이 쥐를 혐오하여 많은 돈을 써서 좋은 고양이를 구해 오더니, 생선과 기름진 고기로 배불리 먹이고 융단을 깔아 잠을 재웠다. 고양이는 배가 부르고 또 편안하기도 하여, 전혀 쥐를 잡지 않고 심지어 쥐와 장난을 치며 놀기까지 했다. 이로 인해 쥐가 한층 더 사나워졌다. 이 사람은 매우 화가 났다. 그리하여 다시는 고양이를 기르지 않고, 세상에 좋은 고양이가 없다고 여겼다.

해설

고양이는 배가 고파야 쥐를 잡는다. 생선과 고기를 배불리 먹이고 융단을 깔아 잠자리를 마련해 주는 등 호의호식(好衣好食)하는데 쥐를 잡을 고양이는 세상에 없다. 고양이 주인은 기르는 방법이 잘못된 것을 모르고, 오히려 세상에 좋은 고양이가 없다고 불만을 토로했다.

【以故(이고)】: 이로 인해, 이로 말미암아.
【益(익)】: 더욱, 한층 더.
【暴(포)】: 포악해지다, 사나워지다.

4 某怒, 遂不復蓄貓, 以爲天下無良貓也。→ 이 사람은 매우 화가 났다. 그리하여 다시는 고양이를 기르지 않고, 세상에 좋은 고양이가 없다고 여겼다.
【遂(수)】: 그리하여.
【不復(불부)…】: 다시는 …하지 않다.
【蓄(휵)】: 기르다.
【以爲(이위)】: …라고 여기다, …라고 생각하다.

이 우언은 무지몽매(無知蒙昧)한 고양이 주인의 황당한 행위를 통해, 어떤 일을 막론하고 목적과 방법이 명확하지 않으면 결코 일이 뜻대로 이루어질 수 없다는 이치를 설명한 것이다.

《공정암전집龔定盦全集》 우언

공자진(龔自珍 : 1792 - 1841)은 인화(仁和)[지금의 절강성 항주(杭州)] 사람으로 자는 슬인(璱人), 호는 정암(定盦)이며, 청(淸) 인종(仁宗) 때의 저명한 문인이다. 그는 증조부·조부·부친·숙부 등이 모두 진사 출신일 정도로 관료지주(官僚地主)이자 학문하는 집안에서 태어났다. 청대(淸代) 문자학의 대가인 단옥재(段玉裁)의 외손이기도한 그는 12살 때 단옥재로부터 《설문(說文)》을 배우고 경학(經學)의 기초를 닦았다. 그는 나이 38세 때인 도광(道光) 9년(1829)에 비로소 진사에 급제한 후 국사관교대(國史館校對)·내각중서(內閣中書)·예부주사(禮部主事)·종인부주사(宗人府主事) 등을 지내다가 48세에 관직을 그만두고 강소(江蘇) 곤산(昆山)에 돌아와 절강(浙江) 항주(杭州)의 자양서원(紫陽書院)과 강소(江蘇) 단양(丹陽)의 운양서원(雲陽書院)에서 강학에 힘썼다.

공자진은 평생 동안 많은 창작을 했다. 그중 산문이 3백여 편이고 시사(詩詞)가 8백여 편에 이르는데, 그의 산문은 주로 자신의 정치 주장과 사회 사상을 표현했고, 시사는 암담한 현실에 대한 불만과 개혁에 대한 강렬한 욕구를 표현했다.

저서로 《정암문집(定盦文集)》 8권·《시집(詩集)》 3권·《사선(詞選)》 2권·《문집보(文集補)》 4권 등이 있는데, 현재 모두 《공정암전집(龔定盦全集)》에 수록되어 있다.

161 우목참천(憂木參天)

《龔定盦全集 · 凉燠》

원문 및 주석

憂木參天[1]

網摩氏樹木, 七年而不華, 或憂之。智者曰 :「毋憂! 華參於天。」[2] 胥摩氏亦樹木, 三日而中柱。其荄也, 一日而英, 三日而華, 七日而華參天。或憂其早成。[3] 聖人曰 :「子以桃、李、柞、柘之愛, 愛吾木

1 憂木參天 → 나무가 하늘 높이 자라는 것을 걱정하다
【憂(우)】: 걱정하다, 근심하다, 우려하다.
【參天(참천)】: 하늘을 찌를 듯이 높이 솟다.

2 網摩氏樹木, 七年而不華, 或憂之。智者曰 :「毋憂! 華參於天。」 → 망마씨(網摩氏)는 나무를 심고 나서, 칠 년이 되어도 무성하지 않자, 항상 그것을 걱정했다. 어느 총명한 사람이 말했다 :「걱정하지 마시오! (장차) 무성하여 하늘 높이 자랄 것입니다.」
【網摩氏(망마씨)】: [허구 인물].
【樹木(수목)】: 나무를 심다. 【樹】: 심다.
【華(화)】: 무성하다.
【或(혹)】: 때때로, 가끔, 간혹. 여기서는 「항상」의 뜻.
【之(지)】: [대명사] 그것, 즉 「나무」.
【智者(지자)】: 총명한 사람, 지혜 있는 사람.
【毋(무)】: 勿(물), …하지 말라, …해서는 안 된다.
【華參於天(화참어천)】: 무성하여 하늘로 높이 솟다. 【華】: 무성하다. 【參於天】: 하늘로 높이 솟다, 하늘을 향해 높이 솟다. 【於】: [개사] …으로, …을 향해.

3 胥摩氏亦樹木, 三日而中柱。其荄也, 一日而英, 三日而華, 七日而華參天。或憂其早成。→ 서마씨(胥摩氏)도 나무를 심었는데, 사흘 만에 기둥처럼 튼튼하게 자랐다. 그 묘목은, (심자마

也; 子第以網摩氏之木愛吾木, 且猶不可。」[4] 越十旬, 胥摩氏猶屛營而憂木。自憂其不成, 其成也, 必弗可識也。[5]

자) 하루 만에 생기가 발랄하더니, 사흘 만에 가지와 잎이 무성하고, 이레 만에 하늘 높이 자랐다. (서마씨는) 항상 그것이 너무 빨리 자라는 것을 걱정했다.
【胥摩氏(서마씨)】: [허구 인물].
【中柱(중주)】: 기둥처럼 튼튼하다.
【荄(해)】: 풀뿌리. 여기서는 「묘목」을 가리킨다.
【英(영)】: 꽃부리. 여기서는 「생기가 발랄한 모양」을 가리킨다.
【早成(조성)】: 너무 빨리 자라다.

4 聖人曰: 「子以桃、李、柞、柘之愛, 愛吾木也; 子第以網摩氏之木愛吾木, 且猶不可。」 → 어느 지혜가 출중한 사람이 말했다: 「당신은 복숭아나무 · 자두나무 · 상수리나무 · 산뽕나무처럼 성장 속도가 비교적 느린 나무를 사랑하는 기준으로, 자기 나무를 사랑하는 것입니다. 만일 당신이 오직 망마씨의 나무처럼 성장 속도가 더욱 느린 나무를 기준으로 자기 나무를 사랑한다면, 그것은 더욱 합당하지 않습니다.」
【聖人(성인)】: 여기서는 「지혜가 출중한 사람」을 가리킨다. ※ 판본에 따라서는 「聖人」을 「至人(지인)」이라 했다.
【子(자)】: 너, 그대, 당신.
【以(이)】: …을 가지고, …으로.
【桃(도)、李(리)、柞(작)、柘(자)】: 복숭아나무 · 자두나무 · 상수리나무 · 산뽕나무.
【第(제)】: 다만, 오직.
【且猶(차유)】: 더구나, 더욱.

5 越十旬, 胥摩氏猶屛營而憂木。自憂其不成, 其成也, 必弗可識也。→ 백 일이 지나서도, 서마씨는 여전히 두려워 불안해하며 자기가 심은 나무를 우려했다. 처음 나무를 심었을 때는 재목으로 성장하지 못할까 걱정했으나, 재목으로 성장한 후에는, (오히려) 그 나무를 알 수가 없었다.
【越(월)】: 넘다, 지나다.
【十旬(십순)】: 백 일. 〖旬〗: 열흘, 십 일.
【猶(유)】: 여전히.
【屛營(병영)】: 두려워 불안해하다.
【自(자)】: 당초, 처음.
【成(성)】: 성장하다, 재목으로 자라다.
【必弗可(필불가)】: …할 수가 없다. 〖弗〗: 不(불).

번역문

나무가 하늘 높이 자라는 것을 걱정하다

망마씨(網摩氏)는 나무를 심고 나서 칠 년이 되어도 무성하지 않자 항상 그것을 걱정했다. 어느 총명한 사람이 말했다.

「걱정하지 마시오! (장차) 무성하여 하늘 높이 자랄 것입니다.」

서마씨(胥摩氏)도 나무를 심었는데 사흘 만에 기둥처럼 튼튼하게 자랐다. 그 묘목은 (심자마자) 하루 만에 생기가 발랄하더니, 사흘 만에 가지와 잎이 무성하고, 이레 만에 하늘 높이 자랐다. (서마씨는) 항상 그것이 너무 빨리 자라는 것을 걱정했다.

어느 지혜가 출중한 사람이 말했다.

「당신은 복숭아나무 · 자두나무 · 상수리나무 · 산뽕나무처럼 성장 속도가 비교적 느린 나무를 사랑하는 기준으로 자기 나무를 사랑하는 것입니다. 만일 당신이 오직 망마씨의 나무처럼 성장 속도가 더욱 느린 나무를 기준으로 자기 나무를 사랑한다면, 그것은 더욱 합당하지 않습니다.」

백 일이 지나서도 서마씨는 여전히 두려워 불안해하며 자기가 심은 나무를 우려했다. 처음 나무를 심었을 때는 재목으로 성장하지 못할까 걱정했으나, 재목으로 성장한 후에는 (오히려) 그 나무를 알 수가 없었다.

해설

공자진(龔自珍)은 모든 사람들이 침묵으로 일관하며 충언을 하지 않는 당시의 정치 국면에서 많은 인재가 출현하여 내정을 개혁하고 제국주의의 침입을 저지할 수 있기를 간절히 원했다.

동서고금을 막론하고 인재란 바로 좋은 환경에서 배양되고 사심 없는 사람의 적극적인 천거에 의하여 배출되는 것이다. 서마씨(胥靡氏)처럼 틀에 박힌 관습에 따라 낡은 안목을 가지고 새로운 사물을 관찰하려는 사람은 설사 좋은 발상에서 출발했다 해도 진정으로 능력을 발휘할 인재를 얻기가 매우 어렵다.

이 우언은 나무 심는 것을 가지고 인재를 양성하고 선발하는 도리에 비유하여, 서마씨와 같이 명분은 인재의 양성을 표방하면서 실제로는 인재를 억압하고 박해하는 만청(晩淸) 사회의 정치 풍조를 풍자한 것이다.

162 제불과상(帝不果觴)

《龔自珍全集·涼燠》

원문 및 주석

帝不果觴[1]

群神朝於天。帝曰：「觴之!」帝之司觴執簡記而簿之，三千秋而簿不成。[2] 帝問焉，曰：「皆有羿之輿者。」帝曰：「羿者亦簿之。」七千秋而簿不成。[3] 帝又問焉，乃反於帝曰：「羿之輿者又皆有其羿之

1 帝不果觴 → 천제(天帝)가 끝내 주연(酒宴)을 베풀지 못하다
【帝(제)】: 천제(天帝).
【不果(불과)】: 끝내 실행하지 못하다.
【觴(상)】: 술을 접대하다. 여기서는 「주연(酒宴)을 베풀다」의 뜻.

2 群神朝於天。帝曰：「觴之!」帝之司觴執簡記而簿之，三千秋而簿不成。→ 여러 신(神)들이 천제(天帝)를 알현했다. 천제가 말했다 : 「이들에게 주연(酒宴)을 베풀어라!」 천제의 주연을 담당하는 관리가 간책(簡冊)을 들고 그들의 이름을 등록(登錄)하는데, 삼천 년이 걸려도 등록을 끝내지 못했다.
【朝於天(조어천)】: 천제(天帝)를 알현하다. 〖朝〗: 알현하다, 배알하다. 〖天〗: 천제(天帝).
【觴之(상지)】: 이들에게 주연을 베풀다. 〖觴〗: 술을 대접하다. 즉 「주연을 베풀다」의 뜻. 〖之〗: [대명사] 그들, 즉 「여러 신들」.
【司觴(사상)】: 주연(酒宴)을 담당하는 관리. 〖司〗: 담당하다, 관장하다.
【執(집)】: 들다, 잡다, 쥐다.
【簡記(간기)】: 간책(簡冊).
【簿(부)】: [동사 용법] 등록하다, 등기하다.
【秋(추)】: 해, 년.

3 帝問焉，曰：「皆有羿之輿者。」帝曰：「羿者亦簿之。」七千秋而簿不成。→ 천제가 그 까닭을

者。」帝默然而息，不果觴。[4]

번역문

천제(天帝)가 끝내 주연(酒宴)을 베풀지 못하다

여러 신(神)들이 천제(天帝)를 알현했다.

천제가 말했다.

「이들에게 주연(酒宴)을 베풀어라!」

천제의 주연을 담당하는 관리가 간책(簡冊)을 들고 그들의 이름을 등록(登錄)하는데, 삼천 년이 걸려도 등록을 끝내지 못했다. 천제가 그 까닭을 묻자, 관리가 대답했다.

「(신들이) 모두 자기의 가마를 메는 가마꾼들을 거느리고 있습니다.」

천제가 말했다.

「가마를 메는 사람들도 이름을 등록하고 베풀어라.」

그러나 칠천 년이 걸려도 등록을 끝내지 못했다. 천제가 또 그 까닭을 묻자, (관리가) 곧 천제에게 보고했다.

....

묻자, 관리가 대답했다 : 「(신들이) 모두 자기의 가마를 메는 가마꾼들을 거느리고 있습니다.」 천제가 말했다 : 「가마를 메는 사람들도 이름을 등록하고 베풀어라.」 그러나 칠천 년이 걸려도 등록을 끝내지 못했다.

【焉(언)】 : 어찌. 즉 「원인, 이유, 까닭」.

【舁(여)】 : 들다, 메다.

【輿者(여자)】 : 가마를 메는 사람, 가마꾼, 교자꾼. 【輿】 : 가마, 교자.

4 帝又問焉，乃反於帝曰 : 「舁之輿者又皆有其舁之者。」帝默然而息，不果觴。→ 천제가 또 그 까닭을 묻자, (관리가) 곧 천제에게 보고했다 : 「가마를 메는 사람들도 모두 각자의 가마꾼을 거느리고 있습니다.」 천제가 말없이 탄식하며, 끝내 주연을 베풀지 못했다.

【乃(내)】 : 곧, 바로.

【反於帝(반어제)】 : 천제에게 보고하다. 【反】 : 보고하다. 【於】 : [개사] …에게.

【默然(묵연)】 : 말이 없는 모양, 묵묵히 있는 모양.

「가마를 메는 사람들도 모두 각자의 가마꾼을 거느리고 있습니다.」

천제가 말없이 탄식하며 끝내 주연을 베풀지 못했다.

해설

천제(天帝)가 여러 신(神)들에게 주연(酒宴)을 베풀고자 했으나, 의외로 칠천 년의 세월이 지나서도 끝내 실행하지 못했다. 그 까닭은 천제의 주연을 담당하는 관리가 접대할 대상의 명단을 작성하는데, 신들의 수가 많은데다 신들마다 자기의 가마꾼을 많이 거느렸고, 또 가마꾼들마다 제각기 자기들의 가마꾼을 거느림으로써, 무려 칠천 년의 세월이 지나도록 명단 작성을 끝내지 못했기 때문이었다. 신들이 너무 많아 일을 처리하는데 있어서 능률이 오르기는커녕 오히려 역기능을 한 것이다.

이 우언은 작자가 천상(天上)의 일을 빌려, 정부의 기구와 관료의 수는 방대하지만, 일반 백성들에 대해 전혀 관심을 두지 않아 있으나 마나 한 만청(晩晴) 정부 조직의 말세적 현상을 풍자한 것이다.

163 축구승마의조비문맹(逐狗蠅螞蟻蚤蜚蚊虻)

《龔自珍全集·捕狗蠅螞蟻蚤蜚蚊虻第三》

원문 및 주석

逐狗蠅螞蟻蚤蜚蚊虻[1]

今有狗蠅、螞蟻、蚤、蜚、蚊、虻, 是皆無性, 聚散皆適然也, 而朋噆人, 使人憒耗。[2] 治之如何? 法不得殄滅, 但用冰一柈, 置高屋上,

1 逐狗蠅螞蟻蚤蜚蚊虻 → 개파리 · 개미 · 벼룩 · 빈대 · 모기 · 등에를 몰아내다
【逐(축)】: 축출하다, 몰아내다, 쫓아내다.
【狗蠅(구승)】: 개파리.
【螞蟻(마의)】: 개미.
【蚤(조)】: 벼룩.
【蜚(비)】: 빈대.
【蚊(문)】: 모기.
【虻(맹)】: 등에.

2 今有狗蠅、螞蟻、蚤、蜚、蚊、虻, 是皆無性, 聚散皆適然也, 而朋噆人, 使人憒耗。→ 지금 개파리 · 개미 · 벼룩 · 빈대 · 모기 · 등에와 같은 해충이 있다. 이들은 모두 독특한 개성이 없고, 모이고 흩어지는 것 또한 모두 우연한 일이다. 그러나 떼를 지어 사람을 물면, 사람으로 하여금 정신을 혼란하게 하고 체력을 소모하게 한다.
【是(시)】: [대명사] 此(차), 이것, 즉 「해충」.
【無性(무성)】: 독특한 개성이 없다.
【聚散(취산)】: 모이고 흩어지다.
【適然(적연)】: 우연(偶然)이다.
【朋(붕)】: 무리를 이루다, 떼를 짓다, 한 패가 되다.
【噆(참)】: 물다, 쏘다.
【使(사)】: …로 하여금 …하게 하다.

則蠅去。[3] 又煉猛火自燒田, 則亂草不生, 亂草不生, 則無所依, 無所依, 則一切蟲去。[4] 祝曰 :「蚊虻! 蚊虻! 汝非欲來而朋來, 汝非欲往而朋往, 吾悲汝無肺腸。速去! 吾終不汝殄傷。」[5] 如是四徧, 則不復

....

【憒耗(궤모)】: 정신이 혼란하고 체력을 소모하다.

3 治之如何? 法不得殄滅, 但用冰一柈, 置高屋上, 則蠅去。→ 이들을 다스리려면 어떻게 해야 하는가? 모조리 박멸할 방법은 없다. 그러나 얼음 한 쟁반을 가지고, 지붕 위에 놓아두면, 파리들이 달아난다.
【之(지)】: [대명사] 이것들, 즉「개파리 · 개미 · 벼룩 · 빈대 · 모기 · 등에」.
【如何(여하)】: 어떻게, 어떻게 하다.
【法不得殄滅(법부득진멸)】: 모조리 박멸할 방법이 없다. 【殄滅】: 모조리 박멸하다
【但(단)】: 그러나, 다만.
【用冰一柈(용빙일반)】: 얼음을 가지고 음식물에 뒤섞다. 【柈】: 盤(반), 쟁반, 대야. ※ 판본에 따라서는「柈」을「拌(반)」이라 했다.
【置(치)】: 놓다, 두다.
【高屋上(고옥상)】: 지붕 위, 옥상.
【去(거)】: 떠나다. 여기서는「달아나다」의 뜻.

4 又煉猛火自燒田, 則亂草不生, 亂草不生, 則無所依, 無所依, 則一切蟲去。→ 또 큰불을 질러 들판을 태우면, 잡초가 자라지 못하고, 잡초가 자라지 못하면, (벌레들이) 의탁할 곳이 없고, 의탁할 곳이 없으면, 모든 해충들은 자리를 떠난다.
【煉猛火(연맹화)】: 세찬 불을 피우다, 큰 불을 지르다.
【亂草(난초)】: 잡초.
【無所依(무소의)】: 의탁할 곳이 없다. 【依】: 의탁하다, 의존하다.

5 祝曰 :「蚊虻! 蚊虻! 汝非欲來而朋來, 汝非欲往而朋往, 吾悲汝無肺腸。速去! 吾終不汝殄傷。」→ 이때 당신은 축원을 빌며 말한다 :「모기 등에야! 모기 등에야! 너희들은 오고 싶어 떼를 지어오는 것이 아니고, 가고 싶어 떼를 지어가는 것이 아니기에, 나는 생각이 없는 너희들을 불쌍히 여긴다. 속히 떠나라! 나는 끝내 너희들을 해칠 생각이 없다.」
【祝曰(축왈)】: 축원을 빌며 말하다.
【非欲來而朋來(비욕래이붕래)】: 오고 싶어서 떼를 지어 온 것이 아니다. 【欲】: …하고자 하다, …하고 싶어 하다, …하기 바라다.
【悲(비)】: 불쌍히 여기다.
【無肺腸(무폐장)】: 생각이 없다, 양심이 없다.
【終(종)】: 시종, 끝까지.
【殄傷(진상)】: 상해(傷害)하다, 해치다.

6 如是四徧, 則不復至。→ 이와 같이 네 번을 거듭하면, (해충들이) 다시는 오지 않을 것이다.
【如是(여시)】: 이와 같이, 이렇게.

至。[6]

번역문

개파리 · 개미 · 벼룩 · 빈대 · 모기 · 등에를 몰아내다

지금 개파리 · 개미 · 벼룩 · 빈대 · 모기 · 등에와 같은 해충이 있다. 이들은 모두 독특한 개성이 없고, 모이고 흩어지는 것 또한 모두 우연한 일이다. 그러나 떼를 지어 사람을 물면 사람으로 하여금 정신을 혼란하게 하고 체력을 소모하게 한다. 이들을 다스리려면 어떻게 해야 하는가? 모조리 박멸할 방법은 없다. 그러나 얼음 한 쟁반을 가지고 지붕 위에 놓아두면 파리들이 달아난다. 또 큰불을 질러 들판을 태우면 잡초가 자라지 못하고, 잡초가 자라지 못하면 (벌레들이) 의탁할 곳이 없고, 의탁할 곳이 없으면 모든 해충들은 자리를 떠난다. 이때 당신은 축원을 빌며 말한다.

「모기 등에야! 모기 등에야! 너희들은 오고 싶어 떼를 지어오는 것이 아니고, 가고 싶어 떼를 지어가는 것이 아니기에, 나는 생각이 없는 너희들을 불쌍히 여긴다. 속히 떠나라! 나는 끝내 너희들을 해칠 생각이 없다.」

이와 같이 네 번을 거듭하면 (해충들이) 다시는 오지 않을 것이다.

해설

떼를 지어 와서 사람을 무는 해충들은 아무리 잡아도 다 잡을 수 없고, 아무리 막아도 다 막을 수가 없다. 그것을 퇴치하는 효과적인 방법은 벌레

【四徧(사편)】: 네 번을 거듭하다. ※판본에 따라서는 「徧」을 「遍(편)」이라 했다.
【復(부)】: 다시, 또.
【至(지)】: 오다.

들이 의지하여 생존하고 번식하는 환경 조건을 개선하는 것이다.

이 우언은 작자가 해충의 퇴치 방법을 빌려, 사회에서 해충과 다름없는 불량한 사람들을 제거하려면 그들이 의존하여 성장하는 사회 환경이나 요인들을 바꾸거나 고쳐야 한다는 이치를 설명한 것이다.

164 병매관기(病梅館記)

《龔自珍全集·病梅館記》

원문 및 주석

病梅館記[1]

江寧之龍蟠, 蘇州之鄧尉, 杭州之西谿, 皆産梅。[2] 或曰 :「梅以曲爲美, 直則無姿; 以欹爲美, 正則無景; 以疏爲美, 密則無態。」固也。[3] 此文人畫士心知其意, 未可明詔大號, 以繩天下之梅也;[4] 又不

1 病梅館記 → 병매관기(病梅館記)
【病梅館(병매관)】: 병든 매화를 모아 관리하는 시설.
【記(기)】: 문체의 하나로, 어떤 내용을 기록하거나 묘사한 글.

2 江寧之龍蟠, 蘇州之鄧尉, 杭州之西溪, 皆産梅。→ 강녕(江寧)의 용번리(龍蟠里), 소주(蘇州)의 등위산(鄧尉山), 항주(杭州)의 서계(西溪)는, 모두 매화가 난다.
【江寧(강녕)】: [지명] 청대(淸代)의 부(府) 소재지. 지금의 강소성 남경시(南京市).
【龍蟠(용반)】: [지명] 지금의 남경(南京) 청량산(淸涼山) 아래.
【鄧尉(등위)】: [산 이름] 지금의 강소성 소주시(蘇州市) 서남쪽에 있으며, 한대(漢代) 등위(鄧尉)가 이곳에 은거했다 하여 붙여진 이름이다. 산에 매화나무가 매우 많아 꽃이 피는 시절에는 마치 눈이 날리는 듯하여 「향설매(香雪梅)」라 부른다.
【西溪(서계)】: [지명] 지금의 절강성 항주시(杭州市) 영은산(靈隱山) 서북쪽.

3 或曰 :「梅以曲爲美, 直則無姿; 以欹爲美, 正則無景; 以疏爲美, 密則無態。」固也。→ 어떤 사람이 말했다 :「매화는 (가지가) 굽은 것을 아름다움으로 삼기 때문에, 곧으면 자태가 보기 싫고, 비스듬히 기운 것을 아름다움으로 여기기 때문에, 바로 서면 경관이 좋지 않으며, 성긴 것을 아름다움으로 여기기 때문에, 빼곡하면 모양이 없다.」 사실 그렇다.
【以(이)…爲(위)…】: …을 …으로 하다, …을 …으로 삼다, …을 …으로 여기다.
【曲(곡)】: 굽다, 구불구불하다.

可以使天下之民斫直，刪密，鋤正，以殀梅、病梅爲業以求錢也。[5] 梅之欹、之疏、之曲，又非蠢蠢求錢之民能以其智力爲也。[6] 有以文人畫士孤癖之隱明告鬻梅者，斫其正，養其旁條；刪其密，夭其稚

【姿(자)】: 자태.
【欹(의)】: 비스듬하다, 기울다.
【正(정)】: 바로 서다.
【景(경)】: 경관, 경치.
【疏(소)】: 드문드문하다, 성기다.
【態(태)】: 자태, 모양.
【固也(고야)】: 본래 그렇다, 사실 그렇다.

4 此文人畫士心知其意，未可明詔大號，以繩天下之梅也；→ 이에 대해 문인화가(文人畫家)들은 마음속으로 그 의미를 잘 알고 있다. 그러나 (문인화가들이) 이를 공공연히 선포하고 큰소리로 외쳐대어, 이를 근거로 천하의 매화를 저울질하게 해서는 안 되고;
【文人畫士(문인화사)】: 문인 화가.
【其意(기의)】: 그러한 뜻, 즉 「매화에 대한 인식」.
【未可(미가)】: …할 수 없다, …해서는 안 된다.
【明詔(명조)】: 공공연히 선포하다, 공개적으로 선양하다.
【大號(대호)】: 큰소리로 외쳐대다.
【繩(승)】: 재다, 가늠하다, 저울질하다.

5 又不可以使天下之民斫直，刪密，鋤正，以殀梅病梅爲業以求錢也。→ 또 이로 인해 세상 사람들로 하여금 곧은 것을 자르고, 빼곡한 것을 솎아내고, 바로 선 것을 뽑아, 매화를 일찍 죽고 병들게 하는 일을 직업으로 삼아 돈을 벌게 해서도 안 된다.
【以(이)】: 因(인), …로 인해, … 때문에.
【斫(작)】: 베어내다, 잘라 버리다.
【刪(산)】: 솎아내다, 없애 버리다.
【鋤(서)】: 제거하다, 뽑아 버리다.
【殀(요)】: [사동 용법]: 요절하게 하다, 일찍 죽게 만들다. ※ 판본에 따라서는 「殀」를 「夭(요)」라 했다.
【病(병)】: [사동 용법]: 병들게 하다.
【求錢(구전)】: 돈을 벌다.

6 梅之欹、之疏、之曲，又非蠢蠢求錢之民能以其智力爲也。→ 매화의 가지가 비스듬하고 성기고 굽은 모양은, 또한 우매하고 무지하여 돈만을 추구하는 사람들이 능히 자신의 지혜로 만들어낼 수 있는 바가 아니다.
【蠢蠢(준준)】: 우매하고 무지한 모양.
【爲(위)】: 만들다, 해내다.

枝; 鋤其直, 遏其生氣, 以求重價, 而江、浙之梅皆病。[7] 文人畫士之禍之烈至此哉![8]

予購三百盆, 皆病者, 無一完者。[9] 既泣之三日, 乃誓療之, 縱之, 順之。毁其盆, 悉埋於地, 解其棕縛; 以五年爲期, 必復之全之。[10] 予

················

7 有以文人畫士孤癖之隱明告鬻梅者, 斫其正, 養其旁條; 刪其密, 夭其稚枝; 鋤其直, 遏其生氣, 以求重價, 而江、浙之梅皆病。→ 어떤 사람이 문인화가의 괴벽한 취미를 매화 상인에게 분명히 알려주어, 바로 선 것을 잘라, 옆가지를 배양하고, 빽빽한 것을 솎아내어, 어린 가지를 죽이고, 곧은 것을 없애, 생기를 억제하여, 비싼 값을 받게 했다. 그리하여 강소·절강 지방의 매화는 모두 병이 들었다.
【孤癖之隱(고벽지은)】: 괴벽증. 이상한 취미.
【明告(명고)】: 분명히 알려주다.
【鬻梅者(육매자)】: 매화를 파는 사람, 매화 상인. 〖鬻〗: 賣(매), 팔다.
【旁條(방조)】: 비스듬한 가지, 옆가지.
【稚枝(치지)】: 어린 가지.
【遏(알)】: 저지하다, 가로막다, 억제하다.
【生氣(생기)】: 생기, 활기.
【重價(중가)】: 높은 대가, 비싼 값.
【江(강)、浙(절)】: [지명] 강소성과 절강성.

8 文人畫士之禍之烈至此哉! → 문인화가들이 저지른 재해(災害)의 심각한 정도가 마침내 이 지경에 이르렀다!
【烈(열)】: 심각한 정도.

9 予購三百盆, 皆病者, 無一完者。→ 나는 삼백 개의 분재를 구입했는데, 모두가 병든 것이고, 완전한 것은 하나도 없다.

10 既泣之三日, 乃誓療之, 縱之, 順之。毁其盆, 悉埋於地, 解其棕縛; 以五年爲期, 必復之全之。→ (나는) 사흘을 울고 나서, 곧 매화를 치료하고, 속박에서 풀어주고, 본성에 따라 자라게 하리라고 맹세했다. (그리하여) 그 화분을 깨부수고, 모두 땅에 묻은 다음, 그 가지를 묶은 종려나무 끈을 풀어주었다. 오 년을 기한으로 하여, 반드시 그것을 완전하게 회복시킬 것이다.
【既(기)】: …한 후, …하고 나서.
【之(지)】: [대명사] 그것, 즉「매화」.
【乃(내)】: 곧, 바로, 즉시.
【誓(서)】: 맹세하다.
【療(료)】: 치료하다.
【縱(종)】: 속박에서 풀어주다.
【順(순)】: 본성에 따라 자라도록 하다.

本非文人畫士, 甘受詬厲, 辟病梅之館以貯之。[11]

嗚呼! 安得使予多暇日, 又多閑田, 以廣貯江寧、杭州、蘇州之病梅, 窮予生之光陰以療梅也哉?[12]

번역문

병매관기(病梅館記)

강녕(江寧)의 용번리(龍蟠里), 소주(蘇州)의 등위산(鄧尉山), 항주(杭州)의

【毁(훼)】: 부수다.
【悉(실)】: 모두.
【椶縛(종박)】: 종려나무 섬유로 만든 줄. 〖椶〗: 棕(종), 종려나무. ※ 판본에 따라서는 「椶」을 「棕(종)」이라 했다. 〖縛〗: 묶다. 여기서는 「묶은 줄이나 끈」을 가리킨다.
【復之全之(복지전지)】: 그것을 완전하게 회복시키다.

11 予本非文人畫士, 甘受詬厲, 辟病梅之館以貯之。→ 나는 본래 문인화가가 아니다. 그래서 그들의 욕설을 감수하고, 병매관(病梅館)을 개설하여 병든 매화를 거두었다.
【詬厲(후려)】: 모욕, 욕설.
【辟(벽)】: 설치하다, 개설하다.
【貯(저)】: 모아 두다, 거두어들이다.
【之(지)】: [대명사] 그것, 즉 매화.

12 嗚呼! 安得使予多暇日, 又多閑田, 以廣貯江寧、杭州、蘇州之病梅, 窮予生之光陰以療梅也哉! → 아! 어찌해야 나로 하여금 한가한 시간을 많이 갖고, 또 노는 땅을 많이 확보하여, 강녕·항주·소주의 병든 매화를 거두어, 내 여생의 시간을 다해 병든 매화를 치료하게 할 수 있을까!
【嗚呼(오호)】: [감탄사] 아!
【安得(안득)】: 어찌 …할 수 있을까!
【使(사)】: …로 하여금 …하게 하다.
【多暇日(다가일)】: 한가한 시간을 많이 갖다.
【多閑田(다한전)】: 노는 땅을 많이 확보하다. 〖閑田〗: 노는 땅, 공한지(空閑地).
【廣貯(광저)】: 대량으로 안치하다.
【窮(궁)】: 다 쓰다, 모두 소비하다.
【生之光陰(생지광음)】: 살아 있는 시간, 즉 「여생의 시간」. 〖光陰〗: 시간.
【也哉(야재)】: [복합 어조사].

서계(西溪)는 모두 매화가 난다.

어떤 사람이 말했다.

「매화는 (가지가) 굽은 것을 아름다움으로 삼기 때문에 곧으면 자태가 보기 싫고, 비스듬히 기운 것을 아름다움으로 여기기 때문에 바로 서면 경관이 좋지 않으며, 성긴 것을 아름다움으로 여기기 때문에 빼곡하면 모양이 없다.」

사실 그렇다. 이에 대해 문인화가(文人畵家)들은 마음속으로 그 의미를 잘 알고 있다. 그러나 (문인화가들이) 이를 공공연히 선포하고 큰소리로 외쳐대어, 이를 근거로 천하의 매화를 저울질하게 해서는 안 되고, 또 이로 인해 세상 사람들로 하여금 곧은 것을 자르고, 빼곡한 것을 솎아내고, 바로 선 것을 뽑아 매화를 일찍 죽고 병들게 하는 일을 직업으로 삼아 돈을 벌게 해서도 안 된다. 매화의 가지가 비스듬하고 성기고 굽은 모양은, 또한 우매하고 무지하여 돈만을 추구하는 사람들이 능히 자신의 지혜로 만들어낼 수 있는 바가 아니다.

어떤 사람이 문인화가의 괴벽한 취미를 매화 상인에게 분명히 알려주어, 바로 선 것을 잘라 옆가지를 배양하고, 빼곡한 것을 솎아내어 어린 가지를 죽이고, 곧은 것을 없애 생기를 억제하여 비싼 값을 받게 했다. 그리하여 강소 · 절강 지방의 매화는 모두 병이 들었다. 문인화가들이 저지른 재해(災害)의 심각한 정도가 마침내 이 지경에 이르렀다!

나는 삼백 개의 분재를 구입했는데 모두가 병든 것이고 완전한 것은 하나도 없다. (나는) 사흘을 울고 나서 곧 매화를 치료하고, 속박에서 풀어주고, 본성에 따라 자라게 하리라고 맹세했다. (그리하여) 그 화분을 깨부수고 모두 땅에 묻은 다음, 그 가지를 묶은 종려나무 끈을 풀어주었다. 오 년을 기한으로 하여 반드시 그것을 완전하게 회복시킬 것이다.

나는 본래 문인화가가 아니다. 그래서 그들의 욕설을 감수하고, 병매관(病梅館)을 개설하여 병든 매화를 거두었다. 아! 어찌해야 나로 하여금 한가한 시간을 많이 갖고 또 노는 땅을 많이 확보하여, 강녕 · 항주 · 소주의 병든 매화를 거두어 내 여생의 시간을 다해 병든 매화를 치료하게 할 수 있을까!

해설

《병매관기(病梅館記)》는 공자진의 대표작인 동시에 만청(晩淸) 산문 중의 명작으로, 작자가 매화를 가꾸는 생활 속의 작은 일을 빌려, 전제주의(專制主義)를 반대하고 인격의 자유와 정신 해방을 갈망하는 작자의 사상을 반영한 글이다.

이 우언은 작자가 매화를 사람에 비유하고 매화에 의탁하여, 백성을 억압하는 청조(淸朝) 통치자의 사상과 인재(人才)를 파멸시키는 죄악을 비판 · 폭로하고, 인재(人才) 해방과 개성(個性) 해방에 대한 자신의 정치 주장을 표출한 것이다.

《오애자寤崖子》 우언

유희재(劉熙載 : 1813 - 1881)는 강소(江蘇) 홍화(興化)[지금의 강소성 홍화현(興化縣)] 사람으로 자는 백간(伯簡), 호는 융재(融齋), 만년의 호를 오애자(寤崖子)라 했으며, 만청(晩晴)의 저명한 문예 이론가이다. 그는 선종(宣宗) 도광(道光) 24년(1844) 진사에 급제한 후 한림원서길사(翰林院庶吉士)·국자감사업(國子監司業)·광동학정(廣東學政)·첨사부좌춘방좌중윤(詹事府左春坊左中允) 등을 역임했으며, 만년에는 상해용문서원(上海龍門書院)의 강의(講義)를 담당했다. 저서로 《사음정절(四音定切)》《예개(藝概)》《작비집(昨非集)》《오애자(寤崖子)》 등이 있다.

《오애자》는 필기(筆記) 형식의 고사집(故事集)으로 그의 저서 중에서 별로 중요하지 않지만, 그중 일부 작품은 우언을 빌려 깊은 뜻을 표현하기도 했다.

165 가연여해구(家燕與海鷗)

《寤崖子》

원문 및 주석

家燕與海鷗[1]

鷗於海渚遇巷燕。燕謂鷗曰:「我至子所, 而子不至我所, 何也?」[2] 曰:「吾性傲以野, 不樂依人爲故也。」[3] 曰:「我以依人而處, 故飄風

1 家燕與海鷗 → 제비와 갈매기
【家燕(가연)】: 제비.
【與(여)】: …와(과).
【海鷗(해구)】: 갈매기.

2 鷗於海渚遇巷燕。燕謂鷗曰:「我至子所, 而子不至我所, 何也?」→ 갈매기가 바닷가의 모래섬에서 제비를 만났다. 제비가 갈매기에게 말했다:「나는 그대의 처소(處所)에 가지만, 그대는 나의 처소에 오지 않는데, 무엇 때문이지?」
【於(어)】: [개사] …에서.
【海渚(해저)】: 바닷가의 모래섬.
【遇(우)】: 만나다.
【巷燕(항연)】: 제비. ※ 제비가 통상 민가(民家)에 날아들기 때문에 붙여진 이름.
【至子所(지자소)】: 그대의 처소에 가다. 〖至〗: 가다, 오다. 〖子〗: 너, 그대, 당신. 〖所〗: 처소, 거처.
【何(하)】: 어째서, 무엇 때문에.

3 曰:「吾性傲以野, 不樂依人爲故也。」→ (갈매기가) 말했다:「나는 성격이 오만하고 자유분방하여, 사람에게 의존하는 것을 좋아하지 않기 때문이야.」
【傲以野(오이야)】: 오만하고 자유분방하다. 〖傲〗: 오만하다, 거만하다. 〖以〗: [연사] 또한. 〖野〗: 구속을 받지 않다, 자유분방하다.
【不樂(불락)】: 즐기기 않다, 좋아하지 않다.

得所障, 凍雨得所蔽, 熾日得所護。以是觀之, 子其病矣。」[4] 曰 : 「吾病而有不病者存, 不若子之昧於病而未見也。」[5] 曰 : 「我之得以依人者, 以人不之憎且愛之也。子之病我者, 忮其愛乎?」[6] 曰 : 「子謂人

....

【依人(의인)】: 사람에 의존하다.
【故(고)】: 까닭, 연고.

4 曰 : 「我以依人而處, 故飆風得所障, 凍雨得所蔽, 熾日得所護。以是觀之, 子其病矣。」 → (제비가) 말했다 : 「나는 사람에게 의존하여 살기 때문에, 그래서 폭풍을 막을 수 있고, 한랭한 비를 가릴 수 있고, 뜨거운 햇볕을 차단하여 보호받을 수 있지. 이로 미루어 보건대, 그대는 (아마도) 장차 우환이 있을 거야.」
【以(이)】: 因(인), …로 인해, … 때문에.
【處(처)】: 살다, 거처하다.
【故(고)】: 그래서.
【飆風(표풍)】: 폭풍.
【得(득)】: 能(능), …할 수 있다.
【障(장)】: 막다, 차단하다.
【凍雨(동우)】: 한랭한 비.
【蔽(폐)】: 가리다, 덮다.
【熾日(치일)】: 뜨거운 햇볕.
【護(호)】: 보호를 받다.
【以是觀之(이시관지)】: 이로 미루어 보건대.
【其(기)】: 장차 …하게 될 것이다.
【病(병)】: 우환, 위기.

5 曰 : 「吾病而有不病者存, 不若子之昧於病而未見也。」 → (갈매기가) 말했다 : 「나는 우환(憂患)이 되는 면도 있지만 우환이 안 되는 면도 있으니, 그대처럼 우환 속에 잠복해 있으면서도 그러한 사실을 알지 못하는 것과는 달라.」
【存(존)】: 존재하다. 즉 「있다」의 뜻.
【不若(불약)】: …와 같지 않다, …와 다르다.
【昧於病而未見(매어병이미견)】: 우환(憂患) 속에 숨겨져 있으면서 그것을 알지 못하다. 〖昧〗: 숨다, 잠복하다. 〖病〗: 우환. 〖未見〗: 보지 못하다. 즉 「알지 못하다」의 뜻.

6 曰 : 「我之得以依人者, 以人不之憎且愛之也。子之病我者, 忮其愛乎?」 → (제비가) 말했다 : 「내가 사람에게 의존할 수 있는 것은, 사람들이 나를 혐오하지 않고 나를 좋아하기 때문이야. 그대가 나를 우환 속에 잠복해 있다고 여기는 것은, 사람들이 나를 좋아하는 걸 질투하는 것이겠지?」
【得以(득이)】: …할 수 있다.
【以人不之憎且愛之(이인부지증차애지)】: 사람들이 나를 혐오하지 않고 좋아하기 때문이다.

之於我, 愛乎? 憎乎?」曰 :「皆無之。[7] 曰 :「吾以傲野自適, 人之憎愛, 非所論也。卽以人論, 吾以不見愛, 故不見憎。然則, 見愛者其危哉!」[8] 燕不喩而去。其後, 巷人方食, 燕泥汙其羹, 因怒而逐燕。燕於是始思鷗言。[9]

....

※「不之憎」은「不憎之」의 도치 형태. 〖以〗: 因(인), …로 인해, …때문에. 〖憎〗: 미워하다, 혐오하다. 〖之〗: [대명사] 그, 이. 즉「나」. 〖且〗: 또한.

【病我者(병아자)】: 나를 우환에 숨겨져 있다고 여기는 것.

【忮(기)】: 시기하다, 질투하다.

【其(기)】: [대명사] 그들, 즉「사람들」.

7 曰 :「子謂人之於我, 愛乎? 憎乎?」曰 :「皆無之。」→ (갈매기가) 말했다 :「그대는 사람들이 나에 대해, 좋아한다고 생각하는가? 혐오한다고 생각하는가?」(제비가) 말했다 :「모두 아니야.」

【謂(위)】: …라고 여기다, …라고 생각하다.

【於我(어아)】: 나에 대해. 〖於〗: [개사] …에 대해.

【皆無之(개무지)】: 모두 없다. 즉「모두 아니다」의 뜻.

8 曰 :「吾以傲野自適, 人之憎愛, 非所論也。卽以人論, 吾以不見愛, 故不見憎。然則, 見愛者其危哉!」→ (갈매기가) 말했다 :「나는 오만과 자유분방(自由奔放)한 성격으로 유유자적(悠悠自適)할 뿐, 사람들이 나를 혐오하든 좋아하든, 그것은 내가 논할 바가 아니야. 설사 나에 대한 사람들의 태도를 가지고 논한다 해도, 내가 사람들의 사랑을 받지 않기 때문에, 그래서 미움도 받지 않아. 그런 즉, 사람에게 사랑을 받는 것은 위험한 일이야!」

【傲野(오야)】: 자유분방(自由奔放)하다.

【自適(자적)】: 유유자적(悠悠自適)하다.

【卽(즉)】: 설사 …라 해도.

【以不見愛, 故不見憎(이불견애, 고불견증)】: 사랑을 받지 않기 때문에, 그래서 미움을 받지 않다. 〖以〗: …로 인해, … 때문에. 〖見愛〗: 사랑을 받다. ※ 見+동사=피동형. 〖見憎〗: 미움을 받다.

【然則(연즉)】: 그런 즉.

9 燕不喩而去。其後, 巷人方食, 燕泥汙其羹, 因怒而逐燕。燕於是始思鷗言。→ 제비는 갈매기의 말을 이해하지 못하고 (모래섬을) 떠났다. 그 후 어느 날, 제비가 살고 있는 집의 주인이 마침 식사를 하고 있는데, 제비 집의 진흙이 떨어져 국을 더럽혔다. 그리하여 주인이 화를 내며 제비를 쫓아버렸다. 제비는 이때 비로소 갈매기가 한 말이 생각났다.

【喩(유)】: 이해하다.

【去(거)】: 떠나다.

【巷人(항인)】: 제비가 살고 있는 집의 주인.

【方(방)】: 마침.

번역문

제비와 갈매기

갈매기가 바닷가의 모래섬에서 제비를 만났다. 제비가 갈매기에게 말했다.

「나는 그대의 처소(處所)에 가지만 그대는 나의 처소에 오지 않는데, 무엇 때문이지?」

(갈매기가) 말했다.

「나는 성격이 오만하고 자유분방하여 사람에게 의존하는 것을 좋아하지 않기 때문이야.」

(제비가) 말했다.

「나는 사람에게 의존하여 살기 때문에, 그래서 폭풍을 막을 수 있고, 한랭한 비를 가릴 수 있고, 뜨거운 햇볕을 차단하여 보호받을 수 있지. 이로 미루어 보건대, 그대는 (아마도) 장차 우환이 있을 거야.」

(갈매기가) 말했다.

「나는 우환이 되는 면도 있지만 우환이 안 되는 면도 있으니, 그대처럼 우환 속에 잠복해 있으면서도 그러한 사실을 알지 못하는 것과는 달라.」

(제비가) 말했다.

················

【食(식)】: 식사하다, 밥을 먹다.
【燕泥(연니)】: 제비집의 진흙.
【汙(오)】: 더럽히다.
【羹(갱)】: 국, 탕.
【因(인)】: 그리하여, 이로 인해.
【逐燕(축연)】: 제비를 쫓아내다. ※ 판본에 따라서는 「燕」을 「之(지)」라 했다.
【於是(어시)】: 이때, 그때.
【始(시)】: 비로소.
【思(사)】: 생각나다.

「내가 사람에게 의존할 수 있는 것은 사람들이 나를 혐오하지 않고 나를 좋아하기 때문이야. 그대가 나를 우환 속에 잠복해 있다고 여기는 것은 사람들이 나를 좋아하는 걸 질투하는 것이겠지?」

(갈매기가) 말했다.

「그대는 사람들이 나에 대해 좋아한다고 생각하는가? 혐오한다고 생각하는가?」

(제비가) 말했다.

「모두 아니야.」

(갈매기가) 말했다.

「나는 오만과 자유분방(自由奔放)한 성격으로 유유자적(悠悠自適)할 뿐, 사람들이 나를 혐오하든 좋아하든 그것은 내가 논할 바가 아니야. 설사 나에 대한 사람들의 태도를 가지고 논한다 해도, 내가 사람들의 사랑을 받지 않기 때문에, 그래서 미움도 받지 않아. 그런 즉, 사람에게 사랑을 받는 것은 위험한 일이야!」

제비는 갈매기의 말을 이해하지 못하고 (모래섬을) 떠났다. 그 후 어느 날, 제비가 살고 있는 집의 주인이 마침 식사를 하고 있는데, 제비 집의 진흙이 떨어져 국을 더럽혔다. 그리하여 주인이 화를 내며 제비를 쫓아버렸다. 제비는 이때 비로소 갈매기가 한 말이 생각났다.

해설

제비와 갈매기는 거주하는 환경이 다르다 보니 명운(命運)도 서로 다른 결과를 초래했다. 제비는 사람의 집 추녀 밑에 둥지를 틀어 사람에게 의존하여 살았기 때문에, 세찬 폭풍과 차가운 비와 뜨거운 햇볕으로부터 보호를 받을 수 있었지만, 어느 날 마침 식사하던 주인의 국그릇에 진흙을 떨어뜨리는 바람에 둥지에서 내쫓겼고, 반면에 갈매기는 평상시 제비처럼 자연재해(自然災害)로부터 보호를 받지는 못했지만, 평생 어느 누구의 간섭도 받지 않고 스스로 독립하여 유유자적(悠悠自適)하게 살아간다.

이 우언은 제비와 갈매기의 생활 방식을 통해, 사람들이 권세가에게 의지하지 말고 자립자강(自立自强)해야 비로소 자유를 누리고 피해를 멀리할 수 있다는 이치를 설명한 것이다.

《일소一笑》 우언

유월(兪樾 : 1821 - 1907)은 절강(浙江) 덕청(德淸)[지금의 절강성 덕청현(德淸縣)] 사람으로 자는 음보(蔭甫), 호는 곡원(曲園)이며, 청(淸)나라 말기의 저명한 언어학자이다. 선종(宣宗) 도광(道光) 연간에 진사에 급제한 후 한림원서길사(翰林院庶吉士)를 거쳐 국사관편수(國史館編修)과 하남학정(河南學政)을 지냈다. 후에 관직을 그만두고 경학(經學) 연구에 전념하며 소주(蘇州)의 자양서원(紫陽)·상해(上海)의 구지서원(求志書院)·덕청(德淸)의 청계서원(淸溪書院) 등에서 강학하는 한편, 만년에는 항주(杭州)의 고경정사(詁經精舍)를 주관하기도 했다. 그는 유가(儒家)의 경전(經典)과 제자백가(諸子百家) 및 문자학에 해박할 뿐만 아니라 시가나 소설·희곡에도 매우 조예가 깊었다. 저서로 《군경평의(群經平議)》《유루잡찬(兪樓雜纂)》《제자평의(諸子平議)》를 비롯하여 무려 40여 종에 이르는데, 덕종(德宗) 광서(光緖) 28년 이들을 모두 모아 《춘재당전서(春在堂全書)》를 간행했다.

《일소(一笑)》는 일종의 소화집(笑話集)으로 《유루잡찬(兪樓雜纂)·권사십팔(卷四十八)》에 13칙(則)이 수록되어 있으며, 문자가 간결하고 유머 감각이 뛰어나다.

166 고모(高帽)

《一笑》

원문 및 주석

高帽[1]

俗以喜人面諛者曰「喜戴高帽」。有京朝官出仕於外者, 往別其師, 師曰 :「外官不易爲, 宜愼之。」[2] 其人曰 :「某備有高帽一百, 逢

1 高帽 → 높은 모자
【高帽(고모)】: 높은 모자. 즉 「아첨, 알랑거림」을 비유하는 말.

2 俗以喜人面諛者曰「喜戴高帽」。有京朝官出仕於外者, 往別其師, 師曰 :「外官不易爲, 宜愼之。」→ 민간의 속담에 다른 사람이 면전에서 아첨하는 것을 좋아하는 사람을 가리켜 「높은 모자를 쓰기 좋아한다.」라고 한다. 경성(京城)에서 지방으로 부임하는 어느 관리가, 스승에게 작별 인사를 하러 가자, 스승이 말했다 :「외관직(外官職)은 잘 하기가 쉽지 않으니, 마땅히 삼가고 조심해야 하네.」
【俗(속)】: 속어, 속담.
【面諛(면유)】: 면전에서 아첨하다.
【戴高帽(대고모)】: 높은 모자를 쓰다. ※ 함부로 잘난 체하며 다른 사람이 칭찬해 주길 바라는 것을 「높은 모자를 쓰기 좋아한다」라 하고, 다른 사람을 치켜세우며 아첨하는 것을 「높은 모자를 씌운다」라고 한다. 【戴】: 쓰다, 씌우다.
【京朝官(경조관)】: 경성(京城) 또는 조정(朝廷)의 관리.
【出仕於外(출사어외)】: (경성에서) 외지(外地)로 부임하다.
【往別(왕별)】: 작별 인사를 하러 가다.
【外官(외관)】: 외직(外職), 외관직(外官職).
【不易爲(불이위)】: 잘 하기가 쉽지 않다.
【宜(의)】: 마땅히.
【愼(신)】: 신중히 하다, 조심하다, 삼가다.

人則送其一, 當不至有所齟齬也。」[3] 師怒曰 :「吾輩直道事人, 何須如此?」[4] 其人曰 :「天下不喜戴高帽如吾師者, 能有幾人歟?」[5] 師頷其首曰 :「汝言亦不爲無見。」 其人出, 語人曰 :「吾高帽一百, 今止存九十九矣!」[6]

················

3 其人曰 :「某備有高帽一百, 逢人則送其一, 當不至有所齟齬也。」 → 그가 말했다 :「제가 높은 모자 백 개를 준비하여, 사람을 만날 때마다 하나씩 주면, 당연히 의견이 엇갈려 충돌하는 상황에 이르지는 않을 것입니다.」

【逢(봉)】: 만나다.

【則(즉)】: 곧. ※ 판본에 따라서는 「則」을 「輒(첩)」이라 했다.

【送(송)】: 주다, 선물하다.

【不至(부지)】: …에 이르지 않다.

【齟齬(저어)】: 의견이 엇갈리다, 의견 충돌이 일어나다.

4 師怒曰 :「吾輩直道事人, 何須如此?」 → 스승이 화를 내며 말했다 :「우리는 정직하고 사사로움 없이 사람을 대하는데, 어찌 반드시 이렇게 해야 하는가?」

【吾輩(오배)】: 우리들. 〖輩〗: [복수형] …들.

【直道(직도)】: 정직하고 사사로움이 없다.

【事人(사인)】: 사람을 섬기다. 여기서는 「사람을 대하다」의 뜻.

【何須如此(하수여차)】: 어찌 반드시 이렇게 해야 하는가? 〖何〗: 어찌. 〖須〗: 반드시 …해야 한다. 〖如此〗: 이와 같이, 이처럼, 이렇게.

5 其人曰 :「天下不喜戴高帽如吾師者, 能有幾人歟?」 → 그가 말했다 :「세상에 우리 스승님처럼 높은 모자 쓰기를 좋아하지 않는 분이, 몇이나 되겠습니까?」

【如(여)】: …같이, …처럼.

【幾人(기인)】: 몇 사람.

6 師頷其首曰 :「汝言亦不爲無見。」 其人出, 語人曰 :「吾高帽一百, 今止存九十九矣!」 → 스승이 머리를 끄덕이며 말했다 :「자네 말도 일리가 없는 것은 아니네.」 그가 (작별 인사를 하고) 나와, 다른 사람에게 말했다 :「나의 높은 모자 백 개 중에, 지금은 다만 아흔아홉 개가 남았습니다.」

【頷其首(함기수)】: 머리를 끄덕이다. ※ 상대방의 말에 동의를 표시하는 뜻.

【汝(여)】: 너, 당신, 자네.

【不爲無見(불위무견)】: 일리가 없는 것은 아니다. 〖爲〗: …이다. 〖見〗: 식견, 일리.

【止(지)】: 다만.

번역문

높은 모자

민간의 속담에, 다른 사람이 면전에서 아첨하는 것을 좋아하는 사람을 가리켜 「높은 모자를 쓰기 좋아한다」라고 한다. 경성(京城)에서 지방으로 부임하는 어느 관리가 스승에게 작별 인사를 하러 가자 스승이 말했다.

「외관직(外官職)은 잘 하기가 쉽지 않으니, 마땅히 삼가고 조심해야 하네.」

그가 말했다.

「제가 높은 모자 백 개를 준비하여 사람을 만날 때마다 하나씩 주면, 당연히 의견이 엇갈려 충돌하는 상황에 이르지는 않을 것입니다.」

스승이 화를 내며 말했다.

「우리는 정직하고 사사로움 없이 사람을 대하는데, 어찌 반드시 이렇게 해야 하는가?」

그가 말했다.

「세상에 우리 스승님처럼 높은 모자 쓰기를 좋아하지 않는 분이 몇이나 되겠습니까?」

스승이 머리를 끄덕이며 말했다.

「자네 말도 일리가 없는 것은 아니네.」

그가 (작별 인사를 하고) 나와 다른 사람에게 말했다.

「나의 높은 모자 백 개 중에, 지금은 다만 아흔아홉 개가 남았습니다.」

해설

경성(京城)에서 지방으로 부임하는 어느 관리가 자기 스승에게 작별 인사를 하러 갔을 때, 그 스승은 자기 학생이 다른 사람에게 높은 모자 씌우는 것을 반대했으나, 오히려 학생이 씌워주는 높은 모자를 가장 먼저 받아들였다. 어떤 사람은 언행이 일치하지 않아 입으로는 아첨하는 것을 반대하지만 실제 행동은 다르며, 또 어떤 사람은 무의식중에 다른 사람이 씌워주는 높은 모자를 받아들인다.

이 우언은 스스로 정직하고 사사로움이 없어 아첨을 반대한다고 자부하던 스승이 은연중 아첨을 받아들인 사례를 통해, 사회 전반에 깊이 뿌리 내린 아첨을 좋아하는 풍조를 꼬집어 풍자한 것이다.

167 연사위복(延師爲僕)

《一笑》

원문 및 주석

延師爲僕[1]

有延師教其子者, 師至, 主人曰:「家貧多失禮於先生, 奈何?」[2] 師曰:「何言之謙? 僕固無不可者。」[3] 主人曰:「蔬食可乎?」曰:「可。」[4] 主人曰:「家無臧獲, 凡洒掃庭除, 啓閉門戶, 勞先生爲之, 可

....

1 延師爲僕 → 스승을 초빙하여 하인을 삼으려 하다
【延(연)】: 초빙하다, 초청하다.
【爲(위)】: …을 삼다.
【僕(복)】: 종, 하인.

2 有延師教其子者, 師至, 主人曰:「家貧多失禮於先生, 奈何?」→ 스승을 초빙하여 자기 자식을 가르치려는 사람이 있었다. 스승이 도착하자, 주인이 말했다:「집이 가난하여 선생님께 실례가 많을 터인데, 어쩌지요?」
【於(어)】: [개사] …에게, …에 대해.
【奈何(내하)?】: 어떻게 하지요? 어쩌지요?

3 師曰:「何言之謙? 僕固無不可者。」→ 스승이 말했다:「무슨 겸손한 말씀이십니까? 저는 본래 안 되는 것이 없는 사람입니다.」
【何言之謙(하언지겸)?】: 무슨 겸손한 말씀이십니까?
【僕(복)】: [자신에 대한 겸칭] 저.
【固(고)】: 본래.
【無不可(무불가)】: 안 되는 것이 없다.

4 主人曰:「蔬食可乎?」曰:「可。」→ 주인이 물었다:「변변치 않은 음식도 괜찮습니까?」스승이 대답했다:「괜찮습니다.」

乎?」曰:「可。」[5] 曰:「或家人婦子欲買零星什物, 屈先生一行, 可乎?」曰:「可。」[6] 主人曰:「如此幸甚。」師曰:「僕亦有一言, 願主人勿訝焉。」[7] 主人問何言, 師曰:「自愧幼時不學耳!」[8] 主人曰:「何言

....

【蔬食(소식)】: ① 채식(菜食). ② 변변치 않은 음식.
【可(가)】: 되다, 괜찮다.

5 主人曰:「家無臧獲, 凡洒掃庭除, 啓閉門戶, 勞先生爲之, 可乎?」曰:「可。」→ 주인이 물었다:「집이 가난하여 하인이 없는데, 무릇 정원을 청소하고, 문을 열고 닫는 일을, 선생님이 하도록 수고를 끼쳐도, 괜찮겠습니까?」 스승이 대답했다:「괜찮습니다.」
【臧獲(장획)】: 노비, 하인.
【凡(범)】: 무릇, 대저.
【洒掃庭除(쇄소정제)】: 정원을 청소하다.
【啓閉門戶(계폐문호)】: 문을 열고 닫다. 〖啓〗: 열다. 〖閉〗: 닫다. 〖門戶〗: 문, 출입문.
【勞先生爲之(노선생위지)】: 선생님께 그 일을 하도록 수고를 끼치다. 〖勞〗: 수고를 끼치다, 애쓰게 하다. 〖爲〗: …하다. 〖之〗: [대명사] 그것, 그일, 즉 「청소하고 문을 여닫는 일」.

6 曰:「或家人婦子欲買零星什物, 屈先生一行, 可乎?」曰:「可。」→ (주인이) 물었다:「만일 집안의 부녀자나 아이들이 자질구레한 도구를 사고자 하여, 선생님이 다녀오시도록 욕되게 해도, 괜찮겠습니까?」 스승이 대답했다:「괜찮습니다.」
【或(혹)】: ① 혹시, 간혹. ② 만일, 만약.
【欲(욕)】: …하고자 하다, …하려고 하다.
【零星(영성)】: 자질구레하다.
【什物(집물)】: 도구, 집기, 기구.
【屈(굴)】: 욕되다, 굴욕을 느끼다.

7 主人曰:「如此幸甚。」師曰:「僕亦有一言, 願主人勿訝焉。」→ 주인이 말했다:「이렇게 허락해 주시니 매우 다행입니다.」 스승이 말했다:「저도 한 마디 드릴 말씀이 있는데, 주인께서 놀라지 마시기 바랍니다.」
【如此(여차)】: 이와 같다. 즉 「이렇게 허락하다」의 뜻.
【幸甚(행심)】: 매우 다행이다.
【願(원)】: 원하다, 바라다.
【勿(물)】: …하지 말라, …해서는 안 된다.
【訝(아)】: 놀라다, 이상하게 여기다.

8 主人問何言, 師曰:「自愧幼時不學耳!」→ 주인이 무슨 말씀인지 묻자, 스승이 말했다:「(저는) 어렸을 때 배우지 못한 것을 스스로 부끄러워할 뿐입니다.」
【自愧(자괴)】: 스스로 부끄러워하다.
【耳(이)】: …뿐이다.

之謙?」 師曰 :「不敢欺, 僕實不識一字。」[9]

번역문

스승을 초빙하여 하인을 삼으려 하다

스승을 초빙하여 자기 자식을 가르치려는 사람이 있었다. 스승이 도착하자 주인이 말했다.

「집이 가난하여 선생님께 실례가 많을 터인데 어쩌지요?」

스승이 말했다.

「무슨 겸손한 말씀이십니까? 저는 본래 안 되는 것이 없는 사람입니다.」

주인이 물었다.

「변변치 않은 음식도 괜찮습니까?」

스승이 대답했다.

「괜찮습니다.」

주인이 물었다.

「집이 가난하여 하인이 없는데, 무릇 정원을 청소하고 문을 열고 닫는 일을 선생님이 하도록 수고를 끼쳐도 괜찮겠습니까?」

스승이 대답했다.

「괜찮습니다.」

(주인이) 물었다.

「만일 집안의 부녀자나 아이들이 자질구레한 도구를 사고자 하여, 선생

9 主人曰 :「何言之謙?」 師曰 :「不敢欺, 僕實不識一字。」→ 주인이 말했다 :「무슨 겸손의 말씀이십니까?」 스승이 말했다 :「저는 감히 속이지 못합니다. 저는 정말 한 글자도 모릅니다.」
【欺(기)】: 속이다, 기만하다.
【實(실)】: 실로, 정말로.
【識(식)】: 알다, 식별하다.

님 다녀 오시도록 욕되게 해도 괜찮겠습니까?」

스승이 대답했다.

「괜찮습니다.」

주인이 말했다.

「이렇게 허락해 주시니 매우 다행입니다.」

스승이 말했다.

「저도 한 마디 드릴 말씀이 있는데, 주인께서 놀라지 마시기 바랍니다.」

주인이 무슨 말씀인지 묻자, 스승이 말했다.

「(저는) 어렸을 때 배우지 못한 것을 스스로 부끄러워할 뿐입니다.」

주인이 말했다.

「무슨 겸손의 말씀이십니까?」

스승이 말했다.

「저는 감히 속이지 못합니다. 저는 정말 한 글자도 모릅니다.」

해설

스승이란 도리를 전수(傳授)하고 학업을 가르치고 의혹을 풀어주는 사람이다. 그런데 자기 아이를 가르치기 위해 스승을 초빙한 사람이 스승에게 집안 청소와 출입문을 여닫는 일뿐만 아니라, 심지어 집안의 부녀자와 아이들의 잔심부름까지 요구하며 마치 하인처럼 부리려 했다. 그리하여 스승은 「어려서부터 배운 것이 없어 한 글자도 모른다.」라는 말로 주인의 초빙에 대해 거절의 뜻을 표했다.

이 우언은 스승을 초빙하여 자기 자식을 가르치려는 사람이 스승을 마치 하인을 부리듯 하려는 행위를 통해, 사도(師道)의 존엄이 황폐화된 당시 사회의 그릇된 풍조를 비난하고 질책한 것이다.

《용암필기 庸盦筆記》 우언

설복성(薛福成 : 1838 - 1894)은 강소(江蘇) 무석(無錫)[지금의 강소성 무석시(無錫市)] 사람으로 자는 숙운(叔耘), 호는 용암(庸盦)이다. 덕종(德宗) 광서(光緖) 연간에 부공(副貢)의 신분으로 증국번(曾國藩)·이홍장(李鴻章) 등의 막부(幕府)에 들어가 직례주지주(直隸州知州)·절강영소대도(浙江寧紹台道)·호남안찰사(湖南按察使) 등을 지낸 후, 영국·프랑스·이탈리아·벨기에 등에 사절로 나가 남양제도(南洋諸島)의 영사(領事)를 창설하고 돌아와 우도어사(右都御史)로 승진했다.

저서로《용암문편(庸盦文編)》《주양추의(籌洋芻議)》《출사주소(出使奏疏)》《출사일기(出使日記)》《절동주방록(浙東籌防錄)》《용암필기(庸盦筆記)》등이 있는데, 모두《용암전집(庸盦全集)》에 수록되어 있다.

168 지주여사(蜘蛛與蛇)

《庸盦筆記 · 卷四 · 物性相制》

원문 및 주석

蜘蛛與蛇[1]

嘗見一蜘蛛布網壁間, 離地約二三尺。[2] 一大蛇過其下, 昂首欲吞蜘蛛, 而勢稍不及。久之, 蛇將行矣。[3] 蜘蛛忽懸絲而下, 垂身半空, 若將追蛇者。[4] 蛇怒, 復昂首欲吞之, 蜘蛛引絲疾上。[5] 久之, 蛇又將

1 蜘蛛與蛇 → 거미와 뱀
【蜘蛛(지주)】: 거미.

2 嘗見一蜘蛛布網壁間, 離地約二三尺。→ 나는 일찍이 거미 한 마리가 벽 사이에 거미줄을 치는 것을 보았다. 땅에서 대략 두세 자쯤 떨어져 있었다.
【嘗(상)】: 일찍이.
【布網(포망)】: 거미줄을 치다.
【離(리)】: …에서(…로부터) … 떨어지다.

3 一大蛇過其下, 昂首欲吞蜘蛛, 而勢稍不及。久之, 蛇將行矣。→ 큰 뱀 한 마리가 그 아래를 지나가다가, 머리를 들고 거미를 잡아먹으려 했다. 그러나 높이가 약간 미치지 못했다. 한참 있다가, 뱀이 (포기하고) 떠나려 했다.
【過(과)】: 지나가다.
【昂首(앙수)】: 머리를 들다.
【欲吞(욕탄)】: 삼키려 하다. 즉 「잡아먹으려 하다」의 뜻.
【勢稍不及(세초불급)】: 높이가 약간 미치지 못하다. 〖勢〗: 형세. 여기서는 「높이」를 가리킨다. 〖稍〗: 약간, 다소. 〖不及〗: 미치지 못하다.
【久之(구지)】: 한참 지나다.
【將(장)】: 곧 …하려 하다.

4 蜘蛛忽懸絲而下, 垂身半空, 若將追蛇者。→ (이때) 거미가 돌연 줄에 매달려 내려와, 몸을

行矣，蜘蛛復懸絲疾下，蛇復昂首待之。蜘蛛仍還守其網。如是者三四次。[6] 蛇意稍倦，以首俯地，蜘蛛乘其不備，奮身飆下，踞蛇之首，抵死不動，蛇狂跳顛擲，以至於死。[7] 蜘蛛乃齧其腦，果腹而去。[8]

…………………

공중에 늘어뜨렸다. 마치 곧 뱀을 추격하려는 것 같았다.
【忽(홀)】: 갑자기, 돌연.
【懸絲而下(현사이하)】: 줄을 매달고 내려오다.
【垂身半空(수신반공)】: 몸을 공중에 늘어뜨리다. 〖追〗: 늘어뜨리다, 드리우다. 〖半空〗: 공중.
【若(약)】: 마치 …같다.

5 蛇怒，復昂首欲吞之，蜘蛛引絲疾上。→ 뱀이 화가 나서, 다시 머리를 들고 거미를 잡아먹으려 하자, 거미는 얼른 줄을 끌어당겨 빠르게 위로 올라갔다.
【怒(노)】: 화를 내다, 화가 나다.
【復(부)】: 다시, 또.
【之(지)】: [대명사] 그것, 즉 「거미」.
【引絲疾上(인사질상)】: 줄을 끌어당겨 빠르게 올라가다. 〖疾上〗: 빠르게 올라가다.

6 久之，蛇又將行矣，蜘蛛復懸絲疾下，蛇復昂首待之。蜘蛛仍還守其網。如是者三四次。→ 한참 있다가, 뱀은 또 (포기하고) 떠나려 했다. 거미는 다시 줄에 매달려 빠르게 내려왔고, 뱀은 또 머리를 들고 거미를 기다렸다. 거미는 여전히 원래 자리로 돌아가 자기 그물을 지켰다. 이와 같이 세네 번을 했다.
【待(대)】: 기다리다.
【仍(잉)】: 여전히.
【還守(환수)…】: 원래 자리로 돌아가 …을 지키다.
【如是(여시)】: 이와 같다.

7 蛇意稍倦，以首俯地，蜘蛛乘其不備，奮身飆下，踞蛇之首，抵死不動，蛇狂跳顛擲，以至於死。→ 뱀의 의지가 다소 나태해져, 머리를 땅에 수그리자, 거미는 뱀이 방비하지 않는 틈을 타, 몸을 떨쳐 회오리바람처럼 내려와, 뱀의 머리를 점거하더니, 필사적으로 기를 쓰며 꼼짝을 하지 않았다. 뱀은 발광을 하며 발버둥을 치다가, 결국 죽음에 이르고 말았다.
【意(의)】: 생각, 마음.
【稍(초)】: 다소, 약간, 좀.
【倦(권)】: 나태하다, 게으르다.
【俯(부)】: 숙이다, 굽히다.
【乘其不備(승기불비)】: 뱀이 방비하지 않는 틈을 타다. 〖乘〗: (틈, 기회 등을) 타다. 〖其〗: [대명사] 그, 즉 「뱀」. 〖不備〗: 방비를 하지 않다
【奮身飆下(분신표하)】: 〖奮身〗: 몸을 떨치다, 모종의 활동에 분발하여 몸을 던지다. 〖飆下〗: 회오리바람처럼 내려오다.
【踞(거)】: 점거하다, 차지하다.

번역문

거미와 뱀

나는 일찍이 거미 한 마리가 벽 사이에 거미줄을 치는 것을 보았다. 땅에서 대략 두세 자쯤 떨어져 있었다. 큰 뱀 한 마리가 그 아래를 지나가다가 머리를 들고 거미를 잡아먹으려 했다. 그러나 높이가 약간 미치지 못했다. 한참 있다가 뱀이 (포기하고) 떠나려 했다. (이때) 거미가 돌연 줄에 매달려 내려와 몸을 공중에 늘어뜨렸다. 마치 곧 뱀을 추격하려는 것 같았다. 뱀이 화가 나서 다시 머리를 들고 거미를 잡아먹으려 하자, 거미는 얼른 줄을 끌어당겨 빠르게 위로 올라갔다. 한참 있다가 뱀은 또 (포기하고) 떠나려 했다. 거미는 다시 줄에 매달려 빠르게 내려왔고 뱀은 또 머리를 들고 거미를 기다렸다. 거미는 여전히 원래 자리로 돌아가 자기 그물을 지켰다. 이와 같이 세네 번을 했다. 뱀의 의지가 다소 나태해져 머리를 땅에 수그리자, 거미는 뱀이 방비하지 않는 틈을 타 몸을 떨쳐 회오리바람처럼 내려와 뱀의 머리를 점거하더니, 필사적으로 기를 쓰며 꼼짝을 하지 않았다. 뱀은 발광을 하며 발버둥을 치다가 결국 죽음에 이르고 말았다. 그리하여 거미는 뱀의 뇌를 실컷 빨아 먹고 나서 배가 부르자 비로소 떠났다.

················

【抵死不動(저사부동)】: 한사코 움직이지 않다. 〖抵死〗: 필사적으로, 기를 쓰고, 한사코.
【狂跳(광도)】: 발광하다, 미친 듯이 날뛰다.
【顚擲(전척)】: 발버둥 치다.
【至於(지어)…】: …에 이르다, …에 도달하다.

8 蜘蛛乃蠱其腦, 果腹而去。→ 그리하여 거미는 뱀의 뇌를 실컷 빨아 먹고 나서, 배가 부르자 비로소 떠났다.
【乃(내)】: 그리하여.
【蠱(고)】: 빨아먹다.
【果腹(과복)】: 배불리 먹다.

해설

거미와 뱀의 위력을 비교할 때, 거미는 뱀보다 현저하게 약세에 처해 있다. 그러나 거미는 용의주도(用意周到)하게 뱀의 날카로운 기세를 피하며, 지연작전을 써서 뱀의 의지가 나태해지도록 유도한 후, 뱀의 방비가 느슨해진 틈을 타 돌연 습격하는 방법으로 마침내 강한 상대를 제압했다.

《손자(孫子) · 시계(始計)》에 「상대방이 방비하지 않을 때 공격하고, 상대방이 예상하지 않는 틈을 타서 행동을 취한다.(攻其無備, 出其不意。)」라고 한 말이 있다.

이 우언은 거미가 계략을 써서 자기보다 강한 뱀을 제압한 사례를 빌려, 상대와의 싸움에 있어서 계략의 중요성과 시기 선택의 타당성 여부가 바로 승패와 밀접한 관계가 있다는 이치를 설명한 것이다.

169 오공여구인(蜈蚣與蚯蚓)

《庸盦筆記 · 卷四 · 物性相制》

원문 및 주석

蜈蚣與蚯蚓[1]

一蜈蚣盤旋蚓穴之上, 蚓匿穴中, 忽探首拔去蜈蚣一足。[2] 蜈蚣怒欲入穴, 而穴小不能容, 正彷徨旋繞, 蚓復乘間拔其一足。[3] 蜈蚣益

1 蜈蚣與蚯蚓 → 지네와 지렁이
【蜈蚣(오공)】: 지네.
【蚯蚓(구인)】: 지렁이.

2 一蜈蚣盤旋蚓穴之上, 蚓匿穴中, 忽探首拔去蜈蚣一足。→ 지네 한 마리가 지렁이 굴 위를 맴돌고 있는데, 지렁이가 굴속에 숨어 있다가, 갑자기 머리를 내밀고 지네의 다리 하나를 뽑았다.
【盤旋(반선)】: 맴돌다, 빙빙 돌다, 선회하다.
【匿(닉)】: 숨다.
【忽(홀)】: 돌연, 갑자기.
【探首(탐수)】: 머리를 내밀다.
【拔去(발거)】: 뽑다.

3 蜈蚣怒欲入穴, 而穴小不能容, 正彷徨旋繞, 蚓復乘間拔其一足。→ 지네는 화가 나서 굴속으로 들어가려 했으나, 굴이 너무 작아 들어갈 수가 없었다. 마침 (어찌할까) 방황하며 (굴 주변을) 빙빙 돌고 있는데, 지렁이가 또 이 틈을 타서 지네의 다리 하나를 뽑았다.
【欲(욕)】: …하고자 하다, …하려고 하다.
【不能容(불능용)】: 수용할 수 없다. 즉 「들어갈 수 없다」의 뜻.
【正(정)】: 마침.
【旋繞(선요)】: 맴돌다, 빙빙 돌다.
【復(부)】: 또, 다시.

怒而無如之何, 守穴口不肯去, 蚓遂漸拔其足。[4] 閱一時許, 則蜈蚣已無一足, 身雖未死, 而不能轉動, 橫臥於地, 如僵蠶焉。[5] 蚓乃公然出穴, 噬其腹而吸食之。[6]

번역문

지네와 지렁이

지네 한 마리가 지렁이 굴 위를 맴돌고 있는데, 지렁이가 굴속에 숨어

【乘間(승간)】: 틈을 타다.

4 蜈蚣益怒而無如之何, 守穴口不肯去, 蚓遂漸拔其足。→ 지네는 더욱 화가 났지만 어찌할 방법이 없어, 구멍 입구를 지키며 떠나려 하지 않았다. 그리하여 지렁이는 점점 더 지네의 다리를 뽑았다.
【益(익)】: 더욱.
【無如之何(무여지하)】: 어찌할 방법이 없다.
【不肯(불긍)】: …하려 하지 않다, …하려 들지 않다.
【遂(수)】: 그리하여.

5 閱一時許, 則蜈蚣已無一足, 身雖未死, 而不能轉動, 橫臥於地, 如僵蠶焉。→ 한 시간 가량 관찰해보니, 지네는 이미 다리가 하나도 없었다. 비록 몸은 죽지 않았어도, 움직일 수가 없어, 땅에 가로 누워있는데, 모습이 마치 뻣뻣하게 죽어 있는 누에와 같았다.
【閱一時許(열일시허)】: 한 시간 가량 살펴보다. 〖閱〗: 살펴보다, 관찰하다. 〖許〗: 가량, 정도, 쯤.
【轉動(전동)】: (몸을) 움직이다.
【橫臥於地(횡와어지)】: 땅바닥에 가로 눕다. 〖橫臥〗: 가로 눕다. 〖於〗: [개사] …에.
【如(여)】: 마치 …같다.
【僵蠶(강잠)】: 뻣뻣하게 죽어 있는 누에.

6 蚓乃公然出穴, 噬其腹而吸食之。→ 지렁이는 그제야 비로소 아무 거리낌 없이 구멍 밖으로 나와, 지네의 배를 물고 빨아 먹었다.
【乃(내)】: 비로소.
【公然(공연)】: 공공연히, 아무 거리낌 없이.
【噬(서)】: 물다, 씹다.
【吸食(흡식)】: 빨아먹다.
【之(지)】: [대명사] 그것, 즉 「지네」.

있다가 갑자기 머리를 내밀고 지네의 다리 하나를 뽑았다. 지네는 화가 나서 굴속으로 들어가려 했으나 굴이 너무 작아 들어갈 수가 없었다. 마침 (어찌할까) 방황하며 (굴 주변을) 빙빙 돌고 있는데, 지렁이가 또 이 틈을 타서 지네의 다리 하나를 뽑았다. 지네는 더욱 화가 났지만 어찌할 방법이 없어 구멍 입구를 지키며 떠나려 하지 않았다. 그리하여 지렁이는 점점 더 지네의 다리를 뽑았다. 한 시간 가량 관찰해보니, 지네는 이미 다리가 하나도 없었다. 비록 몸은 죽지 않았어도 움직일 수가 없어 땅에 가로 누워있는데, 모습이 마치 뻣뻣하게 죽어 있는 누에와 같았다. 지렁이는 그제야 비로소 아무 거리낌 없이 구멍 밖으로 나와 지네의 배를 물고 빨아 먹었다.

해설

지네와 지렁이를 비교할 때 지렁이는 강력한 체구나 재능이 없는 약자의 입장이었으나 최후에는 강력한 지네를 상대로 승리를 거두었다. 그 까닭은 지력(智力)을 운용했기 때문이다.

이 우언은 지렁이가 계략을 써서 자기보다 강한 지네를 제압한 사례를 통해, 상대와의 싸움에서 계략의 운용이 바로 승패와 밀접한 관계가 있다는 이치를 설명한 것이다.

《소림광기笑林廣記》 우언

정세작(程世爵 : ?-?)은 호남(湖南) 평강(平江)[지금의 강소성 소주(蘇州)] 사람으로 청말(淸末)의 문학가라는 것 외에는 생애사적에 관해 알려진 바가 없다. 저서로《소림광기(笑林廣記)》가 있는데, 현재 전하는 판본은 덕종(德宗) 광서(光緖) 25년(1899)에 간행된 것이다.

170 나부(懶婦)

《笑林廣記》

원문 및 주석

懶婦[1]

一婦人極懶, 日用飮食, 皆丈夫操作, 他只知衣來伸手, 飯來張口而已。[2] 一日, 夫將遠行, 五日方回, 恐其懶作挨餓, 乃烙一大餠, 套在婦人項上, 爲五日之需, 乃放心出門而去。[3] 及夫歸, 已餓死三日

1 懶婦 → 게으른 여자
【懶(나)】: 게으르다.

2 一婦人極懶, 日用飮食, 皆丈夫操作, 他只知衣來伸手, 飯來張口而已。→ 어느 부인(婦人)이 매우 게을러서, 날마다 먹고 마시는 음식을, 모두 남편이 전담하고, 부인은 다만 옷이 오면 손을 내밀고, 밥이 오면 입을 벌릴 뿐이었다.
【極(극)】: 매우, 극히.
【皆(개)】: 모두.
【丈夫(장부)】: 남편.
【操作(조작)】: 맡아 하다, 전담하다.
【只(지)】: 다만, 단지.
【衣來伸手, 飯來張口(의래신수, 반래장구)】: 옷이 오면 손을 내밀고, 밥이 오면 입을 벌리다. 즉「전혀 일에 손을 대려하지 않다」의 뜻. 〖伸手〗: 손을 뻗다, 손을 내밀다. 〖張口〗: 입을 벌리다.
【而已(이이)】: …뿐이다.

3 一日, 夫將遠行, 五日方回, 恐其懶作挨餓, 乃烙一大餠, 套在婦人項上, 爲五日之需, 乃放心出門而去。→ 어느 날, 남편이 먼 길을 떠나, 닷새 후에 돌아오려고 하는데, 아내가 게을러서 굶주릴까 두려웠다. 그리하여 큰 병(餠) 한 개를 구워가지고, 아내의 목에 씌워 주고, 닷

矣。夫大駭，進房一看，項上餅只將面前近口之處吃了一缺，餠依然未動也。[4]

번역문

게으른 여자

어느 부인(婦人)이 매우 게을러서 날마다 먹고 마시는 음식을 모두 남편이 전담하고, 부인은 다만 옷이 오면 손을 내밀고, 밥이 오면 입을 벌릴 뿐

새 동안의 양식으로 삼았다.
【將(장)】: (장차) …하려 하다.
【方(방)】: 비로소.
【恐(공)】: 두려워하다, 걱정하다, 근심하다.
【懶作挨餓(나작애아)】: 게을러서 굶주리다.
【乃(내)】: 그리하여.
【烙(낙)】: (불에) 굽다.
【餠(병)】: 밀가루로 둥글납작하게 구워 만든 음식.
【套(투)】: 씌우다.
【項(항)】: 목, 목덜미.
【爲五日之需(위오일지수)】: 닷새 동안의 식량으로 삼다. 〖爲〗: …로 삼다, …을 삼다. 〖需〗: 필수품. 여기서는 「양식」을 가리킨다.
【乃(내)】: 비로소.
【放心(방심)】: 마음을 놓다.

4 及夫歸，已餓死三日矣。夫大駭，進房一看，項上餠只將面前近口之處吃了一缺，餠依然未動也。→ (닷새 후) 남편이 집에 돌아왔을 때, 아내는 이미 굶어죽은 지 사흘이 되었다. 남편이 매우 놀라, 방에 들어가 보니, 목에 씌워 있는 병은 다만 얼굴 앞쪽 입에 가까운 곳만 조금 먹었을 뿐, 나머지 병은 여전히 그대로 있었다.
【及(급)】: …때, …때에 이르러.
【大駭(대해)】: 매우 놀라다.
【只(지)】: 다만.
【將(장)】: [목적형] …을(를).
【近口(근구)】: 입 가까이, 입 부근.
【一缺(일결)】: 조금, 약간.
【依然(의연)】: 여전히, 전과 다름없이.
【未動(미동)】: 변하지 않다, 그대로 있다.

이었다. 어느 날 남편이 먼 길을 떠나 닷새 후에 돌아오려고 하는데, 아내가 게을러서 굶주릴까 두려웠다. 그리하여 큰 병(餠) 한 개를 구워가지고 아내의 목에 씌워 주고 닷새 동안의 양식으로 삼았다.

(닷새 후) 남편이 집에 돌아왔을 때, 아내는 이미 굶어죽은 지 사흘이 되었다. 남편이 매우 놀라 방에 들어가 보니, 목에 씌워 있는 병은 다만 얼굴 앞쪽 입에 가까운 곳만 조금 먹었을 뿐, 나머지 병은 여전히 그대로 있었다.

해설

닷새 동안 먼 길을 떠나려는 남편이 매사에 손 하나 까딱하지 않는 게으른 아내가 굶어 죽을까봐 두려워 병(餠)을 구워가지고 목에 걸어 주어 편히 먹도록 배려했으나, 아내는 목에 걸려 있는 것조차 겨우 입에서 가까운 쪽만 먹고 더 이상 먹으려는 노력을 하지 않아 마침내 굶어 죽고 말았다.

이 우언은 작자가 의도적으로 과장된 기법을 운용하여, 상식 이하의 터무니없는 과보호나 스스로 노력을 하지 않고 가만히 앉아서 남이 힘들여 얻은 성과를 거저 누리려는 악습이 고질화되면, 반드시 돌이킬 수 없는 재앙을 초래한다는 이치를 설명한 것이다.

171 할자흘어(瞎子吃魚)

《笑林廣記》

원문 및 주석

瞎子吃魚[1]

衆瞎子打平伙吃魚, 錢少魚小, 魚少人多, 只好用大鍋熬湯, 大家嘗嘗鮮味而已。[2] 瞎子沒吃過魚, 活的就往鍋裏扔, 小魚蹦在鍋外,

1 瞎子吃魚 → 맹인(盲人)이 생선을 먹다
【瞎子(할자)】: 장님, 소경, 맹인, 봉사.
【吃(흘)】: 먹다.

2 衆瞎子打平伙吃魚, 錢少魚小, 魚少人多, 只好用大鍋熬湯, 大家嘗嘗鮮味而已。→ 맹인(盲人)들이 한 사람당 얼마씩 공평하게 돈을 거두어 생선을 사다 먹는데, 돈이 적어 작은 생선을 사왔다. 생선은 적고 사람은 많다 보니, 부득이 큰 솥으로 탕을 끓여, 모두가 신선한 맛만 볼 뿐이었다.
【打平伙(타평화)】: 한 사람당 얼마씩 공평하게 돈을 거두어 함께 회식(會食)을 하다.
【只好(지호)】: 부득이, 부득불, 할 수 없이.
【鍋(과)】: 솥.
【熬湯(오탕)】: 탕을 끓이다.
【嘗嘗(상상)】: 맛보다.
【鮮味(선미)】: 신선한 맛.
【而已(이이)】: …뿐이다.

3 瞎子沒吃過魚, 活的就往鍋裏扔, 小魚蹦在鍋外, 而衆瞎不知也。→ 맹인들은 생선을 먹어본 경험이 없어, 살아 있는 생선을 그냥 솥 안으로 던져 넣고 끓이려 했다. (그런데 그것을 잘못 던져) 작은 생선이 솥 밖에서 팔딱팔딱 뛰었다. 그러나 맹인들은 그것을 알지 못했다.
【沒吃過(몰흘과)】: 먹어본 적이 없다.
【就(취)】: 곧, 바로, 즉시.

而衆瞎不知也。[3] 大家圍在鍋前, 齊聲贊曰 :「好鮮湯! 好鮮湯!」[4] 誰知那魚在地下蹦, 蹦在瞎子脚上, 呼曰 :「魚沒在鍋內。」[5] 衆瞎嘆曰 :「阿彌陀佛! 虧得魚在鍋外, 若在鍋內, 大家都要鮮死了!」[6]

번역문

맹인(盲人)이 생선을 먹다

맹인(盲人)들이 한 사람당 얼마씩 공평하게 돈을 거두어 생선을 사다 먹는데, 돈이 적어 작은 생선을 사왔다. 생선은 적고 사람은 많다 보니 부득

....

【往鍋裏扔(왕과리잉)】: 솥 안으로 던져 넣다. 〖往〗: …쪽으로, …을 향해.
【蹦在鍋外(붕재과외)】: 솥 밖에서 팔딱팔딱 뛰다. 〖蹦〗: 뛰다, 뛰어오르다.

4 大家圍在鍋前, 齊聲贊曰 :「好鮮湯! 好鮮湯!」 → 맹인들이 모두 솥 앞에 둘러서, 이구동성(異口同聲)으로 칭찬하며 말했다 :「정말 신선한 생선탕이야! 정말 신선한 생선탕이야!」
【圍在鍋前(위재과전)】: 솥 앞에 빙 둘러 있다.
【齊聲(제성)】: 일제히 같은 목소리로, 이구동성(異口同聲)으로.
【贊(찬)】: 칭찬하다.

5 誰知那魚在地下蹦, 蹦在瞎子脚上, 呼曰 :「魚沒在鍋內。」 → (그러나) 그 생선이 땅바닥에서 팔딱팔딱 뛰고 있을 줄을 누가 알았으랴! 생선이 맹인의 다리 위로 뛰어 오르자, 이 맹인이 큰소리로 외쳤다 :「생선은 솥 안에 없소.」
【誰知(수지)…】: …을 누가 알았으랴!
【呼曰(호왈)】: 큰소리로 외쳐 말하다.

6 衆瞎嘆曰 :「阿彌陀佛! 虧得魚在鍋外, 若在鍋內, 大家都要鮮死了!」 → 맹인들이 탄식하며 말했다 :「아미타불! 생선이 솥 밖에 있어서 다행이지, 만일 솥 안에 있었더라면, 모두 다 생선의 신선한 맛에 기절초풍했을 거야!」
【阿彌陀佛(아미타불)】: 불교에서 서방정토(西方淨土)의 극락세계에 있다는 부처로, 무량수불(無量壽佛) 또는 무량광불(無量光佛)이라고도 한다. 모든 중생을 구제한다는 대원(大願)을 세워, 이 부처를 믿고 염불하면 사후 극락정토에 태어나게 된다고 한다. 불교를 믿는 사람들은 기원이나 감사의 뜻을 표할 때 흔히 이 부처의 이름을 소리 내어 왼다.
【虧得(휴득)】: 다행이다.
【若(약)】: 만일, 만약.
【要(요)】: …해야 한다.
【鮮死(선사)】: (생선의) 신선한 맛에 놀라 기절초풍하다.

이 큰 솥으로 탕을 끓여 모두가 신선한 맛만 볼 뿐이었다.

맹인들은 생선을 먹어본 경험이 없어, 살아 있는 생선을 그냥 솥 안으로 던져 넣고 끓이려 했다. (그런데 그것을 잘못 던져) 작은 생선이 솥 밖에서 팔딱팔딱 뛰었다. 그러나 맹인들은 그것을 알지 못했다. 맹인들이 모두 솥 앞에 둘러서 이구동성(異口同聲)으로 칭찬하며 말했다.

「정말 신선한 생선탕이야! 정말 신선한 생선탕이야!」

(그러나) 그 생선이 땅바닥에서 팔딱팔딱 뛰고 있을 줄을 누가 알았으랴! 생선이 맹인의 다리 위로 뛰어 오르자, 이 맹인이 큰소리로 외쳤다.

「생선은 솥 안에 없소.」

맹인들이 탄식하며 말했다.

「아미타불! 생선이 솥 밖에 있어서 다행이지, 만일 솥 안에 있었더라면 모두 다 생선의 신선한 맛에 기절초풍했을 거야!」

해설

고사 속의 맹인들은 생선을 먹어본 적이 없기 때문에 생선이 무슨 맛인지도 모르고, 다만 주관적인 상상을 근거로 생선이 들어가지 않은 맹탕을 진미라 여기며 찬탄해 마지않았다.

이 우언은 경험이 전혀 없는 사람이 오직 주관적인 상상에 따라 함부로 판단할 경우, 현실을 벗어난 탁상공론(卓上空論)에 그쳐 절대로 성공할 수 없다는 이치를 설명한 것이다.

《소소록(笑笑錄)》 우언

독일와퇴사(獨逸窩退士 : ? - ?)는 오지(吳地)[지금의 강소성 소주(蘇州) 일대] 사람으로 생애사적(生涯事蹟)을 알 수 없고, 다만 덕종(德宗) 광서(光緖) 5년(1879)에 쓴 《소소록(笑笑錄) · 자서(自序)》에 의하면, 다재다능(多才多能)했으나 몸이 약하고 병이 많아 우울해하며 뜻을 얻지 못했다고 한다. 《소소록》은 일문잡사(逸文雜事)를 모아 수록한 일종의 소화집(笑話集)이다.

172 홀륜탄조(囫圇呑棗)

《笑笑錄》

원문 및 주석

囫圇呑棗[1]

客有曰 :「梨益齒而損脾, 棗益脾而損齒。」[2] 一呆子弟思久之, 曰 :「我食梨則嚼而不咽, 不能傷我之脾; 我食棗則呑而不嚼, 不能傷我之齒。」[3] 狎者曰 :「你眞是囫圇呑却一個棗也!」[4]

1 囫圇呑棗 → 대추를 통째로 삼키다
【囫圇(홀륜)】: 통째로.
【呑(탄)】: 삼키다.
【棗(조)】: 대추.

2 客有曰 :「梨益齒而損脾, 棗益脾而損齒。」 → 어느 손님이 말하길 「배는 치아(齒牙)에 이로우나 비장(脾臟)을 해치고, 대추는 비장에 이로우나 치아를 해친다.」라고 했다.
【益(익)】: 이롭다.
【損(손)】: 해치다, 손상하다.
【脾(비)】: 비장(脾臟), 지라.

3 一呆子弟思久之, 曰 :「我食梨則嚼而不咽, 不能傷我之脾; 我食棗則呑而不嚼, 不能傷我之齒。」 → 어느 바보 아이가 한참을 생각하고 나서, 말했다 :「나는 배를 먹으면 씹기만 하고 삼키지 않아, 나의 비장을 해칠 리가 없고; 나는 대추를 먹으면 삼키기만 하고 씹지 않아, 나의 치아를 해칠 리가 없어요.」
【呆子弟(태자제)】: 작은 바보, 바보 아이. 〖呆子〗: 바보, 멍청이. 〖弟〗: 어린 사람에 대해 붙이는 호칭. 여기서는 「아이」의 뜻.
【思久(사구)】: 한참 생각하다.
【食(식)】: [동사] 먹다.
【嚼而不咽(작이불연)】: 씹고 나서 삼키지 않다. 〖嚼〗: 씹다. 〖咽〗: 삼키다.

번역문

대추를 통째로 삼키다

어느 손님이 말하길「배는 치아(齒牙)에 이로우나 비장(脾臟)을 해치고, 대추는 비장에 이로우나 치아를 해친다.」라고 했다.

어느 바보 아이가 한참을 생각하고 나서 말했다.

「나는 배를 먹으면 씹기만 하고 삼키지 않아 나의 비장을 해칠 리가 없고, 나는 대추를 먹으면 삼키기만 하고 씹지 않아 나의 치아를 해칠 리가 없어요.」

어느 농담을 잘하는 사람이 그에게 말했다.

「너 정말 대추를 통째로 삼켜버렸구나!」

해설

바보 아이가「배는 치아(齒牙)에 이로우나 비장(脾臟)을 해치고, 대추는 비장에 이로우나 치아를 해친다.」는 손님의 말을 듣고, 자기는 배를 먹으면 씹기만 하고 삼키지 않아 비장을 해칠 리가 없고, 대추를 먹으면 삼키기만 하고 씹지 않아 치아를 해칠 리가 없다고 했다.

이 우언은 그렇다는 것만 알고 그렇게 된 까닭을 알지 못하면서 스스로 총명한 척하며, 사물에 대해 머리를 써서 분석하지 않고 무작정 기계적으로 받아들이는 무모(無謀)하고 어리석은 행위를 풍자한 것이다.

....

【不能(불능)】: …할 수가 없다, …할 리가 없다.

4 狎者曰:「你眞是囫圇呑却一個棗也!」→ 어느 농담을 잘하는 사람이 그에게 말했다:「너 정말로 대추를 통째로 삼켜버렸구나!」

【狎者(압자)】: 농담을 잘하는 사람.

【呑却(탄각)】: 삼켜버리다. 【却】: …해 버리다, …하고 말다. ※ 주로 다른 동사 뒤에 붙어서 보어로 쓰여 동작의 완성이나 강조의 뜻을 나타낸다.

173 병전(餠錢)

《笑笑錄》

원문 및 주석

餠錢[1]

一人入餠肆, 問餠値幾何, 館人曰 :「一餠一錢。」食數餠, 如數與之。[2] 館人曰 :「餠不用麵乎? 應麵錢若干。」食者曰 :「是也。」與之。[3]

1 餠錢 → 전병(煎餠)의 값
【餠(병)】: 전병(煎餠). 밀가루나 옥수수가루 등에 양념을 넣어 지지거나 구워 납작하게 만든 음식.
【錢(전)】: 값, 대금.

2 一人入餠肆, 問餠値幾何, 館人曰 :「一餠一錢。」食數餠, 如數與之。→ 어떤 사람이 전병(煎餠) 가게에 들어와, 전병 값이 얼마냐고 묻자, 가게 주인이 말했다 :「한 개에 일 전(錢)이요.」 전병 몇 개를 먹고 나서, 숫자대로 주인에게 돈을 지불했다.
【餠肆(병사)】: 전병(煎餠) 가게. 〖肆〗: 가게, 상점.
【値(치)】: 값, 가격.
【幾何(기하)】: 얼마.
【館人(관인)】: 가게 주인. ※ 판본에 따라서는「館人」을「人」이라 했다.
【食(식)】: [동사] 먹다.
【數餠(수병)】: 전병 몇 개, 몇 개의 전병.
【如數與之(여수여지)】: 먹은 수대로 주인에게 돈을 지불하다. 〖如數〗: 수대로, 숫자대로. 〖與〗: 주다, 지불하다. 〖之〗: [대명사] 그, 즉「가게 주인」.

3 館人曰 :「餠不用麵乎? 應麵錢若干。」食者曰 :「是也。」與之。→ 주인이 말했다 :「전병은 밀가루로 만들지 않소? 마땅히 밀가루 값 얼마를 내야하오.」 먹은 사람이 말했다 :「그렇군요.」 그는 주인에게 밀가루 값을 주었다.
【應(응)】: 응당, 마땅히.

又曰：「不用薪水乎？ 應薪水錢若干。」 食者曰：「是也。」 與之。[4] 又曰：「不用人工爲之乎？ 應工錢若干。」 食者曰：「是也。」 與之。[5] 歸而思於路曰：「我愚也哉! 出此三色錢, 不應又有餅錢矣。」[6]

번역문

전병(煎餠)의 값

어떤 사람이 전병(煎餠) 가게에 들어와 전병 값이 얼마냐고 묻자, 가게 주인이 말했다.

「한 개에 일 전(錢)이요.」

전병 몇 개를 먹고 나서 숫자대로 주인에게 돈을 지불했다.

【若干(약간)】: 얼마.
【是(시)】: 맞다, 옳다, 그렇다.

4 又曰：「不用薪水乎？ 應薪水錢若干。」 食者曰：「是也。」 與之。 → 주인이 또 말했다：「(전병은) 땔감과 물을 쓰지 않소? 마땅히 땔감과 물값 얼마를 내야 하오.」 먹은 사람이 말했다：「그렇군요.」 그는 주인에게 땔감과 물값을 주었다.
【薪(신)】: 땔감, 땔나무.

5 又曰：「不用人工爲之乎？ 應工錢若干。」 食者曰：「是也。」 與之。 → 주인이 또 말했다：「인품을 들이지 않고 그것을 만들 수 있소? 마땅히 얼마의 품삯을 내야 하오.」 먹은 사람이 말했다：「그렇군요.」 그는 주인에게 품삯을 주었다.
【人工(인공)】: 인품.
【爲之(위지)】: 그것을 만들다. 〖爲〗: 만들다. 〖之〗: [대명사] 그것, 즉 「전병」.
【工錢(공전)】: 임금, 노임, 품삯.

6 歸而思於路曰：「我愚也哉! 出此三色錢, 不應又有餅錢矣。」 → 집에 돌아오면서 길에서 곰곰이 생각하고 말했다：「내가 어리석구나! 이 세 가지 돈을 냈으니, 또 전병 값을 내서는 안 되는데.」
【於(어)】: [개사] …에서.
【愚(우)】: 어리석다, 우둔하다.
【色(색)】: 종류, 가지.
【不應(불응)】: …해서는 안 된다, …하지 말아야 한다.

주인이 말했다.

「전병은 밀가루로 만들지 않소? 마땅히 밀가루 값 얼마를 내야하오.」

먹은 사람이 말했다.

「그렇군요.」

그는 주인에게 밀가루 값을 주었다.

주인이 또 말했다.

「(전병은) 땔감과 물을 쓰지 않소? 마땅히 땔감과 물값 얼마를 내야 하오.」

먹은 사람이 말했다.

「그렇군요.」

그는 주인에게 땔감과 물값을 주었다.

주인이 또 말했다.

「인품을 들이지 않고 그것을 만들 수 있소? 마땅히 얼마의 품삯을 내야 하오.」

먹은 사람이 말했다.

「그렇군요.」

그는 주인에게 품삯을 주었다. 집에 돌아오면서 길에서 곰곰이 생각하고 말했다.

「내가 어리석구나! 이 세 가지 돈을 냈으니, 또 전병 값을 내서는 안 되는데.」

해설

어떤 어리석은 사람이 전병(煎餠) 가게에서 한 개에 일 전(錢)하는 전병을 사먹고 먹은 개수대로 값을 지불했는데, 주인이 전병 값 외에 전병을 만드는 데 들어가는 밀가루와 땔감과 물값 및 품삯을 따로 요구하자, 깊이 생각하지도 않고 주인이 요구하는 대로 다 주었다. 잠시 후 집에 돌아오는 길에 곰곰이 생각하고 비로소 그것이 잘못되었다는 것을 깨달았다.

이 우언은 악덕 상인의 부도덕한 상술과 착취 행위를 비난하는 동시에, 매사를 처리함에 있어서 사전에 신중히 생각하지 못하고, 일을 덥석 저지른 후에 비로소 잘못을 깨달아 후회하는 어리석은 사람의 행위를 질책한 것이다.

174 전도역우(前途亦雨)

《笑笑錄》

원문 및 주석

前途亦雨[1]

有徐行雨中者, 人或遲之。答曰 :「前途亦雨。」[2]

번역문

앞으로 가야할 길 역시 비가 내리다

어떤 사람이 우중(雨中)에 천천히 길을 걷고 있는데, 다른 사람이 그것을 보고 너무 느리다고 하자 그가 대답했다.

「(빨리 가보았자) 앞으로 갈 길 역시 비가 내리고 있소.」

1 前途亦雨 → 앞으로 가야할 길 역시 비가 내리다
【雨(우)】: [동사] 비가 내리다.

2 有徐行雨中者, 人或遲之。答曰 :「前途亦雨。」→ 어떤 사람이 우중(雨中)에 천천히 길을 걷고 있는데, 다른 사람이 그것을 보고 너무 느리다고 하자, 그가 대답했다 :「(빨리 가보았자) 앞으로 갈 길 역시 비가 내리고 있소.」
【或(혹)】: [어조사].
【遲之(지지)】: 그것을 너무 느리다고 여기다. 〖遲〗: 느리다, 더디다, 완만하다.

해설

어떤 사람이 빗길을 천천히 걸어가 다른 사람이 그것을 보고 너무 느리다고 하자, 그는 앞으로 가야할 길도 역시 비가 내리고 있어 빨리 갈 필요가 없다고 했다.

설사 앞으로 가야 할 길에 비가 내린다 해도 목적지가 이미 고정되어 있기 때문에, 걸음을 빨리 걷느냐 느리게 걷느냐에 따라 시간이 덜 걸리 수도 있고 더 걸릴 수도 있다. 따라서 가야 할 길에 비가 내린다 하여 빨리 걸을 필요가 없다는 말은 결코 이치에 닿지 않는다.

이 우언은 하나만 알고 둘을 모르는 나태하고 어리석은 사람을 풍자한 것이다.

175 치인설몽(痴人說夢)

《笑笑錄》

원문 및 주석

痴人說夢[1]

戚某幼耽讀而性痴。一日早起，謂婢某曰：「爾昨夜夢見我否?」答曰：「未。」[2] 大斥曰：「夢中分明見爾，何以賴?」[3] 往訴母曰：「痴婢該打。我昨夜夢見他，他堅說未夢見我，豈有此理耶!」[4]

1 痴人說夢 → 천치(天癡)가 꿈 이야기를 하다
【痴人(치인)】: 천치, 바보.

2 戚某幼耽讀而性痴。一日早起，謂婢某曰：「爾昨夜夢見我否?」答曰：「未。」→ 척(戚)씨 성의 아무개는 어려서 독서를 매우 좋아했으나 성격이 바보스러웠다. 어느 날 아침에 일어나, 하녀에게 말했다 : 「너 어젯밤 꿈에 나를 보았지?」 하녀가 대답했다 : 「아니요.」
【戚某(척모)】: 척(戚) 아무개.
【耽讀(탐독)】: 독서를 매우 좋아하다.
【性痴(성치)】: 성격이 바보스럽다, 어리어리하다.
【婢(비)】: 하녀, 계집종.
【爾(이)】: 너, 당신.
【夢見(몽견)】: 꿈에 보다.

3 大斥曰：「夢中分明見爾，何以賴?」→ (그가) 매우 화를 내며 말했다 : 「(내가) 꿈에서 분명히 너를 보았는데, 왜 잡아떼느냐?」
【大斥(대척)】: 몹시 꾸짖다.
【何以(하이)】: 왜, 어째서.
【賴(뢰)】: 잡아떼다, 발뺌하다, 부인하다.

4 往訴母曰：「痴婢該打。我昨夜夢見他，他堅說未夢見我，豈有此理耶!」→ (그가) 가서 어머

번역문

천치(天癡)가 꿈 이야기를 하다

척(戚)씨 성의 아무개는 어려서 독서를 매우 좋아했으나 성격이 바보스러웠다. 어느 날 아침에 일어나 하녀에게 말했다.

「너 어젯밤 꿈에 나를 보았지?」

하녀가 대답했다.

「아니요.」

(그가) 매우 화를 내며 말했다.

「(내가) 꿈에서 분명히 너를 보았는데 왜 잡아떼느냐?」

(그가) 가서 어머니에게 말했다.

「멍청한 하녀는 마땅히 매를 맞아야 해요. 내가 어젯밤 꿈에 그녀를 보았는데, 그녀는 끝까지 나를 보지 못했다고 해요. 어찌 이럴 수가 있어요?」

해설

척(戚)씨 성의 아무개는 자기가 꿈을 꾸고, 꿈속에서 만난 하녀와 꿈을 공유할 수 있다고 여겨 황당무계한 주장을 했다. 치인설몽(痴人說夢)은 「천치(天癡)가 꿈 이야기를 하다.」라는 뜻으로, 바로 척씨 성의 아무개처럼 엉

니에게 말했다 : 「멍청한 하녀는 마땅히 매를 맞아야 해요. 내가 어젯밤 꿈에 그녀를 보았는데, 그녀는 끝까지 나를 보지 못했다고 해요. 어찌 이럴 수가 있어요?」
【痴婢(치비)】: 멍청한 하녀.
【該(해)】: 마땅히 …해야 한다.
【堅(견)】: 굳게, 단호하게, 끝까지.
【豈有此理(기유차리)】: 어찌 이럴 수가 있는가?

뚱하게 말하는 것을 가리킨다. 「치인설몽」의 어원(語源)은 남송(南宋)의 승려 혜홍(慧洪)이 지은 《냉제야화(冷齊夜話)》에서 비롯되었는데, 독일와퇴사(獨逸窩退士)가 이를 끌어다가 《소소록(笑笑錄)》의 편명(篇名)으로 사용한 것이다.

이 우언은 본래 사실을 살피지 않고 깊이 생각하지 않는 경망한 사람을 풍자한 것이나, 후세 사람들은 「치인설몽」을 「사상과 언어가 황당무계하다」라는 의미의 성어(成語)로 사용했다.

《희담록(嘻談錄)》 우언

소석도인(小石道人 : ?-?)은 청대(清代)의 문학가로 생애사적(生涯事蹟)은 물론 본명이 무엇인지 조차 알 수 없다. 그가 편찬한 《희담록(嘻談錄)》은 일종의 소화집(笑話集)으로, 덕종(德宗) 광서(光緒) 연간(1884)에 간행한 초록(初錄)과 속록(續錄)이 있는데, 찬연수(粲然叟)가 쓴 《희담속록(嘻談續錄) · 서(序)》에 의하면, 소석도인은 벼슬길에 뜻을 이루지 못해 항상 울적한 마음을 품고, 이러한 심정을 문자에 기탁하여 세상을 깨우치고자 함으로써 여러 작품 속에 관료를 조소하고 풍자한 내용이 매우 많다고 했다.

176 만자신(万字信)

《嘻談錄·嘻談初錄卷上·万字信》

원문 및 주석

万字信[1]

一人寫信, 言重詞復, 瑣瑣不休。[2] 友人勸之曰:「吾兄筆墨却佳, 惟有繁言贅語宜去。以後信, 言簡而賅可也。」其人唯唯遵命。[3] 後

---

1 万字信 → 만자(万字) 편지

2 一人寫信, 言重詞復, 瑣瑣不休。→ 어떤 사람이 편지를 쓰는데, 말이 중복되고, 잡다하게 많이 늘어놓았다.
【言重詞復(언중사복)】: 말이 중복되다.
【瑣瑣不休(쇄쇄불휴)】: 잡다하게 멈추지 않다, 잡다하게 많이 늘어놓다.

3 友人勸之曰:「吾兄筆墨却佳, 惟有繁言贅語宜去。以後信, 言簡而賅可也。」其人唯唯遵命。→ 친구가 그에게 권고하여 말했다:「당신의 문필은 확실히 훌륭한데, 다만 장황하고 불필요한 군더더기 말은 마땅히 제거해야 합니다. 이후 편지를 쓸 때, 말은 간결하되 뜻이 명확하면 됩니다.」그는 예 예 하며 분부에 따른다고 했다.
【勸之(권지)】: 그에게 권하다. 〖之〗: [대명사] 그, 즉「편지 쓰는 사람」.
【吾兄(오형)】:「나의 형」이라는 뜻으로, 친한 친구 사이의 편지에서 상대방을 부르는 말.
【筆墨(필묵)】: 문필.
【却(각)】: 확실히.
【佳(가)】: 좋다, 뛰어나다, 훌륭하다.
【惟(유)】: 다만, 단지.
【繁言贅語(번언지어)】: 장황하고 불필요한 군더더기 말. 〖繁言〗: 장황한 말. 〖贅語〗: 쓸데없는 말, 군말, 군더더기 말.
【宜(의)】: 마땅히.
【去(거)】: 없애다, 제거하다.

又致信此友曰：「前承雅教, 感佩良深, 從此万不敢再用繁言上瀆清聽。」[4] 另於「万」字旁注之曰：「此万字乃方字無點之万字, 是簡筆之万字也。[5] 本欲恭書草頭大寫之『萬』字, 因匆匆未及大寫草頭之『萬』字, 草草不恭, 尚祈恕罪。」[6]

【言簡而賅(언간이해)】: 말은 간결하되 뜻은 명확하다, 말이 간단명료(簡單明瞭)하다.
【可(가)】: 되다, 가하다.
【唯唯遵命(유유준명)】: 예 예 하고 따르다. 〖唯唯〗: [공손하게 대답하는 소리] 예 예. 〖遵命〗: 명에 따르다, 분부에 따르다, 복종하다.

4 後又致信此友曰：「前承雅教, 感佩良深, 從此万不敢再用繁言上瀆清聽。」→ 그런데 후에 또 이 친구에게 편지를 보내면서 말했다 : 「전번에 가르침을 받고, 매우 감격하여, 이때부터 저는 감히 또다시 장황한 말로 글을 올려 당신의 혜안(慧眼)을 어지럽히지 못합니다.」
【致信(치신)】: 편지를 보내다.
【承(승)】: 받다.
【雅教(아교)】: 가르침.
【感佩良深(감패양심)】: 매우 감격하다. 〖感佩〗: 감격하여 마음에 새기다. 〖良深〗: 매우.
【從此(종차)】: 이때부터.
【万不敢(만불감)】: 감히 …을 못하다. ※「万」은「不敢」을 더욱 강조하는 뜻으로 사용한 말.
【瀆清聽(독청청)】: 혜안(慧眼)을 어지럽히다. 〖瀆〗: 어지럽히다, 혼란하게 하다, 교란하다, 방해하다. 〖清聽〗: [남에게 자기 말을 들어달라고 청할 때의 존칭] 여기서는 사물을 꿰뚫어 보는 안목과 식견, 즉「혜안(慧眼)」을 가리킨다.

5 另於「万」字旁注之曰：「此万字乃方字無點之万字, 是簡筆之万字也。→ 그리고 이와 별도로 또「만(万)」자 옆에 주(注)를 달아 말했다 : 「이 만(万)자는 바로 방(方)자에서 점이 없는 만(万)자로, 간체자인 만(万)자입니다.
【另(령)】: 이밖에, 이와 별도로.
【乃(내)】: 바로 …이다.
【簡筆(간필)】: 간체(簡體), 약자(略字).

6 本欲恭書草頭大寫之『萬』字, 因匆匆未及大寫草頭之『萬』字, 草草不恭, 尚祈恕罪。」→ 본래 공손하게 초두(草頭)의 대문자인『만(萬)』자를 쓰려고 했으나, 너무 바빠 대문자인 초두의「만(萬)자」를 쓸 겨를이 없어, 경솔하게 예를 갖추지 못했습니다. 죄를 용서해 주시기 바랍니다.」
【欲(욕)】: …하고자 하다, …하려고 하다.
【恭書(공서)】: 공손하게 쓰다, 정중하게 쓰다.
【大寫(대사)】: 대문자.
【因(인)】: …로 인해, …로 말미암아, … 때문에.
【匆匆(총총)】: 매우 바쁜 모양.

번역문

만자(万字) 편지

어떤 사람이 편지를 쓰는데 말이 중복되고 잡다하게 많이 늘어놓았다. 친구가 그에게 권고하여 말했다.

「당신의 문필은 확실히 훌륭한데, 다만 장황하고 불필요한 군더더기 말은 마땅히 제거해야 합니다. 이후 편지를 쓸 때, 말은 간결하되 뜻이 명확하면 됩니다.」

그는 예 예 하며 분부에 따른다고 했다. 그런데 후에 또 이 친구에게 편지를 보내면서 말했다.

「전번에 가르침을 받고 매우 감격하여, 이때부터 저는 감히 또다시 장황한 말로 글을 올려 당신의 혜안(慧眼)을 어지럽히지 못합니다.」

그리고 이와 별도로 또 「만(万)」자 옆에 주(注)를 달아 말했다.

「이 만(万)자는 바로 방(方)자에서 점이 없는 만(万)자로, 간체자인 만(万)자입니다. 본래 공손하게 초두(草頭)의 대문자인 『만(萬)』자를 쓰려고 했으나, 너무 바빠 대문자인 초두의 「만(萬)자」를 쓸 겨를이 없어, 경솔하게 예를 갖추지 못했습니다. 죄를 용서해 주시기 바랍니다.」

해설

편지를 쓸 때 장황하게 불필요한 말을 많이 쓰는 괴벽(怪癖)을 지닌 사람

....

【未及(미급)…】: …미치지 못하다, …할 겨를이 없다.
【草草不恭(초초불공)】: [편지 끝에 겸양을 나타내는 상투어] 경솔하게 예를 갖추지 못하다.
〖草草〗: 경솔하게, 적당히, 되는대로. 〖不恭〗: 공손하지 못하다, 불경(不敬)하다, 실례하다.
【尙祈(상기)】: (여전히, 더욱) 바라다, 희망하다.
【恕罪(서죄)】: 죄를 용서하다.

이 자기 친구의 충고를 받고 나서, 말로는 분부에 따르겠다고 다짐하더니 얼마 후 다시 친구에게 편지를 보내면서 장황한 말을 늘어놓았다.

이 우언은 불량한 습관을 지닌 사람이 조기(早期)에 고치지 못하고 고질화되어, 자신을 해롭게 할 뿐만 아니라 다른 사람까지 피해를 주는 괴벽의 폐해(弊害)를 경계한 것이다.

177 문충결배(蚊蟲結拜)

《嘻談錄·嘻談續錄卷上·蚊蟲結拜》

원문 및 주석

蚊蟲結拜[1]

蚊子結拜, 城中蚊子是把弟, 鄕下蚊子是把兄。[2] 把兄謂把弟曰：「你城中大人, 珍饈適口, 美味充腸, 肌膚嫩而腴。爾何修有此口福?[3] 我鄕下農夫, 藜藿充饑, 糠秕下咽, 血肉粗而澆。我何辜甘此

1 蚊蟲結拜 → 모기가 의형제를 맺다
【蚊蟲(문충)】: 모기.
【結拜(결배)】: 의형제(義兄弟)를 맺다.

2 蚊子結拜, 城中蚊子是把弟, 鄕下蚊子是把兄。→ 모기가 의형제(義兄弟)를 맺어, 성내(城內)의 모기는 의제(義弟)가 되고, 시골의 모기는 의형(義兄)이 되었다.
【蚊子(문자)】: 모기.
【把弟(파제)】: 의제(義弟).
【鄕下(향하)】: 시골.
【把兄(파형)】: 의형(義兄).

3 把兄謂把弟曰:「你城中大人, 珍饈適口, 美味充腸, 肌膚嫩而腴。爾何修有此口福? → 의형이 의제에게 말했다:「너희 성내 어르신들은, 진수성찬(珍羞盛饌)이 입에 맞고, 맛있는 음식으로 배를 채워서, 근육과 피부가 부드럽고 포동포동하게 살이 쪘어. 너는 무슨 덕을 쌓았기에 이런 먹을 복이 있니?
【大人(대인)】: 어르신.
【珍饈(진수)】: 진수성찬(珍羞盛饌).
【適口(적구)】: 입에 맞다.
【美味(미미)】: 맛있는 음식.

淡泊?」[4] 城蚊曰：「我在城中，朝朝宴會，日食肥甘，甚覺饜膩。」[5]

鄕蚊曰：「你先帶我到城中祇領大人恩膏，然後帶你到城外遍嘗鄕中風味。」[6] 城蚊應允，把鄕蚊帶至<u>大佛寺</u>前，指<u>哼哈</u>二師曰：「此

……………

【充腸(충장)】: 위장을 채우다. 즉 「배불리 먹다」의 뜻.
【肌膚(기부)】: 근육과 피부.
【嫩而腴(눈이유)】: 부드럽고 풍만하다. 〖嫩〗: 부드럽다. 〖腴〗: 살찌다.
【爾(이)】: 너, 너희들.
【何(하)】: 어찌, 어떻게.
【修(수)】: 덕을 쌓다, 수양하다.
【口福(구복)】: 먹을 복.

4 我鄕下農夫，藜藿充饑，糠秕下咽，血肉粗而澆。我何辜甘此淡泊?」 → 우리 시골의 농부들은, 명아주와 콩잎으로 허기를 채우고, 겨와 쭉정이로 배를 채워서, 피와 살이 거칠고 수척해. 나는 무슨 죄를 지었기에 이 청빈(淸貧)한 생활을 달갑게 여겨야 하지?」
【藜藿(여곽)】: 명아주와 콩잎. 〖藜〗: 명아주. 〖藿〗: 콩잎.
【充饑(충기)】: 허기를 채우다.
【糠秕(강비)】: 겨와 쭉정이. 〖糠〗: (곡물의) 겨. 〖秕〗: 쭉정이.
【下咽(하인)】: (목구멍으로) 넘기다, 삼키다. 즉 「먹다, 배를 채우다」의 뜻.
【粗而澆(조이요)】: 거칠고 마르다. 〖粗〗: 거칠다. 〖澆〗: 薄(박), 여위다, 마르다, 수척하다.
【辜(고)】: [동사 용법] 죄를 짓다.
【甘(감)】: 달가워하다, 달갑게 여기다.
【淡泊(담박)】: 청빈(淸貧)하다.

5 城蚊曰：「我在城中，朝朝宴會，日食肥甘，甚覺饜膩。」 → 성내의 모기가 말했다: 「나는 성내에서, 날마다 연회(宴會)에 나가, 항상 맛좋은 음식을 먹다 보니, 이제는 매우 물리고 싫증을 느낀다오.」
【朝朝(조조)】: 매일, 날마다.
【食(식)】: [동사] 먹다.
【肥甘(비감)】: 맛좋은 음식.
【甚覺(심각)】: 매우 …을 느끼다. 〖甚〗: 매우, 몹시. 〖覺〗: 느끼다.
【饜膩(염니)】: 물리고 싫증나다. 〖饜〗: 싫어하다, 혐오하다. 〖膩〗: 물리다, 질리다, 싫증나다.

6 鄕蚊曰：「你先帶我到城中祇領大人恩膏，然後帶你到城外遍嘗鄕中風味。」 → 시골의 모기가 말했다: 「네가 먼저 나를 데리고 성내에 가서 공손히 어르신의 고혈(膏血)을 받고, 그런 다음에 내가 너를 데리고 성 밖에 가서 시골의 풍미(風味)를 두루 맛보기로 하자.」
【帶(대)】: 인솔하다, 데리다.
【祇領(지령)】: 공손히 받다. 〖祇〗: 공경하다, 공손하다. 〖領〗: 받다, 수령하다.
【恩膏(은고)】: 은택(恩澤). 여기서는 「고혈(膏血)」을 가리킨다.

是大人, 快去請吃。」[7] 鄕蚊飛在大人身上, 鑽研良久, 怨之曰 : 「你們城中這大人倒眞大, 却舍不得給人吃。[8] 我使勁鑽了半天, 不但毫無滋味, 而且連一點血也沒有。」[9]

【遍嘗(편상)】: 두루 맛보다.
【風味(풍미)】: 독특한 음식 맛.

7 城蚊應允, 把鄕蚊帶至大佛寺前, 指哼哈二帥曰 : 「此是大人, 快去請吃。」 → 성내의 모기가 승낙하고, 곧 시골의 모기를 데리고 대불사(大佛寺) 앞에 이르러, (대문 입구의) 형(哼)·합(哈) 두 장수를 가리키며 말했다 : 「이들이 바로 성내의 어르신이니, 빨리 가서 드십시오.」
【應允(응윤)】: 응낙하다, 승낙하다.
【把(파)】: …을(를). ※ 목적어를 동사 앞으로 도치시킬 때 쓴다.
【指(지)】: (손으로) 가리키다.
【哼哈二帥(형합이수)】: 형합이장(哼哈二將). 형(哼)·합(哈) 두 장수. ※ 명(明)나라 때의 장편 신마소설(神魔小說) 《봉신연의(封神演義)》가 불교에서 사원(寺院)을 지키는 두 문신(門神)을 근거로 끌어다 붙여 만든 두 신장(神將). 하나는 이름이 정륜(鄭倫)인데, 코로 '흥[哼]' 하고 백기(白氣)를 내뿜어 적을 제압할 수 있고, 하나는 이름이 진기(陳奇)인데, 입으로 '하[哈]' 하고 황기(黃氣)를 내뿜어 장수를 사로잡을 수 있다. 그래서 이름하여 「형합이장(哼哈二將)」이라 했다. 〖哼〗: [의성어] 코로 '흥' 하고 기를 뿜는 소리. 〖哈〗: [의성어] 입으로 '하' 하고 기를 뿜는 소리.
【快去請吃(쾌거청흘)】: 빨리 가서 드십시오. 〖吃〗: 먹다.

8 鄕蚊飛在大人身上, 鑽研良久, 怨之曰 : 「你們城中這大人倒眞大, 却舍不得給人吃。 → 시골의 모기가 어르신의 몸에 날아가, 한참 동안 입으로 빨고 나더니, 그들을 원망하며 말했다 : 「너희 성내 이 어르신들은 의외로 몸집은 정말 거대한데, 오히려 남에게 먹이는 것을 너무 아까워해.
【鑽研(찬연)】: 탐구하다. 여기서는 「입으로 빨다」의 뜻.
【良久(양구)】: 오래, 한참.
【怨(원)】: 원망하다.
【之(지)】: [대명사] 그들, 즉 「대인」.
【倒(도)】: 의외로.
【却(각)】: 그러나.
【舍不得(사부득)】: 아까워하다.

9 我使勁鑽了半天, 不但毫無滋味, 而且連一點血也沒有。」 → 내가 온힘을 다해 한참 동안 빨았는데, 조금도 맛이 없을 뿐 아니라, 또한 피 한 방울도 없어.」
【使勁(사경)】: 힘을 쓰다.
【半天(반천)】: 한참, 한참 동안.
【不但(부단)…而且(이차)…】: (비단, 다만) …뿐만 아니라 또한…

번역문

모기가 의형제를 맺다

모기가 의형제(義兄弟)를 맺어, 성내(城內)의 모기는 의제(義弟)가 되고 시골의 모기는 의형(義兄)이 되었다.

의형이 의제에게 말했다.

「너희 성내 어르신들은 진수성찬(珍羞盛饌)이 입에 맞고, 맛있는 음식으로 배를 채워서, 근육과 피부가 부드럽고 포동포동하게 살이 쪘어. 너는 무슨 덕을 쌓았기에 이런 먹을 복이 있니? 우리 시골의 농부들은 명아주와 콩잎으로 허기를 채우고 겨와 쭉정이로 배를 채워서, 피와 살이 거칠고 수척해. 나는 무슨 죄를 지었기에 이 청빈(淸貧)한 생활을 달갑게 여겨야 하지?」

성내의 모기가 말했다.

「나는 성내에서 날마다 연회(宴會)에 나가 항상 맛좋은 음식을 먹다보니, 이제는 매우 물리고 싫증을 느낀다오.」

시골의 모기가 말했다.

「네가 먼저 나를 데리고 성내에 가서 공손히 어르신의 고혈(膏血)을 받고, 그런 다음에 내가 너를 데리고 성 밖에 가서 시골의 풍미(風味)를 두루 맛보기로 하자.」

성내의 모기가 승낙하고, 곧 시골의 모기를 데리고 대불사(大佛寺) 앞에 이르러 (대문 입구의) 형(哼)·합(哈) 두 장수를 가리키며 말했다.

……………

【毫無(호무)…】: 조금도 …이 없다.
【滋味(자미)】: 맛.
【連(연)…也(야)…】: …조차도(마저도, 까지도) …하다.
【一點血(일점혈)】: 피 한 방울.

「이들이 바로 성내의 어르신이니, 빨리 가서 드십시오.」

시골의 모기가 어르신의 몸에 날아가 한참 동안 입으로 빨고 나더니 그들을 원망하며 말했다.

「너희 성내 이 어르신들은 의외로 몸집은 정말 거대한데, 오히려 남에게 먹이는 것을 너무 아까워해. 내가 온힘을 다해 한참 동안 빨았는데, 조금도 맛이 없을 뿐 아니라, 또한 피 한 방울도 없어.」

해설

의형(義兄)인 시골 모기는 의제(義弟)인 성내(城內) 모기가 부유한 환경에서 생활하는 것을 매우 부러워한 나머지, 의제에게 서로 한 번 생활 환경을 바꾸어 체험해 보자고 제안했다. 그리하여 시골 모기가 먼저 성내 대불사(大佛寺) 앞의 형(哼)·합(哈) 두 장수에게 날아가 한참 동안 힘껏 빨아 보았으나, 피 한 방울조차 나오지 않자 비로소 자신이 생각했던 것과 전혀 다르다는 사실을 깨달았다. 본래 시골 의형이 볼 때는 의제의 성내 생활이 한없이 편안한 것 같았지만, 의제의 입장에서는 이러한 생활이 매우 싫증을 느낀다고 했다.

이 우언은 시골 모기와 성내 모기의 대화를 통해, 사물을 관찰할 때는 동일한 현상에 대해 사람마다 각기 다른 시각(時角)을 가지고 있기 때문에, 단순히 자신의 주관적인 시각을 가지고 일방적으로 평판을 해서는 안 되고, 마땅히 전체적으로 과학적인 관찰을 거쳐야 관찰 대상에 대한 철저한 이해를 할 수 있을 뿐 아니라, 또한 편파적인 착오를 면할 수 있다는 이치를 설명한 것이다.

178 착천화자(錯穿靴子)

《嘻談錄·嘻談續錄卷上·恍惚》

원문 및 주석

錯穿靴子[1]

一人錯穿靴子, 一隻底兒厚, 一隻底兒薄; 走路一脚高, 一脚低, 甚不合式。[2] 其人詫異曰 :「今日我的腿, 因何一長一短? 想是道路不平之故。」[3] 或告之曰 :「足下想是錯穿了靴子!」忙令人回家去取。

1 錯穿靴子 → 신발을 잘못 신다
【錯穿(착천)】: 잘못 신다. 〖穿〗: (신발을) 신다.
【靴子(화자)】: 신발.

2 一人錯穿靴子, 一隻底兒厚, 一隻底兒薄; 走路一脚高, 一脚低, 甚不合式。→ 어떤 사람이 신발을 잘못 신어, 한 짝은 바닥이 두껍고, 한 짝은 바닥이 얇았다. 그래서 길을 걷는데 한쪽 다리는 높고, 한쪽 다리는 낮아, 매우 불편했다.
【一隻(일척)】: 한 짝. 〖隻〗: [양사] 짝.
【底兒(저아)】: 밑바닥.
【薄(박)】: 얇다.
【甚(심)】: 매우, 몹시.
【不合式(불합식)】: 편안하지 않다, 불편하다.

3 其人詫異曰 :「今日我的腿, 因何一長一短? 想是道路不平之故。」→ 그가 이를 이상히 여기며 말했다 :「오늘 내 다리가, 어째서 하나는 길고 하나는 짧지? 아마도 길이 고르지 못하기 때문일 거야.」
【詫異(타이)】: 이상히 여기다.
【因何(인하)】: 왜, 어째서, 무엇 때문에.
【想(상)】: 생각건대, 추측건대. 즉「아마도 …일 것이다」의 뜻.

家人去了良久, 空手而回。[4] 謂主人曰 :「不必換了, 家裏那兩隻, 也是一厚一薄。」[5]

번역문

신발을 잘못 신다

어떤 사람이 신발을 잘못 신어, 한 짝은 바닥이 두껍고 한 짝은 바닥이 얇았다. 그래서 길을 걷는데 한쪽 다리는 높고 한쪽 다리는 낮아 매우 불편했다. 그가 이를 이상히 여기며 말했다.

「오늘 내 다리가 어째서 하나는 길고 하나는 짧지? 아마도 길이 고르지 못하기 때문일 거야.」

어떤 사람이 그에게 일러주었다.

「아마도 당신이 신발을 잘못 신었을 거요.」

그는 급히 사람을 시켜 집에 가서 신발을 가져오게 했다. (그런데) 신발

【故(고)】: 연고, 때문, 까닭.

4 或告之曰 :「足下想是錯穿了靴子!」忙令人回家去取。家人去了良久, 空手而回。→ 어떤 사람이 그에게 일러주었다 :「아마도 당신이 신발을 잘못 신었을 거요.」 그는 급히 사람을 시켜 집에 가서 신발을 가져오게 했다. (그런데) 신발을 가지러 간 사람이 가서 한참 있다가, 빈손으로 돌아왔다.
【或(혹)】: 어떤 사람.
【足下(족하)】: [아랫사람이 윗사람을 부르거나, 또는 동년배 상호 간에 부르는 존칭] 귀하.
【忙(망)】: 급히.
【令(령)】: …을 시켜 …하게 하다, …에게 …하도록 시키다.
【家人(가인)】: 집안사람. 여기서는 「신발을 가지러간 사람」을 가리킨다.
【良久(양구)】: 오래되다, 한참 지나다.

5 謂主人曰 :「不必換了, 家裏那兩隻, 也是一厚一薄。」→ 그리고 주인에게 말했다 :「바꿀 필요 없어요. 집에 있는 그 신발 두 짝도, 역시 하나는 두껍고 하나는 얇아요.」
【換(환)】: 바꾸다, 교환하다.
【也是(야시)】: 역시, 또한.

을 가지러 간 사람이 가서 한참 있다가 빈손으로 돌아왔다. 그리고 주인에게 말했다.

「바꿀 필요가 없어요. 집에 있는 그 신발 두 짝도 역시 하나는 두껍고 하나는 얇아요.」

해설

바닥의 두께가 서로 다른 두 켤레의 신발 가운데 한 켤레를 잘못 골라 신어 걸음걸이가 이상하자, 신발 바닥을 살피지 않고 오히려 길바닥이 고르지 못하다고 의심하는가 하면, 또 집에 남아 있는 신발을 가지러 심부름을 간 사람은 한참 있다가 빈손으로 돌아와 하는 말이, 집에 있는 신발도 역시 하나는 두껍고 하나는 얇아 바꿀 필요가 없다고 했다.

이 우언은 융통성을 발휘하지 못해 실제 능력이 없는 교조주의적(教條主義的) 사고방식을 꼬집어 풍자한 것이다.

《초피화俏皮話》 우언

오옥요(吳沃堯 : 1866 – 1910)는 광동(廣東) 남해(南海) 사람으로 자는 견인(趼人)이며, 청(淸)나라 말기의 저명한 견책소설(譴責小說) 작가이다. 그는 불산(佛山)에 거주하면서 필명을 아불산인(我佛山人)이라 했는데, 그의 대표작인 《이십년목도지괴현상(二十年目睹之怪現狀)》은 만청(晩晴) 사회의 암흑과 부패를 깊이 있게 폭로했다. 《초피화(俏皮話)》는 소화집(笑話集)으로 126편의 고사를 수록하고 있다.

179 낭시위(狼施威)

《俏皮話 · 狼施威》

원문 및 주석

狼施威[1]

狐笑豬曰:「汝蠢然一物, 焉能及我?」豬曰:「汝何必笑我, 汝亦不見得能立功於世。」[2] 狐曰:「我之皮, 能衣被蒼生, 如何言無功? 若汝則無功耳。」[3] 豬曰:「我之肉, 能供人果腹, 如何言無功?」[4] 羊

1 狼施威 → 이리가 위풍(威風)을 드러내 보이다
【狼(랑)】: 이리.
【施威(시위)】: 위풍(威風)을 드러내 보이다.

2 狐笑豬曰:「汝蠢然一物, 焉能及我?」豬曰:「汝何必笑我, 汝亦不見得能立功於世。」→ 여우가 돼지를 비웃으며 말했다:「너 같이 우둔한 동물이, 어떻게 나를 좇아올 수 있어?」돼지가 말했다:「네가 굳이 나를 비웃을 필요가 있을까? 너도 결코 세상에 공을 세웠다고 할 수는 없어.」
【狐(호)】: 여우.
【笑(소)】: 비웃다.
【豬(저)】: 돼지.
【汝(여)】: 너, 당신.
【蠢然(준연)】: 우둔하다, 어리석다.
【焉能(언능)】: 어찌 …할 수 있는가?
【及(급)】: 따라가다, 좇아가다, 비교되다.
【何必(하필)】: 굳이 …할 필요가 있는가? …할 필요가 없다.
【不見得(불견득)】: 결코 …라고 할 수 없다, …라고 생각되지 않다.
【於(어)】: [개사] …에.

3 狐曰:「我之皮, 能衣被蒼生, 如何言無功? 若汝則無功耳。」→ 여우가 말했다:「나의 가죽은,

貿貿然來, 曰 : 「汝等不必爭, 我能兼汝二者之長, 又當如何?」[5] 語未竟, 狼突如其來, 盡撲殺而食之。[6] 笑曰 : 「這一班奴隸性質的畜生, 動輒言功, 只合做我的犧牲也。」[7]

....

백성들에게 옷을 지어 입게 하고 이불을 만들어 덮게 할 수 있는데, 어찌 공이 없다고 말하는가? 바로 너 같아야 공이 없는 것이지.」

【衣被(의피)】 : [사동 용법] 옷을 지어 입게 하고 이불을 만들어 덮게 하다.

【蒼生(창생)】 : 백성.

【如何(여하)】 : 왜, 어째서.

【若(약)】 : …와 같다.

4 豬曰 : 「我之肉, 能供人果腹, 如何言無功?」 → 돼지가 말했다 : 「나의 고기는, 사람들에게 배불리 먹도록 제공할 수 있는데, 어찌 공이 없다고 말하는가?」

【供人果腹(공인과복)】 : 사람들에게 배불리 먹도록 제공하다.

5 羊貿貿然來, 曰 : 「汝等不必爭, 我能兼汝二者之長, 又當如何?」 → (이때) 양이 경솔하게 달려오더니 말했다 : 「너희들은 다툴 필요가 없어. 나는 능히 너희들의 두 가지 장점을 모두 겸할 수 있는데, 또 마땅히 어떻게 말할 거야?」

【貿貿然(무무연)】 : 경솔한 모양, 무모한 모양.

【汝等(여등)】 : 너희들. 〖等〗 : [복수형] …들.

【兼(겸)】 : 겸하다, 모두 갖추다.

【二者之長(이자지장)】 : 두 가지 장점.

【當(당)】 : 의당, 마땅히.

6 語未竟, 狼突如其來, 盡撲殺而食之。 → (양의) 말이 끝나기도 전에, 이리가 갑자기 나타나더니, 여우 · 돼지 · 양을 모두 물어 죽여 먹어버렸다.

【竟(경)】 : 마치다, 끝내다.

【突如其來(돌여기래)】 : 갑자기 나타나다, 뜻밖에 다가오다.

【盡(진)】 : 모두, 다.

【撲殺(박살)】 : 때려죽이다. 여기서는 「물어 죽이다」의 뜻.

【食(식)】 : [동사] 먹다.

【之(지)】 : [대명사] 그것, 즉 「여우 · 돼지 · 양」.

7 笑曰 : 「這一班奴隸性質的畜生, 動輒言功, 只合做我的犧牲也。」 → (이리가) 웃으며 말했다 : 「이 노예근성의 짐승들은, 걸핏하면 공을 말하는데, 오직 나의 먹거리로 삼기에 적합할 뿐이야.」

【一班(일반)】 : 한 무리.

【動輒(동첩)】 : 걸핏하면.

【只(지)】 : 다만, 오직, 오로지.

【合做(합주)…】 : …을 삼기에 적합하다. 〖合〗 : ① 맞다, 어울리다, 부합하다. ② 응당 …해야 한다, 마땅히 …해야 한다.

번역문

이리가 위풍(威風)을 드러내 보이다

여우가 돼지를 비웃으며 말했다.

「너 같이 우둔한 동물이 어떻게 나를 쫓아올 수 있어?」

돼지가 말했다.

「네가 굳이 나를 비웃을 필요가 있을까? 너도 결코 세상에 공을 세웠다고 할 수는 없어.」

여우가 말했다.

「나의 가죽은 백성들에게 옷을 지어 입게 하고 이불을 만들어 덮게 할 수 있는데, 어찌 공이 없다고 말하는가? 바로 너 같아야 공이 없는 것이지.」

돼지가 말했다.

「나의 고기는 사람들에게 배불리 먹도록 제공할 수 있는데, 어찌 공이 없다고 말하는가?」

(이때) 양이 경솔하게 달려오더니 말했다.

「너희들은 다툴 필요가 없어. 나는 능히 너희들의 두 가지 장점을 모두 겸할 수 있는데, 또 마땅히 어떻게 말할 거야?」

(양의) 말이 끝나기도 전에 이리가 갑자기 나타나더니 여우 · 돼지 · 양을 모두 물어 죽여 먹어버렸다.

(이리가) 웃으며 말했다.

「이 노예근성의 짐승들은 걸핏하면 공을 말하는데, 오직 나의 먹거리로 삼기에 적합할 뿐이야.」

....

【犧牲(희생)】: 희생, 제물용 가축. 여기서는 「먹거리」를 가리킨다.

해설

오랜 봉건통치를 겪고 난 만청(晩晴)의 사회는 전반적으로 무지몽매(無知蒙昧)한 상황에 빠져들었다. 《낭시위(狼施威)》는 바로 이러한 상황의 실록(實錄)이라고 할 수 있다. 이리 · 돼지 · 양이 말하는 「공(功)」이란 사람에게 도살되는 것에 불과하다. 그런데 이들은 그것을 비참하게 느끼지 않고 오히려 영광으로 여긴다. 그리하여 이리가 갑자기 달려와 모두 잡아먹고 나서 「이 노예근성의 짐승들은 걸핏하면 공을 말하는데, 오직 나의 먹거리로 삼기에 적합할 뿐이다.」라고 비웃었다.

청말(淸末)에서 오사운동(五四運動)에 이르기까지 중국은 서구 열강의 침입으로 만신창이가 되었다. 그리하여 중국 사상계의 많은 선구자들은 모두 국민들의 노예근성에 대해 비판하는 것을 자기의 임무로 여겼다. 작자 오견인(吳趼人)은 만청(晩晴) 관료 사회의 부패에 대해 원한과 증오가 극에 달해, 자신의 소설《이십년목도지괴현상(二十年目睹之怪現狀)》에서 탐관오리(貪官汚吏)의 여러 가지 추악한 현상을 묘사하고 그들의 죄행을 신랄하게 폭로했는데,《초피화(俏皮話)》에서도 역시 짤막한 고사와 거침없는 언어로 부패한 관료들을 호되게 꾸짖었다.

이 우언은 작자가 이리 · 돼지 · 양을 중국의 각계각층(各界各層)에 비유하고 이리를 서구열강(西歐列强)에 비유하여 중국인들의 노예근성을 비판하는 동시에, 이러한 근성을 제거하지 않으면 결단코 민주(民主)와 국부(國富)에 도달할 수 없다는 자신의 견해를 표명한 것이다.

180 논저(論蛆)

《俏皮話·論蛆》

원문 및 주석

論蛆[1]

冥王無事, 率領判官, 鬼卒等遊行野外。[2] 見糞坑之蛆蠕蠕然動, 命判官記之, 曰 :「他日當令此輩速生人道也。」[3] 判官依言, 記於簿

1 論蛆 → 구더기를 논(論)하다
【蛆(저)】: 구더기.

2 冥王無事, 率領判官, 鬼卒等遊行野外。 → 염라대왕(閻羅大王)이 일이 없을 때, 판관(判官)과 귀졸(鬼卒)들을 이끌고 야외로 유람을 나갔다.
【冥王(명왕)】: 염라대왕(閻羅大王).
【率領(솔령)】: 인솔하다.
【判官(판관)】: 염라대왕 밑에서 생사기록부(生死記錄簿)를 관장하는 관리.
【遊行(유행)】: 거닐다, 유람하다.

3 見糞坑之蛆蠕蠕然動, 命判官記之, 曰 :「他日當令此輩速生人道也。」 → 염라대왕이 똥구덩이의 구더기가 꿈틀거리는 것을 보고, 판관에게 명하여 그것을 기록하게 하고, 말했다 :「훗날 이 구더기들로 하여금 속히 인간으로 다시 태어나게 해야 한다.」
【糞坑(분갱)】: 똥구덩이.
【蠕蠕然(연연연)】: 꿈틀거리는 모양.
【他日(타일)】: 훗날, 이후.
【當(당)】: 마땅히.
【令(령)】: …로 하여금 …하게 하다.
【此輩(차배)】: 이것들, 즉「구더기」. 【輩】: [복수형] …들.
【速(속)】: 속히. ※ 판본에 따라서는「速」을「往(왕)」이라 했다.
【生人道(생인도)】: 인간으로 다시 태어나다. ※ 불교에서는 모든 생물이 육도(六道) 안에서

上。[4] 又前行, 見棺中屍蛆, 冥王亦命判官記之, 曰 :「此物當永墮泥犁地獄。」[5] 判官問曰 :「同是蛆也, 何以賞罰之不同如此?」[6] 冥王曰 :「糞蛆有人棄我取之義, 廉士也, 故當令往生人道。[7] 若屍蛆則專吃人之脂膏血肉者, 使之爲人, 倘被其做了官, 陽間的百姓, 豈不受其大害麽?」[8] 判官歎曰 :「怪不得近來陽間百姓受苦, 原來前一回

윤회(輪迴)한다고 여겼다. 육도는 천도(天道) · 인도(人道) · 아수라도(阿修羅道) · 축생도(畜生道) · 아귀도(餓鬼道) · 지옥도(地獄道)를 말한다.

4 判官依言, 記於簿上。→ 판관은 염라대왕의 말대로, 장부에 기록했다.
【依(의)】: …대로, …에 따라.
【於(어)】: [개사] …에.

5 又前行, 見棺中屍蛆, 冥王亦命判官記之, 曰 :「此物當永墮泥犁地獄。」→ 또 앞으로 걸어가다가, 널 속 시체의 구더기들을 보았다. 염라대왕은 또 판관에게 명하여 그것을 기록하게 하고, 말했다 :「이것들은 영원히 지옥에 떨어져 살게 해야 한다.」
【棺(관)】: 널, 시체를 담는 궤.
【墮(타)】: 떨어지다, 추락하다.
【泥犁地獄(니리지옥)】: 지옥(地獄). ※ 泥犁는 범어(梵語)의 음역으로「즐거움이 없다」라는 뜻.

6 判官問曰 :「同是蛆也, 何以賞罰之不同如此?」→ 판관이 물었다 :「둘 다 똑같은 구더기인데, 어째서 상벌(賞罰)이 이처럼 다릅니까?」
【同是(동시)…】: 똑같이 …이다.
【何以(하이)】: 어째서, 왜.
【如此(여차)】: 이처럼, 이와 같이.

7 冥王曰 :「糞蛆有人棄我取之義, 廉士也, 故當令往生人道。→ 염라대왕이 말했다 :「똥구덩이의 구더기는『남이 버리는 것을 취한다』는 뜻이 있으니, 청렴한 선비이다. 그러므로 마땅히 그들로 하여금 인간으로 다시 태어나게 해야 한다.
【人棄我取(인기아취)】: 사람이 버린 것을 내가 취하다.
【廉士(염사)】: 청렴한 선비.
【故(고)】: 그러므로, 그래서.
【當(당)】: 마땅히, 응당, 당연히.
【往生人道(왕생인도)】: 인간으로 다시 태어나다.

8 若屍蛆則專吃人之脂膏血肉者, 使之爲人, 倘被其做了官, 陽間的百姓, 豈不受其大害麽?」→ (반면에) 시체의 구더기로 말하면 오로지 사람의 지방(脂肪)과 혈육(血肉)을 먹는 놈인데, 그것들을 사람이 되게 하여, 만일 그들이 관리가 되면, 인간 세상의 백성들이, 어찌 그들로부터 큰 피해를 당하지 않겠느냐?」
【若(약)】: …로 말하면.

有一群屍蛆, 逃到陽間去的!」[9]

번역문

구더기를 논(論)하다

염라대왕(閻羅大王)이 일이 없을 때 판관(判官)과 귀졸(鬼卒)들을 이끌고 야외로 유람을 나갔다. 염라대왕이 똥구덩이의 구더기가 꿈틀거리는 것을 보고, 판관에게 명하여 그것을 기록하게 하고 말했다.

「훗날 이 구더기들로 하여금 속히 인간으로 다시 태어나게 해야 한다.」

판관은 염라대왕의 말대로 장부에 기록했다. 또 앞으로 걸어가다가 널 속 시체의 구더기들을 보았다. 염라대왕은 또 판관에게 명하여 그것을 기록하게 하고 말했다.

「이것들은 영원히 지옥에 떨어져 살게 해야 한다.」

판관이 물었다.

「둘 다 똑같은 구더기인데, 어째서 상벌(賞罰)이 이처럼 다릅니까?」

【專(전)】: 오직, 오로지.
【吃(흘)】: 먹다.
【脂膏血肉(지고혈육)】: 지방(脂肪)과 혈육(血肉).
【使之爲人(사지위인)】: 그로 하여금 사람이 되게 하다. 〖使〗: …로 하여금 …하게 하다.
【倘(당)】: 만일, 만약.
【陽間(양간)】: 인간 세상.
【豈(기)】: 어찌.

9 判官歎曰:「怪不得近來陽間百姓受苦, 原來前一回有一群屍蛆, 逃到陽間去的!」→ 판관이 탄식하며 말했다:「어쩐지 근래에 인간 세상의 백성들이 고통을 당한다 했더니, 본래 지난번 시체의 구더기들이, 인간 세상으로 도주했던 것이로군!」
【怪不得(괴부득)】: 어쩐지.
【受苦(수고)】: 고통을 당하다.
【前一回(전일회)】: 지난번, 전번.
【逃到(도도)…去(거)】: …으로 달아나다, …으로 도주가다.

염라대왕이 말했다.

「똥구덩이의 구더기는 『남이 버리는 것을 취한다』는 뜻이 있으니 청렴한 선비이다. 그러므로 마땅히 그들로 하여금 인간으로 다시 태어나게 해야 한다. (반면에) 시체의 구더기로 말하면, 오로지 사람의 지방(脂肪)과 혈육(血肉)을 먹는 놈인데, 그것들을 사람이 되게 하여 만일 그들이 관리가 되면, 인간 세상의 백성들이 어찌 그들로부터 큰 피해를 당하지 않겠느냐?」

판관이 탄식하며 말했다.

「어쩐지 근래에 인간 세상의 백성들이 고통을 당한다 했더니, 본래 지난번 시체의 구더기들이 인간 세상으로 도주했던 것이로군!」

해설

염라대왕(閻羅大王)은 똥구덩이의 구더기와 시체의 구더기를 차별하여, 전자는 사람으로 다시 태어나게 하고, 후자는 영원히 지옥에서 살도록 조치했다. 그 이유는 똥구덩이의 구더기는 남이 버리는 것을 취하기 때문에 청렴한 선비의 의미가 있지만, 시체의 구더기는 오로지 사람의 지방(脂肪)과 혈육(血肉)을 먹어, 만일 인간으로 태어나 관리가 되면 백성들에 대한 피해가 클 것이기 때문이다.

이 우언은 시체의 구더기가 사람의 지방과 혈육을 먹는 것을 마치 탐관오리(貪官汚吏)가 백성들을 착취하는 것에 비유하여, 당시 관료 사회의 부패 상황을 폭로하고 질책한 것이다.

181 구기빈중부(狗欺貧重富)

《俏皮話 · 狗》

원문 및 주석

狗欺貧重富[1]

狗最善媚人, 而又極欺貧重富, 故見衣衫襤褸者, 則必恣其狂吠也。[2] 一日獨行郊外, 四顧無人, 忽遇一金錢豹迎面而來, 狗遙望見之, 大喜曰:「此金錢被體者, 必富家郎也, 吾當承迎之。」[3] 遂疾趨

1 狗欺貧重富 → 개가 가난한 사람을 깔보고 부유한 사람을 존중하다
【欺貧重富(기빈중부)】: 가난한 사람을 깔보고 부자를 존중하다.

2 狗最善媚人, 而又極欺貧重富, 故見衣衫襤褸者, 則必恣其狂吠也。→ 개는 사람에게 아첨하기를 가장 잘하고, 또 가난한 사람을 깔보고 부유한 사람을 존중하는 데 매우 능하다.
【最善媚人(최선미인)】: 사람에게 아첨하기를 가장 잘하다. 〖最善〗: 가장 잘하다. 〖媚〗: 아첨하다, 알랑거리다.
【極(극)】: 극에 달하다, 절정에 이르다. 즉 「아주 잘하다, 매우 능하다」의 뜻.
【故(고)】: 그래서, 그러므로.
【衣衫(의삼)】: 옷, 의복.
【襤褸(남루)】: 남루하다, 누추하다.
【恣其狂吠(자기광폐)】: 방자하게 미친 듯이 짖다. 〖恣〗: 방자하다. 〖狂吠〗: 마구 짖어대다, 미친 듯이 짖다.

3 一日獨行郊外, 四顧無人, 忽遇一金錢豹迎面而來, 狗遙望見之, 大喜曰:「此金錢被體者, 必富家郎也, 吾當承迎之。」→ 하루는 (개가) 홀로 교외를 걸어가다가, 사방을 둘러보니 사람은 없고, 갑자기 정면에서 다가오는 표범 한 마리를 만났다. 개가 멀리서 그것을 보고, 매우 좋아하며 말했다:「이 금전(金錢)을 온몸에 걸친 자는, 틀림없이 부잣집 자제(子弟)일 것이니, 내가 마땅히 그를 영접해야 한다.」

而前, 搖尾作種種乞憐狀。[4] 行旣近, 豹突起搏之, 張口欲噬, 狗大驚, 返身狂奔, 幸得脫, 然已魂不附體矣。[5] 遇一牛, 問狗何來, 狗告

【獨行(독행)】: 혼자서 길을 걸어가다.
【四顧(사고)】: 사방을 둘러보다.
【忽(홀)】: 돌연, 갑자기.
【遇(우)】: 만나다.
【金錢豹(금전표)】: 표범의 일종. ※ 명(明) 이시진(李時珍)의 《본초강목(本草綱目) · 수이(獸二) · 표(豹)》에 「표범은 요동(遼東)과 서남의 여러 산에 때때로 출현하는데, 모양은 호랑이와 비슷하나 작은 편이며, 얼굴은 희고 머리는 둥글다. …무늬가 마치 동전 모양과 같아 금전표(金錢豹)라 불렀다.(豹, 遼東及西南諸山時有之。狀似虎而小, 白面團頭…其文如錢者, 曰金錢豹。)」라고 했다.
【迎面(영면)】: 얼굴을 마주하다. 즉 「정면 방향」을 가리킨다.
【遙(요)】: 멀리, 멀리서.
【望見(망견)】: 바라보다.
【被體(피체)】: 몸에 입다, 몸에 걸치다.
【富家郎(부가랑)】: 부잣집 자제(子弟).
【當(당)】: 응당, 마땅히, 당연히.
【承迎(승영)】: 영접하다, 맞이하다.
【之(지)】: [대명사] 그것, 즉 「표범」.

4 遂疾趨而前, 搖尾作種種乞憐狀。→ 그리하여 재빨리 앞으로 달려가, 꼬리를 흔들며 온갖 동정을 구하는 자태를 연출했다.
【遂(수)】: 그리하여.
【疾趨而前(질추이전)】: 재빨리 앞으로 달려가다. 〖疾趨〗: 질주하다, 빨리 달려가다.
【搖尾(요미)】: 꼬리를 흔들다.
【作種種乞憐狀(작종종걸련상)】: 온갖 동정을 구하는 모양을 연출하다. 〖作〗: 나타내다. 즉 「연출하다」의 뜻. 〖種種〗: 갖가지, 여러 가지, 온갖. 〖乞憐〗: 동정을 구하다. 〖狀〗: 모양, 자태.

5 行旣近, 豹突起搏之, 張口欲噬, 狗大驚, 返身狂奔, 幸得脫, 然已魂不附體矣。→ (개가) 가까이 다가가자, 표범이 갑자기 펄쩍 뛰어올라 개를 덮치며, 입을 벌리고 물어뜯으려 했다. 개가 몹시 놀라, 몸을 돌려 미친 듯이 달아나, 다행히 (위기를) 벗어날 수 있었지만, 그러나 이미 놀라 혼비백산(魂飛魄散)했다.
【突起(돌기)】: 갑자기 펄쩍 뛰어오르다.
【搏(박)】: 덮치다.
【之(지)】: [대명사] 그것, 즉 「개」.
【張口(장구)】: 입을 벌리다.
【欲(욕)】: …하고자 하다, …하려고 하다.
【噬(서)】: 씹다, 물다.

以故。[6] 牛笑曰:「汝自不通世故, 豈不聞近來世上, 愈是有錢之輩, 愈要吃人耶!」[7]

번역문

개가 가난한 사람을 깔보고 부유한 사람을 존중하다

개는 사람에게 아첨하기를 가장 잘하고, 또 가난한 사람을 깔보고 부유한 사람을 존중하는 데 매우 능하다. 하루는 (개가) 홀로 교외를 걸어가다가 사방을 둘러보니 사람은 없고 갑자기 정면에서 다가오는 표범 한 마리를 만났다. 개가 멀리서 그것을 보고 매우 좋아하며 말했다.

「이 금전(金錢)을 온몸에 걸친 자는 틀림없이 부잣집 자제(子弟)일 것이

【返身(반신)】: 몸을 돌리다.
【狂奔(광분)】: 미친 듯이 뛰어 달아나다.
【幸(행)】: 다행히.
【得脫(득탈)】: 몸을 빼다, 탈피하다.
【魂不附體(혼불부체)】: 혼이 몸에 붙어있지 않다. 즉 「혼비백산(魂飛魄散)하다」의 뜻.

6 遇一牛, 問狗何來, 狗告以故。→ (이때) 소를 만났는데, 소가 개에게 어디서 오느냐고 물어, 개가 그 연유를 알려주었다.
【告以故(고이고)】: 연유를 알려주다. 【故】: 연고, 연유.

7 牛笑曰:「汝自不通世故, 豈不聞近來世上, 愈是有錢之輩, 愈要吃人耶!」→ 소가 웃으며 말했다:「너 정말 세상물정을 잘 모르는구나. 요즈음 세상은, 돈 있는 것들일수록, 더 사람을 잡아먹으려 한다는 말을 어찌 듣지 못했는가!」
【汝(여)】: 너, 당신.
【自(자)】: 확실히, 정말로.
【不通世故(불통세고)】: 세상물정을 잘 모르다. 【不通】: 잘 모르다. 【世故】: 세상물정.
【豈(기)】: 어찌.
【愈(유)…愈(유)…】: …하면 할수록 더 …하다.
【輩(배)】: 무리, 것들.
【要(요)】: …하려 하다.
【吃(흘)】: 먹다.

니 내가 마땅히 그를 영접해야 한다.」

그리하여 재빨리 앞으로 달려가 꼬리를 흔들며 온갖 동정을 구하는 자태를 연출했다. (개가) 가까이 다가가자 표범이 갑자기 펄쩍 뛰어올라 개를 덮치며 입을 벌리고 물어뜯으려 했다. 개가 몹시 놀라 몸을 돌려 미친 듯이 달아나 다행히 (위기를) 벗어날 수 있었지만, 그러나 이미 놀라 혼비백산(魂飛魄散)했다. (이때) 소를 만났는데 소가 개에게 어디서 오느냐고 물어 개가 그 연유를 알려주었다.

소가 웃으며 말했다.

「너 정말 세상물정을 잘 모르는구나. 요즈음 세상은 돈 있는 것들일수록 더 사람을 잡아먹으려 한다는 말을 어찌 듣지 못했는가!」

해설

사람에게 아첨을 잘하고, 또 가난한 사람을 깔보고 부유한 사람을 존중하는 데 능한 개가 온몸에 동전 무늬가 있는 표범을 부잣집 자제(子弟)일 것이라 여겨, 꼬리를 흔들며 온갖 동정을 구하는 자태를 연출했다가 하마터면 표범에게 잡혀 먹힐 뻔했다. 겨우 위기를 면하고 달아나 이를 소에게 말하자, 소는 「요즈음 세상은 돈 있는 것들일수록 더 사람을 잡아먹으려 한다.」고 말하며, 세상물정을 모르는 개의 어리석음을 비난했다.

이 우언은 아첨을 잘하는 사람을 개에 비유하고 가진 자를 표범에 비유하여, 아첨에 능한 자들의 노예근성을 비난하는 동시에, 가진 자일수록 더욱 탐욕을 부리는 당시 사회의 인정세태를 풍자한 것이다.

〖부록〗

명청(明淸) 우언에 관하여

(1) 우언의 정의

중국의 문헌에서 우언(寓言)이란 말은 《장자〔莊子 · 우언(寓言)〕》에 최초로 보인다.

「우언(寓言)이 십 분의 구를 차지하고, 중언(重言)이 십 분의 칠을 차지하며, 치언(卮言)은 날마다 새롭게 출현하여 무궁무진한데, 모두 자연의 분계(分界)에 부합한다. 십 분의 구를 차지하는 우언은 외부 사람에게 기탁하여 논한 것이다. 친아버지는 자기의 자식을 위해 중매를 서지 않는다. 친아버지가 자기 아들을 칭찬하면 친아버지가 아닌 사람이 칭찬하는 것만 못하다.(寓言十九, 重言十七, 卮言日出, 和以天倪。寓言十九, 藉外論之。親父不爲其子媒。親父譽之, 不若非其父者也。)」[1]

진(晉) 곽상(郭象)은 《장자》의 이 말에 대해 「다른 사람에게 기탁하면 열 마디 중 아홉 마디는 신뢰를 받는다.」「말이 자기로부터 나오면 세상 사람들 대부분이 받아들이지 않기 때문에, 그래서 외부 사람에게 기탁(寄託)하는 것이다.」[2] 라고 하여 우언을 「기탁하는 말」로 보았다.

1 《莊子》, 景印 文淵閣四庫全書, 臺北, 臺灣商務印書館, 1985.

2 (晉) 郭象注《莊子 · 寓言》: 「寄之他人, 則十言而九見信。」, 「言出於己, 俗多不受, 故借外耳。」 (景印 文淵閣四庫全書, 臺北, 臺灣商務印書館, 1985.)

이와는 달리 오늘날 학자들의 견해는 우언의 조건을 비교적 구체적으로 제시하고 있다. 몇몇 학자들의 설을 예로 들겠다.

① 진포청(陳蒲淸)의 설 :

「우언은 반드시 두 가지의 기본 요소를 갖추어야 한다. 첫째는 고사의 줄거리이고, 둘째는 비유·기탁으로 말은 여기에 있고 뜻은 저기에 있다. 이 두 가지 표준을 근거로 하면 우언에 대해 비교적 명확한 범주를 설정할 수 있다. 오직 두 가지를 완전히 구비해야 비로소 우언으로 간주하여 지나치게 넓은 감을 피할 수 있고, 동시에 오직 두 가지를 구비해야 우언으로 간주하여 지나치게 좁은 감을 피할 수 있다. 이 두 가지를 근거로 하면 우언과 기타 문체를 기본적으로 구분할 수 있다. 첫 번째를 근거로 하면 우언을 일반적인 비유와 구분할 수 있고, 사물에 기탁하여 뜻을 말하는 영물시(詠物詩)·금언시(禽言詩) 및 기타 이상을 기탁한 시문(詩文)과 구분할 수 있으며, 두 번째를 근거로 하면 우언을 보통의 고사와 구분할 수 있는데, 보통의 고사는 그 의미가 스토리 자체에서 드러나는 것으로 비유의 의미가 없다. ……우언과 일반 고사의 차이는 바로 비유·기탁의 유무에 달려있다.(寓言必須具備兩條基本要素 : 第一是有故事情節; 第二是有比喩寄託, 言在此而意在彼。根據這兩條標準便可以給寓言劃出一個比較明確的範疇。只有完全具備這兩個條件, 才能算作寓言, 以避免過寬; 同時, 只要具備了這兩個條件, 就可以算作寓言, 以避免過窄。根據這兩條可以把寓言和其他文體基本上區分開 : 根據第一條, 可以使寓言和一般比喩相區別, 跟托物言志的詠物詩、禽言詩以及其他寄托理想的詩文相區別; 根據第二條可以使寓言跟一般故事相區別, 一般的故事其意義是從情節本身中顯示出來的, 沒有比喩意義。……寓言和一般故事的差別, 就在于有沒有比喩寄託。)」[3]

진포청은 우언의 범위에 대해 고사의 줄거리와 비유·기탁이라는 두 가지

3 陳蒲淸《中國古代寓言史》, 長沙, 湖南教育出版社, 1983, p2.

조건을 들어 비유·기탁의 유무를 가지고 우언과 일반 고사를 구분했다.

② 이부헌(李富軒)·이연(李燕)의 설 :

「우언은 일반적으로 고사와 우의로 조성되어 주로 권계와 풍자에 쓰이고, 찬송(讚頌)·서정(抒情)이나 이상(理想)의 전개 등에 쓰이는 경우가 적다. 우언의 정의에 대해서도 다만 몇 개 방면에서 종합적으로 이해할 수 있는데, 또한 마땅히 어느 정도의 모호성을 허용해야 하고 광의와 협의의 구분도 허용해야 하며, 일부 작품에 실제로 존재하는 양서성(兩棲性)을 인정하여 기계적으로 한두 가지의 표준을 가지고 모든 작품에 억지로 적용해서는 안 된다.(寓言一般有寓體[故事]和寓意造成, 主要用於勸誡諷諭, 而較少用於讚頌抒情和展現理想。對寓言的界說, 也只能從幾個方面綜合理解, 而且應該容許一定程度的摸糊性, 也應該允許有廣義和狹義之分, 應該承認一部分作品事實上存在的兩棲性而不宜機械地用一兩條標準硬套一切作品。)」[4]

이부헌·이연은 우언의 우의(寓意)와 범위에 대해 어떤 작품들이 비록 전형적인 우언처럼 풍유(諷諭)·권계(勸誡)의 작용을 갖추지 못하였다 해도 우의와 기탁이 충분하다면 넓은 의미에서 우언으로 볼 수 있다고 보았다.

③ 임숙정(林淑貞)의 설 :

「우언은 문구상 우의가 있을 수 있는 것 외에도 기탁하여 비유하거나 서로 유사한 것을 비교하는 우의가 있을 수 있고, 또 모든 것을 다 포괄하여 그 안에 두 가지 우의를 동시에 함유하는 경우도 있을 수 있다.(寓言, 除了可以有字面寓意之外, 也可以有託喻或類比的寓意, 更可以兼容並蓄, 同時含攝二種寓意於其中。)」[5]

4 李富軒·李燕《中國古代寓言史》, 대북, 지일출판사, 1998, p4.

5 林淑貞《表意·示意·釋義--中國寓言詩析論》, 臺北, 里仁出版社, 2007, p40.

임숙정은 문구에 나타난 우의 외에도 기탁하여 비유하거나 서로 유사한 것을 비교하여 논하는 우의에 이르기까지 모든 것을 포함할 수 있다고 여겼다.

④《중국대백과전서(中國大百科全書) · 중국문학(中國文學)》의 정의 :

「문학 체제의 일종으로 풍유(諷諭)를 함유하거나 혹은 교훈의 의미를 분명히 드러낸 고사이다. 그 구조는 대부분 짤막하며 고사 줄거리를 갖추고 있다. 주인공은 사람일 수도 있고, 동물일 수도 있고, 무생물일 수도 있다. 대체로 차유법(借喩法)을 사용하여 고사를 통해 이것을 빌려 저것을 비유하고, 작은 것을 빌려 큰 것을 비유하여 교육적 의미가 강한 주제나 심각한 도리로 하여금 간단한 고사에서 구현되도록 한다. 우언의 취지는 허구적인 고사를 통해 모종의 생활 현상 · 심리와 행위에 관한 작가 또는 사람들의 비평이나 교훈을 표현하는데 있다.(文學體裁的一種。是含有諷喩或明顯教訓意義的故事。它的結構大多簡短, 具有故事情節。主人公可以是人, 可以是動物, 也可以是無生物。多用借喩手法, 通過故事借此喩彼, 借小喩大, 使富有教育意義的主題或深刻的道理, 在簡單的故事中體現出來。寓言的主旨在於通過虛構的故事, 表現作家或人民關於某種生活現象 · 心理和行爲的批評或教訓。)」[6]

《중국대백과전서》는 짤막한 구조와 허구적인 고사로 풍유(諷諭)와 교훈의 기능을 지녀야 한다는 것 외에도 주인공의 대상을 사람 · 동물 · 무생물로 규정하는 등 구체적인 조건을 제시함으로써 우언의 범주를 보다 좁은 의미로 해석했다. 이는 「체제가 짧고 허구인 고사로서 대부분 동물이나 무생물을 주인공으로 하고, 고사 내용이 도덕 교훈의 기능을 지닌다.」[7] 라고

6《中國大百科全書 · 中國文學》, 北京, 中國大百科全書出版社, 1995.

7 The fable, in keeping with its simple form, is easily defined. It is a short fictitious work, either in prose or in verse, frequently (but not necessarily) using animals or

정의한 서양인들의 견해와 일맥상통한다.

이상 여러 견해들을 근거로 볼 때, 중국인들의 관점에서 우언의 의미는 줄거리를 갖춘 간략한 고사에 우의를 기탁하는 방법으로 모종의 도리를 표현하여 권계(勸誡)·풍유(諷喩)·교훈(教訓) 작용을 하는 일종의 문학 형식이라고 정의할 수 있다.

(2) 명청(明淸) 회해우언(詼諧寓言)의 흥성

중국의 봉건 사회는 원대(元代)로부터 청대(淸代) 중엽에 이르는 동안 점차 말기로 접어들었다. 이 기간 동안 봉건 경제는 명(明) 개국 이후 약 백여 년 동안의 호황 국면과 청(淸) 강희(康熙)·건륭(乾隆) 시기의 태평성세 등 일시적으로 고도의 발전을 이루어 사회에 번영 국면을 가져오기도 했다. 그러나 그 외에는 봉건 사회가 본래 지니고 있던 각종 모순 또한 부단히 격화 양상을 보여 왔다. 그리하여 제왕들은 위기에 처한 통치를 바로잡기 위해 봉건 전제(專制)를 강화하는 한편 여러 잔혹하고 고압적인 수단을 동원하여 백성들의 반항을 진압하는 동시에, 각 계층 인사들의 사상을 통제하는 조치들을 대거 시행했다.

명(明)의 태조 주원장(朱元璋)은 파양호(鄱陽湖)에서 남방 최후의 할거세력인 진우량(陳友諒)을 제압하면서 호남(湖南) 일대를 피로 물들이고, 즉위한 후에는 지난 날 자신을 도와 나라를 세운 개국공신들이 제위를 넘볼 것

even inanimate objects as actors, and having the exposition of a moral principle as a primary function.(《AESOP'S FABLES》, Introduction and Notes by D.L. Ashliman; Translated by V.S. Vernon Jones, New York : Fine Creative Media, Inc, 2003, Introduction xxiii)

을 우려하여 대량 학살을 자행했다. 승상 호유용(胡惟庸)은 역모를 꾀했다는 고발이 들어오자 구족(九族)을 멸하고, 그와 연루된 대신(大臣) 삼만여 명이 살해되었으며, 대장군 남옥(藍玉)은 건국 과정에서의 무공(武功)을 내세워 교만하다가 모반죄로 처형을 당하는 동시에, 그와 연루되어 살해된 자가 만 오천여 명에 달했다. 주원장은 또 특별 감시 기구로 금의위(錦衣衛)를 설치하여 대신들의 일거수일투족을 감시하며 의심스러운 자가 있으면 즉시 잡아다가 옥에 가두거나 목을 베는 등 대대적으로 문자옥(文字獄)을 일으켰다. 그리하여 지식인들의 사상은 철저히 봉쇄되고 이유 없이 처형당하는 일이 자주 발생했다. 송렴(宋濂)은 개국 초기에 태조가 중용(重用)한 사람으로 태자(太子)의 스승인 태사(太師)까지 지낸 사람이었으나, 태조의 의심은 결국 원로인 그에게까지 미쳤다.

사람들은 이러한 전제(專制) 암흑사회에서 생활하며, 마치 한없이 긴 밤중에 행진을 하는 것처럼 한 줄기의 빛조차 볼 수 없고, 언론의 자유도 전혀 없었다. 그리하여 민심(民心)은 일종의 해학(諧謔)과 냉소적인 인생 태도가 조장되고, 문학 작품의 창작에 있어서도 소화(笑話)가 전례 없이 번창했다. 이 모두가 그러한 사회 배경과 정신 태도로부터 생겨난 산물이었다. 《응해록(應諧錄)》《설도해사(雪濤諧史)》《소찬(笑贊)》과 같이 우언집의 제목에 「해(諧)」자와 「소(笑)」자 같은 해학과 소화를 상징하는 자구를 넣은 것이나, 우언 작품 가운데 소화인지 우언인지 구별하기 어려울 정도로 해학풍자의 특색이 농후한 것은 모두 그러한 분위기를 반영한 것이다. 당시 우수한 우언 작품들의 공통적인 특색을 보면, 우스운 이야기를 빌려 불만의 소리를 발산하는 경우가 많은데, 겉으로 보기에는 마치 생활 속의 자질구레한 일이나 하찮은 인물을 비웃는 것 같지만, 실은 봉건전제(封建專制)의 각종 폐단을 겨냥한 것이다. 따라서 명청(明淸) 우언의 사회에 대한 조롱은 사회 폐단에 대한 개혁을 바라며 사회의 모순을 풍자한 당송(唐宋) 우언과 달리, 민심의 사회에 대한 절망의 표현이라고 할 수 있다. 명청의 우언을 「회해우언(恢諧寓言)」이라 칭하는 것도 그러한 연유에서 비롯된 것이다.

명청 시대는 또 문학사조가 거대한 변화를 가져온 시기이기도 하다. 당시는 자본주의 성향의 상공업이 어느 정도 발달하기 시작했다. 명청 시대는 요업(窯業)·방직(紡織)·채광(採鑛)·염전(鹽田)·제다(製茶)·인쇄 등이 상당한 수준에 도달했다. 이러한 자본주의 상공업이 발달함에 따라, 문단에서도 희곡(戲曲)·소설(小說)과 같은 시민문예가 성행했는데, 관한경(關漢卿) 왕실보(王實甫)의 잡극(雜劇)이나 풍몽룡(馮夢龍)의 「삼언(三言)」「이박(二泊)」과 같은 단편 백화소설(白話小說), 《삼국연의(三國演義)》《수호전(水滸傳)》《서유기(西遊記)》《금병매(金甁梅)》《유림외사(儒林外史)》《홍루몽(紅樓夢)》과 같은 장편 장회소설(章回小說)이 모두 이 시기에 출현하여 빛을 발했다. 반면에 전통 문학인 시문(詩文)은 상대적으로 현저하게 빛을 잃어 통속 문학과 전통 문학이 서로 극심한 대조를 보였다.

그러나 이처럼 대세를 이룬 통속 문학의 조류 속에서 문언산문(文言散文)도 시대조류에 적응하는 두 가지 변화가 일어났다.

첫 번째 변화는 이론의 표현에 있어서 옛사람에 대해 맹종하는 것을 반대하고 독자적으로 성령(性靈)을 표현할 것을 제창한 것이다. 명대의 저명한 사상가인 이지(李贄)는 《동심설(童心說)》에서

> 「시는 어째서 반드시 옛것을 골라야 하며, 문장은 어째서 반드시 선진(先秦) 시대의 것이어야 하는가? 육조(六朝)로 내려오면 근체(近體)로 바뀌고, 또 전기(傳奇)로 바뀌고, 원본(院本)으로 바뀌고, 잡극(雜劇)으로 바뀌고, 수호(水滸)로 바뀐다. … 이 모두 고금의 지극한 글이니, 때의 선후(先後)만으로 논할 수 없는 것이다.(詩何必古選? 文何必先秦? 降而爲六朝, 變而爲近體, 又變而

爲傳奇, 變而爲院本, 爲雜劇, 爲《서상기(西廂記)》, 爲《수호(水滸)》…皆古今至文, 不可得而時勢先後論也。)」

라고 주장했고, 공안파(公安派)의 대표적 인물인 원굉도(袁宏道)는 《소수시서(小修詩敍)》에서

「오직 성령(性靈)을 서술할 뿐, 기존의 격식에 얽매이지 않는다. 자기의 마음속에서 흘러나온 것이 아니면, 글을 쓰지 않는다(獨抒性靈, 不拘格套。非從自己胸臆流出, 不肯下筆。)」

라고 주장했다.

두 번째 변화는 창작 상에서 다방면으로 제재(題材)를 개발하여 세속적인 생활을 향해 다가가야 한다는 것이었다. 소설의 색채를 갖춘 송렴(宋濂)의 전기(傳記)나 귀유광(歸有光)의 가정기사문(家庭紀事文)은 모두 이러한 경향을 반영한 것이며, 특히 송렴(宋濂) · 유기(劉基) · 유원경(劉元卿) · 강녕과(江盈科) · 조남성(趙南星) 등의 고문가(古文家)들이 우언 창작에 많은 힘을 쓴 것도 바로 소설 · 희곡 등 시민 문학의 시대 경향과 궤(軌)를 같이 한 것이다. 이밖에 소설과 우언이 창작 상에서 서로 삼투(滲透)하는 정황이 보이는데, 예를 들어 《중산랑전(中山狼傳)》은 줄거리나 인물 묘사에 있어서 확연히 소설의 예술 기법을 따랐고, 《요재지이(聊齋志异)》 중의 우언 「흑수(黑獸)」는 《유림외사(儒林外史)》 중의 「곽효자심산우호(郭孝子深山遇虎)」줄거리와 매우 흡사하다.

원말명청(元末明淸) 시대에는 우언 창작의 붐(boom)이 두 번 일어났다. 한 번은 원말(元末)에서 명초(明初)로 넘어가는 과정에서 일어났고, 또 한 번은 명대 중엽 이후에서 청대 초기에 일어났다. 원대(元代)는 한족(漢族)과

지식인에 대해 경시(輕視)하는 정책을 채택하여 민족을 몽고인(蒙古人)·색목인(色目人)·한인(漢人)·남인(南人) 네 등급으로 구분하고, 사회적 지위를 「일관(一官), 이리(二吏), 삼승(三僧), 사도(四道), 오의(五醫), 육공(六工), 칠장(七匠), 팔창(八娼), 구유(九儒), 십걸(十乞)」이라 하여, 유가(儒家)를 거지 다음으로 취급했다. 몽고족이 이처럼 가혹한 정책을 추진하자 사회적으로 멸시를 받던 유가(儒家) 문인들은 모두 잡극(雜劇) 창작에 힘을 쏟았다. 그래서 원대는 전반적으로 우언 작품이 출현하지 못했다. 그러다가 원말에 이르러 부패하고 무능한 통치자들의 본질이 드러나 통제력이 약화되면서 국운이 명대로 넘어가는 과정에 비로소 우언 창작의 붐이 일기 시작했고, 송렴(宋濂)·유기(劉基)와 같은 걸출한 우언 작가가 출현했다.

송렴과 유기는 주원장의 건국을 도운 명대의 개국공신이자 걸출한 산문가이다. 그들이 우언을 창작할 당시는 아직 원이 멸망하기 이전의 혼란기였다. 그들은 우언을 가지고 원나라 통치자들의 폭정을 꾸짖고 사회의 각종 추악한 현상을 폭로하며 자신들의 정치·철학 사상을 선양했다. 그들은 우언 창작에 있어서 당(唐)의 유종원(柳宗元)과 송(宋)의 소식(蘇軾)을 계승하여 우언을 창작했지만, 작품의 규모에 있어서는 유종원·소식을 능가할 뿐 아니라 또한 모두가 의도적인 창작이었다. 그리하여 송렴의 《연서(燕書)》·《용문자응도기(龍門子凝道記)》와 유기의 《욱리자(郁離子)》는 이후 명대 문인들의 우언 창작에 많은 영향을 주었다.

명대는 개국 이후 약 백여 년간 사회가 비교적 안정되고 경제가 회복되는 가운데 민심도 치세(治世)를 갈망함으로써 봉건주의 문화정책이 일시 효과를 거두었다. 그리하여 시문(詩文)의 창작 경향은 혼란한 상황을 감추고 태평한 것처럼 꾸미려는 현상이 나타난 반면, 풍자를 특징으로 하는 우언은 점차 침체의 늪에 빠졌다. 그리하여 이 기간에 출현한 우언은 마중석

(馬中錫)의 《중산랑전(中山狼傳)》이 유일한데, 편폭이 매우 길고 줄거리가 복잡하여 족히 우언 소설이라고 불릴 만하다.

그 후 명대 중엽에 이르자 사회 상황이 현저한 변화를 보이기 시작했다. 황제는 황음무도(荒淫無道)하고 환관들이 권력을 장악하여 정치가 혼란에 빠졌으며, 귀족 관리들이 토지를 겸병하여 굶주리는 백성이 날로 증가했다. 이로 인해 사회 모순이 점점 격화하면서 국운(國運)도 점차 쇠퇴의 길로 빠져들었다. 이러한 상황에서 작가들 사이에는 우언을 무기로 삼아 사회의 어두운 현실과 부패 세력에 대해 폭로하고 풍자하는 풍조가 일어났고, 우언의 창작은 이로 인해 자연히 새로운 전기를 맞이하게 되었다. 유원경(劉元卿)의 《현혁편(賢奕編)》, 강영과(江盈科)의 《설도소설(雪濤小說)》·《설도해사(雪濤諧史)》, 조남성(趙南星)의 《소찬(笑贊)》을 비롯하여, 경정향(耿定向)의 《권자(權子)》, 장원신(莊元臣)의 《숙저자(叔苴子)》, 육작(陸灼)의 《애자후어(艾子後語)》, 부백재주인(浮白齋主人)의 《소림(笑林)》·《아학(雅謔)》, 풍몽룡(馮夢龍)의 《소부(笑府)》·《광소부(廣笑府)》·《고금담개(古今譚概)》, 장이령(張夷令)의 《우선별기(迂仙別記)》 등에 사회의 모순을 폭로하고 시대의 잘못된 폐단을 풍자한 우언 작품이 많이 출현했다. 다만 이 시기의 우언 작품은 송렴·유기의 엄숙하고 장중한 주제에 비하면, 대부분이 생활 속의 자질구레한 소문이나 해학적인 이야기에서 제재를 취함으로써, 우언의 핵심이라고 할 수 있는 우의(寓意)보다는 오히려 소화(笑話) 성격이 더 두드러진 경향을 보이기도 했다.

이러한 분위기는 청초(淸初)까지 이어졌다. 청대의 문학예술은 시사(詩詞)·산문과 같은 전통 문예나 경적(經籍)의 주석(註釋)과 문자(文字)의 훈고(訓詁)뿐만 아니라, 소설·희극 등 통속 문학에 이르기까지 모든 분야에서 휘황찬란한 성과를 거두었다. 그러나 유독 우언 창작만은 명대에 미치지 못했다.

청대의 우언은 형식상 대체로 소화집(笑話集)의 우언과 문인 저작 중의 우언 및 소설 작품 중의 우언 등으로 나눌 수 있다.

소화 형식의 우언으로는 당견(唐甄)의 《잠서(潛書)》, 왕탁(王晫)의 《잡저십종(雜著十種)》, 석성금(石成金)의 《소득호(笑得好)》, 방비홍(方飛鴻)의 《광담조(廣談助)》, 독일와퇴사(獨逸窩退士)의 《소소록(笑笑錄)》, 정세작(程世爵)의 《소림광기(笑林廣記)》 등이 있는데, 그중 《소득호(笑得好)》는 우언 작품을 가장 많이 수록하고 있을 뿐 아니라 내용이 해학적이고 풍자 또한 매우 날카롭다.

문인들의 우언 작품으로는 왕사정(王士禛) · 기윤(紀昀) · 원매(袁枚)와 같은 저명한 문인들이 저작 중에 몇 편의 우언을 남겼으나, 제재가 주로 기이(奇異)한 일에 편중되어 있어 우언으로써 성공한 작품은 매우 적다.

소설 작품 중의 우언으로는 포송령(蒲松齡)의 《요재지이(聊齋志异)》와 심기봉(沈起鳳)의 《해탁(諧鐸)》이 비교적 유명하다. 《요재지이》는 단편소설집으로 우언 성격의 소설이 많은데, 문장이 자유분방하고 기복이 있으며 우의가 선명하다. 그리고 《해탁(諧鐸)》은 청대 필기소설(筆記小說) 가운데 매우 특색 있는 작품으로 고사의 줄거리가 복잡하고 기이하며, 고사 내용이 사실(事實)을 근거로 한 것도 있고, 전해들은 것도 있고, 허구(虛構)도 있는 등 다양한 제재를 사용했다.

강희(康熙) · 건륭(乾隆) 연간에는 사회가 잠시 안정기로 들어서고 법망(法網)이 조여지면서 문자옥(文字獄)을 피해 저술 활동이 위축되고 우언 창작도 점차 쇠미해졌다. 그러나 이러한 상황이 오래 가지는 않았다. 1840년 아편전쟁(阿片戰爭)을 계기로 중국 봉건 사회는 빠른 속도로 해체의 길을 밟아 나아갔다. 중국은 아편전쟁에서 패한 후, 막대한 배상금 지불, 아편거래에 의한 은(銀)의 유출, 외국 공산품에 의한 국내 산업의 피폐 등으로 인해 자급자족 농업경제가 심각한 타격을 받았다. 시간이 흐르면서 정치는 더욱 문란해지고 관료들은 더욱 부패해 갔다. 게다가 군대까지 부패하여 병란(兵亂)이 잇달아 일어나자, 민심이 이반하여 국력은 쇠퇴 일로를 걷고 있었다.

오옥요(吳沃堯)는 만청(晩晴) 시기의 가장 이름난 견책소설(譴責小說) 작가로, 그의 소설《이십년목도지괴현상(二十年目睹之怪現象)》은 만청(晩晴) 청말 관리 사회의 암흑 상황을 신랄하게 폭로한 견책소설의 대표적인 작품으로 유명하다. 그는 우언의 창작에도 매우 뛰어나 우언집으로《초피화(俏皮話)》가 있는데, 소설과 동일한 주제를 가지고 부패하고 무능하고 후안무치(厚顔無恥)한 만청(晩晴) 통치자들의 만행을 신랄하게 폭로하고 꾸짖었다. 오옥요는 1910년에 세상을 떠났고 청 왕조는 이듬해 멸망했다.

참고문헌

1. 우언선집

中國歷代寓言選(上, 下), 周大璞 審訂, 湖北人民出版社, 1985年 7月

中國寓言[全集], 馬亞中 · 吳小平 主編, 北京, 新世界出版社, 2007年 12月 第1版

中國古代寓言精品賞析, 陳蒲清, 長沙, 岳麓書社, 2008年 1月 第1版

歷代寓言選, 袁暉 主編, 北京, 中國青年出版社, 2012年 7月 第1版

新譯歷代寓言選, 黃瑞雲, 臺北, 三民書局, 2012年 10月 初版二刷

中國哲理寓言大全, 嚴北溟 · 嚴捷, 香港, 商務印書館, 2013年 10月

歷代寓言大觀, 薛菁 · 更生 主編, 北京, 華夏出版社, 2007年 7月

中國歷代寓言分類大觀, 尙和 主編, 上海, 文匯出版社, 1992年 2月

中國經典寓言, 陳蒲淸 編著, 長沙, 岳麓書社, 2005年 10月

中國寓言讀本, 林淑貞 著, 臺北, 五南圖書出版社, 2015年 9月

中國古代寓言精華, 黃高才 主編, 南京, 南京大學出版社, 2012年 6月

元明淸詼諧寓言, 陳新璋 主編, 文斌 選編, 新世紀出版社, 1995年 2月

2. 원문 교감 및 참고자료

[명대 우언]

- 송렴전집(宋濂全集) 우언

  宋濂全集, (明)宋濂 撰, 杭州, 浙江古籍出版社, 1999年 12月 1版

- 성의백문집(誠意伯文集) 우언

  誠意伯文集, (明)劉基 撰 [欽定四庫全書(臺北 : 臺灣商務印書館, 民國57) 集部六]

  誠意伯文集, (明)劉基 撰, 臺北, 臺灣商務印書館, 民國57

新譯郁李子, 吳家駒 注譯, 臺北, 三民書局, 2006年 6月 初版

• 손지재집(遜志齋集) 우언

遜志齋集, (明)方孝孺 撰 [四部叢刊初編集部, 商務印書館1926年版上海書店重印本]

• 동전집(東田集) 우언

東田文集(一, 二), (明)馬中錫 撰, 商務印書館, 中華民國 25年 12月 初版

• 권자(權子) 우언

權子, (明)耿定向 撰 [中國歷代笑話集成, 陳維札 · 郭俊峰 共編, 長春 : 時代文藝出版社, 1996]

• 숙저자(叔苴子) 우언

叔苴內外篇, (明)莊元臣 撰, 商務印書館, 中華民國 28年 12月 初版

• 해어(諧語) 우언

諧語, (明)郭子章 撰 [中國歷代笑話集成, 陳維札 · 郭俊峰 共編, 長春 : 時代文藝出版社, 1996]

• 지월록(指月錄) 우언

水月齋指月錄, (明)瞿汝稷 撰, 西安, 三秦出版社, 1999年 1月 第1版

• 오잡조(五雜俎) 우언

五雜俎, (明)謝肇淛 撰 [中國歷代笑話集成, 陳維札 · 郭俊峰 共編, 長春 : 時代文藝出版社, 1996]

• 설도각집(雪濤閣集) 우언

雪濤閣集, (明)江盈科 撰 [中國歷代笑話集成, 陳維札 · 郭俊峰 共編, 長春 : 時代文藝出版社, 1996]

• 현혁편(賢奕編) 우언

賢奕編, (明)劉元卿 撰, 商務印書館, 中華民國 25年 6月 初版

賢奕編, (明)劉元卿 撰 [中國歷代笑話集成, 陳維札 · 郭俊峰 共編, 長春 : 時代文藝出版社, 1996]

● 소찬(笑贊) 우언
笑贊, (明)趙南星 撰 [中國歷代笑話集成, 陳維札 · 郭俊峰 共編, 長春 : 時代文藝出版社, 1996]

● 소부(笑府) 우언
笑府, (明)馮夢龍 撰 [中國歷代笑話集成, 陳維札 · 郭俊峰 共編, 長春 : 時代文藝出版社, 1996]

● 광소부(廣笑府) 우언
廣笑府, (明)馮夢龍 撰 [中國歷代笑話集成, 陳維札 · 郭俊峰 共編, 長春 : 時代文藝出版社, 1996]

● 고금담개(古今譚概) 우언
古今譚概, (明)馮夢龍 撰 [中國歷代笑話集成, 陳維札 · 郭俊峰 共編, 長春 : 時代文藝出版社, 1996]

● 소선록(笑禪錄) 우언
笑禪錄, (明)潘游龍 撰 [中國歷代笑話集成, 陳維札 · 郭俊峰 共編, 長春 : 時代文藝出版社, 1996]

● 애자후어(艾子後語) 우언
艾子後語, (明)陸灼 撰 [中國歷代笑話集成, 陳維札 · 郭俊峰 共編, 長春 : 時代文藝出版社, 1996]

● 우선별기(迂仙別記) 우언
迂仙別記, (明)張夷令 撰 [中國歷代笑話集成, 陳維札 · 郭俊峰 共編, 長春 : 時代文藝出版社, 1996]

● 정선아소(精選雅笑) 우언
精選雅笑, (明)醉月子 撰 [中國歷代笑話集成, 陳維札 · 郭俊峰 共編, 長春 :

時代文藝出版社, 1996]

- 소림(笑林) 우언

笑林, (明)浮白齋主人 撰 [中國歷代笑話集成, 陳維札 · 郭俊峰 共編, 長春: 時代文藝出版社, 1996]

- 아학(雅謔) 우언

雅謔, (明)浮白齋主人 撰 [中國歷代笑話集成, 陳維札 · 郭俊峰 共編, 長春: 時代文藝出版社, 1996]

- 시상소담(時尙笑談) 우언

時尙笑談, (明)無名氏撰 [中國歷代笑話集成, 陳維札 · 郭俊峰 共編, 長春: 時代文藝出版社, 1996]

[청대 우언]

- 춘주당문존(春酒堂文存) 우언

春酒堂文存, (淸)周容 撰 [叢書集成續編 · 第123册 · 集部 · 別集類, 春酒堂文存四卷詩存六卷詩話一卷外記一卷, 上海書店]

- 오환방언(吳鰥放言) 우언

吳鰥放言, (淸)吳莊 撰 [叢書集成續編 · 第88册 · 子部 · 雜學類 · 雜論之屬, 上海書店]

- 잠서(潛書) 우언

潛書, (淸)唐甄 著, 北京, 中華書局, 1963年 6月 增訂第2版

- 향조필기(香祖筆記) 우언

香祖筆記, (淸)王士禎 撰 [文淵閣四庫全書 · 子部 176 · 雜家類, 臺灣商務印書館]

- 잡저십종(雜著十種) 우언
  雜著十種, (淸)王晫 撰 [四庫全書存目叢書 · 子部 165冊, 濟南, 齊魯書社, 1995年 9月 第1版]

- 요재지이(聊齋誌異) 우언
  聊齋誌異, (淸)蒲松齡 撰, 北京, 昆侖出版社, 2001年 3月 第1版

- 남산집(南山集) 우언
  南山集, (淸)戴名世 撰 [續修四庫全書 集部 別集類, 上海古籍出版社]

- 소득호(笑得好) 우언
  笑得好, (淸)石成金 撰 [中國歷代笑話集成, 陳維札 · 郭俊峰 共編, 長春 : 時代文藝出版社, 1996]

- 백학당시문집(白鶴堂詩文集) 우언
  白鶴堂稿, (淸)彭端淑 著 [淸代詩文彙編 291, 上海古籍出版社]

- 자불어(子不語) 우언
  子不語, (淸)袁枚 著, 北京, 中國戲劇出版社, 2000年 6月 北京第1版

- 열미초당필기(閱微草堂筆記) 우언
  閱微草堂筆記, (淸)紀昀 撰 [淸代筆記叢刊(第一册), (淸)劉獻廷 等著, 齊魯書社, 2001年 1月 第一版]

- 광담조(廣談助) 우언
  廣談助, (淸)方飛鴻 撰 [中國歷代笑話集成, 陳維札 · 郭俊峰 共編, 長春 : 時代文藝出版社, 1996]

- 신전소림광기(新鐫笑林廣記) 우언
  新鐫笑林廣記, (淸)游戲主人 撰 [中國歷代笑話集成, 陳維札 · 郭俊峰 共編, 長春 : 時代文藝出版社, 1996]

• 최동벽유서(崔東壁遺書) 우언

崔東壁遺書, (清)崔述 撰, 臺北, 河洛圖書出版社, 民國64年 9月 初版

• 해탁(諧鐸) 우언

諧鐸, (清)沈起鳳 撰 [清代筆記叢刊(第一册), (清)劉獻廷 等著, 齊魯書社, 2001年 1月 第一版]

• 이식록(耳食錄) 우언

耳食錄, (清)樂鈞 撰 [清代筆記叢刊(第二册), (清)劉獻廷 等著, 齊魯書社, 2001年 1月 第一版]

• 공정암전집(龔定盦全集) 우언

龔自珍全集, (清)龔自珍 撰, 臺北, 河洛圖書出版社, 民國64年 9月 初版

• 오애자(寤崖子) 우언

寤崖子, (清)劉熙載 撰 [歷代寓言選, 臺北, 三民書局, 2010年 10月 初版]

• 일소(一笑) 우언

一笑, (清)兪樾 撰 [中國歷代笑話集成, 陳維札 · 郭俊峰 共編, 長春 : 時代文藝出版社, 1996]

• 용암필기(庸庵筆記) 우언

庸庵筆記, (清)薛福成 撰 [清代筆記叢刊(第四册), (清)劉獻廷 等著, 齊魯書社, 2001年 1月 第一版]

• 소림광기(笑林廣記) 우언

笑林廣記, (清)程世爵 撰 [中國歷代笑話集成, 陳維札 · 郭俊峰 共編, 長春 : 時代文藝出版社, 1996]

• 소소록(笑笑錄) 우언

笑笑錄, (清)獨逸窩退士 撰 [中國歷代笑話集成, 陳維札 · 郭俊峰 共編, 長春 : 時代文藝出版社, 1996]

- 희담록(嘻談錄) 우언

  嘻談錄, (淸)小石道人 撰 [中國歷代笑話集成, 陳維札 · 郭俊峰 共編, 長春 : 時代文藝出版社, 1996]

- 초피화(俏皮話) 우언

  俏皮話, (淸)吳沃堯 撰 [中國歷代笑話集成, 陳維札 · 郭俊峰 共編, 長春 : 時代文藝出版社, 1996]

중국명청우언(하)
中 國 明 淸 寓 言

초판 인쇄 2019년 8월 20일
초판 발행 2019년 8월 30일

역　주 | 최봉원
발행자 | 김동구
디자인 | 이명숙 · 양철민
발행처 | 명문당(1923. 10. 1 창립)
주　소 | 서울시 종로구 윤보선길 61(안국동)
우체국 010579-01-000682
전　화 | 02)733-3039, 734-4798(영), 733-4748(편)
팩　스 | 02)734-9209
Homepage | www.myungmundang.net
E-mail | mmdbook1@hanmail.net
등　록 | 1977. 11. 19. 제1~148호

ISBN 979-11-90155-19-9 (03820)
25,000원